ROMAIN SARDOU

Issu d'une longue lignée d'artistes, Romain Sardou, né en 1974, se passionne très jeune pour l'opéra, le théâtre et la littérature. Il abandonne le lycée avec l'intention de devenir auteur dramatique, et suit un cours de théâtre pendant trois ans afin de mieux saisir la mécanique des textes de scène, tout en dévorant classiques et historiens. Après quelques années à Los Angeles, où il écrit des scénarios pour enfants, c'est en France qu'il publie chez XO son premier roman, un thriller médiéval, *Pardonnez nos offenses* (2002), qui connaît aussitôt un immense succès, ainsi que les suivants *L'Éclat de Dieu* (2004) et *Délivrez-nous du mal* (2008). Exploitant d'autres rivages romanesques, Romain Sardou a également publié trois contes d'inspiration dickensienne, ainsi qu'un thriller contemporain, *Personne n'y échappera* (2006), et un roman philosophique, *Quitte Rome ou meurs* (2009). Il explore maintenant l'histoire de la naissance de l'Amérique dans le premier volume de sa nouvelle trilogie, *America, La treizième colonie* (2010). Tous ses romans sont parus chez XO.
Romain Sardou est marié et père de trois enfants.

**Retrouvez l'actualité de Romain Sardou sur
www.romainsardou.com**

DÉLIVREZ-NOUS DU MAL

ROMAIN SARDOU

DÉLIVREZ-NOUS DU MAL

XO
EDITIONS

© 2008, XO Éditions
ISBN : 978-2-266-19197-5

À ma femme

Prologue

Artémidore de Broca
et la putain de Satan

En ce 12 décembre 1287, cela ferait bientôt neuf mois que le trône du pape était vacant ; les cardinaux électeurs réunis en conclave ne parvenaient pas à s'entendre sur le nom du successeur d'Honorius IV, mort au mois d'avril.

Cette absence prolongée de souverain pontife à Rome n'était pas un phénomène rare. Dans le passé, des « interrègnes » de ce type avaient parfois duré trois années et plus. Les destinées de l'Église tombaient alors aux mains d'un collège restreint de membres de la curie qui expédiaient les affaires courantes dans l'attente de l'élection.

Ce collège était régi par le grand chancelier et maître du sacré palais, Artémidore de Broca.

Connu dans sa jeunesse sous le nom d'Aures de Brayac, soldat émérite de la septième croisade, aujourd'hui âgé de plus de quatre-vingts ans, le vieux cardinal appartenait à la chancellerie du Latran depuis 1249. Dans l'intervalle, il s'était plu à devenir le confidentissime de onze papes, sans que jamais son empire sur la curie soit remis en question.

Ce fils de boucher, fou d'orgueil, pétri de ruse et de patience, se fiant uniquement à son propre génie, était reconnu pour être l'« homme fort » des inter-règnes ; il cumulait six années complètes où Rome, publiquement privée de chef, s'était trouvée sous sa seule domination.

Tous prétendaient qu'il avait maintes fois refusé de ceindre la tiare papale ; cela en disait long sur le poids qu'il accordait à son titre de chancelier et à sa conviction éprouvée de détenir le véritable pouvoir à Rome.

Ses rivaux avaient renoncé à le déstabiliser ou à l'assassiner ; il avait déjoué toutes leurs tenta-tives. Même les plus farouches en étaient réduits à attendre sa mort ; trépas qui se refusait à eux, malgré les mille troubles que l'âge lui faisait éprou-ver.

Le peuple de Rome ignorait les turpitudes de cet ancien soldat converti en cardinal ; pour lui, Artémi-dore restait le prestigieux Aures de Brayac, héros de la bataille de Mansoura.

Ces jours-ci, de quoi s'indignaient-ils, les Romains ? Du froid qu'il faisait et de la neige qui tombait, des taxes qui grevaient le prix du boisseau de blé, de la fin d'une contrebande de vin avec Chypre qui les privait de Malvoisie, de l'affluence de pèlerins qui accaparaient leurs meilleurs produits, des porteurs d'eau qui refusaient de travailler sous le gel, enfin du froid qu'il faisait et de la neige qui tombait…

De l'absence de souverain pontife ?

Pas un mot.

Des délibérations du conclave qui s'éternisaient ?

À peine plus.

Les Romains étaient accoutumés à ces « inter-règnes », persuadés que l'Église, comme l'Empire autrefois, était un géant qui réussissait toujours à se mouvoir, même la tête coupée.

Artémidore de Broca y veillait.

Sa chancellerie se situait au Latran, résidence des papes depuis l'an 313. Ancien palais romain cédé à l'Église par l'empereur Constantin, il jouxtait la basilique Saint-Jean et dominait une place toujours populeuse. Le Latran était le siège de la chrétienté apostolique.

Le cabinet d'Artémidore y occupait une vaste pièce aux murs ornés d'armes et d'écus, de figurines émaillées et d'étendards conquis sur les champs de bataille. Rien de ce qui devait être le cadre apparent d'un grand personnage de l'Église ne se retrouvait.

Le vieil homme était assis derrière sa table de travail sur laquelle s'entassaient les missives secrètes d'États et les bulles pontificales.

Gras, vêtu d'un épais manteau fourré d'hermine, le col chargé de chaînes d'or, Artémidore avait la peau durcie et verdie de bile, le menton enseveli sous les chairs du cou, de profondes rides autour des yeux, le crâne chauve ; il était difficile d'imaginer que ce vieillard affaibli disposât encore du moindre pouvoir au sein de l'Église.

Un homme jeune se tenait debout devant lui.

Fauvel de Bazan.

Secrétaire particulier, fourbe, séduisant et terrible, paré comme un jeune prince, Bazan était l'œil d'Artémidore là où il ne pouvait pas voir, son oreille derrière les murs et bien souvent la voix de sa conscience.

À sa gauche attendait une femme. Grande et magnifique, le visage encadré par une coiffe de satin blanc qui voilait ses cheveux et ses oreilles, le corps admirablement tenu dans une longue robe noire.

C'était Até de Brayac, la propre fille d'Artémidore.

Bazan déposa sur le bureau une poignée de feuillets pliés en deux : les bulletins secrets du dernier vote des cardinaux.

13

Artémidore les étudia en s'aidant d'une épaisse lentille de verre. Il mit de côté quatre suffrages attribués aux prélats Portal de Borgo, Philonenko, Othon de Biel et Benoît Fillastre.

Il dit enfin à Fauvel de Bazan, les évoquant :

— Éliminez-les. Ils sont sur le point de s'allier et je ne veux sous aucun prétexte d'un pape avant le printemps. Quoi d'autre ?

— Votre mort a été annoncée à deux reprises cette semaine.

Bazan tendit une liste de noms sur un parchemin et ajouta :

— Ceux-là s'en sont réjouis, Votre Grâce.

Ce que lisant, Artémidore haussa les épaules :

— Ces hommes ne valent rien. Ne nous en occupons pas.

Il tourna ses regards vers Até.

— Tu repars, lança-t-il. Il reste deux éléments à réunir pour terminer l'opération en cours.

La jeune femme masqua mal son dépit devant cet ordre inattendu qui l'éloignait de Rome. Elle venait de passer de longs mois au-delà des Alpes et aspirait à un peu de repos.

— Où dois-je me rendre ?

— Dans le pays d'Oc.

Il lui remit un pli où étaient consignées ses instructions. Sans plus de précision, le chancelier leur signifia leur congé d'un mouvement de tête et replongea dans la consultation de sa correspondance.

Bazan et Até s'exécutèrent.

Seulement, avant de quitter le cabinet de son père, la jeune femme s'adressa une dernière fois à lui :

— Il m'est pénible de vous obéir sans rien comprendre à vos ordres, Votre Grâce. Me direz-vous un jour ce que nous tramons ?

Artémidore releva le front. Il ne semblait ni surpris, ni impatienté par l'impudence de sa fille. De ses onze enfants, Até était sa favorite, née d'une union avec une chrétienne d'Alep, vingt-cinq ans plus tôt. Elle avait passé toute sa jeunesse loin de lui, en Palestine, et il n'avait fait sa réelle connaissance que cinq ans auparavant. Até se révéla être d'un caractère aussi tranché et énergique que le sien. Intelligente et sans pitié. La providence lui offrait avec cette jeune femme de son sang, une alliée féminine efficace, capable d'en remontrer aux hommes, fort utile pour l'accomplissement de ses basses œuvres. Elle lui convint si bien qu'il lui octroya son nom.

— Tranquillise-toi, répondit-il. L'aboutissement est proche.

Il laissa tomber sa tête sur sa main et sourit. Mais le rire allait mal à ce visage enflé.

— Tu vas bientôt assister à la plus étonnante surprise de l'ère chrétienne depuis… depuis que des soldats romains sont revenus un matin pour trouver vide le tombeau du Christ !

Até quitta Rome et Fauvel de Bazan exécuta ponctuellement les directives du maître à l'égard des quatre cardinaux électeurs qui avaient eu l'audace de ne pas suivre ses recommandations : Portal de Borgo fut étouffé en l'église de Sainte-Agnès-hors-les-Murs par une phalange d'hommes en noir ; Philonenko, ébouillanté alors qu'il prenait un bain de vapeur ; Othon de Biel, intoxiqué dans une chapelle absidale par la fumée de cierges empoisonnés ; Benoît Fillastre, dévoré par des chiens lors de sa promenade matinale dans sa résidence d'Aprilia.

Comme toujours lorsque les hommes de main du chancelier intervenaient, ces diverses morts passèrent pour accidentelles, et la vie du Latran s'en trouva très peu perturbée.

De rares intrépides voulurent dénoncer auprès du vieux chancelier des manœuvres criminelles au sein du conclave, mais celui-ci écarta ces accusations du revers de la main.

— *Ecclesia abhorret a sanguine*, aimait-il à répéter dans le droit fil du concile de 1163.

« L'Église a horreur du sang... »

Première partie

1.

En ce 9 janvier 1288, le père Guillem Aba s'éveilla avant le jour.

Il égrena consciencieusement son rosaire avant de quitter sa chambre à l'étage du presbytère, toujours enroulé dans les couvertures qui l'avaient gardé au chaud pendant la nuit.

Au pied de l'escalier, il écarta de son passage les deux moutons et le porcelet qui partageaient son toit pour la saison. Il alluma une lampe à huile avec une pierre à fusil et de l'amadou.

La pièce à vivre s'éclaira : un plafond bas, d'épaisses poutres pliant sous le poids qu'elles portaient, deux entrées, une fenêtre bouchée avec du papier huilé, une longue table, un poêle, des fagots et une échelle dont les degrés servaient de tablettes à une quinzaine d'ouvrages rangés à plat.

La maison curiale était, avec l'église proche, le seul bâti de pierre du village. Aucun fidèle ne la lui enviait pour autant : ses murs étaient glacés et humides, mal isolés par du torchis pauvre en paille.

Le père Aba activa les braises de son poêle à l'aide d'un pique-feu. Il se dirigea ensuite vers la sortie, emportant un profond récipient d'étain.

D'ordinaire il descendait jusqu'au ruisselet qui sifflait sous l'église pour se fournir en eau, mais cette année, le lit pris par le gel, il n'était plus possible de s'y approvisionner. Aba se contenta d'amasser de la neige dans son récipient. L'hiver 1288 était parmi les plus rudes que d'aucuns eurent à passer depuis bien longtemps.

Le ciel était encore noir. Tout se taisait. Aba devinait cependant quelques maisonnées alentour, elles aussi illuminées de l'intérieur. Deux nouvelles habitations étaient en construction.

Aussi étrange soit-il, cette pauvre paroisse, isolée du reste du monde, était en pleine expansion.

Le village de Cantimpré était situé sur le plateau de Gramat, dans le Quercy ; il ne comptait qu'une vingtaine de toits anciens entourés d'arbres chenus et de pâturages d'altitude, dominant un défilé étroit.

Cela faisait huit ans que le père Aba y exerçait son ministère, venu à pied de Paris (la « nouvelle Babylone » honnie par les gens d'ici) où il suivait les cours de philosophie de la petite Sorbonne. De son plein gré, il avait renoncé aux études pour embrasser la responsabilité d'un petit peuple fruste, à la simplicité laborieuse, difficile à émouvoir, craignant Dieu pour Dieu même et non pour ses représentants.

Membre du tiers ordre de Saint-François, Aba ne s'était jamais repenti de son choix.

Ce qui étonna le plus les habitants de Cantimpré à l'arrivée de Guillem Aba fut son âge. Il leur parut inconcevable que la petite église du village puisse revenir à un homme de moins de trente ans.

Cependant il était très beau. Des yeux bruns et intelligents, un front haut, le nez mince et droit, la tonsure parfaite. Ses traits étaient sans irrégularités, un peu féminins. Son visage se distinguait agréablement : « angélique » dirent les femmes. De mémoire de bonnes chrétiennes, on n'avait jamais vu si bel homme, pas même sur les images.

Les mains engourdies par le froid, le père Aba se releva, son récipient empli de neige, et retourna s'abriter.

Pendant sa courte sortie, un jeune homme s'était introduit dans le presbytère par la porte du fond.

C'était Augustodunensis, son unique auxiliaire, fraîchement arrivé à Cantimpré du village de Dammartin dans le Nord.

L'évêché de Cahors avait accueilli favorablement la demande d'Aba de disposer d'un homme supplémentaire à la paroisse et lui avait envoyé ce jeune frère, bon garçon, compréhensif et bien morigéné. Augustodunensis était grand, les épaules frêles, le visage encore juvénile, mais doté d'un air déterminé dans tout ce qu'il entreprenait.

Il résidait au village depuis seulement deux semaines, logeant au-dessus de la resserre à bois.

— Bonjour, Auguste, lui dit le prêtre en refermant sa porte.

— La nuit a été bonne, mon père ?

— Non. Un peu de fièvre, sans doute. Elle m'aura suscité de mauvais rêves.

Il haussa les épaules :

— N'en parlons pas. Nous avons plus pressé. C'est aujourd'hui mercredi !

— Je ne l'ai pas oublié.

Augustodunensis montra la grosse jatte de lait fumant qu'il venait d'apporter. Il la déposa sur le poêle. Le prêtre y joignit son récipient empli de neige.

Après quoi le jeune vicaire saisit un faisceau de brindilles et une pelle et déblaya les excréments des trois animaux. Il répandit ensuite de la cendre et des aiguilles d'épicéa sur le sol afin de chasser les mauvaises odeurs.

Du fond de son armoire, Aba défit une croûte de pain enveloppée dans un torchon.

Le vicaire rompit le silence :

— Je dois me rendre à l'église préparer l'office de prime. Passez un bon moment avec les petits, mon père !

Le prêtre promit de n'y pas manquer et Augustodunensis disparut par la porte du fond.

Aba se félicitait que la providence lui eût envoyé ce jeune homme : il était actif, ne rechignait jamais à la besogne, savait son psautier par cœur et nourrissait un agréable tempérament optimiste. Aba était lassé de ces membres de l'Église qui annonçaient la fin du monde pour la saison prochaine.

Le prêtre disposa une douzaine de bols en bois sur la table avec un couteau dont le gros manche lui servit à fendre la croûte noircie du pain.

Il récupéra l'exemplaire de *L'Introduction à l'Évangile éternel* de Jean de Parme qu'il lisait la veille au soir près du poêle et le remit à sa place sur l'échelle.

Puis il attendit, surveillant le lait d'Augustodunensis qui fumait sur le feu.

Bientôt la porte d'entrée principale s'ouvrit brutalement. Une petite tête blonde apparut dans le chambranle : un garçon de cinq ans.

— Bonjour, père Aba.

Il entra, suivi presque aussitôt par une ribambelle d'autres enfants : douze au total, âgés entre quatre et huit ans, dont deux filles, plus blonds, plus roses, plus frais les uns que les autres.

Aba versa l'eau tiède pour qu'ils se nettoient les mains et se décrassent le visage. Les bancs autour de la table furent investis et les regards suspendus à la jatte de lait et aux tranches de pain blanc.

Le père Aba remplit chaque bol à proportion égale.

On récita les remerciements au Seigneur pour la nourriture, puis le signal du début du repas fut donné.

Des éclats de joie fusèrent de toutes parts.

Le père Aba sourit : c'était un adorable spectacle que ces petits enfants. Ils étaient le « miracle » de son village…

Tout avait commencé avec son prédécesseur.

Cinquante ans durant, le père Evermacher avait été l'âme et la vie du village de Cantimpré. Exerçant les vertus chrétiennes jusqu'à l'héroïsme, il avait traversé les décennies de troubles de son pays sans dommage.

Evermacher fut un catholique exemplaire. Sa pureté d'âme avait préservé ses ouailles des tentations de l'hérésie qui proliférait grâce à la dénonciation des mœurs corrompues du clergé.

La chasse aux cathares et aux vaudois qui dévastait la région avait épargné sa petite paroisse. Des frères prêcheurs vinrent bien en 1240, 1258 et en 1274 opérer une petite inquisition des lieux, mais sans trouver personne à condamner.

Or çà, et bien que la population se soit toujours sentie privilégiée sous le ministère d'Evermacher, elle allait encore plus s'émouvoir des bienfaits qui suivirent la venue de son jeune successeur.

Le cas des nouveau-nés préluda à tout.

Les villages isolés comme Cantimpré enduraient une forte mortalité infantile et un nombre important de disparitions des accouchées. Néanmoins, sans que rien ni personne puisse se l'expliquer, quelques mois après l'arrivée d'Aba, mères et nourrissons se mirent à survivre. Le premier enfant fut fêté comme un signe favorable envoyé du Ciel pour le nouveau prêtre, le deuxième, le troisième, et tous les autres enfin, inspirèrent stupéfaction puis ferveur.

On dut se rendre à l'évidence : on ne mourait plus avant l'âge à Cantimpré !

La multiplication des enfants métamorphosa la physionomie du village. Aujourd'hui encore, cet élan de vie ne donnait aucun signe de fléchissement : cinq femmes étaient enceintes, dont une proche de son terme.

Avec cela, on se mit à guérir de bien des maux. La scrofule et la teigne disparurent, une fille aux poumons mutilés depuis la naissance put s'ébattre dans les bois, les sanies se clarifièrent et les vieillards reverdirent. La pâte du pain leva toujours et rapidement. De mois en mois, si une légende avait prédit que la Sainte Vierge visiterait Cantimpré, cela n'aurait plus surpris personne.

L'étrange restait que ces miracles se trouvaient sans objet de vénération : il n'y avait pas de saint voué à Cantimpré, aucune source païenne prodigieuse à christianiser, l'église n'était jamais le théâtre des merveilles et le bon curé Evermacher avait souhaité être enterré dans le village natal de sa mère, à Spalatro en Italie. De sorte qu'on n'avait ni relique ni personnage sur qui reporter sa gratitude, *hormis Guillem Aba*. Mais celui-ci se récria. Au cours d'un prône qui fit date dans le cœur des villageois, il attribua les bénédictions récentes à la « belle communauté d'âmes » de Cantimpré. Ce ne fut que pour contenter leur goût d'un lointain paganisme qu'il accepta d'associer – hors ses prêches – l'esprit de feu Evermacher à la félicité de ses fidèles.

N'était la belle vertu de ses habitants, Cantimpré ne pouvait être reconnu comme un lieu de miracles *chrétiens* et rien n'embarrassait plus l'Église.

Toutefois plusieurs familles du pays délaissèrent leur lieu de naissance pour rejoindre les habitants comblés de Cantimpré.

Une telle fortune faisait dire à certains – mais à mi-voix surtout, pour ne point rompre le charme – que Cantimpré était un village « béni de Dieu ».

Confronté à la soudaine prolifération de jeunes enfants, le père Aba dut ajuster son sacerdoce et imaginer une nouvelle conception de l'enseignement des petits. Il remit à plus tard les paraboles du dogme et les abrégés de l'Histoire sainte pour leur inculquer, à la place, de petits adages.

— Apprendre un dicton, c'est aussitôt pouvoir le traduire en acte, professait-il.

Il s'inspirait de maximes antiques, favorisant des formules qui sauraient frapper la jeune imagination de son auditoire :

Il n'y a pas de place pour deux pieds dans une même chaussure.

Quand le feu est à la maison de ton voisin, la tienne est en danger.

Il vaut mieux avoir l'œuf aujourd'hui que la poule demain.

Cracher contre le ciel, c'est se cracher au visage.

Aba était convaincu que de tels consommés de sagesse logés quelque part dans une tête, même sans lumières, pouvaient à terme ne produire que du bien.

Sur la douzaine d'enfants présents ce matin devant lui, l'un d'eux se faisait remarquer par sa réserve. Alors que chacun dévorait sa portion de pain, lui restait mesuré, étranger à l'excitation qui l'environnait.

Son nom était Perrot.

Il portait un sarrau neuf vert-de-gris. Blond, les yeux très bleus, il captait toujours l'attention du père Aba tant il comprenait mieux et plus soudainement que les autres. C'était un enfant mystérieux, prometteur, fils unique de Jerric le menuisier et de sa femme Esprit-Madeleine, dite la « boiteuse ». Il était le favori du prêtre, fasciné par ses aptitudes naturelles.

Aujourd'hui, sans raison apparente, Perrot se montrait taciturne et inquiet. Aba se promit de l'interroger à la fin de la leçon.

— Silence ! lança-t-il sitôt les écuelles vidées et le pain disparu.

Les enfants quittèrent la table et jouèrent des coudes pour occuper la meilleure place auprès du poêle.

Le professeur avait choisi pour ce matin un dicton qu'il savait promis à un beau succès :

Nul n'est dégoûté de sa propre mauvaise odeur.

Dès qu'il l'eut énoncé, ce fut un tonnerre d'éclats de rire. Et l'on commença d'échanger des plaisanteries sur tel ou tel du village.

Aba conduisait insensiblement les petits vers les fins morales recherchées ; il était un excellent conteur et un pédagogue né.

Au-dehors, Augustodunensis s'occupait de l'office liturgique. La petite église de Cantimpré s'était remplie de la presque totalité des paroissiens. Le sentiment de grâce qui habitait ces simples bergers les avait rendus assidus au culte. Ce matin, seules cinq femmes, interdites d'entrer dans l'église parce qu'elles étaient enceintes et considérées comme impures, et quelques nourrissons restaient dans le village.

Auguste s'apprêtait à réciter l'ordinaire lorsqu'un fracas ébranla le portail de l'église et résonna dans la modeste nef.

Tout le monde tourna la tête.

Aranjuez, le doyen de Cantimpré, quitta son rang pour aller voir ce qui se passait.

Il trouva la porte close depuis l'extérieur.

L'angoisse monta dans l'église. Les hommes eurent beau s'épuiser à heurter et tirer le portail, ils comprirent qu'ils étaient prisonniers.

Au presbytère, le père Aba ne perçut pas tout de suite le pas lourd des chevaux qui approchaient de sa maison.

Un hennissement recouvrant soudain les paroles des enfants, il dressa la tête et leva le bras. Les petits se turent.

La porte du presbytère fut secouée.

Il s'agissait de la porte du fond, celle employée par Augustodunensis et qui donnait sur la resserre. Elle était toujours fermée à clef, le froid s'y insinuant lorsque le verrou n'y était pas. Auguste l'avait verrouillée avant de rejoindre l'église.

Tous les villageois savaient que cette porte restait fermée en cette saison. Seul un étranger pouvait vouloir l'emprunter.

Les enfants s'inquiétèrent du visage d'Aba qui blêmissait à vue d'œil.

— Approchez, leur dit-il en se munissant de son pique-feu.

C'est alors que la porte du fond vola en éclats. Les enfants crièrent et se pressèrent contre les jambes de Guillem Aba.

Deux silhouettes pénétrèrent dans la pièce.

Leur surgissement fut si violent qu'ils en renversèrent la table, les bols, la jatte et les bancs. Terrifiés, les animaux s'échappèrent.

Très grands, vêtus de noir de pied en cap, les bottes alourdies par la boue, une capuche sombre rabattue sur le front dissimulant leurs traits, les deux hommes s'avancèrent vers Aba, une courte épée à la main.

Dans le même temps, deux autres silhouettes similaires s'introduisirent dans la maison par la porte du jardin.

Le vent et le froid gagnèrent la pièce.

Aba voulut protéger les enfants en brandissant son pique-feu…

— Qui êtes-vous ?

… mais l'un des hommes le refoula et lui arracha l'outil. Le prêtre se débattit.

— Cesse de te démener, le curé, dit l'homme en noir. Ce n'est pas après toi que nous en avons.

Aba n'entendait pas se laisser arrêter, il repoussa l'homme du plat de la main.

— Calme-le, dit simplement un autre assaillant derrière eux.

L'homme bousculé saisit un enfant par le col et le souleva en le désignant à ses compagnons.

L'un d'eux lui répondit par un signe positif du front.

— Non ! hurla le prêtre qui avait compris.

Il voulut s'élancer, mais un homme l'empoigna.

Celui qui tenait le petit l'adossa contre une poutre et lui enfonça son épée à travers le corps. Il força tant sur l'arme qu'elle pénétra le bois et ne se démit pas sous le poids du garçon ; ce dernier resta en suspension, agité de tremblements, se vidant de son sang.

Cette vision d'horreur pétrifia Aba et les enfants.

— Si tu fais encore un geste, le curé, j'en épingle d'autres comme cela sur tous tes murs, mugit l'assassin en direction du prêtre.

Mais Aba, sourd aux menaces, révolté, renversa l'homme qui le retenait et voulut sauter au cou de l'assassin ; ce dernier le fit reculer en glissant un couteau sous sa gorge. Du sang fila sur sa lame. Le prêtre ne faiblit pas. Il grondait, rugissait, invectivait :

— Vous paierez ce crime !

Les hommes en noir furent surpris de la férocité qui émanait de lui. D'un mouvement vif, l'assaillant libéra son poing et lui asséna un coup, de la tempe au nez, ouvrant son œil gauche, puis, tout de suite, un autre coup au menton.

Le père Aba perdit connaissance et s'écroula.

Transis de peur, les enfants ne savaient vers où se tourner. Ils regardaient avec une même terreur leur maître inerte et leur compagnon dont le sang jaillissait par saccades. Le silence se fit soudain, pesant après les cris du prêtre, seulement troublé par les faibles râles du gamin.

Les hommes s'approchèrent et alignèrent les enfants de force. L'un des quatre, celui qui avait accordé d'un signe le meurtre du garçon, s'avança. Sa main, gantée de cuir et de fer, glissa lentement sur leurs fronts, l'un après l'autre.

Chaque enfant fut dévisagé. Au bout du rang, l'homme s'arrêta, agacé. Il tourna les talons, regarda autour de lui, puis, d'un bond, se dirigea vers la table renversée.

Il la releva.

Dessous se dissimulait un petit garçon blond. Sur son ordre muet, un des assassins tendit la main vers le visage apeuré de l'enfant, l'empoigna et dit :

— On l'emmène.

2.

Sur le versant nord de la colline du Janicule à Rome, à mi-chemin entre la piazza Trivento et la via Giolitti, se tenait une boutique où l'on marchandait autrefois des rouleaux de soie, des tapis d'Orient et des parures de corail importés d'Antioche.

Aujourd'hui, qui se promènerait dans ce quartier populeux de la rive droite du Tibre trouverait la devanture de l'échoppe assez peu changée, l'enseigne en forme d'écu flamand se balançant toujours sous sa hampe ; seulement, il n'y lirait plus le nom de l'ancienne mercerie, mais une inscription en lettres capitales dont l'intitulé ne souffrait aucune contestation :

BÉNÉDICT GUI A RÉPONSE À TOUT

Les étagères et les étals de bijoux avaient laissé place à des rayonnages de livres, de manuscrits et autres dossiers serrés entre des couvertures de cuir. Mais aussi des fioles d'onguents, des peaux d'animaux, des tables d'éclipses lunaires, des métaux rares, une fronde normande, des ossatures de chat et des prélèvements divers. Un bric-à-brac à l'image du cerveau fourmillant du propriétaire des lieux.

Ce dernier jouissait d'une formidable renommée dans cette partie de la ville ; jamais personne n'avait osé brocarder l'affirmation de son enseigne tant celle-ci exprimait la plus étrange et stricte vérité.

Bénédict Gui avait bel et bien réponse à tout.

L'improbable traduction latine d'un commentaire arabe ? Il se la procurait. Une énigme de mathématique qui persistait depuis l'Antiquité ? Il la perçait. Un crime de sang ? Il faisait le jour sur l'auteur et son mobile, devançant les gardes de la ville et l'official *ad excessus* de l'évêché, agent affecté à la résolution des assassinats. Un charlatan se donnait en spectacle pour mieux vendre un élixir de longue vie ou une poudre capable de muter les métaux ? Bénédict Gui le confondait et sauvait la foule de sa sotte crédulité.

Ses réussites ne se comptaient plus et n'épargnaient aucun domaine, même les plus légers : alors qu'il s'était rendu invincible aux jeux de cartes, plusieurs tripots de Rome se mirent d'accord pour lui verser une pension afin qu'il renonce à ruiner leurs riches clients.

Le petit peuple raffolait de Bénédict Gui. Divers prélats, seigneurs et gros négociants s'étaient vu traîner devant les tribunaux parce que Gui avait pris en estime le sort d'un modeste bedeau, d'un palefrenier ou d'un fournisseur que l'on frappait d'injustice. Persuasif et limpide, il faisait la joie des juges et était le cauchemar des jurisconsultes.

Il aurait pu faire fortune, devenir un personnage de cour grassement doté comme les conseillers, les ministres ou les astrologues, mais il préférait vivre à l'écart des perturbations du pouvoir. À ses yeux l'argent n'avait aucune valeur ; seuls les défis, l'enthousiasme et la passion de la preuve l'excitaient.

Bel homme, petit, à la figure franche, blond, le front clair, il vivait seul. Contre la coutume, il portait de longs cheveux et une barbe inculte qui lui mangeait presque tout le visage. Constamment vêtu de noir, il persistait à porter le deuil de sa femme, six ans après sa disparition. Il avait trente-deux ans.

Gui avait acheté, deux ans auparavant, la petite boutique située via delli Giudei. Il logeait dans une chambre située à l'entresol, ne souffrant auprès de lui qu'une vieille domestique nommée Viola qui s'occupait chaque matin de son linge et de ses repas. Sainte femme qui supportait les humeurs d'un homme toujours perdu dans des combinaisons mentales et qui s'emportait au moindre dérangement.

Il ne sortait de chez lui que pour aller enrichir ses enquêtes de nouveaux indices. Il se levait avant le jour, allumait une forte quantité de bougies, car il détestait la pénombre qui fatiguait ses yeux, se chauffait du vin sur un poêle (même en été, Bénédict buvait journellement son demi-pichet) puis commençait de réfléchir sur le dernier cas qui l'occupait.

En cette aube du 9 janvier 1288, alors qu'il déverrouillait sa porte d'entrée, il aperçut la silhouette d'une jeune fille, qui attendait de l'autre côté de la rue, en plein froid, contemplant ses pieds et ne remuant que ses lèvres.

Gui retourna à sa table de travail. Plusieurs fois il releva la tête de son écritoire, et plusieurs fois il vit la jeune fille qui n'avait pas quitté sa place.

Il décida de raviver son poêle et de chauffer un broc de lait. La demie d'une heure passa et la jeune fille se décida enfin à heurter à sa porte.

L'enfant n'avait pas quinze ans. Vêtue de haillons, elle avait le teint pâle, des petits yeux fatigués, des cheveux châtain foncé et une silhouette fluette, presque maladive.

Il la fit asseoir, jeta sur ses épaules une couverture de laine et lui servit un bol de lait fumant.

La petite paraissait très émue de se tenir devant lui :

— Je suis désolée de venir vous déranger, maître !…

— Ne dis pas cela. Tu dois avoir une bien bonne raison pour oser franchir ma porte après tous ces atermoiements. La plupart des gamines comme toi finissent par s'enfuir. Ce motif, maintenant que nous y sommes, je souhaite vivement le connaître. Quel est ton nom ?

— Zapetta. Je suis la fille de Simon l'ébéniste et d'Emilia la dinandière. Nous logeons via Regina Fausta, derrière les bains de Dioclétien.

Gui leva les sourcils.

— Tu as parcouru toute la ville par ce froid ?

La jeune fille répondit d'une voix vibrante :

— On m'a certifié que vous étiez un homme de bien et que vous pouviez tout résoudre. Même si vous aviez demeuré à Viterbe, je serais venue vous trouver !

Bénédict lui sourit et s'assit en face d'elle.

— Je t'écoute.

— Je ne sais par où commencer. J'ai eu beau formuler des phrases dans ma tête, là devant votre porte…

— J'ai vu. Ne te précipite pas. Commence par le début. Que t'est-il arrivé ?

Elle prit une longue inspiration.

— Mon frère a disparu.

— Ton frère. Son nom ?

— Rainerio.

— Quand l'as-tu vu pour la dernière fois ?

— Cela remonte à cinq jours. Deux hommes se sont présentés chez nous. Nous habitons avec nos parents. Mon frère s'est entretenu seul avec eux. La conversation n'a pas duré. Au bout de quelques instants, il est sorti pour les suivre, me faisant un signe de la main qui se voulait rassurant. Nous ne l'avons pas revu depuis.

— Cinq jours ?

La fille acquiesça et ajouta :

— Notre père et notre mère sont âgés, monsieur, ils sont aujourd'hui un fardeau plus qu'un soutien. C'est mon frère qui subvient à notre boire et à notre manger.

Elle s'exclama :

— Jamais il n'oserait s'absenter si longtemps sans nous prévenir ou nous faire porter de ses nouvelles. Il faut qu'un malheur lui soit arrivé !

— Je vois.

Bénédict sortit de son écritoire une tablette de cire et un stylet en os.

— Que fait ton frère pour nourrir sa famille ?

Zapetta avala une gorgée de lait et dit :

— Il travaille au palais du Latran.

À peine eut-il commencé, Bénédict s'arrêta d'écrire. Dans ses enquêtes, il était précautionneux en bien des points pour lui-même, dont celui qui commandait de ne jamais trop s'approcher du Latran et de ses prélats puissants. Les intrigues qui s'y nouaient étaient les plus dangereuses qui soient.

— Vraiment ? s'étonna-t-il. Et comment le fils d'un ébéniste se trouve-t-il en un lieu si prestigieux ? A-t-il prononcé ses vœux ?

— Non, Rainerio est un laïque. Mais lorsque nous étions enfants, nous avions pour voisin un vieil homme solitaire qui a pris mon frère en affection et lui a enseigné à lire et à écrire le latin. À seize ans, Rainerio est devenu son secrétaire. Ce monsieur se nommait Otto Cosmas et il venait du royaume de Bohême ; il restait reclus chez lui et travaillait à la rédaction d'un livre qui, selon Rainerio, devait relater la vie des saints. Mon frère assurait que c'était une commande du Latran et que l'ouvrage ferait

34

date. Il était fier d'y participer. Mais le vieux Otto Cosmas est mort avant de l'achever. Mon frère s'est alors mis en tête de le terminer à sa place. Cela lui a pris un an, un an où il s'est privé de tout, s'enfermant dans le réduit dont il avait hérité du Bohémien. Il a remis l'ouvrage complété à ceux-là qui ne l'attendaient plus.

La sœur sourit :

— Son travail a suscité tant d'éloges que Rainerio a été recruté sur-le-champ dans l'administration du Latran ! Depuis lors, dès qu'il évoquait l'homme auprès duquel il avait été attaché, il disait : « Monsieur le Promoteur de Justice. » Et parfois il lançait avec fierté : « Ce matin je retourne à la Sacrée Congrégation ! » Nous n'en savions guère plus. Il affirmait qu'il n'avait pas le droit de parler ; que cela pourrait porter préjudice aux affaires qu'il instruisait. Il ramenait désormais l'argent que notre père ne pouvait plus garantir avec son atelier. Nous lui en étions très reconnaissants.

Bénédict resta un moment silencieux. Il souligna sur sa tablette le nom d'Otto Cosmas.

Après avoir vidé son bol, la fille demanda :

— Vous savez, vous, maître Gui, ce que sont cette « Sacrée Congrégation » et ce « Promoteur de Justice » ?

— Je n'en ai pas la moindre idée !

— Je croyais que vous aviez réponse à tout ?

Il sourit d'un air bénin.

— Je ne peux pas tout connaître à chaque bout de champ ! Mais sois tranquille, ce que je ne sais pas, je ne mets jamais longtemps à le découvrir.

Il soumit alors Zapetta à une batterie de questions et fixa ses réponses sur sa tablette de cire.

— Ton frère, depuis quand travaillait-il au Latran ?

— Presque deux ans.

— Et il ne s'absentait jamais ? Il partait le matin et rentrait le soir ?

— Sans jamais varier, maître.

— Ces deux hommes qui sont venus le trouver, à quoi ressemblaient-ils ?

Zapetta fronça les sourcils, comme font les enfants pour obliger leur pensée à s'arrêter sur une image.

— Ils étaient grands, assez forts. Je n'ai pas vu leurs habits car ils portaient un long manteau noir.

— Armés ?

— Je ne sais pas.

— Leurs visages ?

— Hélas, je ne les ai pas gardés en mémoire. Je m'inquiétais trop pour Rainerio. Tout cela s'est passé si vite…

Elle décrivit la silhouette de son frère, son visage, son âge ainsi que les vêtements qu'il portait le jour de sa disparition.

Gui nota soigneusement les indices, en homme qui sait qu'au commencement d'une enquête rien ne compte que les détails.

Il demanda :

— À qui pourrais-je m'adresser pour mieux connaître ton frère ? Ses fréquentations ? A-t-il des camarades ? Une jeune amie, peut-être ?

— Pas à ma connaissance. Rainerio a toujours été un solitaire. Comme son maître Cosmas. Je ne lui connais qu'un ami d'enfance ; mais j'ignore s'ils se fréquentent toujours. Il se nomme Tomaso di Fregi. La dernière fois que j'ai entendu parler de lui, il travaillait à l'hospice des pèlerins, piazza Segni. J'ai voulu m'y rendre, hier, dans l'espoir de le rencontrer, mais il y avait tant de monde ! Quant à se présenter au Latran, il ne fallait pas y songer ; les gardes ne m'auraient jamais laissée gravir la première marche du palais…

Gui inscrivit le nom de Tomaso. Ensuite il renversa sa tête en arrière, emboîtant son menton entre son pouce et son index, ce qui était sa manière dès qu'il pensait. Il resta longtemps sans rien dire. La petite fille, un peu désappointée, commençait de craindre qu'il se soit mis à songer à autre chose.

— Si je viens vous voir, monsieur Gui, insista-t-elle, c'est que nous aurons bientôt mangé les rares économies de Rainerio. Je vais devoir épisser des cordes et blanchir des draps pour un aubergiste, en secret de mes parents, pour essayer d'apporter un complément de vivres et de charbon, mais si Rainerio ne reparaît pas, en plein hiver, je les perdrai eux aussi.

— J'entends bien, ma petite.

Il ne la regardait pas, combinant des hypothèses dans son cerveau.

— Et puis… et puis…

— Et puis ?

Il savait d'avance ce qu'elle allait lui dire.

— Nous ne pourrons jamais nous acquitter de vos honoraires sans que… eh bien…

— … sans que je retrouve Rainerio, c'est cela ?

Zapetta fit un oui embarrassé.

— C'est égal. Ne te préoccupe pas d'argent pour le moment. Dans bien des cas, Dieu pourvoit à tout !

Bénédict ouvrit un tiroir d'un petit meuble derrière lui, encombré par une montagne de feuilles éparses, et sortit une bourse dont il tira deux deniers qu'il tendit à Zapetta.

— Au contraire, c'est moi qui te paye ; prends cela dans l'attente de mes premiers résultats. Ton frère, lorsque nous l'aurons retrouvé, y parfera, je n'en doute pas. Reviens dans trois jours. Si Rainerio n'est pas rentré d'ici là, j'aurai appris du nouveau. Rome est une moins grande ville qu'elle y paraît :

tout se sait, tout se voit et tout s'entend. Pour peu que l'on soit observateur, on apprend bien des choses ! Un homme ne disparaît pas aussi facilement de la circulation.

Le visage de Zapetta rayonna, elle essuya ses yeux avec le dos de ses mains menues.

— Rentre chez toi à présent, lui dit Gui. Envoie au diable cet aubergiste qui veut te faire laver ses draps en plein hiver et reste auprès de tes parents. Je te demande de la patience pour trois jours.

La jeune fille bondit pour lui saisir les mains.

— Je prierai, maître Gui, je prierai la Vierge de vous tenir en sa sainte garde. Je prierai…

Bénédict la raccompagna au seuil de sa boutique. Il lui laissa emporter sa couverture pour ne pas qu'elle prenne froid en retournant à l'autre bout de Rome.

Zapetta fit un signe de croix avec son pouce sur ses lèvres et disparut trottinant sur les pavés glacés.

Gui retourna à sa table de travail.

« La Sainte Congrégation ? Un Promoteur de Justice ?… »

Il inspecta sa tablette de notes.

Rainerio.

Vingt ans, grand et osseux, le visage en longueur, de grands yeux, comme sa sœur, des lèvres minces, un nez relevé, des cheveux clairs frisottants, vêtu de chausses neuves, d'un pourpoint matelassé gris et d'une cape noire.

Ce n'était pas la première fois qu'on lui confiait le cas d'une personne disparue.

Jusqu'à présent, il les avait tous explicités.

Mais ce qui différait aujourd'hui, c'était l'appartenance du garçon au personnel administratif du Latran. Jamais Bénédict Gui ne s'occupait de sujets traitant de la doctrine, ou du règne de tel ou tel pontife. Lorsqu'un évêque lui avait demandé son avis sur la Trinité dans un procès contre les thèses byzantines, lorsqu'un autre, enhardi par l'école de Chartres, avait voulu lui faire démontrer que l'eau du Déluge s'était évaporée grâce à l'action des arcs-en-ciel, ou qu'on l'avait invité à justifier la primauté de l'autorité du pape sur celle de l'empereur, Bénédict Gui s'était toujours défaussé, en évitant de se compromettre. Il comptait rester prudent cette fois aussi.

Mais Bénédict ne pouvait résister à la détresse d'une jeune fille telle que Zapetta. Une fois encore, il lui faudrait, sans se faire prendre, aller au plus court par le plus pressé.

Où se réunissait la « Sacrée Congrégation » et quel en était l'objet ? Qui était le « Promoteur de Justice » dont Rainerio se prévalait auprès des siens ?

Bénédict fouilla sa bibliothèque à la recherche d'un rôle de parchemin qui contenait l'organigramme des chambres administratives du Latran au temps du pape Martin IV, quelques années plus tôt. Rôle qu'il possédait depuis une enquête sur un trafic de fausse monnaie compromettant des prélats.

Il le trouva et se rassit à son bureau pour lire l'intitulé des diverses commissions, congrégations et divers dicastères du Latran sur lesquels s'appuyait le pouvoir du pontife romain :

— *Pénitencier apostolique pour l'octroi des dispenses et le suivi des censures.*

— *Commission épiscopale pour la discipline des sacrements.*

— *Juridiction pour le recouvrement des impôts ecclésiastiques et des confiscations.*

— *Commission interdicastériale chargée de la composition des ordres monastiques.*

— *Commission pour la canonisation des serviteurs de Dieu.*

— *Dicastère pour la surveillance des pèlerins de la Terre sainte.*

— *Office pour la protection des écrits du Saint-Père et du Saint-Siège.*

— *Commissions des ambassades avec l'empereur et le roi de France.*

— *Grande et petite chancellerie.*

Sous leurs abréviations latines, chacune de ces structures se prévalait de l'épithète de « sacré ». Seulement, nulle part ne se lisait l'intervention d'un « Promoteur de Justice » ni d'une « Sacrée Congrégation ».

Contrarié, Bénédict se dit que sur Rainerio, il ne savait pour l'instant presque rien d'autre que son nom !…

Sur ces entrefaites entra sa vieille servante, Viola. Elle vit au front de son maître qu'il n'était pas même souhaitable de le saluer.

Peu avant onze heures, un nouveau client vint frapper à la porte de la boutique. Bénédict l'avait vu descendre dans la rue d'une litière fermée portée par six hommes. Il arborait un gros ventre, un crâne chauve et luisant, des petits yeux mobiles et un pas traînant de sénateur.

Il entra, accompagné d'un valet de taille médiocre, sec, le visage impassible.

Le gros homme s'affala sur une chaise devant l'écritoire de Gui.

— Par la Croix, le Socle et le Calvaire, ne pourriez-vous pas vous tenir dans les beaux quartiers ? pesta-t-il. Ce serait plus commode. Et plus décent.

Bénédict secoua la tête pour dire :

— Si un homme tel que moi demeurait dans les beaux quartiers, comme vous dites, il y serait pendu au premier bois. Personne ne veut d'un poulpe au milieu d'un panier de crabes.

L'homme fronça les sourcils. À l'évidence, il ignorait que la pieuvre était le prédateur du crabe et que, à Rome, les crabes étaient les riches de son espèce.

— Mon nom est Maxime de Chênedollé, fit-il. J'exploite vingt bâtiments de cent tonneaux à Ostie. J'ai du bien, je m'apprête à m'installer à Rome dans un nouveau palais de trente pièces, je suis marié à ma quatrième femme, j'entretiens deux maîtresses dont une persane, douze enfants, et je compose, avec bonheur me dit-on, des facéties rimées dans le ton d'Anacréon. Mes amis ont confiance en moi.

Il esquissa un sourire :

— En d'autres circonstances, jamais il ne me serait venu à l'idée d'user d'un individu tel que vous, seulement... je n'ai personne d'autre vers qui me tourner !

Bénédict Gui avait l'habitude de ce genre d'introduction peu spontanée : « Ça devait... Mais ça n'a pas... Aussi me voilà obligé de... »

Maxime de Chênedollé leva une main et son serviteur lui remit plusieurs dossiers de feuillets.

— Voilà, dit-il. Il s'agit d'un problème qui touche mes négoces. Plus précisément des transactions passées avec un important fournisseur de Venise. Depuis quelque temps, je sens qu'il me berne sur la provenance de ses produits. Seulement, chaque fois que je m'en ouvre à lui, il me renvoie à un alinéa tortueux de notre contrat qui penche en sa faveur. Sauriez-vous me dire ce qui se cache d'autre entre ces lignes ?

Depuis que les traités commerciaux sur parchemin remplaçaient l'antique serment oral, des hommes comme Bénédict Gui étaient de plus en plus recherchés. Ils savaient rédiger clauses et dispositions, mais aussi dénoncer la nullité de certains accords. On venait les voir pour contester des testaments ou des pactes.

Un peu las devant cet énième contentieux commercial, et voulant en terminer au plus vite, Bénédict prit les feuillets.

— C'est écrit en mauvais latin, constata-t-il pour commencer.

Chênedollé haussa les épaules :

— Mon Vénitien est un rustre de Brindisi.

Gui poursuivit la lecture.

Il repéra aussitôt un piège d'écriture :

— Plusieurs clauses sont estampillées avec l'abréviation *A.P.*, dit-il.

— C'est exact.

— Qui est un raccourci poussé du sigle *Ad. Pr.* En droit courant, ce dernier veut dire *ad praesens*. C'est-à-dire que les clauses sont liées aux exigences du moment : prix des denrées, coûts du transport en mer, taux péagers, et autres variables.

— Eh bien ? Je sais cela !

— Eh bien, le risque en usant de *A.P.* c'est que l'abréviation peut aisément se lire : *ad patres*. Si par malheur vous retourniez « chez vos ancêtres », soit si vous mouriez, le contenu de ce contrat serait sanctuarisé et reviendrait intégralement à votre Vénitien.

— C'est abominable !

— Oui. Une usurpation assez répandue de nos jours…

Mais très vite, Bénédict entra dans une concentration muette inattendue, usant de sa boule de verre grossissant pour mieux déchiffrer certains mots.

Chênedollé regarda autour du bureau, se rendant soudain compte du désordre hétéroclite de l'endroit, du nombre impressionnant de livres et de quelques pièces surprenantes telles qu'un squelette de chat sur lequel pendait négligemment une fronde en peau d'anguille.

Il jeta un œil à son valet, mais celui-ci restait les yeux braqués sur Gui qui scrutait intensément les textes.

Soudain Bénédict demanda :

— Vous rencontrez des problèmes de sommeil ?

Chênedollé sursauta.

— C'est possible.

— La langue lourde, l'appétit qui ne vient plus, des difficultés d'attention, des flux de ventre peut-être ?

— Ah ça, comment le savez-vous ?

À son tour Bénédict haussa les épaules et dit :

— C'est écrit là…

Il tourna les pages vers Chênedollé.

— En réalité, votre Vénitien n'a aucun problème avec le latin, il se trouve seulement que dans le protocole que vous avez signé, il a glissé un *second accord*, dissimulé derrière un codage secret. Cet homme emploie une technique ancienne de décalage de lettres, parfaitement désuète et qui sauterait aux yeux du premier déchiffreur venu ; en plus il s'y prend mal, aussi est-il contraint de commettre des fautes de syntaxe pour pouvoir respecter le chiffre de son code !

Chênedollé émit un grognement rageur.

— Que dit-il ?

Bénédict saisit son stylet et, à toute allure, pointant dans l'ordre, les premières, deuxièmes et troisièmes lettres de chaque mot de plus de deux syllabes, constitua de nouvelles phrases.

— Il s'adresse en particulier à votre contremaître Quentin…

Chênedollé tressauta à l'énoncé de ce nom véritable.

— … qui semble être… ma foi, l'amant de votre épouse ! Tous deux se sont accordés avec le Vénitien pour vous acculer à la faillite et récupérer votre clientèle. Ils ont établi un commerce similaire au vôtre à Ravenne qui perçoit les bonnes marchandises dont vous êtes privé. Quant à accélérer leurs fins, le Vénitien les a invités à vous empoisonner avec des infusions de jusquiame.

Chênedollé leva les bras au ciel.

— Ah ! Mais c'est précisément le breuvage que l'on m'a prescrit pour soigner mes ulcérations.

— C'est fin : selon son dosage, cette plante a la particularité d'être soit un remède, soit un poison. Ces trois personnages se sont entendus pour vous tuer à petit feu… Vous m'en voyez bien désolé, monsieur.

Blême, les poings serrés, Chênedollé ne savait que choisir entre la consternation de se savoir volé, cocu et assassiné, et l'étonnement que lui inspirait le bien-fondé de la réputation de Bénédict Gui.

— On m'avait dit que vous étiez l'homme de toutes les situations !…

Éludant le compliment, Bénédict se leva, comme pour signifier que l'entrevue touchait à son terme.

— La technique de codage est médiocre, ajouta-t-il, mais il faut reconnaître que le procédé n'est pas dénué d'avantages : pour dissimuler une correspondance à quelqu'un, quoi de meilleur que de la lui mettre sous le nez ?

Le gros Maxime de Chênedollé grogna une nouvelle fois puis déposa trois ducats d'or sur l'écritoire de bois, près de la corne à encre.

— Merci, l'ami, dit-il. Ne dites rien de cela à personne. Si mes concurrents apprenaient que l'on est en mesure de me flouer, de quoi aurais-je l'air ?

Gui fit un mouvement du front qui laissait entendre à quel point il s'en fichait. Toutefois il soupesa les ducats et promit.

Il raccompagna l'homme et son valet, coupant court aux exclamations du riche marchand.

— Les femmes... l'argent... la trahison... Rien n'est jamais ce que l'on croit !...

Enfin Chênedollé repartit comme il était venu, confortablement voituré.

Bénédict le vit disparaître avec soulagement. Il n'aimait pas se compromettre avec la vie domestique de ces gens-là. « À s'en mêler, il n'arrive jamais rien de bon. » Il regrettait même d'avoir délivré le secret de sa femme et de son amant. S'ils allaient vouloir se venger de lui, il aurait encore à se tirer d'affaire, en gâchant de son temps précieux.

Il referma sa porte et considéra les trois ducats de Chênedollé.

— Voilà qui sera suffisant pour faire le jour sur la disparition du frère de Zapetta, se dit-il en souriant.

Comme annoncé ce matin à la jeune fille, la providence avait pourvu à tout.

Gui serra l'argent dans une bourse et reprit le fil de ses pensées là où Chênedollé l'avait interrompu.

Quelques minutes plus tard, le marchand d'Ostie et sa piteuse affaire d'escroquerie avaient quitté son cerveau aussi bien que s'ils n'avaient jamais existé...

3.

À Cantimpré, le vicaire Augustodunensis et les villageois réussirent enfin à se libérer de l'église où ils étaient retenus prisonniers, après avoir embouti le portail avec le socle des fonts baptismaux. Ils percevaient clairement les cris des enfants qui se répandaient dans le village après le départ des hommes en noir.

Les cinq femmes enceintes sortirent de chez elles avec crainte. Dès l'ouverture de l'église, les petits en larmes rejoignirent leurs parents pour raconter ce qu'ils avaient vécu.

Augustodunensis se précipita vers la maison du père Aba.

Il y trouva les meubles renversés, une des portes emboutie, le cadavre de l'enfant éventré le long d'une poutre et le prêtre à terre, baignant dans son sang.

Il ordonna qu'on descende le garçon et que l'on transporte le père Aba dans sa chambre à l'étage.

On étendit le blessé sur son lit. La pièce respectait l'ascétisme franciscain des fraticelles : vide à l'exception d'une croix au mur, d'un prie-Dieu et d'une planche de bois qui servait de couchage.

Le vicaire et les trois villageois présents défirent leurs manteaux pour couvrir le prêtre et lui relever la nuque. Son teint était blafard, sa respiration au plus bas, la moitié du visage défigurée par les coups reçus. Le sang, spumeux et sombre, avait roulé jusqu'au torse.

Pasquier, le barbier-chirurgien, lui étancha le front et la gorge avec un linge imprégné d'eau vinaigrée. Le prêtre ne réagit pas aux morsures de la solution acide. La tempe gauche était ouverte et le sang jaillissait par pulsions molles et espacées, le coup transversal porté par l'homme en noir avait entièrement décollé la cornée : les humeurs aqueuses se vidaient, mêlées au sang et aux larmes.

Pasquier prit une fine aiguille au bout des doigts et du fil pincé entre les lèvres.

Augustodunensis s'était muni d'une bible et d'un flacon de chrême, au cas où il devrait administrer les derniers rites.

La vieille Ana vint les rejoindre. Elle avait en toute hâte étudié une carte du ciel et l'heure de l'attaque du prêtre. Le calcul fut vite fait : aujourd'hui Mars redevenait ascendant. C'était le présage d'autres dangers à venir !…

Pasquier releva une peau du cou ensanglantée pour faire pénétrer la pointe de son aiguille d'un coup sec du pouce et de l'index. Il marqua ainsi un deuxième point en faisant glisser son fil, puis un troisième, un quatrième… Ensuite, il observa l'œil et dit :

— Apportez-moi de la cendre…

À l'étage inférieur, les villageois avaient décroché le cadavre du garçon.

Révoltés, tous voulaient parler sans attendre leur tour. On s'interrogeait sur le nombre d'hommes en noir qui avaient assiégé le village : on compta les quatre assaillants du presbytère, mais aussi huit autres cavaliers répartis dans Cantimpré pour barrer le portail de l'église avec un madrier et contenir les femmes enceintes qui n'assistaient pas à l'office.

On s'inquiéta de leurs mises sombres, de leurs capuchons rabattus, de leurs puissants et coûteux coursiers, et de leur cruauté absolue.

L'enfant assassiné se nommait Maurin.

Le garçon enlevé était Perrot.

— Ils ont abandonné l'arme, constata un villageois après qu'on eut descendu le corps de Maurin.

— Ils savent qu'ils ont commis une monstruosité, murmura Aranjuez, le doyen du village. Un soldat ne recouvre pas sa lame lorsqu'elle a trempé dans le sang innocent d'un enfant. Elle lui porterait malheur.

Mais l'un des garçons présents pendant la leçon d'Aba raconta que Maurin, en dépit de sa blessure, refusait de mourir et qu'il s'était agrippé au pommeau. Avant de partir, l'homme en noir, hésitant, n'avait pas voulu reprendre l'épée.

Dégoûté, Aranjuez prit l'arme et la posa près des livres du prêtre.

À l'étage, Pasquier avait couvert l'œil du père Aba avec de la cendre jusqu'à ce que le sang et les fluides ne puissent plus l'imbiber. Le pouls du blessé s'était relevé, mieux frappé, plus régulier. Après quoi le barbier posa une dizaine de ventouses sur le torse du prêtre pour le congestionner.

— Il faut attendre, dit-il lorsqu'il eut terminé. La fièvre va tomber.

Les cinq hommes et la femme s'agenouillèrent devant le lit d'Aba et se mirent à prier.

Dehors les villageois avaient décidé de former un cordon de sécurité autour de Cantimpré ; quatre bergers se postèrent dans les hauteurs afin de prévenir tout retour de la troupe en noir. On décréta aussi devoir allumer un grand feu et des torches tout le long de la nuit afin de ne pas risquer d'être surpris.

Dans la journée, Auguste conduisit prière collective sur prière collective pour la sauvegarde de Guillem Aba. La famille du garçon mort le supplia de célébrer un office funèbre sans tarder. Sourds au règlement de la liturgie, ils ne supportaient plus la vue de ce corps éventré.

On creusa une petite fosse près de l'église. La dépouille du garçon fut lavée, vêtue de lin et étendue les mains jointes sur le ventre. Sa mère glissa à ses côtés un hochet, une balle et sa toupie favorite.

Augustodunensis sentit combien ce drame affectait les paroissiens : depuis six ans, les enfants ne mouraient plus à Cantimpré.

Il les observait, alignés en silence autour de la tombe, les visages durs, la peau hâlée, les cheveux en broussaille. Ces paysans laborieux et tenaces, qui ne laissaient jamais paraître leurs sentiments, avaient l'air perdu.

Le vicaire rappela dans son oraison la soumission nécessaire aux décrets de Dieu, si cruels soient-ils, dans l'attente de la délivrance du Ciel, sachant qu'il n'y avait, en la circonstance, d'autre éloquence que celle qui promet un peu de bien derrière le mal.

Le père de Maurin ensevelit son fils sous la terre amassée au bord de la fosse.

Après la cérémonie, alors que les villageois se dispersaient d'un pas calme et digne, Auguste retourna au presbytère, pensif, et resta seul dans la pièce à vivre.

À l'étage, Ana, la fille du doyen Aranjuez, veillait sur le père Aba.

Pour s'occuper, le vicaire nourrit les trois animaux, activa les poêles qui avaient été apportés en supplément pour chauffer la maison du blessé, et travailla à reconsolider la porte détruite par les hommes en noir. Il mettait beaucoup de soins à éviter de regarder la poutre vermoulue encore maculée du sang de Maurin.

Son œil se posa sur l'échelle où le vieil Aranjuez avait déposé l'épée ensanglantée, près des livres du père Aba. Auguste n'avait encore jamais prêté d'attention à ces ouvrages depuis son arrivée.

Il reconnut des titres célèbres. Avant son premier diaconat, Auguste avait passé cinq ans au monastère du Fulda qui détenait l'une des plus riches bibliothèques d'Occident. Son érudition n'était plus à faire.

Il lut : *L'Introduction* de Jean de Parme, les œuvres complètes de Guillaume d'Auvergne, le *Sic et Non* d'Abélard, les *Décrétales de Grégoire IX* compilées par Raymond de Pennaforte, un manuel en occitan pour démasquer les Pétrobusiens et le *Livre des prodiges* de Julius Obsequens.

Mais ce fut un tout autre ouvrage qui intrigua le vicaire ; il était épais de trois doigts, sans titre, relié d'une peau neuve.

En l'ouvrant, Auguste découvrit soudain ce qu'il ne cherchait pas : non point un ouvrage pieux, ni une pièce romancée, mais des pages noircies de la plume même de Guillem Aba !

Le prêtre de Cantimpré tenait là le compte minutieux de tous les faits et gestes de ses paroissiens depuis 1282. Pas un jour, pas un acte, même anodin, ne manquait : brève venue d'un marchand ambulant le 4 août dernier, départ d'un berger pour le plateau de Gage au nord du village pour dix nuits en septembre, passage d'un ingénieur des travaux de la grand-route le 9 juin de l'année précédente, jeux d'une bande d'enfants descendus dans la grotte du Mauconseil au printemps 1286...

Le père Aba fixait par écrit l'observation des actes et de certaines paroles, sans émettre de commentaires. Pourquoi ? Il avait la réputation d'un homme plutôt réservé, componctueux, sobre de gestes et concis de paroles. À l'évidence, il n'était pas venu à Cantimpré pour enquêter, nanti d'une mission inquisitoriale, ni ne possédait la manie du soupçon.

Malgré tout, rien n'échappait à sa vigilance.

Intrigué, Auguste se porta à la page datée du jour de son arrivée à Cantimpré. Il fut ébahi : Aba savait ce qu'on lui avait offert à manger, le contenu de ses sacs de voyage, jusqu'à ce qu'untel et untel lui avaient prodigué comme formules de bienvenue.

Auguste n'avait jamais entendu parler d'une telle astreinte dans la charge dévolue aux prêtres.

— Vous le voyez par ses lectures, le père Aba est un vrai lettré.

Le vicaire sursauta en entendant la voix s'élever dans son dos. C'était Ana qui était descendue de la chambre et le surprenait devant les livres.

La fille d'Aranjuez, le doyen du village, était aussi la femme la plus âgée de Cantimpré. Toujours vêtue de noir, elle ressemblait à une sorcière. Elle avait consacré sa vie au service de l'ancien prêtre Evermacher. À l'arrivée du jeune Guillem Aba, elle avait naturellement repris sa place au presbytère.

— Notre père n'en parle jamais, reprit-elle d'une voix de gorge, mais avant de s'en venir chez nous, c'était un étudiant solide, disputailleur d'idées et partisan de d'Aquin.

— Vous connaissez Thomas d'Aquin ? s'étonna Augustodunensis.

Ana pointa les ouvrages du doigt.

— Il est cité là. Faut pas croire, Evermacher m'a enseigné à lire et à écrire, autrefois !

Elle se tourna vers le poêle où elle avait placé une cuve d'eau à bouillir et y trempa les linges souillés de pus du blessé. Cependant Auguste tâchait de remettre le livre de notes à sa place.

— Je sais aussi pour sa « surveillance » des habitants, fit-elle du ton de la conversation. On est trois au village, avec Beaujeu et Jaufré, à le savoir.

Elle le regarda :

— Enfin quatre maintenant.

Auguste sursauta une seconde fois.

Ana reprit, souriante :

— Vous saviez où vous mettiez les pieds en vous rendant parmi nous, frère Auguste ?

— Je connaissais cette réputation de miracles perpétuels en acceptant l'offre de l'évêché, admit Auguste. Toutefois, voilà deux semaines que je vis ici et je n'ai toujours pas été le témoin du moindre prodige.

Ana haussa les épaules.

— C'est parce que vous vous faites de fausses idées. Vous n'êtes pas près de voir à Cantimpré une croix de feu dans le ciel ou des hosties volant pendant la messe ! Nos merveilles sont moins spectaculaires : que l'on parle des naissances d'enfants, de la guérison des maladies, de la disparition du loup, de la source sous l'église qui se mourait et qui a doublé son débit, toutes les bénédictions de Cantimpré sont celles des petites gens. On est loin des simagrées de la Bible ou des racontars des évêques. C'est d'ailleurs ce qui *inquiète* le père Aba. Et ce qui *gêne* Cahors. Vous froncez les sourcils ?

Tout en poursuivant son explication, Ana baignait ses linges, insensible à l'eau bouillante.

— Depuis huit ans, on ne sait pas quoi décider à l'évêché, sur Cantimpré. Aucun prodige d'ici ne peut être endossé par l'évêque ! Et pourtant, selon le dogme, seuls les saints sont des faiseurs de miracles… Le père Aba souvent nous dit que lorsque l'Église rendra sa sentence sur Cantimpré, le choix sera restreint : soit le village sera reconnu et prospérera comme les plus célèbres lieux de pèlerinage, soit il sera rayé de la face du monde !

Elle désigna le livre de notes du prêtre.

— C'est pourquoi il fixe en secret la vie du village par écrit. En cas de procès, il veut pouvoir défendre ses fidèles et répondre à ceux qui prétendront que notre village vit sous la coupe d'un diable. Voilà ce qu'il nous a dit. Et…

La vieille Ana regarda tristement l'épée ensanglantée qui avait ôté la vie de Maurin.

— Cette troupe d'hommes en noir… C'est sans doute le début des hostilités avant le procès. Ils n'ont pas enlevé Perrot au hasard. Nous sommes attachés à cet enfant ici. Il est le premier des nourrissons miraculeux de Cantimpré ! Le premier à avoir vu le jour en parfaite santé, et sans avoir fait crier sa mère. Vous le verrez sous peu, chez nous les enfants naissent sans presque de sang sur le corps, sans cris, les yeux ouverts… Le petit Perrot est une sorte de symbole pour nous autres.

Sa voix se fit grave et menaçante :

— Ceux qui sont venus le ravir ce matin devaient le savoir !

Après un moment de pause, elle secoua la tête et se tourna vers l'escalier.

— Le temps n'est pas en notre faveur ! Si le Ciel est derrière les bénédictions de Cantimpré, il serait bon qu'Il se fasse connaître ! Au moins un miracle qui nous mette en conformité avec la religion…

Sur cette invitation lancée au Seigneur, elle disparut à l'étage.

Augustodunensis était bouleversé. *Les miracles de Cantimpré.* Il n'y avait jamais tant réfléchi que cela. Les réputations de prodiges étaient chose courante dans les paroisses frustes. Il avait accepté ce poste en pays d'Oc dans la perspective de se dresser contre les hérétiques ; il ne pensait pas mettre les pieds dans une paroisse si sensible.

Tout à ses sombres pensées, il se remit à la réfection de la porte brisée.

Une heure plus tard, Ana l'appelait.

Auguste se précipita dans la chambre. Le père Aba, son œil valide mi-clos, déglutissait douloureusement, entrouvrant les lèvres pour parler. Il ressentait de terribles élancements au cou, à la mâchoire et à l'œil gauche.

Il revit en pensée l'homme en noir s'élancer sur lui. D'instinct, il voulut bondir de son lit, mais le vicaire et la vieille fille se récrièrent.

Écrasé de fatigue, Aba se laissa retomber sur sa couche.

— Que s'est-il passé ? Qu'ont-ils fait ? demanda-t-il.

Il n'avait pas encore pris conscience de la disparition de son œil gauche.

— Ils ont assassiné le petit Maurin, murmura Auguste.

Aba fronça les sourcils.

— Je ne l'ai pas oublié. J'ai assisté à cette monstruosité. Mais ensuite ? Ensuite, je n'ai plus de souvenirs !

Auguste raconta :

— La troupe d'assaillants a disparu ainsi qu'elle était venue, rapide et silencieuse. Pendant l'attaque, nous étions prisonniers dans l'église.

Ana ajouta aussitôt, d'une voix perçante :

— Ils ont fui en emportant Perrot avec eux ! Ils n'ont visité aucune maison, ont ignoré les femmes enceintes et n'ont pas même saccagé l'église, ni exigé de provisions. Rien que Perrot !

À l'énoncé du nom du petit prodige de Cantimpré, le visage d'Aba se figea. Un instant Auguste crut qu'il allait de nouveau défaillir.

— Perrot, murmura le prêtre sans plus s'arrêter, Perrot... Perrot... Perrot...

4.

Débarrassé de Maxime de Chênedollé et de sa piteuse affaire de contrat, Bénédict Gui put quitter sa boutique de la via delli Giudei et débuter son enquête sur Rainerio.

Sitôt dans la rue il s'entendit interpeller par les passants. Bénédict était renommé pour être l'ami des petites gens ; rien d'important ne se décidait sans qu'il fût consulté. Ses arbitrages étaient droits ; ses conseils, justes ; et ses avis, bienveillants. Il en résultait que chacun, à un titre quelconque, lui était redevable.

Marcello Doti, un négociant en tissu, lui tomba dessus au sortir de sa boutique pour le remercier : cela faisait des mois qu'il était victime de terribles cauchemars. Son confesseur parlait de possession diabolique ; en galéniste convaincu, Bénédict Gui allégea le menu de ses repas du soir et le sommeil de Doti échappa aux « attaques » des démons…

Après Doti, ce fut le gros Vincenzo Porticcio, l'un des marchands les plus riches de la via delli Giudei, qui voulut l'entretenir d'un sujet d'importance ; mais Bénédict rétorqua que le temps lui manquait. Il savait que Porticcio n'avait qu'une idée en tête : lui faire épouser l'une de ses filles, estimant qu'il n'y aurait meilleure affaire que de compter un homme aussi habile que lui parmi les siens.

Personne n'ignorait que Bénédict était veuf. Chaste et solitaire, toujours en habits de deuil, on disait de sa vie qu'elle se passait *entre ses deux oreilles*, tant ses jours étaient consacrés à la réflexion, coupés des passions du monde.

Bénédict finit par échapper aux salutations de ses voisins et se dirigea vers le Tibre dont il longea les berges en direction du pont Milvius, non loin des remparts.

Il dut, à un moment, interrompre sa marche : des monceaux de détritus condamnaient le passage qui menait sous le pont. D'aucuns auraient fait demi-tour ; Bénédict gravit des caissons entassés à la renverse et contourna l'amas d'ordures, le pied posé sur des barriques instables, suivant un chemin connu seulement des chats et des rats. D'ordinaire, dès les premières chaleurs, l'endroit était envahi de grosses mouches et de relents pestilentiels.

Sans faillir, il gagna l'autre côté.

Là, tout était net et impeccable ; quelques structures de bois étaient rangées le long du pourtour en pierre de la berge. Le sol était pavé et lavé.

Bénédict avança vers un feu de camp où se tenaient trois hommes qui lui firent un bref salut de la main.

Quatre cadavres nus moisissaient non loin d'eux.

Au bord de l'eau, un gaillard se tenait accroupi, les braies descendues sur les cuisses, ses pieds sur deux rondins. Il sourit en voyant paraître Bénédict Gui.

Il termina ses besoins et vint à lui.

— Tu te fais rare, vieil ami !

L'homme n'était pas surpris de voir Gui : ce dernier avait été annoncé par les guets qui protégeaient cette portion du Tibre.

Le groupe d'hommes présents sur la berge répondait dans Rome au nom étrange des « Laveurs ».

Ils ne quittaient jamais les eaux du fleuve.

Le Tibre, fidèle à son nom qui venait d'un nommé Tibère noyé dans ses eaux, était une sorte de monstre qui avalait les morts de la ville : trois quarts des suicidés ou des assassinés finissaient basculés dans son lit. Charriés à la surface, ils ne disparaissaient pas pour tout le monde : les Laveurs, postés au dernier pont avant la sortie de Rome, rattrapaient leurs dépouilles flottantes. Ils les pillaient, les détroussaient, les mettaient complètement à nu, avant de les rendre au courant. Aucun corps ne leur échappait, pas même ceux que l'Église avait enveloppés dans un sac avec la mention écrite : « *Laissez passer la justice de Dieu.* »

Ce commerce morbide était florissant et tenait tout entier entre les mains de ces gens que venait visiter Bénédict Gui.

Une autre équipe, celle des « Sans Merci », avait, elle, la charge de dépiauter les pendus et les décapités condamnés par l'ordre public. Ensemble, ils se partageaient à Rome les fruits de ce trafic infâme, sur lequel les autorités fermaient les yeux pour prix de leur tranquillité.

Plusieurs crimes avaient été démêlés par Gui grâce aux Laveurs.

— Je cherche un jeune homme, leur expliqua-t-il. Disparu depuis une semaine.

Il décrivit le personnage de Rainerio, d'après les informations fournies par sa sœur.

Le chef de la bande secoua la tête :

— Ces derniers jours, le fleuve ne nous a offert qu'un soldat du Latran, une femme aux habits déchirés et au visage bleu de coups, et un nouveau-né dont on avait arraché le cordon ombilical, sans doute pour confectionner un philtre. Rien qui corresponde à ton garçon. Cette nuit, nous avons levé ces quatre imbéciles-là…

Il montra les cadavres.

— L'ivresse les a noyés.

Rien n'arrêtait les Laveurs, pas même les eaux glacées ; ils plongeaient, leurs crochets à la main, et récupéraient les corps.

Bénédict ne savait s'il devait se réjouir de ne pas retrouver ici la dépouille de Rainerio. C'eût été une fin prévisible.

— Si vous repêchiez mon homme, dit-il, avertissez-moi.

— Ce sera fait.

Le chef de bande savait Bénédict au mieux avec les juges de la ville. Depuis deux ans, leur entraide avait porté ses fruits, d'un côté comme de l'autre.

Gui le remercia et retourna dans les rues de Rome.

Après avoir visité le Crime, Bénédict alla visiter la Loi.

Il se présenta à la caserne des gardes de la Ville avec l'intention de questionner Marco degli Miro, le chef de la police romaine.

Marco degli Miro devait trois résolutions d'importantes énigmes à la circonspection intelligente de Gui. Et Gui fut une fois tiré de prison par Miro après une enquête qui avait irrité un prince de l'Église. De gré à gré, les deux hommes avaient trouvé un terrain d'entente et avaient même fraternisé.

À la caserne il lui fut répondu que le chef de la police était absent, mais Bénédict, habitué des murs, fut autorisé à visiter les cellules souterraines de prisonniers.

Point de trace de Rainerio.

Il demanda alors si deux gardes n'avaient pas été envoyés, six jours plus tôt, via Regina Fausta afin d'arrêter ou d'interroger un jeune homme du nom de Rainerio, travaillant au Latran.

Les registres lui apprirent qu'il n'en avait rien été : les deux hommes aperçus par Zapetta avant la disparition de son frère n'appartenaient pas aux effectifs de Marco degli Miro.

Bénédict quitta la caserne et s'arrêta via del Macellaio près d'un abreuvoir public où piétinaient des équipages de mules. Il lança à un meneur d'attelage :

— À l'église Sant'Elena, piazza Constantino !

En dépit de la permanente bousculade des rues, il y fut rendu un quart d'heure plus tard.

L'état de l'église Sant'Elena, consacrée au xe siècle, était piteux : son portail avait été condamné par de puissantes planches transversales, sa flèche était émoussée, les cloches, ainsi que le tabernacle et la table de l'hostie avaient été transférés dans un autre lieu de culte.

Cette maison de Dieu n'était plus fréquentée depuis cinq ans. Les risques d'éboulement sous le chœur avaient été considérés comme trop grands.

Bénédict Gui contourna le corps principal pour entrer par une petite porte de bois branlante couronnée d'une croix en fer.

À l'intérieur, les piliers avaient verdi sous les infiltrations d'eau, des champignons croissaient comme des chapelets le long des rainures du dallage. Dans les coins de la nef, protégés des courants d'air glacés, dormaient plusieurs groupes de clochards.

Bénédict appela :

— Père Cecchilleli ?

Sa voix résonna. Deux corneilles battirent des ailes et disparurent par une brèche dans les vitraux.

À hauteur du jubé, Bénédict rejoignit une poterne qui conduisait à la sacristie.

— Père Cecchilleli ? répéta-t-il d'une voix moins forte.

L'homme qui apparut à l'appel de son nom tenait une bougie d'un bras tremblant. Il était vieux, le crâne chenu, la peau ridée, le dos à moitié ployé sous une couverture grasse et poussiéreuse.

Il cligna de l'œil, hagard, avant de reconnaître Gui.

— Bénédict ?

Gui considéra le vieillard avec tristesse.

« Qui pourrait croire qu'il y a trois ans ce personnage était encore l'un des cardinaux les plus éminents de Rome ? »

Francesco Cecchilleli de Ravenne avait siégé sa vie durant aux côtés des membres du conseil du pape. Sa carrière dans l'Église était citée en exemple. Sa chute fut d'autant plus retentissante qu'elle était inattendue.

Le cardinal avait réussi à mettre au jour un trafic de fausse monnaie frappée du monogramme des papes et dont la fabrique se tenait à quelques pas du Latran.

Il le dénonça au camerlingue du pape Honorius IV, l'administrateur des finances du Sacré Collège. Le souverain pontife, par la voix de son chancelier Artémidore de Broca, refusa de donner suite à cette plainte et lui enjoignit de ne pas poursuivre ses investigations.

Cecchilleli eut la conviction que ce trafic était coiffé par des prélats du Latran. Résolu à ne pas se taire, il voulut porter l'affaire sur la place publique. Mal lui en prit. L'accusation de simonie qu'il portait contre les hautes figures du Latran se retourna en sa défaveur ; il fut *lui* jugé coupable du crime qu'il dénonçait et déchu de tous ses droits.

On le dégrada au rang de simple prêtre et on lui attribua l'insignifiante paroisse de Sant'Elena, avec son église en ruine privée de fidèles.

— Une cure de campagne aurait eu ma préférence, avait-il avoué à Gui, mais *ils* ont résolu de me tenir à l'œil.

Interrogé sur les identités présumées de ces « ils », Cecchilleli se contentait de hausser les épaules et de demander :

— Qui peut abattre un cardinal en moins de trois semaines ? Même mon ami Artémidore de Broca m'a dit qu'il n'avait rien pu faire pour me sauver !…

Cela faisait trois ans que cet ancien cardinal croupissait ici. Bénédict fut scandalisé de découvrir qu'il n'avait que quelques fagots pour se garder du froid et un sol sans paille.

— C'est une joie de te voir, Bénédict. Tu es le dernier de mes bons amis qui se préoccupe encore de savoir si je suis vivant ! Depuis ma disgrâce, tout le monde me montre le dos, y compris ma famille dont j'ai assis la fortune. Les fidèles de Ravenne flétrissent mon nom…

Ses yeux fatigués et irrités produisaient de la chassie, il semblait porter d'épaisses larmes qui refusaient de couler.

— Vois-tu, c'est un sort cruel, pour un homme comme moi qui s'est efforcé sa vie durant d'assurer le salut éternel des autres, de ne plus rencontrer que des visages qui se détournent.

Il hocha la tête :

— Je relis les *Morales sur Job* et j'éprouve ma patience. Ne sommes-nous pas les enfants d'un Dieu qui réprouve la vie qu'Il nous a donnée ? Il ne sert à rien de se plaindre du Ciel. Et puis, je ne suis pas si seul ! J'ai mes pécheurs.

Cecchilleli entendait par là les mendiants réfugiés dans « son » église.

Il leva un bras :

— Mais nous parlons trop de ma personne ; que puis-je faire pour toi, Bénédict ?

61

Les deux hommes s'assirent sur des tabourets. Bénédict voulut offrir son manteau, mais le religieux refusa.

— Tu prendrais froid.

— J'y suis accoutumé.

Bénédict lui résuma en quelques mots les éléments que Zapetta lui avait rapportés sur la disparition de son frère Rainerio.

Il demanda :

— Savez-vous ce qu'est cette Sacrée Congrégation ?

Pour simple prêtre qu'il était redevenu, Cecchilleli n'avait pas perdu la mémoire ; sa splendeur cardinalice lui avait permis de voir et de savoir beaucoup de choses. L'Arcane de la curie n'avait aucun secret pour lui. Ce n'était pas la première fois que Gui l'interrogeait pour une de ses enquêtes.

— La Sacrée Congrégation ? répéta Cecchilleli d'un air réfléchi. Peux-tu m'en dire davantage ?

— Il semblerait qu'il y siège une personne qualifiée de « Promoteur de Justice » auprès de qui travaillait le jeune Rainerio.

Cecchilleli fronça les sourcils.

— Alors tu veux parler de la *Sacrée Congrégation des rites, pour la cause des saints.* Même si elle change de nom presque à chaque nouveau pape. Il ne fait pas de doute qu'il s'agit d'elle.

Il s'expliqua :

— Le pape est seul habilité à décréter qui peut être élevé à la dignité de saint. Autrefois, la voix populaire suffisait. De nos jours, la Sacrée Congrégation se charge d'opérer le tri entre les candidatures. Dès qu'une figure de sainteté est estimée possible, le pape signe une bulle d'ouverture de procès et la Congrégation instruit une commission d'enquête. La vie du postulant y est examinée dans ses moindres détails, ses miracles sont vérifiés, ses œuvres évaluées et jugées. Les délibérations sont remises au pape qui rend alors son verdict infaillible. Tel est l'objet de la Sacrée Congrégation : c'est une fabrique de saints.

Bénédict se rappela que dans son rôle du Latran daté du pape Martin IV, il avait lu l'intitulé : *Commission pour la canonisation des serviteurs de Dieu*. Il se dit que pour un jeune homme sorti de nulle part comme Rainerio, c'était une chance bien incroyable d'approcher une institution aussi importante.

— Et le Promoteur de Justice, de qui s'agit-il ?

— Durant le procès de canonisation, défense et accusation s'affrontent. D'un côté, le « Promoteur de la Cause » défend les mérites du futur saint ; de l'autre, le « Promoteur de Justice » a pour devoir de prouver que le défunt ne peut être retenu au nombre des élus. Il instruit à charge. On l'appelle aussi l'« avocat du Diable ».

— Je connais ces commissions locales qui enquêtent sur les saints, j'ai même assisté à des procès publics.

Le prêtre sourit.

— Ce qui se passe en public ne sert qu'à divertir la foule. En réalité, les choses sérieuses sont décidées bien avant, à huis clos, au sein de la Sacrée Congrégation. Tous les diocèses catholiques rêvent de posséder leur propre saint ; les requêtes en canonisation se comptent par centaines chaque année. Certains évêques et fidèles ne reculeraient devant aucune bassesse pour faire canoniser l'un des leurs. Le rayonnement d'un nouveau saint attire des pèlerins et permet à toute une région de s'autocélébrer.

Il haussa les épaules :

— Beaucoup de profits sont en jeu, et tous les Promoteurs ne sont pas incorruptibles. Aussi la véritable Sacrée Congrégation s'efforce-t-elle de rester secrète afin de ne pas prêter le flanc aux pressions et aux manœuvres financières. Hormis ses membres, personne ne connaît ses véritables modalités. Même un cardinal comme moi.

Bénédict songea que si Rainerio était, comme il le prétendait devant sa sœur, au service d'un Promoteur de Justice, il était au cœur des débats, mais du côté le plus honni qui soit.

— Où la Congrégation tient-elle ses sessions ?

— Les discussions se finalisent au palais du Latran, parfois en présence du pape. Mais je sais qu'il existe des satellites dans les États pontificaux, ne serait-ce que pour enregistrer les nombreuses suppliques de nouvelles figures.

Bénédict mit le peu de bois qui restait à brûler dans le poêle. Il constata combien cette sacristie était triste, privée de tous les ornements sacrés qui servaient à la messe. Le placard des cierges était vide, il ne restait qu'un vase gris de poussière posé à terre et qui ressemblait de loin à un calice. Bénédict vit sur un lutrin le seul livre en la possession de Cecchilleli : les *Morales sur Job* rédigées par le pape Grégoire le Grand.

Il l'interrogea de nouveau :

— Connaissez-vous quelqu'un qui pourrait y siéger encore et auprès de qui je parviendrais à me renseigner ? Ou un Promoteur de Justice ?

Cecchilleli réfléchit.

— En ce qui regarde les Promoteurs de Justice, je n'en connais qu'un, mais c'est le plus prestigieux : Henrik Rasmussen, un Flamand, ancien archevêque de Tournai. Je sais qu'il a très longtemps occupé ce rôle de Promoteur de Justice à la Congrégation. Il s'est fait reconduire de nombreuses fois, éprouvant un plaisir manifeste à briser toutes les prétentions à la sainteté !

Il sourit.

— Les serviteurs de Dieu qui ont été défiés par Rasmussen ont immanquablement perdu leur procès de canonisation. Il n'est pas impossible qu'il soit toujours en poste.

— Et où puis-je trouver Henrik Rasmussen ?

— Il possède un palais via Nomentana. C'est l'un des plus beaux de la ville. Sa sœur et lui sont immensément riches.

Bénédict le remercia pour ses précisions :

— Comme toujours, vous m'êtes d'un secours inégalable !

— Ne tarde pas à revenir me voir, l'avertit Cecchilleli. Vu mon âge, il n'est pas prudent de trop remettre ses visites…

Le vieil homme raccompagna son ami. Ils s'étreignirent, le vieil homme partit visiter ses mendiants et Bénédict quitta l'église Sant'Elena.

Non loin de là, il pénétra dans un débit de bois et de charbon et passa une importante commande de combustible à livrer à Cecchilleli. Il requit aussi que l'on tapisse la sacristie avec deux doigts de paille fraîche.

Ensuite il reprit une voiture de louage pour rejoindre la via Nomentana.

Sur la route, Bénédict Gui réfléchit aux propos de Zapetta. D'après elle, le maître de Rainerio, Otto Cosmas, écrivait une vie des saints et son frère aurait fini l'ouvrage après sa mort. Les connaissances évidentes qu'il avait acquises sur les vertus et les qualités des grands saints pouvaient idéalement servir la Sacrée Congrégation lors de ses débats. Cela expliquait sans doute son ascension rapide au Latran.

Bénédict se dit qu'il devrait d'urgence en savoir plus sur ce livre…

La place dominée par le palais d'Henrik Rasmussen était assiégée par la foule. Un voile noir recouvrait la façade. Les badauds commentaient le nombre inusité d'équipages aux carrossées prestigieuses qui s'immobilisaient devant l'entrée de la bâtisse.

Bénédict comprit qu'Henrik Rasmussen était décédé et que tout ce que Rome comptait de personnages importants venait honorer sa dépouille. Il entraperçut les plus fameux cardinaux gravir les marches du parvis, mais aussi des grands seigneurs, des dames célèbres, des moines et de nombreux courtisans de moindre rang, individus qui ne sont jamais rien mais qui sont toujours de tout. Au-dessus de la marée des têtes, Bénédict reconnut un personnage à l'embonpoint considérable qui faisait le vide autour de lui, souriant aux vivats : Artémidore de Broca, chancelier du Latran, l'homme le plus puissant de la ville après le pape.

La foule applaudissait ce vieil homme gras qu'on devait soutenir pour qu'il puisse marcher.

Bénédict circula parmi la foule, écoutant d'une oreille, tendant l'autre ailleurs ; il finit par interroger, on lui répondit :

— L'archevêque Rasmussen a succombé à un accident.

Ici :

— Il s'est fait renverser par un char.

Là :

— Il a roulé dans son grand escalier de marbre.

Plus loin :

— Une arête de poisson l'a étouffé.

Là encore :

— Il a suffoqué dans son bain.

Il posa la même question à un officier, parmi les soldats qui surveillaient les carrosses, mais cette fois, il lui glissa le premier des trois ducats d'or de Maxime de Chênedollé qu'il réservait à la résolution de l'affaire de Rainerio.

66

Par le truchement de ce gradé, il apprit qu'en guise d'accident, l'archevêque Henrik Rasmussen, cinq jours auparavant, avait eu la nuque ouverte d'un puissant coup d'épée.

Cette mort, annoncée que d'aujourd'hui, correspondait au jour de la disparition de Rainerio...

5.

À Cantimpré, le père Aba resta trois jours alité. Il passait de l'accablement à la révolte, de la révolte à l'abandon.

Ses fidèles s'étonnèrent de ces sautes d'humeur qu'ils ne lui connaissaient pas. Ils les mirent sur le compte de ses souffrances et de la perte de son œil gauche. Sous l'action de la cendre de bois, ce dernier avait séché complètement et lui infligeait de terribles maux de tête.

— Il faudra bientôt l'ôter, prescrivit Pasquier.

La vieille Ana lui confectionna un bandeau noir qui se nouait derrière le crâne, ainsi que des ligatures d'herbes et des breuvages qui réduisirent ses atroces migraines.

— Jusque-là, on me nommait le « père Aba », dit-il, le curé de Cantimpré ; désormais, je serai le « prêtre borgne »...

Le troisième jour, deux jeunes bergers de Cantimpré revinrent au village.

Dès qu'ils avaient appris ce qui s'était déroulé au presbytère après leur sortie de l'église, ces deux hommes intrépides, Beaujeu et Jaufré, s'étaient précipités à cheval à la poursuite de la troupe en noir, espérant que les traces de leurs destriers dans la neige laisseraient deviner la direction prise.

Mais le peloton funeste semblait s'être évanoui dans l'hiver. Beaujeu et Jaufré réussirent à les suivre sur plus de neuf lieues : des passants leur avouèrent avoir vu filer des cavaliers en nombre, si pressés qu'on n'avait pu dire s'ils donnaient la chasse ou s'ils étaient pourchassés.

— Seulement nous avons abouti, peu après, à un croisement de trois routes qui permet de se rendre dans les directions de Paris, du marquisat de Provence ou de l'Aragonais… Autant dire partout !

Les deux bergers n'eurent plus les moyens de suivre la piste des hommes en noir.

Cet échec désespéra tout le monde ; on attendait désormais les grandes dispositions que voudrait prendre le père Aba.

Ce dernier et Augustodunensis demeurèrent seuls à peser la situation après les révélations de Beaujeu et Jaufré. Ils se tenaient dans la chambre du presbytère ; le prêtre n'avait pas encore quitté son lit.

Le vicaire trouvait que s'il se remettait exceptionnellement vite de ses blessures, il tardait néanmoins à arrêter des décisions :

— Sans doute est-il temps de quérir de l'aide, mon père ? suggéra-t-il. Informer le bailli de Cahors ? Ou le seigneur de notre domaine qui pourrait fournir ses gens afin d'assurer notre défense et aller récolter de plus sûres informations sur les ravisseurs ?

Aba répondit par la négative.

— D'abord le bailli ne quitte jamais Cahors. Quant au comte de Chaumeil, il est au plus mal avec l'Église : il s'en est pris à ses voisins lors de jours fériés et il lui est reproché d'employer des juifs dans la gestion de sa maison. S'en remettre à lui serait nous déconsidérer aux yeux de nos supérieurs.

— L'évêché, alors ? estima Augustodunensis. Monseigneur Beautrelet de Cahors doit nous soutenir !

Le père Aba secoua la tête en homme qui doute.

— Posons qu'un envoyé de l'évêque soit dépêché entre nos murs : nous ne pourrons plus l'en déloger. S'il est inquisiteur, il cherchera à prouver que le malheur de Cantimpré ne vient pas de cavaliers impossibles à identifier, mais de Cantimpré lui-même ! Il lui importera peu de retrouver Perrot ou de venger Maurin. Il faut nous débrouiller seuls.

Il n'en dit pas plus au vicaire.

Lorsqu'il fut assez remis pour se lever, Aba fit venir au presbytère les parents des enfants. Il leur narra les événements de son point de vue et tâcha d'atténuer leurs souffrances par des mots de la Sainte Lettre.

Augustodunensis fut surpris de le voir s'entretenir à part avec Esprit-Madeleine, la mère de Perrot ; lorsqu'il la raccompagna, il lui promit de retrouver et de ramener son enfant au village !

Depuis l'attaque, Auguste et Ana se relayaient auprès du blessé. La vieille femme s'occupait des jours et le vicaire s'était installé un couchage dans la salle à vivre du presbytère afin de rester avec le prêtre la nuit.

Au quatrième matin, il fut réveillé par de petits bruits : il trouva le père Aba debout longtemps avant l'aube, l'épée qui avait tué Maurin dans la main.

Le vicaire ne le reconnut pas instantanément : était-ce son bandeau noir, ses cicatrices aux visages et au cou, les ombres portés de la faible lampe ? La figure « angélique » d'Aba avait perdu toute sa grâce et viré à quelque chose d'inquiétant.

Le prêtre demanda d'une voix grave :

— Hormis Beaujeu et Jaufré, qui de nos fidèles a quitté le village depuis l'enlèvement de Perrot ?

Le vicaire se redressa et répondit :

— Personne, mon père.

— En es-tu certain ?

— Je peux l'affirmer. Lors de l'enterrement du petit Maurin, l'ensemble de nos paroissiens était présent, excepté Ana qui vous veillait et Esprit-Madeleine, recluse chez elle. Lors du retour de Jaufré et de Beaujeu, tout le village s'est précipité pour les interroger. Personne ne manquait.

Aba ne répondit pas. Il tenait toujours l'arme au poing.

— Ne m'as-tu pas rapporté que quelques-uns s'étaient postés sur le plateau pour surveiller les alentours du village ?

— Oui, mon père.

— Qui ?

— Eh bien... Martin, Orgas, Paulin et Denis le fils. Mais à cette heure on doit encore pouvoir les apercevoir d'ici. Ils n'ont pas quitté les environs !

Le père Aba s'approcha d'Auguste. Ce dernier vit qu'il tenait un crucifix dans sa main gauche. Le prêtre le lui tendit :

— Porte cela à Esprit-Madeleine.

La croix était taillée dans un os de morse avec un Christ sculpté en cristal de roche.

— Dis-lui de prier pour le retour sain et sauf de son petit Perrot.

— Mais... ?

— Va ! ordonna Aba.

Malgré l'heure, Auguste renonça à questionner son maître ; il se vêtit et sortit.

Dehors, le jour était encore loin. Comme chaque nuit, les villageois avaient allumé un grand feu sur la place centrale et des torches aux quatre coins de Cantimpré.

Un éclat rouge et doré baignait la paroisse endormie.

Le vicaire se porta dans la maison de Jerric le menuisier et de sa femme.

Esprit-Madeleine ne dormait pas ; elle ne dormait plus depuis la disparition de son fils. C'était une femme très belle, blonde et les yeux bleus comme Perrot. Mais la pauvre avait le visage défait par les larmes et le manque de sommeil. Elle reçut des mains du vicaire le crucifix d'Aba sans rien répondre à la délicate attention du prêtre.

« Nous prierons pour le retour de Perrot » fut la seule phrase que trouva à ajouter Auguste.

Il retourna au presbytère.

La salle était vide.

— Père Aba ?

Il monta à l'étage.

Le prêtre n'y était pas.

Il redescendit.

Auguste s'aperçut que l'épée de Maurin avait disparu. L'armoire avait été déplacée ; derrière se cachait une niche creusée à même la pierre. Auguste y passa la main. Elle était vide.

Il remarqua alors le livre de notes d'Aba ouvert sur la table : deux feuillets en avaient été arrachés.

Il ressortit précipitamment.

Entre les ombres et les flammes des bûchers, aucune trace du père Aba…

La nuit se terminait.

Le village de Cantimpré était établi au bord d'un précipice au fond duquel roulait un torrent coupé de rapides. Le plateau de Gramat surplombait les maisons de quelques dizaines de mètres. C'est là que s'étaient postés les quatre guets qui surveillaient les chemins et les environs, une corne à la main, prêts à sonner l'alarme au moindre mouvement suspect.

Le jeune Paulin se trouvait le plus au nord. Emmitouflé sous des linges épais, muni d'une houlette, il observait Cantimpré illuminé, luttant contre la fatigue.

La nuit était totale ; les ténèbres enveloppaient les détours et les escarpements du village. Aucune ville, aucune habitation ne se laissait voir à l'horizon.

Soudain, Paulin entendit un craquement.

Il se leva et se rejeta en arrière par un brusque mouvement, voulant saisir sa corne, mais une voix retentit :

— Ce n'est que moi.

Le père Aba surgit à la faveur de quelques rayons de lune jaune pâle. Il portait une houppelande, une gibecière et un long sac à l'épaule. C'était la première fois que Paulin le revoyait depuis l'accident : il s'inquiéta de son bandeau noir avant de faire un signe de soulagement en posant la main sur son cœur.

Calme, Aba observa la perspective sur Cantimpré.

— C'est un excellent poste d'observation, fit-il.

Paulin trouvait que sa voix avait changé, la blessure au cou la rendait plus grave et éraillée.

Il dit :

— Denis le fils, Martin et Orgas se tiennent avec moi sur d'autres points du plateau : de la sorte rien ne peut nous échapper.

Le père Aba s'assit sur la roche où se reposait Paulin auparavant. Il demeura un moment silencieux, puis demanda :

— Depuis combien de temps vis-tu au village, Paulin ?

— Eh bien… cela fera trois ans.

— Tu es venu ici avec ta mère qui était malade, n'est-ce pas ?

— Nous avions entendu parler des miracles de Cantimpré, et comme les médecins de Bellac où nous vivions pronostiquaient sa mort prochaine, nous avons tenté le voyage jusqu'ici.

— Et elle a été guérie...

— Oui, grâce à Dieu ! Quelques jours à Cantimpré ont suffi à lui rendre la santé !

Aba fit alors un signe vers le village.

— Il serait bien malheureux que ce petit arpent de paradis disparaisse sous les coups de personnes qui ne savent rien de ses merveilles.

— Mais nous ne laisserons pas faire cela, mon père. Jamais !

Aba regarda Paulin :

— Sans doute.

Il n'ajouta rien. Paulin ne savait comment interpréter sa présence à ses côtés.

— Vois-tu, reprit enfin le prêtre, j'ai beau repasser dans mon esprit ce qui nous est arrivé, il y a un point que je n'arrive pas à éclaircir.

Il croisa les bras :

— Cantimpré est coupé du monde. Cette saison, plus qu'aucune autre. Voilà des semaines que personne n'est venu nous visiter, ni qu'un des nôtres ne s'est porté dans une paroisse voisine...

Il poursuivit gravement, sans quitter des yeux les lueurs du village :

— Les douze hommes en noir cherchaient les enfants, c'est évident ; ils cherchaient Perrot, c'est certain ; et ils savaient où le trouver ce matin-là, c'est irréfutable.

Aba regarda Paulin :

— Comment le connaissaient-ils ? D'autant que c'est depuis l'arrivée d'Augustodunensis à la paroisse que je consacre le mercredi matin aux enfants. Les ravisseurs de Perrot ne peuvent avoir atteint si facilement leur objectif sans la traîtrise de l'un d'entre nous à Cantimpré. Quelqu'un les a renseignés.

Paulin sursauta.

— Ce doit être notre nouveau vicaire ! protesta-t-il. Il ne vit parmi nous que depuis deux semaines. Il aura été envoyé pour nous espionner et préparer l'attaque !

Aba hocha la tête.

— J'y ai songé. Cependant, je fais surveiller Augustodunensis sans relâche depuis son arrivée et il n'a pas eu une seconde à lui pour pouvoir transmettre des informations à des tiers.

Aba sortit de sa gibecière les deux feuillets arrachés de son livre de notes.

— Le seul villageois qui montre un comportement suspect ces derniers temps, reprit-il… c'est toi, Paulin.

Le jeune homme se raidit.

— Moi ?

— Il y a six jours, tu es parti vers les bois en prétextant vouloir ramasser des fagots.

— Oui.

— C'était ton droit. Tu es revenu une heure plus tard. Les mains vides.

Aba contempla l'horizon où montait la première lueur blanche du matin :

— Le lendemain, tu es ressorti, près de deux heures, cette fois. Et tu n'as rapporté au village que quelques branches misérables… Que suis-je censé en penser ?

Paulin restait sans bouger. Il balbutia quelques mots incompréhensibles.

— Je savais que cela arriverait un jour, lança Aba en ramenant ses yeux vers le garçon. Qui a pris contact avec toi, Paulin ?

— Mais je… Personne… Je ne comprends pas ce que vous…

— Ne me cache rien, tu le regretterais. Je ne suis pas un prêtre aussi accommodant que je l'ai laissé paraître ces années... Il y a des choses qu'on pardonne difficilement. La coulpe chrétienne ne peut pas tout...

Paulin secoua la tête.

— Vous vous trompez... Vous vous trompez... Je...

Soudain le garçon se tourna et voulut fuir ; mais, en une seconde, Aba était sur lui, les mains sur son cou.

— Qui ? Qui ?

— Pitié, mon père...

— Réponds !

— Personne...

Le prêtre tira de son sac l'épée qui avait servi à tuer Maurin et la pointa sur la gorge de Paulin.

— Au besoin, je ne ferai preuve d'aucune pitié, mon garçon ! Parle et je t'épargne. Qui ?

— Mais... je l'ignore, mon père... Je l'ignore !... J'ai quitté le village pour les fagots, et je suis tombé sur deux hommes qui s'étaient égarés sur les pistes du causse. Lorsque je leur ai appris qu'ils se tenaient non loin de Cantimpré, ils ont eu peur.

— Peur ?

— Ils m'ont dit qu'ils arrivaient de Cahors et qu'à Cahors, Cantimpré avait été condamné par l'évêché et que je devrais fuir d'ici avant les représailles.

— Comment as-tu imaginé que, si cela était seulement vrai, je n'en aurais pas été tenu au courant ? Tu t'es laissé prendre à de vulgaires mensonges.

— Mais je ne les ai pas crus, justement !... C'est pour cela qu'ils m'ont recommandé de revenir le lendemain. Ils sont apparus avec un archidiacre de Cahors. Ce dernier m'a présenté les documents. Il y était dit que Cantimpré devait être purgé de ses mauvais esprits. Et que pour eux, il s'agissait des enfants. Ces enfants nés de manière « peu naturelle », selon leurs termes !…

Aba accentua la pression de l'épée sur Paulin.

— Les enfants ? Pourquoi n'es-tu pas venu m'en parler ?

Paulin tremblait et suait :

— Ils ont dit que c'est vous qui seriez châtié le premier, mon père ! Que vous saviez des choses sur les enfants, que vous cachiez un secret à vos fidèles depuis toutes ces années !… Je leur ai alors confirmé votre emploi du temps et les moments que vous passiez avec les petits… Mais je ne pensais pas à mal !

Aba, gardant le jeune homme sous la menace de son arme, tourna la tête pour contempler de nouveau les lumières de Cantimpré. Il finit par murmurer, avec tristesse :

— Tu n'as pas idée de ce que tu as fait, Paulin…

Il se redressa, abattu. Le garçon resta allongé, la pointe de l'épée suspendue au-dessus de sa tête.

— Je n'ai même pas besoin de te tuer pour ta trahison, lui dit Aba. *Ils* s'en chargeront eux-mêmes.

Le prêtre ôta l'épée et secoua la tête :

— Et dire que ta mère a été sauvée ici… Adieu, Paulin.

Le père Aba se tourna et marcha dans la neige vers l'intérieur du causse.

Le garçon se dressa alors, et lança :

— Je n'ai pas trahi. Les villageois parlaient déjà de ce que sont venus me dire les deux inconnus : vous nous cachez quelque chose ! Vous dissimulez des vérités sur les miracles de Cantimpré !… Ce n'est pas moi qui ai fait venir cette troupe noire… Ce serait vous !

Aba s'arrêta net, serra les poings, enrageant de s'entendre accuser. D'un bond, il se rua sur Paulin et le décapita d'un puissant coup d'épée.

Le père Aba resta un moment stupéfait de son acte, contemplant le cadavre qui saignait à ses pieds.

Il leva les yeux, observa le jour naissant et se signa à quatre reprises : au front pour ses pensées noires, à la bouche pour son manque de repentir, au cœur pour la soif de vengeance qui l'habitait depuis l'attaque du village ; enfin sur le buste entier pour les crimes irrémissibles qui l'attendaient dans les jours à venir.

Ses signes de croix achevés, il se jura de ne jamais plus s'en remettre à Dieu, ni par la voix ni par le geste.

Il s'engouffra dans la solitude du causse de Gramat.

6.

Bénédict Gui se rendit à l'atelier d'écriture de Salvestro Conti, situé via Bonagrazia, à une centaine de pas du palais du Latran, atelier qui produisait le plus grand nombre de livres de tous les États pontificaux.

Salvestro Conti, s'il ne brillait pas par son génie créateur, avait le don de l'industrie et du négoce. Sa fabrique était la plus vaste de la ville, pas moins de soixante-dix compagnons et apprentis travaillaient sous ses ordres. Chaque parcelle du bâtiment était dévolue à un type d'ornement et à une famille d'artisans : les graveurs, les brocheuses, les coloristes, les peaussiers, les encreurs, les abréviateurs, les correcteurs. Tout ce qui sortait de chez Salvestro Conti respectait une qualité supérieurement catholique. Lorsqu'on sollicitait ses services, on était assuré d'obtenir les *Sentences* de l'évêque Pierre Lombard ou *L'Histoire ecclésiastique* de Pierre le Mangeur, dans un texte certain et sans la moindre lettre défectueuse.

Salvestro Conti connaissait bien Bénédict Gui. Les deux hommes collaboraient fréquemment ; Gui pour authentifier une pensée de Plotin dans une anthologie douteuse, Conti pour le laisser s'imprégner d'ouvrages rares et coûteux comme le *Roman de Brut* ou *Pyramus et Thisbé*.

La légende voulait que Bénédict Gui sache par cœur plus d'une dizaine d'œuvres majeures de l'Antiquité.

Salvestro Conti était un homme d'une quarantaine d'années, grand, froid, l'air intelligent, un peu rude mais plein d'usage, parlant vite parce que né impatient. Gui le pratiquait depuis son installation à Rome.

Ce soir où Bénédict entra dans son bureau, une vaste pièce aux murs ornés des plus belles reliures piquées d'or et de cabochons précieux, comme à chacune de leurs rencontres, Conti commença par se plaindre :

— Les commandes s'amenuisent, je dois congédier mes meilleurs artisans. Le livre était encore, il y a peu, un objet de valeur que l'on enchâssait comme une relique et pour lequel on sacrifiait des fortunes ; aujourd'hui, on affecte le goût de l'économie pour plaire à la mode de l'ascétisme, sinistre victoire des hérésies. Plus de margelle, plus d'ornementation, plus de clou en or, rien qui chatoie l'œil. Ne me demande-t-on pas de laisser les cases d'enluminures et les cartouches vides, sous prétexte qu'on les fera embellir dans des temps plus propices ?

Bénédict compatit du bout des lèvres, réprouva l'austérité de façade de certains, mais entra sans plus tarder dans le vif de son sujet :

— Je cherche une nouvelle et récente hagiographie, dit-il. L'œuvre devrait avoir été remise au Latran il y a environ deux ans. Une commande officielle.

Salvestro Conti leva les sourcils.

— Une nouvelle *Vie des saints* ? Il en circule déjà de nombreuses, et d'excellentes ! Mais toutes sont de facture ancienne. On les rectifie par endroits, on y additionne de nouveaux motifs de sainteté, mais pas davantage. Hormis ce chroniqueur génois, Jacobus da Voragine et son œuvre qu'on dit présomptueuse sur la Sainte Croix, je n'ai jamais eu vent d'une commande particulière émanant du Latran ces dernières années. De qui serait-elle ?

— Un certain Otto Cosmas, originaire du royaume de Bohême.

Conti s'esclaffa :

— Un Bohémien ! Jamais entendu ce nom. De surcroît, avec ces Églises vaudoises condamnées par Rome qui résistent en Moravie et en Bohême, je me figure mal le Latran confier une œuvre aussi sensible qu'une *Vie des saints* à un homme né dans ce pays d'hérétiques. À quel ordre appartient-il ?

— Je l'ignore. Il n'apparaît pas comme un religieux. Il vivait solitaire à Rome derrière les bains de Dioclétien.

Salvestro Conti tressauta de nouveau :

— Un laïque ? Alors c'est impensable. Pas un évêque ne le tolérerait. Si cela était, je serais le premier à le connaître ! Je compte des informateurs implantés dans tous les *scriptoria* d'Italie. Parole de Salvestro Conti, cet Otto Cosmas est un bonimenteur et son livre, Bénédict, n'existe probablement pas ! Qui t'a mis sur cette mauvaise piste ?

— Un jeune garçon du Latran a disparu...

Salvestro hocha la tête :

— Du Latran ?

L'homme toujours nerveux, bourré de tics, devint subitement impassible et sérieux.

— Ce n'est pas le moment de s'approcher du Latran, mon ami, conseilla-t-il.

— L'élection du nouveau pape ? suggéra Bénédict.

— Quoi d'autre ? Seulement cette fois il se raconte que le conclave est divisé pour une raison inédite. D'ordinaire, lorsque les cardinaux n'arrivent pas à s'entendre sur un candidat, c'est dû aux pressions diplomatiques de l'Empereur et du roi de France qui défendent respectivement leurs champions ; mais aujourd'hui, il s'agirait d'une querelle entre les partisans et les adversaires du vieil Artémidore de Broca.

— Toujours le chancelier !...

Salvestro Conti dit entre ses dents :

— Tant que Dieu ne l'aura pas rappelé à Lui (et il faut croire que Broca sait se faire oublier du Ciel), la nervosité au Latran ne cessera de croître. Quelques prélats veulent se servir de cette élection, sans doute la dernière d'Artémidore, pour se débarrasser au grand jour du vieux chancelier.

Bénédict sourit :

— N'ont-ils pas déjà échoué à de nombreuses reprises ? L'éviction d'Artémidore est le merle blanc de l'Église...

— C'est vrai. Mais Artémidore s'affaiblit. On dit que chaque mois qui passe se lit sur son visage comme une année. Le lion effraie moins. Ses détracteurs ne se dissimulent même plus pour conspirer ! La fin d'une ère a sonné. En tout cas, si ton garçon du Latran est lié à cette controverse, écarte-t-en autant que possible ! Il n'y a que des mauvais coups à prendre.

Bénédict approuva :

— Oh, moi, je veux juste rassurer sa petite sœur...

Salvestro Conti haussa les épaules :

— Les Anciens ont écrit de belles choses là-dessus. N'oublie pas le récit de *Baruch* : ce pauvre homme pensait aller chercher du bois pour sa famille et il a fini dans les Enfers après cent années d'aventures et de combats.

Bénédict Gui sourit :

— Mais les héros de légende manquent toujours cruellement de circonspection. Même Ulysse le Rusé s'y est laissé prendre ! Moi, je ne cours pas de tels dangers ; d'abord, je n'ai rien d'un héros et puis… je n'intéresse pas les dieux.

Bénédict retourna à sa boutique à la nuit tombée, après avoir partagé un bon repas avec son ami Salvestro Conti durant lequel ils parlèrent d'une traduction d'Algazel, récitèrent des strophes de Virgile et se divertirent de leur jeu favori : l'un débutait une citation que l'autre devait achever. Comme toujours, Bénédict battit Salvestro. Sa mémoire était infaillible.

Le lendemain, avant l'aube, Gui fit ce qu'il savait faire le mieux : il réfléchit.

Il sassa et ressassa ses vues, les pieds calés sur les chenets d'un feu qui finissait de se consumer, un livre de tragiques grecs ouvert entre les mains, le regard fixé sur un point vide de sa chambre.

Un orage de neige grondait au-dessus de Rome. À son habitude, Bénédict avait allumé une quantité alarmante de bougies pour pallier le manque de jour.

Viola, sa femme de ménage, entrée peu avant dans la boutique, en grelottant, de gros flocons sur les épaules, ne put s'empêcher de protester :

— Quelle dépense, ces bougies ! Un jour l'une d'elles se renversera et vos livres et vos parchemins disparaîtront en fumée !

Bénédict releva le front. Il considéra ses rayons et ses cases remplis d'ouvrages :

— S'ils venaient à brûler, répondit-il d'une voix douce, mes écrits resteraient à l'abri…

Il pointa son index vers son crâne.

— … là !

La bonne vieille estima les milliers de pages qui devaient être empilées ici et dans la pièce inférieure.

— Tout ? fit-elle.

Vaincue par une telle probabilité – qui, chez Bénédict Gui, relevait du domaine du possible – Viola prit son balai et son époussette.

Bénédict révisa, pour la énième fois, la situation de son enquête. Dans un vers d'Euripide, il avait trouvé l'expression « fumer le renard », d'après l'art dont se servaient les chasseurs pour débusquer le goupil de sa tanière. Cette méthode ancestrale lui donnait beaucoup à réfléchir.

Rainerio avait, selon les dires de sa sœur, acquis grâce à son vieux mentor de Bohême d'excellentes connaissances sur la vie des saints ; il n'y avait donc rien de singulier à ce que ce garçon finisse attaché au service d'un Promoteur de Justice dans la Sacrée Congrégation. Jusque-là tout se tenait.

« Hormis la disparition inexpliquée de Rainerio qui frappe sa famille d'indigence et la mort violente de l'archevêque Henrik Rasmussen intervenue le même jour. Et le fait que ce livre d'Otto Cosmas ne soit pas connu d'un homme aussi renseigné que Salvestro Conti. »

La Sacrée Congrégation.

Le père Cecchilleli avait été clair sur ce sujet : c'était une forteresse imprenable.

Bénédict Gui savait que, à moins de disposer de beaucoup de temps et d'y employer des soins infinis, il ne parviendrait pas à se frayer un passage dans cet organe secret de l'Église. Au reste, la police de Rome le connaissait bien : si Gui se montrait trop insistant, il serait démasqué et stoppé avant d'apprendre quoi que ce soit.

« Dès lors, il va falloir trouver un moyen de "fumer le renard"… »

Il se tourna vers sa domestique Viola.

— Viola, vous qui êtes la dépositaire de tous les ragots…

Viola appartenait à ces Romaines à qui pas une rumeur, pas une nouvelle ne pouvait échapper.

— … n'auriez-vous pas entendu parler d'un miracle qui serait advenu récemment ?

Viola haussa les épaules :

— Un miracle ? Comment voulez-vous que l'on ait encore des chances de miracle dès lors que des bonshommes de votre espèce doutent de tout ? Tenez, ce brave pèlerin d'Ovieda qui disposait d'une pierre de lune pour soigner mes rhumatismes ?

— Un menteur.

— Et celui-là de Padoue qui disait avoir le don de me rajeunir en m'apposant les mains sur la nuque ?

— Un charlatan.

— Et le prêtre Gédéon qui exorcise les épouses infidèles ?

— Un truqueur.

À bout, la femme s'écria :

— Et puis après ? Le Christ-Jésus l'a dit : les petites gens, crédules comme moi, seront mieux accueillis au paradis que des lettrés comme vous, qui divisez en parties ce qui supporte parfaitement l'unité, prouvez avec méthode ce qui est déjà clair et enseignez enfin ce dont tout le monde se moque !

Bénédict applaudit la prestation du bout des doigts.

Viola n'était pas fâchée d'avoir défendu son point de vue et cloué le bec de l'homme qui avait réponse à tout.

— Vous feriez un remarquable maître d'université, reprit-il en souriant, vous avez déjà la manie de décomposer vos démonstrations par trois. Mais revenons à ma question. Un nouveau miracle ?

Viola réfléchit.

— Il y a bien le sang de saint Tomo qui doit se liquéfier à la Toussaint. Ou la statue de la Vierge qui sourit le jour de l'Assomption. Comme nouveauté nous avons la mousse poussée sur le tombeau du père Goulon qui, mélangée avec du vin, guérit depuis peu les paralytiques. Hors ça, il existe aussi le village de Spalatro où vivaient il y a quelques années ma sœur et son mari.

— Eh bien quoi à Spalatro ?

— Rien de notable aujourd'hui, mais cela ne saurait tarder. Il y a dix ans le corps d'un religieux y a été enseveli. Ceux qui savent prétendent que tout annonce ses prochains miracles.

Bénédict hocha la tête :

— Ceux qui savent disent cela ?

— Oui. En tout cas, ma sœur et son mari.

Bénédict resta un moment silencieux. Puis il se leva et alla ouvrir le battant de son secrétaire près du lit. Il en tira un morceau de pierre rougeâtre d'une livre et un sachet de poudre blanche. Il compta ensuite les pièces d'une bourse, ajouta les deux ducats d'or qui lui restaient de Chênedollé, puis serra le tout dans une petite sacoche. Satisfait, il retourna auprès de son feu.

— Merci, Viola. Je me souviendrai du tombeau moussu de Goulon, du village de Spalatro et du sang de saint Tomo.

Ce que disant, il replongea dans Euripide.

La femme haussa les épaules et reprit son ménage.

Lorsque la cloche d'une église proche sonna l'heure liturgique de tierce, Bénédict se leva pour sortir.

Alors qu'il revêtait son manteau noir, Viola l'arrêta :

— Serez-vous de retour pour le déjeuner ? Dois-je vous préparer un plat ?

— Non. Une longue journée m'attend.

Elle demanda si elle avait, aujourd'hui, l'autorisation d'astiquer son écritoire.

— Ne touchez à rien.

Elle l'interrompit une dernière fois pour lui demander si elle devait aussi renoncer à déplacer un dossier qui traînait par terre sous son bureau.

Bénédict s'étonna : il ne connaissait pas cette couverture de veau à grosses lanières. Il découvrit qu'il s'agissait d'un des textes apportés la veille par Maxime de Chênedollé. Le riche marchand avait dû l'oublier. Ce n'était qu'un traité comptable de plus avec son fournisseur vénitien. Par acquit de conscience, Bénédict vérifia s'il ne s'y trouvait pas de nouvelles lignes encodées selon le chiffre secret de la veille, mais non ; il ne parcourut que des pages fastidieuses de descriptifs d'étoffes et de pierres rares.

Bénédict pesta à l'idée que ce Chênedollé viendrait le rechercher. Il déposa le document près de la porte, dit à Viola qu'on le ferait peut-être prendre et sortit.

Ce matin encore, il dut esquiver le gros Porticcio qui avait entraîné avec lui sa cadette nubile.

— Un homme comme toi ne doit pas vivre comme tu le fais, Bénédict, protesta-t-il. C'est une femme, qu'il te faut ! Une femme et des enfants. Ou bien, prends le froc et n'en parlons plus ! Tu ne peux continuer à passer tes journées seul à réfléchir ! Ce n'est pas sain, Bénédict !

Gui lui répondit en souriant :

— J'y réfléchirai.

— À ma fille ?

— Au froc.

Il gagna à pied la piazza Segni.

Cinq ans plus tôt, une caserne militaire y avait été transformée par les hospitaliers en station d'hébergement pour les pèlerins de passage à Rome. Les marcheurs de Dieu, partant ou revenant de la Terre sainte, y étaient accueillis quelques heures ou quelques jours dans l'attente d'un convoi.

L'hospice était assiégé de monde. Des Romaines venaient offrir leurs vêtements usés aux pérégrins, un dominicain arbitrait une confession publique, des pèlerins psalmodiaient, alors que d'autres jouaient aux osselets. C'était une meute priant et braillant, recueillie et agitée.

Mais la grande affaire, à l'hospice, c'était la mangeaille.

Un immense réfectoire servait aux pénitents. On y pouvait entendre parler onze langues, les chrétiens de tous les points du monde s'y retrouvaient le long de tables gigantesques.

Bénédict circula parmi les bancs à la recherche de quelqu'un. Il reconnut un homme qui passait lui aussi auprès des pèlerins, vêtu d'un large manteau d'où il sortait, pour les vendre, une kyrielle d'objets et de remèdes « essentiels » à la bonne conduite d'un pèlerinage : flacon d'eau du Jourdain, croix en bois d'olivier, baume cicatrisant ampoules et inflammations, effigie chaldéenne censée réduire la faim, monnaies locales, allumettes soufrées, etc.

Ce camelot anglais de Guyenne se nommait Saverdun Brown. C'était un homme d'un certain âge, brave et bon, aimé des pèlerins et qui passait sa vie à l'hospice. Il évoquait le Levant comme s'il y avait vécu, alors qu'il n'avait jamais quitté les bords du Tibre.

Bénédict alla à lui :

— Je cherche un garçon nommé Tomaso di Fregi qui travaille ou travaillait ici, lui dit-il en reprenant les indications de Zapetta. Peux-tu m'aider à le trouver ?

— Il y a un Tomaso, répondit Saverdun Brown qui possédait l'hospice comme sa poche, il appartient au personnel des cuisines.

Bénédict le suivit dans les sous-sols où il découvrit de nombreux fourneaux, des chaudrons fumants, des montagnes de grains d'épeautre et d'épices, un parc de volailles prêtes et des cuves à boudin : de quoi nourrir des centaines d'hommes par jour.

Tomaso devait être de l'âge de Rainerio, le cheveu noir, le teint mat, un cou de paysan, sans doute originaire du Sud. Il avait un air goguenard.

Le garçon s'étonna qu'on vienne le trouver ici. On n'avait pas l'habitude d'y voir des visiteurs ; les autres cuisiniers et marmitons observaient Gui.

— C'est au sujet de Rainerio, lui dit Bénédict. Sa famille est inquiète ; il a disparu depuis six jours. Sais-tu quelque chose ?

Le garçon s'essuya le front du revers de sa manche, un peu embarrassé :

— Rainerio ?

Il regarda autour de lui et vit que l'attention s'était tournée vers eux.

— Nous ne pouvons pas parler ici.

Saverdun Brown les quitta et le jeune homme escorta Bénédict à travers l'abattoir à cochons jusqu'à une réserve où l'on emmagasinait les tonnelets d'huile.

— Qui êtes-vous ? demanda le garçon lorsqu'ils se furent trouvés seuls.

— Zapetta, la sœur de Rainerio, est venue me trouver, lui dit Bénédict. À ce que j'ai compris, tu es la seule personne qui puisse me renseigner un peu sur son frère.

— Probable. Lui et moi avons grandi ensemble. Mais cela fait un certain temps que nous ne nous fréquentons plus. Il y a deux ou trois semaines, il est passé à l'hospice. Il venait s'entretenir avec notre principal. Nous avons échangé quelques mots. Je l'ai trouvé vieilli. Et l'air perdu.

— Perdu ?

Tomaso fit un signe positif du front :

— Il m'a marmonné des choses difficiles à comprendre ; j'ai seulement saisi que la vie au palais du Latran était difficile en ce moment d'interrègne, voire dangereuse selon que l'on appartenait à tel ou tel camp. Ce n'était pas le Rainerio heureux et posé que j'avais connu.

— Tu l'as questionné ?

— Je n'en ai pas eu le temps ! Il a tout de suite filé.

Un homme entra dans la réserve, se saisit d'un tonnelet et ressortit précipitamment, sans omettre d'ordonner à Tomaso de cesser de perdre du temps à palabrer.

Le garçon reprit lorsqu'il fut de nouveau seul avec Gui :

— Vous recherchez un homme qui a pris pour seconde nature de cacher sa vie. Je doute que vous puissiez le retrouver.

Bénédict s'étonna :

— Était-il secret à cause de sa fonction au Latran ?

— Non, c'est plus ancien. Cela date du jour où son vieux fou de voisin s'est intéressé à lui.

— Otto Cosmas ? Le Bohémien ?

— Oui. Drôle de type. Il ne sortait jamais de sa maison, il parlait mal, jurait dans sa langue, ne fréquentait que les siens, pourtant Rainerio l'idolâtrait.

— Zapetta m'a dit qu'il lui aurait appris à lire et à écrire.

Le jeune homme haussa les épaules.

— Nullement par bonté de cœur. Otto Cosmas perdait la vue, il était terrifié à l'idée de ne plus pouvoir écrire. Dès que Rainerio fut capable de tenir un stylet, il en fit son esclave. Rainerio voulait me le faire aimer, mais cela n'a pas pris. À mesure qu'il embrassait les secrets du vieillard, il ne voulait plus s'en ouvrir à personne.

Bénédict fit signe qu'il comprenait : Otto Cosmas avait amené du froid entre les deux jeunes hommes. Du froid, ils étaient passés à la brouille lorsque Rainerio avait refusé d'en dire davantage sur son nouveau maître.

— Nous ne nous sommes reparlé qu'à la mort du Bohémien, reprit Tomaso. Je savais que le vieux était malade ; j'ai essayé de renouer avec Rainerio, mais il était trop changé. Curieusement, il était « devenu » Otto Cosmas : il avait repris la rédaction de son manuscrit, mais aussi ses manies. Lui non plus ne sortait guère du cabinet de travail que Cosmas lui avait légué, il ne voyait personne, refusait tout. Homme comme enfant, Rainerio a toujours été un bon garçon, naïf, généreux mais impressionnable. Le vieux Cosmas l'avait farci de ses idées et de ses livres. Je le croyais heureux au Latran. Ça m'a étonné de le retrouver si hagard et inquiet.

Bénédict se demanda si Zapetta lui avait volontairement caché l'état mélancolique de son frère ou si elle l'ignorait.

— Avait-il d'autres amis que toi ?

— Non. Les seules personnes qu'il fréquentait étaient des hommes de Bohême et de Moravie du cercle de Cosmas.

Le jeune homme ouvrit la porte.

— Je dois retourner travailler maintenant.

Bénédict Gui n'était pas satisfait, il le suivit :

— La disparition d'Otto Cosmas n'a-t-elle rien eu de douteux ?

— Un crime ? Non, pas que je sache. Il avait des flux de ventre depuis longtemps. Il crachait du sang. C'est même un miracle qu'il ait vécu si vieux...

Tomaso se remit à ses fourneaux. Il prit le temps de dire un dernier mot à Gui :

— Alors qu'il me quittait, la dernière fois que nous nous sommes vus, je lui ai dit que j'espérais le revoir ; il m'a répliqué que la prochaine fois que j'entendrais parler de lui, je pourrais faire mon deuil de le revoir vivant.

Tomaso hocha la tête.

— D'une certaine manière, c'est peut-être vous, le messager...

7.

Le père Aba savait que, selon les pentes à descendre ou à gravir, il pouvait parcourir huit lieues par jour. Mais le froid, la neige et ses maux de tête le ralentirent. Il fit un premier relais à Mordac, puis un autre à Sambuse, prenant pour gîte l'endroit où la nuit le surprenait. Partout son bandeau noir et ses cicatrices inquiétaient. Lui qui voyait naguère les populations se précipiter sur son passage, attirées par ce jeune prêtre au visage d'ange, était traité comme un vagabond car on doutait de sa robe de franciscain.

Après quatre jours de marche, il atteignit le croisement de routes évoqué par les bergers Beaujeu et Jaufré à leur retour à Cantimpré ; là où ils avaient perdu la trace de la troupe d'hommes en noir.

Le père Aba se dit que s'il avait été un ancien Romain il eût lancé une plume au vent et suivi la direction que la fortune lui eût indiquée. Mais il préférait s'en remettre à un calcul de bon sens : dans les conditions actuelles les meilleurs chevaux ne pouvaient fournir que quinze lieues de pays en trois ou quatre heures ; chaque lieue supplémentaire les meurtrirait durablement. Il savait que dans la direction de Toulouse, à trois lieues d'ici, se nichait le petit village de Disard.

En une traite, la troupe des hommes en noir, partie de Cantimpré le matin, ne pouvait pas avoir espéré aller plus loin que Disard.

Il s'y porta.

Aucune raison ne destinait la paroisse de Disard aux faveurs de l'Histoire, si ce n'est que soixante ans plus tôt, une escouade de Simon de Montfort était venue massacrer l'intégralité de la population, infestée par la vermine cathare, et la remplacer, en un seul jour, par de bons et loyaux catholiques. Depuis lors, Disard était gouverné par des prêtres implacables. Toute la vie du village s'en ressentait : le propriétaire de l'unique auberge, Le Fleuret, ne pouvait servir de vin, car celui-ci était réservé à l'eucharistie ; il ne pouvait servir d'agneau, car celui-ci était pour Pâques ; les femmes y étaient interdites pour ne pas inciter aux adultères et les lits y étaient durs et rêches afin de rappeler que cette vie n'était pas un voyage d'agrément.

Le père Aba se présenta à l'auberge. Il était épuisé par sa marche, son œil mutilé l'accablait de maux de tête.

L'auberge comptait une quinzaine de lits, la bâtisse était solide, la paille souvent renouvelée, sa chère louée dans la région.

Lorsqu'il entra ce soir-là, la salle commune était comble, et, ce qui ne se rencontre nulle part lorsqu'un inconnu se présente dans une auberge occupée par des habitués : personne ne fit attention à lui.

Les conversations étaient trop animées.

Aba se fraya un chemin jusqu'au comptoir. Il conserva sa houppelande fermée et se présenta sous l'identité d'un pèlerin voulant rejoindre l'hospice de Roncevaux avant de piquer vers Rome et Jérusalem. Il justifia ses plaies encore fraîches par une attaque de brigands sur les bords du Tarn.

Il fut conduit dans une chambre inoccupée où un sommier pour quatre lui fut attribué. Resté seul, il en profita pour nettoyer ses cicatrices avec un linge vinaigré. Puis il défit son bandeau et le lava.

Il était forcé de regarder droit face à lui, car à chaque mouvement de son œil valide, l'œil meurtri suivait et lui infligeait des douleurs intolérables.

Aba usa des ligatures d'Ana pour tâcher d'atténuer ses migraines et sa névralgie.

À la tombée de la nuit, il retourna dans la salle commune pour se nourrir d'un potage de pois. Il se mit au bout d'une table dont les occupants discutaient âprement.

Il ne tarda pas à comprendre les raisons du scandale qui frappait Le Fleuret et à avoir la confirmation de son intuition sur les hommes en noir : les chevaux, les habits sombres, les capuches, les armes, tout était réuni, ils étaient bien passés par Disard. Ils s'étaient imposés à l'auberge, vidant le garde-manger avant de repartir au milieu de la nuit, ayant payé leur passage avec de gros tournois d'argent. L'aubergiste avait dû partir à la foire de Bèze pour regarnir sa cuisine.

Mais le sujet favori qui était sur toutes les lèvres des clients c'était qu'une femme se dissimulait dans la troupe et avait passé la nuit avec les hommes !

Pas question pour elle de passer inaperçue : elle portait une très longue chevelure. Des cheveux roux. Rouge vif.

L'on affirmait qu'elle était le chef.

— Une femme ? s'indigna intérieurement Aba. Comment une femme peut-elle être mêlée à ces abominations ? S'en prendre à des enfants ?

Cette présence féminine avait provoqué l'ire du curé de Disard. Il avait décrété, aujourd'hui, d'abattre pierre par pierre l'auberge et de la reconstruire plus loin, lavée de ses péchés. Il en profiterait pour changer le nom de Fleuret qui sentait trop la chevalerie contre celui d'Auberge du Salut.

Aba demanda alors, du ton de la conversation :

— Se trouvait-il un enfant parmi la troupe ?

Ses voisins n'avaient rien vu qui ressemblât à un jeune garçon.

En quittant Disard, les cavaliers avaient abandonné leurs capuches et leurs habits noirs. Selon l'un des témoins, ils affichaient des têtes de brigands et de routiers.

On vanta cependant la puissance et la beauté de leurs chevaux.

Aba effectua sur lui-même un bien violent effort pour ne point interroger encore ses voisins et risquer de trop se faire remarquer.

Mais un projet avait jailli tout formé dans son esprit.

Il voulait étudier ces tournois d'argent laissés par la troupe.

Au petit matin, il fut le premier debout.

L'aubergiste, maître Lordenois, était de retour de Bèze.

Les deux hommes se parlèrent près du comptoir, la salle était vide ; l'aubergiste rangeait ses pains et suspendait de la charcuterie.

Après quelques formules d'usage sur les pèlerinages, la difficulté des routes et les dangers de voyager seul, l'aubergiste servit à Aba des tranchoirs et du bouillon.

Ils se mirent à une table.

Aba finit par demander, à brûle-pourpoint :

— Combien estimez-vous la valeur d'une pièce de gros tournois d'argent ?

Devant l'étonnement de maître Lordenois, il dut répéter sa question.

— Une pièce de gros tournois d'argent ?

— Ma foi, répondit l'aubergiste, selon le cours officiel, cela vaut un sou, soit douze deniers. Mais d'après le cours marchand, j'opterais pour onze deniers, avec peut-être une obole de plus.

Le père Aba sortit une bourse. C'étaient les économies de douze années qu'il dissimulait dans son presbytère, derrière son armoire.

Il compta quarante-huit deniers et les posa devant maître Lordenois.

— Je vous change un gros tournoi contre ces quarante-huit deniers.

L'homme fronça les sourcils.

— Quatre fois son cours ? Pour quelle raison feriez-vous un si piètre marché ?

— Je souhaite que vous me cédiez l'une des pièces dont se sont servis les hommes en noir venus chez vous.

L'aubergiste haussa les épaules. Il se leva et alla chercher le gros tournoi en question, mais avant de le céder, il vérifia le nombre des deniers d'Aba et leur poids.

— Marché conclu, dit-il. Tant pis pour vous !

Il lui donna la pièce.

— Voici.

Le père Aba l'examina. Il espérait qu'elle révélerait des indices sur ceux qui l'avaient possédée.

Elle était neuve. Pas de rayures ni d'écorchements, aucun coup porté sur le fil de la bordure, point de saletés dans le sillon des reliefs. La pièce était frappée sur son avers du monogramme de Grégoire IX, un pape disparu depuis plus de quarante ans.

« Ce qui veut dire qu'elle a appartenu à quelqu'un de suffisamment riche pour disposer d'un trésor et le laisser croupir pendant des décennies sans avoir à s'en servir. »

— Ils vous en ont cédé une majorité comme celle-ci ? demanda-t-il.

Le maître acquiesça.

— On n'en voit jamais de telles à Disard ! dit-il. J'en conserve deux autres.

Aba observa le revers de la pièce ; il n'indiquait aucun atelier de frappe ni l'identité du seigneuriage, celui du noble qui a privilège de battre monnaie.

« Cette pièce aura été frappée au cours du pontificat de Grégoire IX, mais sous une patente d'exception valable peu de temps. On a fait battre une somme fixe et l'on s'est arrêté… »

Aba remercia l'aubergiste.

Sans achever son repas, il voulut quitter l'auberge mais ajouta avant de partir :

— Vous n'avez pas aperçu d'enfant avec cette troupe ? Ou avec la femme ?

— Un enfant ? Non.

— Rien ne vous a intrigué ? Leur nombre, leur comportement ? Vous n'avez rien pensé à leur sujet ?

— Oui-da.

L'homme soupesa l'argent.

— J'en ai pensé beaucoup de bien !…

Dehors, le père Aba dissimula la pièce dans le cuir d'une de ses chaussures et reprit sa route. Le froid était toujours aussi mordant, mais le ciel s'était éclairci.

À trois lieues, il retrouva le nœud de chemins qui conduisaient en Provence, à Paris et vers l'Aragonais.

Il y rencontra un muletier qui cheminait en direction de Carcassonne.

— Je vais à Narbonne, lui dit Aba.

— Montez ! Je vous déposerai à Rodès. Vous finirez six lieues à pied.

De la sorte, Aba mit trois jours pour atteindre la cité.

8.

Bénédict Gui rentrait chez lui après son entrevue avec Tomaso di Fregi à l'hospice des pèlerins.

À sa grande surprise, il découvrit qu'il était attendu. De loin, il repéra l'attelage de Maxime de Chênedollé qui encombrait la via delli Giudei devant sa boutique. Rien ne pouvait moins lui plaire que ce retour du riche marchand.

Pour comble, les porteurs, le voyant absent, avaient forcé sa porte !

Circonspect, Bénédict entra.

Sur le seuil, il reconnut le valet.

Il porta son regard vers la chaise devant l'écritoire mais n'y aperçut pas la silhouette de Chênedollé ; une femme était assise de dos. À la nuque raide, aux cheveux pris dans une coiffe étroite et pointue surmontée d'un voile, il devinait une aristocrate.

Bénédict Gui s'assit face à elle, plus que jamais sur la défensive.

— Je suis l'épouse de Maxime de Chênedollé.

Elle devait avoir une soixantaine d'années. Des traits volontaires, une beauté figée par l'âge, des yeux bleus très pâles.

— Mon mari est mort, dit-elle. Chênedollé a été retrouvé ce matin, sa dépouille coulée sous une dalle de ciment sur le chantier de notre nouvelle maison à Rome.

Aucune inflexion dans la voix. Ni peine ni colère. Juste les narines et les lèvres pincées.

La surprise passée, Bénédict imaginait facilement les événements après son passage : le marchand avait cru bon de provoquer un esclandre dans sa maison. Bénédict se dit que cette épouse, à la physionomie autoritaire, pouvait très bien, suivant les révélations du code du Vénitien, avoir séduit un contremaître et froidement résolu d'empoisonner son mari.

À cause de l'esclandre qui les compromettait, ses complices et elle avaient sûrement précipité sa disparition.

— Maintenant, ajouta-t-elle en relevant le menton, vous allez me dire, Bénédict Gui, ce que mon mari était venu vous confier.

Bénédict hocha la tête. Ce furent ses tout premiers mots :

— Votre époux est venu me présenter des documents de commerce qui le liaient à un fournisseur vénitien.

— Je sais cela ! Je les ai consultés avant de venir.

Bénédict regarda le valet : à l'évidence, ce dernier avait déjà rapporté dans le détail l'entretien avec Chênedollé.

La veuve posa ses mains à plat sur les cuisses.

— Le problème est que mon mari n'a jamais eu affaire avec qui que ce soit à Venise. Ce marchand n'existe même pas dans cette ville ! Je connais les entreprises de mon époux ; elles ne traitent nulle part d'importations orientales.

Bénédict fronça les sourcils.

— Que dites-vous ?

Elle poursuivit :

— Il vous aurait aussi prétendu avoir des maîtresses, posséder de nombreux enfants, écrire des poèmes ? Tout cela est également faux. Chênedollé était un homme réservé et fidèle, hélas sans héritier. Faire des rimes ? Il était incapable d'aligner deux vers correctement. Enfin, en dépit des documents chiffrés qu'il vous a présentés – et dont je ne m'explique pas le motif –, croyez bien que je n'avais aucune raison de vouloir empoisonner mon mari à la jusquiame et que je n'ai, de ma vie, nourri le moindre goût pour son contremaître Quentin !

Sa voix s'était faite cinglante.

Bénédict admit vouloir la croire sur parole, mais demanda :

— Alors que reste-t-il de véridique dans la démarche de votre mari ?

La femme hésita. Gui sentit qu'elle était agacée de devoir se lancer dans des confidences devant cet inconnu de peu.

Elle expliqua, posément, fixant Gui :

— Chênedollé était un marchand banquier très fortuné. À maintes reprises, il a avancé des sommes considérables à des seigneurs partisans de la cause du pape, ainsi qu'à la chancellerie du Latran. Mon mari n'a jamais eu à se plaindre de ses débiteurs. Jusqu'à ces derniers mois. Inquiet du temps que prenait l'élection du nouveau pape, Chênedollé a émis le vœu de faire valoir d'anciennes traites non recouvrées à la chancellerie. J'ignore quelle réponse lui a été faite, mais elle n'a pas été celle qu'il espérait : sa confiance en ses alliés de la curie s'est évanouie. Mon mari est devenu un homme inquiet, méfiant, traqué, craignant jusqu'à ses proches collaborateurs. Au point de vouloir quitter Rome et d'abandonner les États pontificaux. Notre départ secret à tous deux était imminent. Seulement il est venu vous consulter, sans m'en avertir ; et la nuit suivante, il a perdu la vie. Aussi, je vous le redemande : que vous voulait-il ?

Bénédict était stupéfait d'entendre les révélations de la veuve de Chênedollé. Sa droiture était désarmante ; il ne savait quoi penser d'elle. Il réfléchit un moment avant de répondre :

— Madame, je reçois ici toutes sortes de gens. Bien souvent, ils espèrent me voir résoudre des affaires embarrassantes qu'ils cachent à leurs associés ou à leurs familles. D'emblée, je ne jouis pas de leur confiance ; ils commencent en général par m'éprouver. J'ignore pourquoi votre mari a menti sur sa vie de famille, pourquoi il m'a donné ces textes chiffrés. Peut-être cherchait-il à vérifier mes talents ? Voulait-il s'assurer que j'étais l'homme qu'on lui avait indiqué avant de pouvoir s'ouvrir plus sérieusement devant moi ?

La femme de Chênedollé eut beau insister, pousser les questions sur divers sujets, Bénédict ne trouvait rien d'autre à lui avouer.

— Je ne sais rien.

Il observait le valet qui, cette fois encore, restait immobile et muet.

Déçue, la veuve se leva.

— Il n'est plus question que je quitte Rome, déclara-t-elle. Je compte découvrir ce qui a causé la fin odieuse de mon mari. Nous nous reverrons.

Elle fit signe au valet. Celui-ci déposa quelques pièces devant Gui.

— Pour les dégâts causés à votre porte, lâcha la femme avec dédain.

Elle sortit dans le froid et disparut avec son équipage.

Aussitôt Bénédict s'élança à la recherche du dossier que Chênedollé avait oublié sous son écritoire et qu'il s'était bien gardé de mentionner un instant plus tôt.

Il s'installa à sa table de travail et l'ouvrit.

Il parcourut les premiers feuillets sans rien remarquer de singulier ; il ne voyait que des colonnes de produits adressés au marchand banquier par un Vénitien qui, selon la veuve de Chênedollé, n'existait pas, à propos d'un commerce qui, toujours selon elle, n'avait jamais eu lieu !

Brusquement, Gui saisit l'astuce.

Il se munit d'une réglette à curseurs sur lesquels étaient inscrits des chiffres arabes et des expressions numérales positives et négatives.

Il s'attarda plus de cinq heures sur ces pages, sans presque jamais relever la tête. La journée se passa jusqu'au soir, il alluma ses bougies, ignora tous ceux qui frappaient à sa porte.

Enfin il finit par laisser échapper un long sifflement admiratif.

Autant les premiers documents présentés par Chênedollé étaient ridiculement chiffrés, révélant une maîtrise enfantine des codes secrets qui, *volontairement*, sautaient aux yeux, autant celui-ci employait un chiffre à plusieurs degrés d'une formidable complexité et d'une exécution qui passait toutes les louanges.

Ces premiers documents n'avaient pour objectif que de le mettre sur la voie, et ce dossier, habilement oublié sous son écritoire, devait échapper à la vigilance du valet qui accompagnait le marchand.

Primo, Chênedollé avertissait Bénédict Gui qu'il se sentait suivi, surveillé, qu'il craignait pour sa vie et qu'il n'avait pas d'autres moyens de s'adresser à lui.

« Toujours le valet », songea Gui.

Secundo, il confirmait son désir de fuir la Ville et de ne plus rien entreprendre, après ce texte codé, qui risque de compromettre son existence ou celle de sa femme.

« La veuve n'avait pas menti. »

Tertio, il évoquait les disparitions au mois de décembre des cardinaux Portal de Borgo, Philonenko, Othon de Biel et Benoît Fillastre. Insinuant que leurs morts n'étaient ni accidentelles, ni liées à l'élection du pape comme certains pouvaient le laisser croire. À cette liste de quatre noms, il ajoutait ceux d'Henrik Rasmussen et de Rainerio !

Bénédict dut s'y reprendre à plusieurs fois avant d'être certain d'avoir déchiffré correctement : « Ouvrez l'œil et suivez la piste de Rainerio… »

Ébahi, Bénédict se renversa sur sa chaise, serrant son menton entre son pouce et son index.

« Que vient faire Rainerio dans l'affaire de Chênedollé et son meurtre ? Pourquoi ces folles précautions ? »

Il bondit et ouvrit sa porte pour héler un garçon du quartier, le jeune Matthieu, petit-neveu de Viola auquel il avait appris à lire et à écrire. Il lui donna les pièces laissées par la femme de Chênedollé. Moins d'une heure plus tard, malgré la nuit, Zapetta était de retour chez Gui, heureuse et inquiète à la fois d'être rappelée si tôt.

— Comment as-tu eu vent de mon existence ? lui demanda Bénédict. Ton frère connaissait-il mon nom ? Est-ce lui qui t'a un jour parlé de moi ?

— Non, monsieur, jamais.

— Qui alors ? Tu m'as confié qu'on t'avait dit que je pouvais tout résoudre et que, sur cette promesse, tu serais allée jusqu'à Viterbe pour me trouver ?

— C'est un homme. Un homme qui s'attardait près de chez nous. Je l'ai remarqué deux jours après la disparition de mon frère. Je ne le connaissais pas. Il a lu la détresse sur mon visage. Je lui ai dit mon malheur et il m'a alors conseillé de venir vous trouver.

Elle lui décrivit le personnage.

Pas de doute : il s'agissait de Maxime de Chênedollé.

« Ouvrez l'œil et suivez la piste de Rainerio... »

— Vous n'allez pas abandonner les recherches ? s'inquiéta Zapetta.

Bénédict lui parla des révélations de Tomaso sur la mélancolie de Rainerio.

— C'est impossible ! s'exclama la jeune fille sur ce dernier point. Rainerio n'était pas malheureux. Au contraire. Il nous promettait que bientôt, dès qu'il aurait prononcé ses vœux, il serait avancé et nous pourrions nous installer dans une meilleure maison avec nos parents !

Bénédict se dit que Rainerio cachait sa détresse aux siens.

— J'ai besoin de temps, dit-il à la jeune fille. Ne tirons encore aucune conclusion. J'aurai le fin mot de cette affaire...

Il raccompagna la jeune fille dans la rue.

Elle s'éloigna. Il la sentait ravagée d'inquiétudes.

Resté seul, Bénédict songea à Rainerio, Otto Cosmas, Henrik Rasmussen, Maxime de Chênedollé, Tomaso di Fregi, à la mort des quatre évêques, à la veuve et au valet...

Une saute de vent fit grincer l'enseigne de sa boutique.

Il leva le front.

BÉNÉDICT GUI A RÉPONSE À TOUT

Il haussa les épaules et rentra.

9.

Sept jours après son départ de Cantimpré et douze jours après le rapt de Perrot, le père Aba entra dans Narbonne.

Cela faisait quatre ans qu'il n'y avait pas mis les pieds, mais il retrouva sa route sans faillir : il franchit le quartier des étudiants, passa devant le perron de l'école hébraïque, puis s'engagea dans la direction du couvent des dominicains. Il arriva devant une maison qui formait un angle coupé par une rue et une ruelle et qui était autrefois une masure ; aujourd'hui, les dominicains avaient acquis toutes les habitations voisines et converti leur modeste logis en une sorte de palais.

Aba traversa un cloître remis à neuf et se rendit à l'étage du principal. Il se trouva nez à nez avec un frère lai qui défendait l'entrée du bureau du maître.

— Père Aba, quel plaisir de vous revoir ! fit le jeune religieux en se levant.

Il s'arrêta net. Effaré par les cicatrices du prêtre.

— Que vous est-il…

— Le père Tagliaferro est-il disponible ? coupa Aba.

— Pas pour le moment. Jorge Aja, le nouvel archevêque de Narbonne, est auprès de lui. Mais cet

106

entretien terminé, le père Tagliaferro vous recevra aussitôt. Vous vous sentez bien ? Désirez-vous que je fasse venir frère Janvier ? Il a longtemps versé dans la médecine avant de se consacrer à Dieu. Il pourrait inspecter vos plaies ?

— Non merci. Pas pour le moment.

Aba ne voulut rien faire qu'il n'eût expliqué le but de sa visite à Tagliaferro.

Le jeune frère vit que les braies du prêtre étaient maculées de boue, sa houppelande couverte de poussière et de terre séchée : en plus d'être défiguré, il était épuisé par la marche et ravagé par ses maux de tête. Le frère lai le conduisit dans les appartements du maître où Aba était invité chaque fois qu'il visitait son ami Tagliaferro. Ce dernier, proche de la famille de Guillem Aba, était intervenu huit ans auparavant pour lui faire octroyer la cure de Cantimpré après son départ de Paris.

Le prêtre de Cantimpré put manger et changer ses vêtements à sa guise. Mais il fit tout avec empressement et nervosité.

Comme convenu, il fut appelé auprès de Jacopone Tagliaferro dès ce dernier libéré de ses obligations envers l'archevêque. Le dominicain avait une soixantaine d'années. Encore fort pour son âge, sans graisse superflue, le cou puissant, il portait la robe blanche et le scapulaire noir de son ordre, uniforme d'inquisiteur qui faisait frémir tous les chrétiens en délicatesse avec le dogme.

Son bureau se composait d'une longue table encombrée de piles de dossiers, de rôles et de parchemins. Près de lui tenaient en équilibre un sablier pour sécher l'encre, de la cire chaude pour les sceaux, des poinçons et des cierges qui pleuraient leur gomme. L'abbé se tenait à un bout de la table, embrassant du regard les dernières informations rapportées par ses frères prêcheurs.

Tagliaferro sursauta en découvrant le visage du père Aba. Ce dernier, dès son entrée, s'était précipité pour lui baiser le cordon du froc.

Aba ressemblait à l'*Ecce Homo*.

— Dieu ! s'exclama le dominicain.

Il le fit asseoir.

— Laisse-moi t'examiner.

Il leva le bandeau du prêtre et eut un mouvement de recul quand fut révélée la hideur de la plaie de l'œil desséché.

— Tu ne peux pas rester ainsi, objecta-t-il. Tu dois être soigné. Que t'est-il arrivé ?

Le père Aba lui exposa ce qui s'était déroulé ce matin mille fois maudit à Cantimpré.

La figure de Tagliaferro se creusa :

— Je redoutais qu'un drame survienne un jour dans cette paroisse ! Tous ces miracles inexpliqués...

Sourd aux protestations du jeune prêtre, Tagliaferro fit venir, séance tenante, le frère Janvier.

Le père Aba se retrouva entre les mains de cet ancien colon du Levant, petit homme replet et plein de civilité qui avait appris l'art de soigner grâce à un Arabe aux côtés duquel il suivait les armées chrétiennes. Jamais apprenti chirurgien n'eut autant de cadavres à se mettre sous la main et à disséquer en paix !

Frère Janvier jugea honorable le travail accompli par le barbier de Cantimpré.

— Il va falloir maintenant ôter cet œil mort, sans plus tarder, dit-il. Des abcès s'épaississent dans le fond osseux de l'orbite. C'est un miracle que, sous une telle névralgie, vous teniez encore debout et ne vous rouliez pas à terre de douleur.

— J'ai quitté Cantimpré avant que Pasquier puisse terminer de me soigner.

Le jour même, frère Janvier, sur ordre de son supérieur mais en violation des règles imposées par

108

le concile de Tours contre la chirurgie, énucléa Guillem Aba.

Les cris de ce dernier s'entendirent jusque dans les rues de Narbonne.

Trois jours plus tard, Tagliaferro vint le visiter dans sa chambre, satisfait de son état général ; Aba était plus reposé, les traits moins crispés et le visage retrouvant quelques couleurs.

Le jeune prêtre dut reconnaître que ses terribles maux de tête avaient enfin cessé.

Sa chambre chez les dominicains était luxueusement décorée ; les craquements d'une bûche dans la cheminée consolaient de la vue qu'offrait la croisée, depuis le lit, sur les rues de la ville : il neigeait, l'air était glacial ; le ciel, noir.

— Je me suis renseigné, commença Tagliaferro. Les douze mercenaires en noir qui t'ont attaqué et ont enlevé Perrot n'ont été repérés nulle part ailleurs dans la région ces derniers temps. La description que tu m'en as faite rappelle seulement le cas de l'assassinat d'un évêque à Draguan. Nous ne savons rien d'autre.

Le père Aba évoqua les pièces de gros tournois d'argent laissées à l'auberge de Disard.

— Ils peuvent être à la solde de n'importe qui ! Vous ne croyez pas à une intervention cachée de l'Église ? demanda-t-il au dominicain.

L'abbé secoua la tête.

— De l'Église ? Non. Rien ne se fait sans nous dans la région. Et puis le cas de ton village n'a toujours pas été tranché. Pourquoi s'en prendre à Cantimpré ?

Dès les premiers prodiges, huit ans plus tôt, monseigneur Beautrelet, l'évêque de Cahors, était venu en personne à la paroisse accompagné d'une suite riche et nombreuse. Il avait félicité la bonne

« santé » de Cantimpré, sans s'appesantir sur les prodiges. Pour lui, il n'y avait aucune diablerie, pas d'idole suspecte, ni de rite de fertilité, d'incantation ou de mystification. Selon un décret provisoire de l'évêché, les habitants du village étaient simplement récompensés de n'avoir jamais prêté le flanc aux perditions des hérétiques, grâce au père Evermacher.

Seulement, à l'évidence, ce n'était qu'une manière de gagner du temps ; les autorités à Rome ne savaient comment interpréter les événements de Cantimpré et avaient résolu d'attendre avant de se prononcer.

— Un rapt d'enfant, murmura Tagliaferro. C'est hélas trop fréquent. Certains malheureux sont arrachés à leurs parents pour être voués à la prostitution ou au vol, d'autres servent à des rites sataniques, la cendre de leurs corps entre dans la composition des hosties infernales, leur langue est mélangée à du sang de huppe, les cordons ombilicaux sont changés en porte-bonheur. Il existe un trafic diabolique d'enfants des deux sexes morts avant baptême. Quelques femmes de haut lignage, infertiles, font ravir des nourrissons pour se les approprier en secret et ne plus courir le risque d'être répudiées. D'autres, celles-là mères d'enfants morts en bas âge, font enlever des enfants qui leur ressemblent trait pour trait, pour aussi duper leur mari et conserver leur influence.

— Mais les enfants de Cantimpré ne sont pas comme les autres enfants de la région, dit le père Aba après avoir blêmi à l'énoncé de ce chapelet d'horreurs. Ils naissent par miracle.

— Cela peut avoir attiré d'autant l'attention de quelques horribles pervers. Que comptes-tu faire ?

— Je souhaiterais avoir accès à vos archives.

Tagliaferro leva ses sourcils :

— Tu es franciscain, Guillem. Nos ordres ne sont plus vraiment alliés. J'aurais du mal à faire accepter une telle faveur.

— Il le faut. Pour moi !

À son origine, l'ordre des dominicains devait se vouer à la prédication, louanger, bénir et prêcher. Aujourd'hui, ils faisaient office d'émissaires dans les conflits entre nobles, veillaient à l'exécution des brefs apostoliques, supplantaient l'autorité des évêques, archivaient les interrogatoires, recueillaient les délations, traquaient les hérétiques, sans parler du contrôle de la bonne conduite de leurs coreligionnaires. Leur rôle d'inquisiteurs les faisait honnir par la population des fidèles qui ne prenaient jamais tant de plaisir que lorsque l'un des leurs se voyait châtié par les évêques. Évêques qu'ils haïssaient hier !

Les archives du couvent dominicain de Narbonne occupaient dix-sept salles et trois caves. Les bâtiments contigus de la maison avaient été acquis par l'ordre mendiant pour y faire pénétrer la cathédrale de papier qui s'amoncelait chaque année sous son autorité. Ici, tout était conservé : des aveux de concussion du comte de Toulouse avec les cathares jusqu'à la dénonciation infamante d'un boulanger cocu sur les mœurs de sa femme ; la moindre déposition, les comptes rendus d'investigation, les sévices exercés sur un suspect étaient enregistrés le long de ces étagères.

Même sous l'ère des empereurs romains, nul n'avait réussi à compiler une si vaste somme de renseignements sur des populations ; personne n'avait porté à un tel degré d'efficacité un instrument de subornation.

Les archives étaient protégées par des gardes dispersés dans le dédale de corridors et par de puissants barreaux de fer dressés aux croisées.

Jacopone Tagliaferro finit par accéder à la demande du père Aba.

Le prêtre de Cantimpré pénétra dans ce labyrinthe de Cnossos, il n'y rencontra que sept personnes : deux archivistes proprement dits, trois copistes, et les deux placeurs.

Ces placeurs étaient des femmes : sœur Dominique et sœur Sabine. Véritables Argos, créatrices d'un procédé de classification unique, elles étaient, disait-on, *devenues* les archives de Narbonne.

Petites, habillées de blanc, elles se ressemblaient comme des jumelles. Malgré leurs visages qui voyaient rarement le soleil, elles avaient toutes les deux un œil magnifique et sans cesse allumé. Le père Aba, qui les rencontrait pour la première fois, ne sut ni dire leur âge ni préciser qui était Sabine et qui était Dominique.

De leur côté, les religieuses observèrent avec indifférence ses cicatrices.

— Je voudrais consulter ce qui se rattache à des enlèvements ou des tentatives d'enlèvements d'enfants dans la région, demanda-t-il.

— Quel type d'enlèvement ? Trafic, satanisme, orgie ? Sur combien de temps ?

— Tous. Pour les deux dernières années.

Les nonnes y consentirent et disparurent dans les rayonnages.

Elles avaient en mémoire toutes les horreurs imaginables perpétrées dans une région aussi vaste que le Toulousain, rien ne pouvait plus les émouvoir.

Les murs des archives étaient garnis d'étagères, et les étagères remplies de documents serrés entre des couvertures de peau. Les caves voûtées, creusées à même la roche, et fermées par des portes de fer, recélaient les écrits les plus sensibles. Les deux femmes virevoltaient avec une rapidité et une précision confondantes.

Vingt minutes plus tard, le père Aba se trouvait en présence de deux lourds volumes.

Dès qu'il commença de lire, il fut stupéfait :

« Perdu à Gensac-sur-Tarn le fils de Gaudin Véra, lequel est pauvre homme et va à l'aumône.

« Disparu à Martel le fils de Dubois le rémouleur, qu'on a signalé un jour pêchant sur l'Azlou et qui n'a pas été revu depuis.

« Introuvable à Montauban Adélaïde de Montravel, fille du vicomte de Carcassonne, emportée selon témoins par deux cavaliers sur la route d'Albi.

« Perdus à Sabel-sur-Caux les jumeaux du juif Arthropode.

« Disparu à Rocamadour le fils de Sylvain Tampis, lequel est médecin. Similitudes, selon certains témoins, avec le rapt de mademoiselle Adélaïde de Montravel.

« Enlevé à Saint-Georges-la-Terrasse le nourrisson de Fabienne Lepœuvre, dinandière et femme de Richard l'Âne, vendeur de couteaux.

« Rapt de Matou, grand-fils de Robert Quercay, au sortir de la messe en l'église de Sainte-Françoise à Rochebrune.

« Perdue à Magrado la fille de Georget le Barbier qu'on a crue partie pour rejoindre sa tante à Bèze et qui n'a jamais été revue depuis. »

Et caetera.

Les dossiers représentaient plus d'une soixantaine d'enlèvements et de disparitions irrésolus et circonscrits à la seule province de Toulouse. Aux vues des dates, le prêtre s'aperçut que les rapts s'étaient intensifiés ces dix derniers mois.

Aba bénissait le frère Janvier sans qui il eût été incapable de lire ces nombreux feuillets, accablé par ses migraines.

Il rejoignit sœur Dominique et sœur Sabine qui travaillaient dans une cellule exiguë, assises derrière une table où étaient empilés des fiches et des rôles. Les deux femmes faisaient aller leurs bras à toute allure dans le classement des fiches, sans s'interrompre pour répondre aux questions du père Aba.

— Des poursuites sont-elles diligentées sur ces différentes affaires ?

Elles dirent oui, pour certaines d'entre elles seulement.

L'une ajouta :

— Il y a dans cette liste des fugues, des querelles de famille, des fausses déclarations aussi.

Aba interrogea :

— Avez-vous des enquêtes résolues qui traitent d'un véritable trafic d'enfants ? De plusieurs enlèvements liés aux mêmes ravisseurs ?

Les sœurs s'arrêtèrent de classer. L'une d'elles alla fermer la porte de la cellule. Cette pièce eût été obscure sans l'éclat de deux minces bougies de légiste et d'un feu de cheminée qui répandait plus de réconfort que de chaleur.

— Depuis dix-neuf ans que nous œuvrons aux archives, dit l'une, nous pouvons évaluer, sans peur de nous tromper, que c'est arrivé deux fois.

— Mais cela a toujours été des affaires délicates, dit l'autre, étant donné l'implication de grands seigneurs.

— Des seigneurs ? s'exclama Aba. Ont-ils été arrêtés ?

— Arrêtés, jugés à huis clos eu égard à leurs rangs, puis expédiés au bûcher, dit la première.

— Le seigneur de Farcy en 1271 et le comte de Bargaudeau en 1280, compléta la seconde. Des monstres qui forçaient les enfants jusqu'à la mort.

Les nonnes se mirent à parler avec une entente admirable, l'une poursuivant la phrase de l'autre ; le père Aba eut l'impression de ne s'entretenir qu'avec une seule personne :

— Nous avons appris à distinguer ce genre de personnages diaboliques.

— Ils sont toujours, en premier lieu, le mari de nombreuses épouses, car ils se lassent vite.

— Au début, ils les répudient, puis, enhardis, ils se résolvent à les faire disparaître par l'assassinat.

— Lorsque enfin, ils s'aperçoivent que les femmes ne suffisent plus à leur satisfaction, ils se portent vers les jeunes gens.

— Puis vers les enfants.

— Ces hommes sont assez riches et puissants pour dépêcher des rabatteurs hors de leur domaine.

— Plus le rapt est éloigné et moins ils pensent courir de risques.

— Ces pervers, nous les baptisons des « Conomors ».

— Du nom d'un certain roi breton d'autrefois qui couvait ces penchants comme personne.

Le père Aba les interrompit :

— Comment est-on remonté jusqu'à eux ? Comment se sont-ils fait prendre ?

Les nonnes firent un mouvement de tête qui voulait dire « moitié la chance, moitié l'acharnement » :

— Des enfants se sont enfuis et ont parlé, des familles ont osé porter plainte.

— Un compagnon de débauche du seigneur s'est repenti de ses péchés. Sans ces divers éléments…

— … un grand seigneur peut rester indéfiniment invulnérable.

— Sauf au regard de Dieu !

Aba était estomaqué.

— Savez-vous comment les enfants sont choisis ? s'enquit-il.

— Certains sont enlevés au hasard.

— D'autres doivent répondre à un caprice particulier du seigneur.

— Ce dernier peut vouloir des victimes ayant telle couleur de cheveux ou tel grain de peau.

— Des enfants de vieux ou des jumeaux.

— Le comte de Bargaudeau, par exemple, avait un faible pour les garçonnets contrefaits.

— Le comte de Farcy préférait les filles non baptisées.

— Leurs hommes de main s'élancent, enquêtent dans toutes les régions, font parler les gens…

— … se constituent des complices, traquent leurs proies…

— Puis s'abattent sur elles !

Très fortement troublé, le père Aba demanda à rester cinq jours aux archives. Il lut l'intégralité des dossiers et des enquêtes, notant le moindre détail qui pouvait l'intriguer. Il dormit au sein même des registres dominicains, ne quittant plus les rayons de livres, commençant à connaître certaines allées par cœur.

Les nonnes s'occupaient de lui comme d'un enfant. Installé dans les caves, Aba ne discernait presque plus le jour de la nuit.

Il s'était muni d'une carte de la région et inscrivait méthodiquement une marque sur chaque lieu où un enfant était déclaré manquant.

— Je vais porter mes pas sur chacun de ces points et enquêter, dit-il enfin à Tagliaferro lorsqu'il crut avoir récolté assez d'informations. Je mise mon salut que l'enlèvement de Perrot n'est pas un acte isolé.

Mais le supérieur dominicain s'inquiétait :

— Tu cours bien des risques de te voir trompé. Si Perrot a été enlevé pour le plaisir sanglant d'un seigneur pervers, tu devrais renoncer. Seul, tu n'es pas de taille. Même nous, les inquisiteurs, avons les plus grandes difficultés à nous en prendre aux puissants. Certains nobles comme certains prélats sont invincibles. Je renonce parfois à lancer mes frères sur certaines pistes, de peur de regretter les découvertes qu'ils pourraient faire…

— Mais justement, moi je suis trop petit, argua Aba. Dans leur infinie précaution, ceux qui ont enlevé Perrot s'attendent à tous les coups et à tous les adversaires, mais pas à l'insignifiant prêtre de Cantimpré…

Tagliaferro secoua la tête. Tout dans la physionomie de Guillem Aba disait que, sa résolution prise, il ne s'en dessaisirait plus.

— Je sais qu'un homme averti ne vaut rien, dit le dominicain, mais le vieux trumeau que je suis te conseille, à toutes fins utiles, de renoncer à cet enfant. Retourne donc à Cantimpré, reprends ta vie ordinaire. Laisse le Seigneur exprimer ses voix.

Le père Aba se raidit :

— Non, mon père, cela, je ne le pourrai jamais.

10.

*À Monseigneur Beautrelet, évêque de Cahors,
de la part du nouveau vicaire de la paroisse de
Cantimpré, Augustodunensis de Troyes.*

*Monseigneur, je me vois forcé de vous remettre le
récit des dernières heures vécues en ma paroisse. Je
l'écris afin de vous apprendre les raisons absolues
qui m'ont poussé à cette extrémité :*
*J'ai anathématisé la communauté des fidèles de
Cantimpré.*

Augustodunensis était seul à la grande table du
presbytère. Il écrivait sur un vélin clair, d'une écriture étroite et nerveuse. La moitié de son visage
était brûlée à vif. Il souffrait tant que chaque mot
rédigé était comme une victoire.

Depuis le départ du père Aba, le destin s'était
acharné sur le vicaire de Cantimpré.

En premier lieu, la disparition inexpliquée du
prêtre et l'assassinat de Paulin sur le plateau avaient
indigné et terrifié la population.

En second lieu, l'une des femmes enceintes, bou-
leversée par les événements, mit prématurément
son enfant au monde.

Le jour de ses couches, l'inquiétude se lisait sur tous les visages qui l'entouraient ; Augustodunensis sentit une fébrilité plus aiguë encore que lors de l'enterrement du petit Maurin. Il semblait que l'existence des villageois dépendît tout entière de l'issue de ce labeur, et il eût suffi que le nouvel enfant fût né coiffé, mal formé, trop poilu, ou étranglé par le cordon de l'ombilic, pour que la panique les saisisse.

Une mauvaise naissance serait le signe que le cycle des miracles de Cantimpré était consommé…

La réponse à leurs pressentiments fut pire que tout : la femme accoucha d'un mort-né.

Ce ne fut que cris sans paroles, clameurs vers le Ciel, effroi…

Confrontés à la multiplication des coups du sort, les villageois voulaient se donner une explication. Après maintes tergiversations et rétractations, ils identifièrent la source de leurs maux dans la seule présence à Cantimpré d'Augustodunensis !

Les désastres du village ne pouvaient provenir que de ce vicaire inconnu, débarqué du Nord, qui devait semer, partout où il allait, la désolation et la mort.

Avant sa venue, arguait-on, Cantimpré était heureux, délivré du mal : Augustodunensis avait « brisé le charme » !

Le peuple dressa un bûcher pour précipiter le responsable et calmer, par sa mort, le déplaisir du Ciel.

Le vicaire fut pourchassé.

Des hommes le frappèrent avec des branches de bois ardentes afin de le faire plier et de l'emporter dans le brasier.

Rares étaient ceux qui osaient s'interposer. Esprit-Madeleine, la mère de Perrot, était de ceux-là.

Pour toute défense, un instant avant d'être jeté dans les flammes, Augustodunensis réussit à se dépoitrailler et à brandir une magnifique croix pectorale. Elle portait un Christ en argent incrusté de pierreries. Augustodunensis la conservait sur lui comme un talisman secret.

Il fulmina, les bras haut levés :

— *Sacris interdicere, diris devovere, execrari !*

C'était la formule d'excommunication. *Latae sententiae.* La plus sévère de toutes.

Même des villageois frustes comme ceux de Cantimpré mesurèrent la portée de cette imprécation.

Par chance extrême ou grâce particulière, devant la menace, personne n'osa plus avancer sur le vicaire.

Augustodunensis, ivre de rage, pénétra dans l'église, jeta une torche à terre, la foula au pied, renversa les ornements et coucha la grande croix.

Il lança :

— Pour avoir porté la main sur un émissaire de Dieu, vous êtes exclus du corps de l'Église ! Aucun de vous ne sera inhumé dans la terre consacrée du cimetière. Vous avez failli devant le Christ !

Ceux qui s'en étaient pris à lui tombèrent à genoux, frappés de stupeur, conscients de la folie de leurs actes ; des femmes s'évanouirent, d'autres l'exhortèrent à revenir sur sa sentence. Mais Augustodunensis chassa les proscrits de l'église et cloua la porte afin que personne n'y puisse plus entrer.

À compter de ce jour, je suis resté barricadé dans la maison curiale du père Aba et je me tiens prêt au cas où les villageois se soulèveraient une nouvelle fois contre moi.

Dans sa lettre adressée aux autorités de Cahors, Augustodunensis réclamait de l'aide, une force importante étant indispensable pour remettre ces fidèles dans la bonne voie.

Mais alors qu'il cherchait le meilleur moyen de faire parvenir son mot jusqu'à l'évêque Beautrelet, le vicaire entendit frapper à la porte du presbytère.

D'une main, il prit sa croix. De l'autre, il se saisit d'un long couteau. Les brûlures et les coups reçus le tenaient dans une fièvre permanente, avec la peur nourrie du sentiment d'être seul au milieu d'une paroisse rendue folle.

Il ouvrit la porte avec précaution.

Une femme attendait sur le seuil.

Esprit-Madeleine.

La mère de Perrot.

Tout comme son fils unique, elle avait de profonds yeux bleus et des cheveux blonds. Esprit-Madeleine était belle, saine et vigoureuse, mais une déformation de naissance l'avait rendue boiteuse.

Elle demanda à entrer.

Sur ses gardes, Augustodunensis observa alentour pour voir si Esprit-Madeleine était accompagnée ou si quelqu'un se tenait en embuscade.

Mais les rues de Cantimpré étaient désertes.

Le vicaire s'écarta et laissa passer la femme.

Ils restèrent un long moment silencieux, Esprit-Madeleine campée droite et immobile devant Augustodunensis, les mains croisées.

Sa beauté était à peine altérée par la douleur et son manque de sommeil, elle conservait une grâce née de l'équilibre parfait de ses traits. Le vicaire remarqua que, depuis le jour où il l'avait vue avant la disparition d'Aba, une étincelle de vie était revenue au fond de ses yeux.

Elle le regardait avec une autorité de mère, calme mais déterminée.

Il se rappela qu'elle n'avait en rien participé à sa chasse à mort.

— Vous devez lever l'excommunication, lui dit-elle d'une voix douce. Vous agissez sans savoir, frère

Augustodunensis. Il y a trop peu de temps que vous êtes parmi nous.

— Suffisamment, il me semble, pour être voué au bûcher !

Esprit-Madeleine posa ses regards sur la croix et le couteau que levait l'homme. Ce dernier, embarrassé, mit l'arme sur la table.

— Vous devez m'écouter, reprit la femme. Promettez-moi d'abord, que dès que vous saurez la vérité sur Cantimpré, vous reconsidérerez votre condamnation. Les fidèles de notre village ne méritent pas d'être privés de leur Dieu et de leur église. Ils sont malheureux, leurs cœurs sont minés par la tristesse et la peur. Je vous supplie de m'entendre et de garder l'esprit ouvert. Promettez-vous ?

— Parlez, répondit Augustodunensis.

— Promettez-vous ? insista la femme. Ce que je me prépare à vous révéler est un secret que j'ai juré de toujours garder, même au prix de ma vie. Si je dois faillir aujourd'hui à ma parole, que ce soit au moins pour sauver les âmes de Cantimpré. Si vous ne promettez point, je ne briserai pas le serment.

Il n'y avait ni menace ni impatience dans sa voix ; mais plutôt une simplicité, une sérénité qui valaient les exigences les plus sévères.

— Je promets, s'entendit dire Augustodunensis, curieux et subjugué par la femme, troublé qu'elle s'exprime en ce moment avec des mots plus recherchés qu'en présence des villageois.

Esprit-Madeleine s'assit devant la grande table du presbytère et commença son récit :

— La crainte des mariages incestueux dans les petits villages isolés oblige les hommes à partir chercher des épouses loin de chez eux. Ce fut le cas de Jerric, mon mari, il y a huit ans. Comme il est un homme sans beauté, ni force, ni bien, il a dû se porter plus au nord que les autres. Aucune femme ne voulait de lui. C'est à Limoges qu'il a fait ma rencontre, alors que j'avais quitté Paris et voyageais vers Périgueux. Malgré ma misère, indifférent à ma malformation, Jerric s'est montré très bon avec moi. Il n'a pas tenu compte des moqueries qui naissaient sur mon passage et a daigné m'accueillir sous son toit, et m'aimer. Mais lorsque les villageois de Cantimpré m'ont aperçue, ils ont eux aussi voulu me renvoyer, émus de compter une contrefaite parmi eux ! Seulement j'étais enceinte... Perrot est né et il a été la première naissance miraculeuse de Cantimpré. Ensuite, grâce à lui, les prodiges se sont multipliés au village...

Augustodunensis fronça les sourcils.

— Grâce à Perrot ?

Esprit-Madeleine acquiesça d'un lent mouvement de la tête :

— Vous êtes à Cantimpré depuis trop peu de temps pour vous en être aperçu, mais Perrot n'est pas un garçon comme les autres. Il *guérit*.

Augustodunensis s'assit à son tour. Il ne parvenait pas à comprendre.

— Il guérit ?

— En vérité, reprit Esprit-Madeleine, j'ai été la première à bénéficier de son don. Je me suis relevée tout de suite de mes couches, sans douleur, et claudiquais moins qu'autrefois. Ceux qui approchaient Perrot, s'ils étaient malades, recouvraient la santé. Les scrofuleux, la fille qui respirait en sifflant... Ils ont tous été sauvés. Le père Aba s'en est aperçu, mais il m'a sommée de ne rien avouer à personne. Il a tout fait pour laisser accroire aux villageois que les prodiges leur venaient des hautes bontés du Ciel pour Cantimpré et de l'âme d'Evermacher.

Augustodunensis revit en pensée le visage défait du prêtre au moment où Ana lui avait appris que les hommes en noir avaient enlevé le garçon. Il se souvint aussi de son aparté avec Esprit-Madeleine à l'issue duquel il lui avait promis de ramener Perrot au village !

— Ce serait pour ce motif que le père Aba a disparu ? Il serait parti à sa recherche ? Il s'imagine que le destin de Cantimpré est lié à ce petit garçon ?

Augustodunensis avait, pour une fois, l'impression de comprendre.

Mais Esprit-Madeleine le détrompa.

Elle reprit d'une voix faible :

— Lorsque Jerric m'a découverte à Limoges, j'étais déjà enceinte…

Le père Aba avait rencontré Esprit-Madeleine à Paris alors qu'elle résidait dans un hospice de femmes malades et que le jeune franciscain venait distribuer les aumônes qu'il avait récoltées. Sitôt qu'il la vit, il ne sut pas résister à sa beauté. Ils se fréquentèrent des mois durant, dans le plus grand secret ; elle lui apprit à aimer la vie, il lui enseigna à aimer les livres.

Lorsqu'elle découvrit qu'elle était enceinte, Esprit-Madeleine prit peur et décida de quitter Paris pour ne pas compromettre la carrière brillante d'Aba à l'université et dans l'Église.

Elle s'enfuit sans rien lui avouer ; mais, éperdu, il réussit à apprendre le motif de sa disparition, quelques semaines plus tard, de la bouche de l'une de ses amies.

L'idée d'être père ne lui avait jamais effleuré l'esprit. S'enflammer à l'amour d'une femme fut une secousse salutaire. Alors qu'il avait la tête farcie des catégories d'Aristote, qu'il ne s'intéressait qu'aux arts libéraux, il comprit soudain qu'il était mieux fait pour aimer une femme et voir grandir leurs enfants que pour disputer sans cesse sur les universaux ou sur l'*homo faber*. De là sa détermination à fuir Paris pour retrouver Esprit-Madeleine et vivre auprès d'elle. Il n'avoua rien à personne et déguisa son départ sous le prétexte d'un retour à la prédication des pauvres selon saint François.

Il remonta patiemment la trace de la boiteuse jusqu'à Limoges, puis à Cantimpré.

Là, grâce à l'intervention de son ami Jacopone Tagliaferro, qui ignorait tout de sa passion, il put se faire élire à la succession du père Evermacher.

— Mais à son arrivée, continua Esprit-Madeleine, j'étais déjà mariée à Jerric le menuisier. Et, comme lui, tout le monde pensait que l'enfant que je portais était le sien. J'ai refusé que le père Aba dévoile notre secret ou qu'il renonce à son sacerdoce pour vivre avec moi. Personne n'en avait jamais rien su...

Le jeune vicaire était abasourdi. Il observait sa douce beauté. Il comprenait qu'Aba ait été ensorcelé : son regard, son sourire, sa voix... Elle était de ces femmes qui rassurent, apaisent, savent consoler de tout.

— Et pourtant, malgré nos précautions pour ne rien laisser paraître des dons de la Nature que détenait notre fils, poursuivit Esprit-Madeleine, ceux qui l'ont ravi devaient les connaître. Ils ne l'ont pas choisi au hasard !

En dépit de la gravité de son récit, en dépit de la peine qu'elle ressentait à l'évocation de son enfant, elle trouva la force de laisser flotter un sourire sur son visage :

— Seulement ce dont ils ne pouvaient pas se douter, c'était de l'identité de l'homme qui allait les prendre en chasse... Le père Aba n'est pas un simple prêtre parti retrouver l'un de ses fidèles disparus, il est un père qui veut sauver son fils ! S'il le faut, il rendra de sa main les arrêts de la justice divine. Je sais que rien ne l'arrêtera. Perrot me sera rendu !

Au presbytère, seul, Augustodunensis reprit sa missive pour l'évêque de Cahors et y adjoignit les révélations d'Esprit-Madeleine.

Il terminait sa lettre d'une question désespérée :
Que faire ?

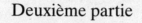

Deuxième partie

1.

Une main ôta le sac de toile qui couvrait la tête de l'enfant.

Perrot découvrit une chambre richement décorée ; les pierres de taille, un versant au contour arrondi, ainsi qu'une croisée mi-ouverte donnant sur le chemin de ronde d'un rempart, prouvaient qu'il se situait au dernier étage d'un donjon. Au centre de la pièce trônait un lit en bois massif clos par une courtine de velours bleu. Le garçon observa les tentures de tapisserie qui servaient autant à orner les murs qu'à réprimer les courants d'air.

Une femme se tenait à ses côtés. Elle avait abandonné sa tenue noire pour une robe grise et un hennin à deux cornes d'où pendaient des franges blanches. Il reconnut ses yeux, son teint pâle, sa maigreur gracieuse, mais surtout sa longue chevelure roux vif qui lui tombait sur l'épaule en une large et lourde tresse.

— Je suis Até de Brayac, lui dit-elle. Ne crains rien, avec moi tu ne cours aucun danger.

Il avait passé de longues heures enfermé dans un sac, jeté sur la croupe d'un cheval depuis son départ de Cantimpré. La femme l'avait gardé auprès d'elle à chaque étape, mais c'était la première fois qu'elle lui adressait la parole. Il était terrifié. Les images de son ami Maurin éventré au presbytère du père Aba, la violence de son rapt, la course folle qui avait suivi, le hantaient…

L'enfant de huit ans était blême, les yeux rougis par les larmes et la fatigue.

Dans la chambre, un évêque et un archevêque l'observaient. Vêtus de robes pourpre et blanc, doublées de fourrure, traînant au sol, ils se gardaient à distance, comme s'ils redoutaient de l'approcher. Perrot leur trouva cet air sec et tombal de corbeaux juchés sur une croix.

— Comment l'ont-ils nommé ? s'enquit l'archevêque qui se reconnaissait à son pallium blanc aux épaules.

— Son nom est Perrot, répondit Até.

De son côté, l'évêque fit la moue :

— Ce n'est pas très heureux.

La jeune femme haussa les épaules.

— Quelle importance ?

Elle se tourna vers le garçon et lui désigna un plateau d'argent posé sur une table non loin du lit.

— Tu dois avoir faim ? demanda-t-elle. Tu trouveras là de quoi reprendre des forces.

Le garçon ne répondit rien ; il obéit et marcha lentement jusqu'à la table. Il avait aux pieds ses socques de Cantimpré qui martelaient le parquet. Sur un escabeau, il reconnut les vêtements noirs d'Até négligemment jetés, ainsi que son épée, la même que celle qui avait servi à tuer son compagnon Maurin.

Dans son dos, il sentait les regards des trois adultes braqués sur lui. Le plateau d'argent était chargé de mets et de friandises. Le petit enfant du Quercy ne s'était jamais imaginé une telle variété de pains aux épices et de fruits cuisinés. Les mains tremblantes, il se saisit d'une poire confite.

— Il a l'air bien effrayé, commenta l'archevêque.

— Sait-il pourquoi il est là ? demanda l'évêque. Pressent-il ce qui lui arrive ? Lit-il dans l'avenir ? Entend-il des voix qui l'informent ?

— Qu'allez-vous imaginer ? rétorqua la femme. Les enfants ne sont pas tous doués des mêmes facultés. Perrot n'est pas comme celui auquel vous pensez !

— Vous êtes sûre de ne pas vous être trompée cette fois ? gronda l'archevêque.

— Quand bien même cela serait, nous serons fixés sous peu.

— Le temps presse…

— Je sais cela !

Até avait répliqué d'un ton cassant. Les deux princes de l'Église ne protestèrent pas. Cette jeune femme était la fille du chancelier Artémidore de Broca, cela lui conférait un ascendant tacite sur tous les religieux de la région.

Le fracas d'un charroi sur des pavés monta par la croisée. Un chariot-cellule à quatre chevaux, entouré de gardes épiscopaux, franchissait le pont-levis pour pénétrer dans la basse-cour du château, entre l'enceinte et le donjon.

— Ne sont-ce pas les condamnés au gibet que l'on véhicule d'ordinaire de la sorte ? demanda l'évêque après avoir regardé par la fenêtre. Est-ce lié à notre affaire ?

Até secoua la tête :

— De quelle aide pourrait nous être un prisonnier ?

En bas, la cour s'agita. Des femmes crièrent et on les entendit fuir à toutes jambes.

Peu de temps après, la porte de la chambre s'ouvrit et un homme vêtu comme un seigneur, petit, l'air craintif, portant un étonnant collier de barbe mal entretenu, apparut. Il jeta un œil rapide et inquiet vers Perrot puis fit un signe du front en direction d'Até.

Celle-ci dit aux prélats :

— Il est préférable que vous nous attendiez ici.

Elle regarda le seigneur :

— Cela vaut pour vous aussi, Montmorency.

Puis aux trois :

— Je prétends que cela ne durera pas longtemps.

Elle rejoignit Perrot.

— Suis-moi, dit-elle.

Une fois encore, terrifié, Perrot lui obéit sans mot dire, mais avec une répugnance marquée.

Talonnés par deux gardes vêtus et armés comme les hommes qui avaient surgi dans Cantimpré, ils descendirent un escalier en spirale pratiqué dans l'épaisseur d'un mur. Le froid s'insinuait dans le donjon par les nombreuses fentes oblongues des meurtrières.

Até conduisit Perrot dans les parties solitaires du château, au niveau des fossés. Là, au froid s'ajoutèrent l'humidité et l'obscurité, cette dernière déchirée par les torches levées par les gardes. Perrot découvrit des geôles qui devaient avoir servi autrefois aux condamnations des lits de justice seigneuriaux. Les murs grêlés de salpêtre, les portes de cellule à la ferraille rouillée, et les chaînes déroulées sur les sols de terre battue l'impressionnèrent beaucoup. Il s'imaginait qu'on allait l'abandonner ici dans le noir après l'avoir battu. Ses jambes ne le soutenaient plus, Até dut le rattraper au col pour qu'il suive son pas.

Toutes les cellules étaient désertes. Sauf une.

Perrot distingua une chaise de paille, une nonne nerveuse serrée près d'une bougie fichée dans une coupelle et un homme étendu sur un brancard. Até fit disposer les torches de ses gardes sur des pieds scellés dans les parois.

La scène lugubre s'illumina.

Le lit de l'homme était singulièrement assemblé : sous le matelas se trouvait une plaque de métal sur laquelle étaient répandues des braises. Peu d'hôpitaux bénéficiaient de ce type de litières qui permettaient de transporter les malades malgré le froid.

L'homme haletait. À moitié nu, sa hideur était à peine soutenable : son corps n'était qu'une plaie répugnante, rongée de chancres et de bouffissures, la peau sèche et écaillée. Ongles, cheveux et sourcils avaient disparu. Ses aisselles étaient noires, une glande tuméfiée au cou faisait la taille d'une coquille de noix.

La religieuse qui s'affairait à son chevet était une moniale de l'ordre du Saint-Esprit, congrégation de sœurs dévouées à l'agonie des malades.

Dès qu'elle vit Até approcher, elle protesta :

— Je suis la sœur portière de l'Hôtel-Dieu de Montauban. Cet homme peut mourir à tout instant. Pourquoi le faire déplacer avec tant de souffrances ? C'est indigne.

— Quel est le nom de son atteinte ? demanda Até, sans se soucier des récriminations de la moniale.

Celle-ci répondit :

— Comment le savoir ? Peste, mal des ardents, écrouelles, lèpre, éléphantiasis… Peut-être tout à la fois ! Aucun médecin du pays n'a su exprimer un avis formel.

Até sembla apprécier qu'il en fût ainsi.

— Entend-il que nous sommes près de lui ? demanda-t-elle.

— Non. Depuis huit jours, son mal lui a ôté les sens. Pourtant il survit. La peste seule emporte sa victime en moins de quatre jours. Ce n'est pas son cas. Ce malade – un voleur doublé d'un assassin – représente pour notre ordre une image exemplaire du péché. Sa vue auprès de rebelles nous a déjà procuré une vingtaine de conversions ! Il doit au plus vite être rendu à Montauban.

— Vous avez raison, ma sœur. Sans nul doute. À présent, laissez-nous.

— Mon supérieur m'a ordonné de ne jamais le quitter du regard.

Até hocha la tête et dit :

— Soit vous vous retirez, ma sœur, soit je vous fais traîner dehors par la chevelure comme la dernière des catins.

Elle avait fait claquer chaque syllabe de sa menace.

La moniale se signa et sortit, scandalisée, accompagnée par des gardes.

Até se tourna vers Perrot.

— De combien de temps as-tu besoin ?

Le garçon la regarda. Il comprit ce qu'elle attendait de lui.

Sans mot dire, il alla s'asseoir sur la chaise en paille. Il se mit à balancer ses pieds et à les regarder rebondir sur le cadre en bois. Il ne porta plus attention à rien ni à personne, comme un enfant qui néglige, le temps d'un jeu, les adultes qui l'environnent.

Inquiète, Até examina le moribond. Elle ne savait quoi faire, ni quoi attendre. Elle espérait à tout prix qu'il se passe quelque chose. Au-dehors, la moniale se plaignait encore auprès des gardes qui s'en tenaient à leur mutisme.

Il s'écoula quelques minutes qui durèrent comme des heures. Perrot ne quittait pas ses chaussures, le mourant râlait.

Il hoqueta. De la bile mêlée à du sang roula de ses lèvres desséchées.

Tout se taisait.

Pendant d'interminables instants, Até ne perçut que le jeu de l'enfant, le souffle du malade et le grésillement des torches. La moniale avait cessé ses jérémiades, tenue à l'écart dans le couloir.

Un bubon logé près de la pomme d'Adam du pauvre homme se perça et du pus jaillit. Presque dans le même moment, d'autres poches d'humeur éclatèrent aussi. Dont l'énorme excroissance au cou.

Les effusions étaient grasses et jaunâtres, horrifiques.

Bientôt l'odeur devint insoutenable. Effarée, Até recula. Elle n'en croyait pas ses yeux : toute cette masse de chair pétrifiée par la maladie s'agitait soudain.

Une dartre éclatée au niveau de l'épaule gauche laissa subitement apparaître de l'eau.

Une eau pure.

Le liquide lava l'infection, emportant dans son sillon les résidus de peau morte. Un autre ulcère l'imita.

De toutes parts, les chancres enflaient, puis se déchiraient, et le pus et le sang s'évacuaient en se diluant dans cette eau toujours limpide.

Dès qu'elles touchaient le sol ou les braises, les gouttes disparaissaient sans rien laisser du déchet des tuméfactions.

Le corps fut inondé, comme s'il était battu par une pluie d'eau bénite. À cela près que cette pluie lui naissait des pores de la peau.

Stupéfaite, Até commençait de voir reparaître par endroits des parcelles de peau saine.

Elle regarda Perrot. Son attitude n'avait pas changé. Il ignorait ce qui arrivait à quelques pas de lui ; elle le surprit seulement à frissonner, mais sans en être certaine.

Les taches noires sous les bras du moribond de l'Hôtel-Dieu de Montauban s'atténuèrent. Ses lèvres retrouvaient un semblant de couleur. Il s'ébrouait, reprenait vie. Il dressa la nuque, ouvrit les yeux, essaya de comprendre où il se trouvait, puis, hagard, défaillit et s'écroula.

Hors les cheveux et les ongles, hors ses parties basses, sa maladie ne se voyait presque plus. Il était libéré de ses convulsions, le front apaisé. Até comprit qu'il s'était assoupi.

Elle entendait les gardes qui marmonnaient dans son dos, terrifiés comme elle par ce qu'ils venaient de voir. La moniale protestait de plus belle parce qu'ils l'empêchaient d'approcher.

— Mon Dieu… fit simplement Até.

Perrot releva la tête.

— Oui ?

2.

À Rome, le vieil Artémidore de Broca se tenait derrière son bureau de marbre dans son cabinet de la chancellerie du Latran. Il y régnait une chaleur étouffante, un feu avait été flambé dans sa cheminée pour faire disparaître des documents. Artémidore exigeait que les parchemins sensibles de la papauté soient détruits sous ses yeux ; il ne faisait confiance à personne. Le foyer était encore incandescent des correspondances secrètes et autres projets de décrets de l'interrègne.

Artémidore regardait un petit homme debout devant lui.

C'était un abbé frêle et osseux, les cheveux blancs, les épaules perdues dans une coule trop ample pour lui.

Le chancelier essuya son front baigné de sueur.

— Eh bien, Profuturus, y sommes-nous ? demanda-t-il.

L'abbé approuva d'un signe de tête en accomplissant un pas vers son maître :

— Votre fille doit encore retrouver une enfant et nous serons prêts.

— Bien. Nous avons suivi toutes vos recommandations, l'abbé !

Il lui tendit un rôle de textes que Domenico Profuturus s'empressa de saisir.

— Tout est là, dit le chancelier.

Il fixa l'abbé d'un œil lourd de reproches :

— Vous avez conscience qu'il s'agit de l'opération où vous nous faites courir le plus de risques, Profuturus ? Avec les suites que cela peut engendrer ?

Artémidore prit un document sur lequel il fit passer sa lentille de lecture :

— Je vois que près de cent vingt détentions d'enfants ont eu lieu au cours de ces neuf derniers mois ?

— C'est exact, monseigneur.

Le chancelier secoua la tête :

— Tirez de mes paroles les conséquences qu'il vous plaira d'en tirer, mais je pense que trop de personnes ont été impliquées et lancées sur trop de fronts différents. Des erreurs ont été commises, des fuites aussi qu'il a été difficile de contenir. Jusque dans nos propres rangs ! Vous l'avez appris en venant à Rome : certains de nos alliés, trop inquiétés par l'ampleur de notre projet, ont dû nous quitter...

Il lui tendit un second feuillet :

— Voici les noms des remplaçants de Portal de Borgo, Philonenko, Henrik Rasmussen, Benoît Fillastre et Othon de Biel.

Profuturus le reçut.

— Et maintenant ? fit Artémidore. Combien de temps encore ?

— Quelques semaines, monseigneur, pas davantage. Comme je vous l'ai dit, j'attends les derniers enfants. Je suis convaincu de la pertinence des choix qui ont été arrêtés. L'expérience sera concluante.

Le chancelier émit un grognement indistinct :

— Quelques semaines ?... Hmm...

Il haussa ses lourdes épaules.

— Je peux encore retarder l'élection du pape. Si vous voyez juste et que ces enfants peuvent produire ce que vous prétendez, je veux bien vous accorder un peu de temps supplémentaire.

L'abbé Profuturus courba le front :

— Vous ne serez pas déçu, monseigneur…

La conviction de l'abbé ne semblait pas rassurer Artémidore :

— Les dangers encourus sont déjà pour moi un sujet de déception, Profuturus. Allez, retournez travailler !

L'abbé, troublé par l'agacement de son maître, et croyant à une prochaine disgrâce, prit congé.

Passé la porte du bureau du chancelier, il se retrouva devant une vaste salle vide, marbrée et inondée de lumière grâce à de grandes croisées vitrées.

Un petit bureau se dressait sur la droite de la porte.

Le secrétaire Fauvel de Bazan s'y trouvait.

— Le chancelier semble préoccupé par la sécurité de notre entreprise, déplora Profuturus. Ses craintes sont-elles fondées ?

Fauvel écarta ce problème du revers de la main :

— La sécurité, c'est mon affaire. Très peu de personnes gravitent encore autour de nos intérêts. Et elles ignorent tout de nos objectifs. Je les stopperai. Ne craignez rien, Profuturus.

L'abbé déroula le rôle de parchemin que lui avait adressé Artémidore.

Il y lut que, entre les mois d'août et d'octobre précédents, les reliques de verre de trois églises, à Bologne, à Bamberg et à Évora, avaient été secrètement dérobées par des hommes aux services du chancelier et que quelques gouttes de sang inaltéré de deux saints et d'une sainte des VIIe et XIe siècles y avaient été prélevées. À cela s'ajoutait la profanation de deux tombeaux de saints, à Lucques et à Aire-sur-l'Adour, en décembre : sur l'un, on avait ôté un morceau de chair imputrescible, sur l'autre, on avait rogné un fragment d'os de l'humérus. Le rôle indiquait aussi que, trois semaines plus tôt, une hostie miraculeuse d'Agens transformée en tissu humain sanguinolent au cours d'une eucharistie en 1244, avait été volée et remplacée par un leurre par les équipes d'Artémidore de Broca. Enfin Profuturus lut que le navire *Le Saint-Lin* quitterait sous peu la Corne d'Or avec à son bord plus de quatre cents ouvrages arabes nouvellement traduits, dont un traité sur les noms véritables des démons.

— Satisfait ? demanda Fauvel de Bazan. Il y a là tout ce que vous nous aviez demandé.

L'abbé referma son rôle et sourit :

— Quand tout sera réuni, oui, je serai satisfait…

3.

La lettre de détresse écrite par Augustodunensis et adressée à l'évêque de Cahors partit de Cantimpré le 21 janvier. Remise aux mains de Pasquier, elle atteignit Saint-Corcq le 25 janvier. De là, un messager embarqué sur le Tarn suivit le courant jusqu'à Cahors, et le 31 janvier avant complies, les révélations du vicaire sur le père Aba et sur son fils Perrot se trouvèrent sous les yeux de l'évêque. Ce dernier, embarrassé par le rapt de l'enfant et par la paternité d'un prêtre de son diocèse, choisit de renvoyer le problème aux dominicains, plus à même de juger ce genre d'affaire.

La lettre de Cantimpré était arrivée à Cahors vers six heures du soir, il en était neuf le lendemain matin lorsqu'elle reprit sa route en direction de Narbonne où résidait Jacopone Tagliaferro, supérieur des inquisiteurs du pays.

Cet homme ne devait cependant jamais recevoir le mot d'Auguste. Il fut intercepté par Jorge Aja, le nouvel archevêque de Narbonne. Il la lut, la brûla, puis rédigea un message chiffré qu'il dépêcha en direction de Rome, aux bons soins du chancelier Artémidore de Broca...

Dans le même temps, le père Aba avait quitté Narbonne depuis trois jours. Il avait revêtu des loques échangées avec des miséreux qui passaient l'hiver dans un hospice de la ville. Il se trouva avec un bliaud mal raccommodé, de vieilles chausses, un manteau mité, des gants de laine et un bonnet qui dissimulait sa tonsure et son appartenance au tiers ordre. Cet accoutrement, complété d'une grosse croix pectorale et d'un bâton en bois d'yeuse, avait pour objectif de lui donner toute l'apparence d'un pèlerin. Il conserva sa gibecière et sa sacoche où il rangeait les quelques éléments de son enquête. Sous son manteau, il dissimulait la liste des enfants copiée aux archives, ainsi que la carte où étaient indiquées leurs disparitions.

Le frère Janvier, qui l'avait débarrassé de son œil mort, lui avait retiré les fils cousus par le barbier de Cantimpré et fourni plusieurs bandeaux de tissu noir de rechange en lui prescrivant de ne jamais laisser son orbite à l'air. Le père Aba devrait attendre quelques semaines de cicatrisation avant que Janvier puisse étudier la possibilité de lui faire souffler un œil de verre. Tagliaferro, de son côté, lui céda une solide mule noire pour son périple solitaire et jura de ne révéler ses secrets à personne et de taire son passage aux archives. Les deux sœurs, Sabine et Dominique, lui promirent de rester attentives à tout ce qui pouvait toucher de près ou de loin à de nouvelles disparitions d'enfants, comme au signalement de la troupe en noir.

Le père Aba quitta néanmoins Narbonne sans avertir ses amis de la stratégie qu'il avait mûrie pour retrouver la trace de Perrot.

Il se porta en premier à neuf lieues dans la direction de Toulouse, dans un village qui ne figurait nulle part sur sa carte, ni dans les registres dominicains consultés : Aude-sur-Pont. Cette paroisse du diocèse de Montpezat était plus isolée encore que Cantimpré. Plus misérable aussi, n'ayant été épargnée ni par les hérétiques ni par les représailles catholiques qui suivirent. Une trentaine de feux constituaient le village, certains étaient à l'abandon.

Dès son arrivée, en dépit de son bandeau, de sa barbe sale et de son air pitoyable, plusieurs villageois se précipitèrent pour l'accueillir. Il n'existait pas d'auberge à Aude-sur-Pont, aussi les rares voyageurs étaient-ils sollicités par les habitants pour être hébergés chez eux au tarif d'une hôtellerie.

Le père Aba repoussa leurs offres. Il alla frapper à la porte d'une masure, la plus éloignée de l'église en bois, là où résidait une certaine Meffraye.

Ce nom, tout le monde le connaissait dans le pays. C'était celui d'une sorcière. Selon les points de la région, on l'appelait la Meffraye, la Malvenue ou la Thessalienne. Les légendes qui l'entouraient prétendaient qu'elle se cachait dans les ruines d'une tour wisigothique près de Martel, métamorphosée en scorpion blanc ou en salamandre. En réalité, son nom était Jeanne Quimpoix et elle vivait paisiblement à Aude-sur-Pont où elle confectionnait, sans l'aide d'aucun maléfice, des potions pour les souffreteux.

Le père Aba était déjà venu la voir, sept ans auparavant. Il lui avait amené Perrot.

Dès sa naissance, le comportement du nourrisson ne fut pas naturel. Il ne mangeait pas comme les autres, refusant son lait les jours maigres, il dormait peu sans jamais pleurer. Sa mère était remise de son accouchement mais se trouvait mal dès lors qu'elle était éloignée de son fils, le père Aba lui-même se trouvait revigoré en sa présence ; lorsqu'il eut à le baptiser, il l'immergea dans l'eau fraîche des fonts qui devint chaude et argentine au contact du petit corps…

Convaincu d'un sortilège, même positif, le père Aba s'inquiéta et enjoignit à Esprit-Madeleine de ne rien dire à personne de ces étrangetés, pas même à son mari Jerric, avant qu'il eût mis un nom sur ce phénomène.

Il ne savait vers qui se tourner pour comprendre ce qui arrivait à son fils.

C'est alors qu'il entendit parler de la Meffraye.

Avec l'accord d'Esprit-Madeleine, il emporta Perrot – qui n'avait pas encore un an – jusqu'à Aude-sur-Pont, sous le faux prétexte de faire étudier l'os de son talon qui pourrait être contrefait comme celui de sa mère.

Il présenta l'enfant à Jeanne Quimpoix.

Impassible, après avoir consulté un recueil de vieux textes généthliaques, elle posa une feuille sèche de gui blanc dans la paume droite du garçon. Au bout de quelques instants, elle se ressaisit de la plante et en exprima le lait entre ses doigts. Elle sentit son parfum et sursauta.

— Qui est au courant pour les dons de ce petit ? demanda-t-elle au père Aba.

— Personne, hormis sa mère et moi.

— Que cela reste ainsi ! s'exclama-t-elle.

— Qu'a-t-il donc ? s'inquiéta Aba.

— Si vous divulguez ses capacités de guérison, des seigneurs voudront vous le prendre et se l'approprier pour eux-mêmes ou le faire parader dans les cours des rois. Si l'Église l'apprend, elle le remettra au bourreau. À ses yeux, seuls les saints sont des faiseurs de miracles de plein droit. Il faut lui laisser le temps de grandir, à l'abri des mauvais esprits. Qui sait quels autres pouvoirs l'attendent ? Protégez-le !

— Il n'y a donc rien de démoniaque chez lui ?

La sorcière avait souri.

— Je gage que les démons ont plus à craindre de Perrot que Perrot des démons. Ce sont les hommes, le vrai danger pour ce garçon ! Qu'ils ne sachent jamais son existence avant qu'il soit en âge de se défendre lui-même.

Le père Aba avait scrupuleusement suivi ce conseil. À son retour à Cantimpré, il apprit que, pendant les trois jours d'absence de Perrot, toute une suite de malheurs s'était abattue sur le village.

Aba avertit Esprit-Madeleine des recommandations de la Meffraye. Il voulut quitter Cantimpré avec Perrot et elle, aller se terrer loin des regards. Mais la femme refusa : pieuse, elle considérait que si Dieu les avait conduits jusqu'ici, malgré les mille péripéties depuis leur rencontre à Paris, il fallait se résoudre à son choix. Le père Aba finit par obtempérer. C'est alors qu'il résolut, pour détourner l'attention de Perrot, de répondre à la volonté de ses fidèles et d'associer son prédécesseur Evermacher aux miracles qui bénissaient Cantimpré…

Ce stratagème avait parfaitement fonctionné pendant huit ans. Lorsque Esprit-Madeleine et le prêtre interrogeaient Perrot sur ses dons, il répondait invariablement : « Ce n'est pas moi. Je ne fais rien. Je ne décide de rien. »

Le secret paraissait bien gardé.

Jeanne Quimpoix ouvrit sa porte au père Aba et le pressa d'entrer pour ne pas laisser le froid envahir sa masure. Le visiteur secoua son manteau trempé et obéit.

Il fut de nouveau surpris de découvrir un intérieur net, sans grimoires, ni creuset, ni plante séchée, ni rien de ce qui évoquait l'antre d'une sorcière. Il se souvenait aussi de son étonnement lorsqu'il avait découvert, sept ans plus tôt, que la Meffraye n'avait qu'une trentaine d'années et que, alors qu'il s'attendait à lui voir la mauvaise mine qu'inspire sa condition, elle était plutôt jolie : les cheveux blonds coupés court, la taille fine et la peau blanche. Elle portait un bliaud clair serré par une corde de chanvre qui lui donnait l'air d'une jeune fille à marier.

— Je suis Jeanne Quimpoix, lui avait-elle annoncé, comme ma mère avant moi et sa mère avant elle, et ainsi de suite en remontant jusqu'aux temps de Fredelon de Rouergue au IXe siècle.

Selon le gré des générations, les Meffraye se déplaçaient dans le comté de Toulouse. Leur plus grand mal ? Ne jamais prendre de mari. Chaque Jeanne Quimpoix disparaissait quelques semaines de son lieu d'habitation, pour revenir grosse et accoucher d'une fille...

La femme proposa au père Aba de se réchauffer près de son feu et de lui préparer un reconstituant. Elle ouvrit l'un des bahuts où elle rangeait méticuleusement ses composants minéraux, fluides et herbeux. Elle se saisit d'antimoine et de mercure qu'elle lia avec quelques gouttes d'huile et d'eau chaude.

— Buvez cela, lui dit-elle alors qu'il s'était assis au coin du foyer où trônaient deux chaudrons. Je vais voir ce que je peux vous offrir à manger. Depuis combien de temps êtes-vous sur les routes ?

— Moins de jours que mon apparence le laisse penser...

— Vous n'avez qu'un œil, le pérégrin, mais il est éloquent. Vous êtes en souffrance. Et en colère. Un homme vous a trahi ? Une femme peut-être ? Ou bien traînez-vous derrière vous le faix d'un remords ? Avez-vous péché en Terre sainte ? Ne vous a-t-on pas remis toutes vos fautes ?

Le père Aba eut un sourire triste.

Il se dit que la « sorcière » voyait juste. Depuis le ravissement de Perrot à Cantimpré, il ne se passait pas d'heure sans qu'il y songe ni qu'il en souffre.

Jeanne Quimpoix s'approcha et dit d'un ton de regret :

— Je n'ai que des viandes mélancoliques et des lentilles qui ont germé. Si le goût est douteux, au moins sera-ce chaud et revigorant.

— Je n'en demandais pas tant. Encore merci.

Il but le breuvage de la sorcière. Il sentit aussitôt l'extrémité de ses mains et de ses pieds se réchauffer.

Peu de temps après, il dévorait le repas à table. Cela faisait des années qu'il ne s'était pas tant précipité sur un plat. Sédentaire à Paris, sédentaire à Cantimpré, le père Aba n'avait pas la constitution faite pour endurer des journées entières sur une mule, dans des chemins vallonnés. Il souffrait du bas du dos, mais la potion de la Meffraye avait fait disparaître ses élancements.

Pendant qu'il terminait son repas, la sorcière sortit s'occuper de son animal en le rentrant dans une stalle qui faisait la même taille que la petite pièce principale de sa masure.

— Votre mule souffre de l'antérieur droit, dit-elle en revenant. Je la guérirai avant que vous repreniez votre voyage.

Elle posa un creuset de pierre rempli d'huile. Elle alluma le liquide et des petites flammes bleu et rouge se mirent à voleter. Elle approcha alors sa main droite : ses ongles étaient longs et vernis. Elle observa les reflets du petit feu au bout de ses doigts.

— Ah, vous êtes déjà venu me voir… dit la pyromancienne.

Le père Aba lui conta son passage sept ans auparavant avec le petit Perrot, lui rappelant les circonstances de sa visite et les avis qu'elle lui avait alors prodigués.

— Je me souviens du gentil Perrot. Sujet de la nature tout à fait étonnant. Surtout pour son très jeune âge…

Aba lui expliqua ce qui était arrivé à Cantimpré.

— J'ai suivi vos conseils, dit-il. J'ai œuvré pour cacher les facultés de Perrot. Mais il apparaît que ces précautions n'ont pas été suffisantes.

Il lui conta la cruauté, la rapidité et la précision de l'assaut qui avait frappé son presbytère.

— Si vous comptez sur moi pour retrouver cet enfant, vous surestimez ma magie, lui dit Jeanne Quimpoix.

— Ce n'est pas cela que je suis venu chercher ici.

Il ouvrit sa chainse en toile grossière et en sortit la carte et les documents rapportés des archives de Narbonne.

— Les dominicains du comté de Toulouse ont enregistré les disparitions d'enfants dans la région.

Il déroula la carte sous les yeux de Jeanne Quimpoix.

Il expliqua :

— Il y a sept ans, dès que je me suis aperçu des dons de Perrot, je me suis interrogé pour savoir vers qui me tourner afin de demander conseil. Et je vous ai trouvée.

Il posa sa main à plat sur la carte.

— Je suis convaincu que d'autres parents dont les enfants auraient produit des phénomènes similaires n'auraient pas agi autrement que moi. Voyez : une trentaine de points sont identifiés sur ce dessin. Chacun indique une disparition. Je souhaite que vous me disiez si parmi eux se cachent des garçons ou des filles qui manifestaient des facultés naturelles étonnantes, des enfants qu'on serait venu vous présenter ou au sujet desquels on vous aurait interrogée. Comme pour Perrot !

Il avança la carte sous les yeux de Jeanne Quimpoix. Cette dernière y jeta un rapide coup d'œil avant de secouer la tête.

— Que ce soit le cas ou non, je ne peux pas répondre à cette question. Qui me dit que vous n'êtes pas au service de cette troupe d'hommes en noir et que, par mon intermédiaire, vous ne cherchez pas à pister d'autres enfants à ravir ? Regardez-vous. Vous êtes un prêtre, mais vous vous dissimulez sous des oripeaux. Vous êtes armé, vous dites avoir perdu votre œil en défendant les enfants de votre presbytère. Qui me l'affirme ?

Aba se dressa, défit son bandeau pour laisser voir son horrible orbite creuse. Il saisit sa sacoche d'où il tira l'épée et la pièce de gros tournoi qu'il mit sur la table.

— Voici l'arme qui a servi à tuer le petit Maurin. Voici la pièce avec laquelle les hommes en noir ont payé leur passage à l'auberge de Disard.

Il prit ses écrits de Narbonne et lut :

— « *Disparu le jeune Maubert, à Saint-Aignan le deuxième mardi de mai l'an dernier. Disparus la jeune Anne et son frère Colin à Pouillanges. Disparu Philippin, fils de Jules le Froid, à Messapien peu avant la dernière Pâques !* »

Il répandit ses feuillets devant Jeanne Quimpoix.

— En me portant au secours de Perrot, je suis convaincu de sauver d'autres petits avec lui. Ces hommes en noir et cette femme aux cheveux roux ne sont pas de simples mercenaires !

Il y eut un long moment de silence. Jeanne Quimpoix le regarda droit dans les yeux, puis elle prit une graine bleue et la plongea dans sa coupelle en feu. Aussitôt les flammes s'activèrent et prirent des couleurs vertes. La sorcière observa ses ongles puis hocha la tête de manière affirmative.

— Recouvrez votre œil, dit-elle d'une voix douce.

Le prêtre obéit et se rassit lentement.

— Je connais le cas d'un certain Jehan, enfant du village de Ponzac, situé à six lieues au nord de Montauban.

Le prêtre examina la carte de Narbonne. Mais cet endroit n'était pas indiqué dans les archives dominicaines.

— Son don était aussi étrange que celui de Perrot, poursuivit la femme. Ce garçon sommeillait, sans raison et dans n'importe quelle circonstance. Ses parents ont craint qu'il s'agisse d'un *changelier,* un petit corps d'enfant possédé par un démon. Ils me l'ont amené afin que je le guérisse, mais ma science et son très jeune âge ne me permettaient pas d'identifier le mal. On ne comprit qu'un peu plus tard, lorsqu'il apprit à parler. Dès que l'enfant tombait en sommeil, il était assailli de visions miraculeuses. Il suffisait alors de le questionner sur n'importe quel sujet qui soit hors de sa portée pour que, après quelques minutes de torpeur, il restitue la bonne réponse. L'enfant est devenu célèbre dans la région. Tout le monde voulait tirer profit de son don.

La sorcière soupira.

— Comme chez vous à Cantimpré, le jour de ses six ans, l'été dernier, une troupe armée a débarqué à Ponzac pour le ravir…

Jeanne Quimpoix se munit d'une mine de plomb et prit la carte du père Aba. En silence, elle inscrivit des croix.

Quatorze croix.

Huit d'entre elles se situaient dans des villages qui n'avaient pas été repérés par le père Aba à Narbonne.

— Voilà d'autres villages où l'on peut dire que des enfants miraculeux ont vu le jour au cours des dernières années.

Le père Aba était abasourdi.

— Comment croire qu'autant de manifestations de cette nature soient ramassées dans un même pays ?

Jeanne hocha la tête :

— M'est avis que cela s'ajoute aux nombreux mystères qu'il vous reste à lever.

Elle se ressaisit de sa mine de plomb et dessina un cercle qui enfermait dans son aire tous les villages qu'elle avait désignés.

Cantimpré se situait au beau milieu.

— La clef est sans doute là...

4.

Até ôta les vêtements de Perrot, le fit laver et étriller et le revêtit de lin blanc. L'enfant vivait dans une petite chambre pratiquée dans l'épaisseur du mur d'enceinte qui cernait le donjon. Seule Até avait le droit de l'approcher, ainsi qu'un frère augustin, muni d'un cahier de parchemin et d'un jeu de mines de plomb, qui dessina méticuleusement son portrait.

Le moribond miraculé dans les souterrains réussit à se lever et à parler. Avertie de son état encourageant, Até ordonna de lui donner la mort. Il fut conduit, en présence de Perrot, dans la cour principale du château, et pendu.

Son agonie ne dura pas les quelques minutes ordinaires de ce supplice, mais cinq fois plus longtemps. Le malheureux se révulsait, gesticulait, sans jamais perdre connaissance. Alors que le bras séculier favorisait la pendaison pour sa rapidité et son absence d'effusion de sang, là, le pendu se vida littéralement par les yeux, le nez, les oreilles et la bouche. Son visage devint mauve, presque jusqu'au noir. Cet abominable reflux de sang ne s'interrompit qu'avec son trépas.

— Bien, se contenta de dire Até. Très bien.

Elle regarda Perrot. Il avait adopté une position presque prostrée. Elle savait que son don avait interféré dans l'agonie du pendu et retardé sa mort. Comme au presbytère de Cantimpré où elle avait fait signe à l'un de ses hommes de percer de part en part un jeune enfant et que lui non plus n'était pas mort sur le coup…

La sœur portière de Montauban avait perdu la raison depuis qu'elle avait revu son malade sur pied. Elle appelait les anges à sa rescousse, prétendait que le diable habitait le corps du miraculé et fit d'invraisemblables danses de joie lors de l'agonie du pendu.

Lasse, Até la fit garrotter.

Le lendemain, Perrot, Até et sa troupe reprirent la route.

Cette fois le garçon ne fut pas caché dans un vulgaire sac mais conduit dans une charrette bâchée, si étroite que quatre personnes ne s'y seraient pas assises, les chevilles entravées par une chaîne.

Les hommes en noir qui virent l'enfant passer près d'eux semblaient inquiets. Certains ne s'étaient pas remis de la guérison dans les sous-sols du château.

Dans la charrette, Perrot dut s'agripper aux portants de la bâche tant le véhicule fut lancé à vive allure sur des chemins difficiles, rivalisant de vitesse avec la troupe qui l'accompagnait.

Chaque soir, Até ordonnait une halte dans une abbaye, une auberge ou un château. Aux relais, l'ensemble des chevaux était changé à prix d'or.

Depuis son rapt, Perrot était dominé par deux sentiments : la peur et le chagrin. La peur de se voir assassiner sur un coup de tête d'Até, et le chagrin des lieux et des personnes dont il était privé.

Il avait eu la prémonition de ce malheur ; le matin même de l'enlèvement, il était inquiet, maussade, sentait un danger poindre sans pouvoir l'identifier. Il n'avait pas dormi de la nuit.

Aujourd'hui, tout lui manquait : ses parents, ses amis, les leçons du père Aba, ses jeux sur les hauts plateaux, l'humeur enjouée du village.

Avec ses camarades il se livrait chaque jour aux distractions de son âge, les balles, les toupies, les batailles de boules de neige, les œufs roulés à travers le village, les activités des adultes que l'on singeait : la chasse, la vie de berger, la récolte, le lavoir.

Cantimpré se repeuplait. Il y avait désormais plus d'enfants que d'adultes au village.

Sauf au sein de la famille du petit Perrot.

Esprit-Madeleine et son mari Jerric ne parvenaient pas à faire naître de second enfant. Perrot dormait seul dans son lit, et non en compagnie de cinq ou six frères et sœurs comme partout ailleurs. Les habitants de Cantimpré avaient mis sa réserve naturelle et sa mélancolie sur ce compte.

Mais ce n'était pas cela. Perrot sentit qu'il n'était pas fait comme ses compagnons.

Un jour qu'il s'amusait à identifier des figures d'animaux dans les amas de nuages qui passaient au-dessus de Cantimpré, l'un de ses amis brandit un bâton et se mit à ordonner aux nuées de changer la direction de leur course. Plusieurs l'imitèrent en riant. Lorsque vint le tour de Perrot, il commanda du bâton : les nuages lui obéirent. Il recommença par trois fois, toujours avec succès. D'abord interloqués, les enfants parièrent sur un coup de chance puis, vite lassés, se tournèrent vers un autre jeu.

Quelquefois il modifiait le rituel d'un jeu par un geste qui pouvait se révéler édifiant : à la Saint-Jean, les enfants s'en allaient danser autour d'un chêne ossifié qu'on disait être le plus vieux du plateau de Gramat. La première fois qu'il s'y rendit, Perrot préféra se déplacer un peu plus loin et demander à tous de venir encercler un petit chêne frêle à peine plus haut que lui. L'année suivante, le vieux chêne était mort et son délicat voisin resplendissait de vigueur. Il devint le nouveau symbole de Cantimpré, arbrisseau qui leur promettait des décennies et des décennies de bonheur.

Perrot n'avait peur de rien, ni de la nuit, ni du vide, ni du noir. Il fut l'enfant idéal pour aller récurer les puits étroits de Cantimpré. Tout le monde s'extasiait sur son courage.

Un matin d'hiver, une fillette fit une chute d'un toit et se brisa la cheville. Perrot se précipita en entendant les cris. Sitôt près d'elle, un étrange frisson lui traversa le corps, puissant et insistant ; il comprit dès lors, de manière indéfinissable, que la fracture de l'enfant était en train de se soigner, qu'elle guérissait *grâce à lui*. Il avait une conscience aiguë de ce qui arrivait : ce n'était pas lui qui provoquait ce frémissement, ni la guérison, mais un mystérieux influx se servait de lui pour agir.

Toutefois, ce matin-là, il n'apprit pas cette seule vérité sur lui-même : la fillette, lorsqu'elle se fut relevée, indemne, l'accusa de l'avoir poussée du toit. Perrot se récria, arguant que la fille mentait pour ne pas être réprimandée par ses parents, mais personne ne le crut. On le blâma et il fut corrigé par son père Jerric.

De telle sorte que, le jour où il décelait l'existence de son don, il faisait aussi connaissance avec la méchanceté humaine.

Il avait quatre ans.

Blotti dans la charrette, Perrot sentit le convoi s'arrêter. Tout de suite il perçut l'agitation des hommes en noir et d'Até ; ils devaient être arrivés dans un nouveau village. Perrot ne pouvait rien voir de l'extérieur. Il écoutait. Bientôt des voix de femmes inconnues se levèrent. Douces d'abord, interrogatives ensuite, elles ne tardèrent pas à se muer en cris. Accompagnés de hurlements d'enfants, d'échanges de coups d'épéé, de râles d'hommes blessés.

Perrot comprit que la troupe s'attaquait à un village comme elle l'avait fait quelques jours plus tôt à Cantimpré.

Il reconnut la voix d'Até qui lançait des ordres à ses troupes. Le feu fut mis à plusieurs maisons. La fumée envahit l'air et pénétra jusque sous la bâche de la charrette.

L'assaut s'éternisait.

C'étaient des appels à la révolte, c'étaient de longs échanges de coups, c'était le ralliement des hommes en noir lorsqu'il fut découvert que l'un d'eux avait été tué.

Perrot se rappela qu'à Cantimpré, les hommes n'étaient restés que quelques minutes !…

Ici, plus le temps passait et plus les combats s'intensifiaient.

La bâche du fond de la charrette s'élargit soudain. Les longues flammes dévoraient les maisons et léchaient la cime des arbres. Perrot aperçut dans le chaos le visage apeuré d'un villageois qui avait reçu un coup au crâne et qui saignait abondamment. Des toits s'effondraient dans des colonnes d'étincelles, des paysans luttaient contre les hommes d'Até, armés de bâtons, de fourches et de piques.

Até, sanglée dans sa tenue noire, apparut sous la bâche de Perrot. Elle avait l'épaule droite blessée, un bout de chair était à vif et ensanglantait le cuir de son bras.

Elle tenait une jeune fille par le col, qu'elle bascula à l'intérieur de la charrette.

La fille était terrorisée.

Até l'attacha à une chaîne, puis donna un coup du plat de son épée sur la ridelle de la charrette en ordonnant le départ.

Le charroi se mit aussitôt en route, laissant les combats derrière lui.

Il s'arrêta au bout de quelques minutes, en rase campagne, attendant que les hommes en noir en finissent avec les villageois.

Perrot regarda la jeune fille. Elle devait avoir une quinzaine d'années. Elle pleurait. Mais lorsque son regard croisa celui du garçon, elle parut se rasséréner. Elle s'approcha et se blottit contre lui.

Les cavaliers revinrent.

La toile de bâche se rouvrit.

Até, maintenant à visage découvert, le capuchon sur les épaules, observa la jeune fille qui s'était mise sous la protection du petit garçon de huit ans.

Elle porta son regard de l'un à l'autre, répétant entre ses dents ce monosyllabe expressif :

— Bien ! Bien ! Bien !

Puis lança :

— À présent, nous partons pour Rome.

5.

Bénédict Gui se dit qu'il ne passerait pas trois jours avant de se voir arrêté par la police du Latran.

Si le secret de la disparition de Rainerio tenait à cette « Sacrée Congrégation » qui faisait et défaisait les saints, si, d'après la brève évocation de Chênedollé dans son dernier texte, le garçon était au service de feu le cardinal Rasmussen, Bénédict voyait venir l'issue de son enquête : approchant de trop près d'immenses intérêts, il serait repéré avant même d'avoir pu poser assez de questions pour entrevoir le nœud de l'affaire.

« Trois jours », se répéta-t-il.

Cela ne l'empêcha pas de ressortir de chez lui, résolu à prendre le destin de ce Rainerio en main et à fournir une explication à sa sœur. Sa curiosité et sa passion du juste l'emportaient sur ses réticences.

Sa première idée fut de retourner au palais du cardinal Henrik Rasmussen.

Sur la via Nomentana, le ballet des dignitaires venus se recueillir sur les restes du prélat avait disparu, pourtant l'animation populaire ne s'était pas tarie : une partie de la foule assistait à un nouveau spectacle. On défaisait la tenture noire qui couvrait la façade, des silhouettes entraient et sortaient d'un pas affairé, mais, surtout, des chariots avaient pénétré en nombre dans la cour du palais et des gardes encerclaient l'édifice à chaque point clef ; tout l'inverse d'un deuil.

Bénédict ne tarda pas à deviner la fonction de ces multiples charrettes : des gens du palais y entassaient meubles, portants de vêtements, rideaux, mais aussi coffres de vaisselle et d'ornements.

Le déménagement était si volumineux que certaines carrioles ne purent entrer dans la cour du palais et durent stationner sur la place où elles étaient bondées par des domestiques.

Près de Bénédict, le bas peuple poussait des sifflements admiratifs et des bordées d'injures selon qu'un large mobilier de bois précieux venait de se laisser entrevoir sous des couvertures, ou qu'un magnifique crucifix fût remarqué. L'opulence pouvait aller au Seigneur, mais au Seigneur seul. La fortune des prélats le révoltait.

En interrogeant autour de lui, Bénédict Gui apprit que Rasmussen avait pour toute famille une sœur aînée, Karen Rasmussen. Sitôt le trépas de son frère, elle avait décrété qu'il serait voituré dans leur comté de Flandre natal où elle voulait le voir mis en terre. Elle s'était violemment élevée contre les cardinaux qui souhaitaient conserver le corps à Rome. Avec la dépouille, elle faisait emporter toutes les richesses du palais, tous les meubles, jusqu'au plus mince objet de valeur. Il se murmurait que demain avant midi le convoi serait en route et que tout aurait disparu.

Cela n'arrangeait pas les affaires de Bénédict Gui.

Heure après heure, la rumeur sur l'assassinat de Rasmussen s'amplifiait ; mais on s'interrogeait avec autant de fièvre pour savoir qui occuperait le palais après les Rasmussen ou pour déterminer si la vieille

Karen volait l'Église en accaparant tous les biens de son frère défunt.

Sur le toit du palais, Bénédict remarqua deux conduits de cheminée qui crachaient des tourbillons de fumée. Ils se remployaient en nuages, lentement défaits par la brise nocturne. Aux seules couleurs et densités des amas de particules, il fut à même de reconnaître qu'on brûlait des livres, des parchemins, et même du papier. Étant donné le coût de ces matériaux, il fallait une raison bien impérieuse pour vouloir les jeter dans les flammes.

Il décida de se caler non loin du portail principal de façon à ne rien perdre de l'action du palais.

Il n'était pas le seul à agir de la sorte : un homme l'observait, *lui*. Il s'agissait de Marco degli Miro, le chef de la police de Rome. Un homme d'une cinquantaine d'années, ancien galérien qui avait su mater seul une révolte de ses frères d'infortune au large d'Agrigente et qui depuis ne cessait de gravir les échelons de la sécurité de Rome et du Latran. Il connaissait bien Bénédict Gui. Les deux hommes s'appréciaient : Marco degli Miro avait plus d'une fois profité des lumières de Bénédict dans certaines affaires d'assassinat crapuleux, et Bénédict estimait sa franchise et son indépendance d'esprit, rares pour un homme de son rang.

— Je ne te croise jamais par hasard, Bénédict, dit Marco degli Miro en l'abordant. Pourquoi viens-tu traîner par ici ?

— Je me pose certaines questions…

Le chef de la police hocha la tête.

— Pas d'histoires, je sais pourquoi tu es là. N'es-tu pas venu l'autre jour à la caserne t'intéresser à un certain Rainerio ? Je n'ignore pas que ce garçon a disparu. Et il était le premier assistant de Rasmussen…

Bénédict tenait là, à peu de frais, la confirmation des propos codés de Chênedollé qui rapprochaient Rainerio et Rasmussen.

Marco degli Miro regarda le palais et fit un mouvement du front en sa direction :

— Ce n'est pas un endroit pour toi, Bénédict. Suis mon conseil, retourne à tes affaires de la via delli Giudei, ce sera plus sage…

— La rumeur prétend que Rasmussen aurait été assassiné ?

— La voix publique se trompe ! Le cardinal a succombé à un accident dans son bain. Pour ton bien, crois-moi sur parole. Le seul fait qu'on spécule sur la mort d'un cardinal, en ces temps de conclave et d'élection de pape, devrait te laisser deviner l'importance des gens à même de s'en mêler. Des gens contre qui ni toi ni moi ne pouvons rien. Ne reste pas là…

— Merci du conseil, je ne comptais pas m'éterniser.

Marco degli Miro lui fit un sourire d'approbation.

— Montre-toi prudent.

Sur ce conseil, le chef de la police s'éloigna.

Bénédict Gui s'intéressa alors à deux hommes qui semblaient commander les préparatifs du déménagement. Ils venaient par intermittence dans la rue inspecter l'organisation des chariots, lancer des ordres pour que tels et tels meubles ne soient pas séparés, pester contre des valets qui lambinaient.

L'un des deux se montrait plus tyrannique ; cependant, ce ne fut pas son mauvais tempérament qui attira l'attention de Bénédict Gui.

Dès que l'homme disparaissait dans le palais, les fumées de cheminées ne tardaient pas à s'intensifier. Cet individu participait manifestement à la combustion des livres et des documents écrits.

Mécontents, les domestiques le brocardaient dès qu'il s'absentait, aussi Bénédict comprit-il qu'il se nommait Marteen et qu'il était un Flamand de basse extraction ayant rejoint les Rasmussen à Rome dix ans auparavant.

Petit, privé de cou, les épaules en dedans, des cheveux gris clairsemés, un visage étroit, il affichait une disproportion flagrante entre le bas et le haut de son corps qui faisait de lui un grand nain. On sentait l'exaspéré de nature, le contrarié permanent, le réfractaire perpétuel.

— Retourner s'enterrer en Flandre après avoir vécu à Rome ! pestait-il. Je me sens aujourd'hui plus latin qu'un vieil Albain. Voilà qu'on me déplante comme de la sauge des prés !

Cela expliquait sans doute sa mauvaise humeur et le traitement qu'il infligeait aux domestiques.

— Forcé d'habiter de nouveau sous l'horrible climat de la Flandre ! Un périple de neuf semaines aux côtés de la sœur rombière. En plein hiver !

Bénédict s'approcha et l'entendit se plaindre encore auprès de son compagnon.

Il regretterait les banquets au Latran, la diversité des victuailles débarquées à Ostie, la douceur des bords du Tibre, la limpidité de la lumière romaine au printemps, mais aussi certaines filles des mauvais quartiers qui savaient lui donner son plaisir comme personne, et quelques tavernes aux vins renommés.

À l'estime, Bénédict se dit que ce Marteen, navré et excité comme il était, projetait certainement de faire cette nuit ses adieux à la Ville Éternelle avant de lever le pied.

Un magnifique cercueil en acajou aux attaches dorées fut livré peu après au palais. Un silence respectueux accueillit ce long coffre funéraire destiné à véhiculer Rasmussen jusqu'à sa dernière demeure de Tournai, mais ne dura pas. Les Romains glosèrent de plus belle sur la dépense d'une telle bière, versée en pure perte pour n'héberger qu'un sac d'os et des asticots semblables à ceux du commun. À moins qu'Henrik Rasmussen ne fût un défunt au corps imputrescible, au doux parfum de sainteté, probabilité qui recueillait peu de suffrages.

Bénédict s'en alla inspecter les environs...

6.

Le père Aba ne resta que quelques heures dans le village de Jeanne Quimpoix.

Il emporta la carte de la région annotée et, sur sa mule pansée par la sorcière, il prit la direction de Toulouse.

Trois jours après, il arrivait aux portes de la grande cité et parvint à franchir les remparts avant leur fermeture, évitant ainsi de passer la nuit dans les masures qui avaient fleuri au pied de la ville. Il ne connaissait Toulouse que de réputation, capitale meurtrie par les guerres et rendue sous l'autorité du roi de France depuis la capitulation de ses comtes. Il découvrit une effervescence qu'il croyait n'exister qu'à Paris. Les rues grouillaient de monde malgré la tombée du jour, le manteau de neige avait viré à la boue ; il circulait en contournant d'énormes flaques qui détrempaient la chaussée.

Après avoir demandé son chemin, il se trouva dans la rue des Auberges-du-Pont où se concentraient la plupart des quarante hôtelleries de la ville. À chaque façade oscillaient des enseignes aux noms évocateurs et aux couleurs rabattues. Le père Aba opta pour L'Image Notre-Dame. Le couple d'hôteliers qui le reçut l'hébergea dans une petite chambre, à la propreté bienséante, sans chauffage, avec une croisée dont le volet fermait mal, mais au lit pourvu d'un épais édredon qu'ils battirent avec de la touaille enflammée pour tuer les punaises. À L'Image Notre-Dame, les clients pouvaient acheter leur viande et leur volaille, mais devaient la rôtir eux-mêmes à la broche.

Le père Aba s'établit dans sa chambre à l'étage puis redescendit se composer un plat de fèves et de la bouillie d'orge. Il demanda ensuite à l'aubergiste où se situait le principal hospice des enfants trouvés, ainsi que la meilleure fabrique d'armes.

Le brave homme lui répondit : « Rue du Guet et rue des Acacias. »

Après avoir dîné, il remonta prendre du repos, écrasé de fatigue par son périple depuis Narbonne.

Le lendemain matin, il se rendit à l'hospice des enfants trouvés Jean-le-Baptiste, réputé pour être le plus vaste du comté.

Le bâtiment était aux mains des chanoines de Prémontré et tirait sa subsistance de dons et de champs agricoles exploités à la périphérie de Toulouse. L'édifice était princier, ancien logis d'une riche aristocrate apparentée aux vicomtes de Carcassonne qui l'avait cédé aux chanoines dans les derniers instants de sa vie. Son fronton était aussi orné que les tympans d'église ; ses volumes étaient fabuleux, on avait l'impression de franchir toujours le seuil d'un grand seigneur.

Le père Aba demanda au frère portier à visiter les petits enfants trouvés, prétextant le cas d'une disparition dans sa paroisse. On lui fit consulter les registres de l'hospice. Mais le prêtre n'y lut que des indications de date, de taille et de poids sans valeur. Il fut cependant surpris de découvrir que, dans ce même lieu, on entassait non seulement les orphelins mais aussi les fous, les filles publiques, et qu'un décret récent venait seulement de faire expulser hors les murs de Toulouse la quinzaine de lépreux qui y dépérissaient.

Un chanoine le conduisit vers le préau couvert où vivaient les enfants trouvés.

— Les nourrissons abandonnés sur notre parvis restent peu de temps parmi nous, expliqua-t-il. Nous cédons les garçons à l'abbaye de Cuissy où ils sont élevés pour devenir de bons prémontrés, et les filles à l'ordre des clarisses où elles grandissent sous la protection de la Croix. Les orphelins plus âgés, nous tâchons de leur trouver des places d'apprentissage en ville, ou auprès d'artisans itinérants. Si nous échouons, et si les enfants se montrent trop rétifs à embrasser la voie monastique, eh bien, mon Dieu, nous les rendons à la rue ; après quoi le diable s'occupe d'eux...

Il escorta le père Aba dans une salle où s'entassaient une soixantaine d'enfants de tous les âges et des deux sexes. Le préau servait autrefois aux banquets princiers, les voussures badigeonnées et les piliers finement sculptés tranchaient avec la misère qui y régnait désormais. La lumière du jour entrait par des croisées en ogive à gros meneaux, plus hautes que les enfants.

— Puissiez-vous redonner un nom et une famille à l'un ou l'autre de ces déshérités, dit le chanoine.

Les enfants firent silence et tournèrent leurs regards vers le nouveau venu. Son bandeau noir et ses cicatrices les impressionnèrent. Mais ce moment de flottement ne dura pas : ils se précipitèrent, agrippant ses habits, l'apostrophant, le suppliant de les emmener à sa suite. Certains profitaient du chahut pour fouiller sa ceinture ou sa gibecière. Le chanoine dut brandir une badine pour faire reculer la petite foule déchaînée.

Ému, et pour le moins alarmé par tant de détresse, le père Aba se rappela ses enfants de Cantimpré auxquels il professait des petits adages.

Douloureux, ce souvenir lui paraissait déjà vieux de mille ans…

Le calme revenu, il sortit sa liste de noms de disparus recopiée à Narbonne et commença de les appeler.

Inévitablement, tous les garçons ou toutes les filles se réclamaient du prénom énoncé. Au milieu des « Moi ! Moi ! » Aba requérait à chaque nom :

— Pour lui, quel est son village d'origine ?

Silence.

Le père Aba ne retrouva personne ici. Il lui avait cependant semblé que, sur le nombre d'enregistrements de disparitions signalé par les sœurs Dominique et Sabine à Narbonne, certains devaient s'être égarés ou enfuis et avoir abouti, par un biais ou un autre, dans la plus fréquentée des villes du comté.

Il se retira du préau, la mort dans l'âme.

Mais vers la sortie de l'hospice, alors qu'il s'approchait du portail, il s'interrompit et fit demi-tour.

Une nouvelle fois il s'adressa au frère portier et demanda à consulter les registres ; il voulait être instruit de la liste des enfants qui avaient été retrouvés par leurs familles et repris légalement à l'hospice.

Le chanoine qui l'avait accompagné dans le préau partit lui chercher les documents couvrant ces cas sur les deux dernières années.

Le père Aba plongea dans l'étude de ces quelques feuillets.

Des oncles, des commères, des mères, des parrains, avaient eu le bonheur de retrouver ici leurs petits. Certains s'étaient égarés dans les rues, d'autres dans les champs, d'autres encore avaient été enlevés ou s'étaient enfuis. De jeunes garçons fugueurs voyaient leurs pères autoritaires les rattraper à l'hospice de Toulouse.

Aba reconnut quatre noms qu'il avait relevés dans les archives de Narbonne, mais ils ne correspondaient pas aux enfants miraculeux désignés par Jeanne Quimpoix.

Il passa au crible les enregistrements de plusieurs mois avant de relever un cas qui l'intrigua :

Concha Hermandad.

Elle ne faisait pas partie des enfants trouvés mais des démentes enfermées à l'hospice.

Elle était dénommée la « Vierge d'Aragon Miraculeuse ».

Aba interrogea le chanoine à son sujet.

Il apprit qu'il s'agissait d'une jeune religieuse venue du royaume d'Aragon dans un convoi qui fut dévasté par des pillards non loin de Roncevaux. Elle réchappa seule du terrible assaut et s'enfuit sur les routes.

La malheureuse devint alors le point de mire de tous les hommes malveillants qu'elle croisait en chemin. Plus d'une douzaine de fois, elle se vit enlevée, séquestrée et frappée avant d'être violée.

Seulement, et c'est là que la curiosité du père Aba naissait, tout homme qui la dénudait et s'apprêtait à briser sa virginité tombait mort dans l'instant !

À chaque tentative de viol, une force supérieure gardait intacte la fleur de Concha Hermandad. Ses violeurs étaient frappés par le Ciel. Mais ce fut au prix de la raison de la jeune fille ; affolée qu'elle était par ces corps robustes qui expiraient entre ses jambes... Elle fut recueillie à l'hospice de Toulouse, murée dans le silence, se déclarant seulement pourchassée par des hordes de revenants qui en voulaient à sa virginité.

Devant l'incroyable portée de ce prodige, le supérieur de l'hospice diligenta une enquête : trois hommes, témoins d'un viol, confirmèrent les dires extraordinaires de Concha.

Peu de temps après, l'histoire de la « Vierge d'Aragon Miraculeuse » commença de circuler.

Les officiers d'un grand seigneur vinrent un beau jour demander que sœur Hermandad leur soit remise. Le supérieur, qui avait pris Concha en affection et savait sa fragilité mentale, s'opposa aux exigences du seigneur.

Deux mois plus tard, un ordre exprès émanant du recteur et de l'archevêque d'Ancône sommait le supérieur de remettre la vierge à une délégation de religieux dépêchée pour l'occasion jusqu'à Toulouse.

— L'ordre était formel, expliqua le chanoine à Aba. Contresigné par l'évêque de Toulouse. Concha devait rejoindre un monastère situé sur le diocèse d'Ancône dans les États pontificaux afin d'être soignée. Notre supérieur ne pouvait s'y opposer. Il leur a cédé la jeune fille.

— À quoi ressemblaient ceux qui sont venus la chercher ?

— Des religieux d'Italie. Ils étaient nombreux et ne manquaient pas de pompe.

« Un monastère près d'Ancône ? »

Aba demanda si le frère avait le souvenir d'un autre cas à l'hospice qui, comme celui de Concha, impliquait des miracles, des dons particuliers, des prodiges ? Des cas d'enfants, peut-être ?

Le frère répondit que non :

— Nous n'avons jamais rien rencontré d'aussi étrange que l'histoire de cette jeune fille !

— Des nouvelles depuis son départ ?

— Aucune.

Le père Aba remercia le frère pour son temps et sa sollicitude et quitta l'hospice.

Il rentra songeur à son auberge.

« Il n'y a pas de lien apparent entre cette Concha Hermandad et Perrot, et les autres enfants !… »

Le prêtre se demandait toujours pour quelle raison il se produisait autant de prodiges et de miracles dans cette région depuis quelque temps.

Il n'avait pas oublié la phrase de Jeanne Quimpoix :

« Voilà l'un des nombreux mystères qu'il vous reste à lever. »

7.

La nuit venue, Marteen sortit du palais de Rasmussen via Nomentana, vêtu d'un manteau et d'un capuchon qui le couvraient des pieds à la tête.

L'homme avait dans l'idée de visiter des lieux chers aux noctambules et aux débauchés romains avant son départ le lendemain.

Il débuta sa tournée d'adieux par La Poupée Violette, un bouge où le vin était gratis pour qui payait les faveurs de deux filles galantes. L'endroit était l'un des plus mal fréquentés de la ville. On ne trouvait jamais à s'asseoir ni à rester debout sans être bousculé par des ivrognes ou des femmes le bouton des seins à l'air.

À l'étage inférieur se tenaient les cuveaux d'étuve et les bains glacés où les deux sexes venaient se faire étriller avant de se grouper dans des lits. Les « servantes » de l'auberge se reconnaissaient à leurs longs cheveux dénoués, ostensiblement déployés sur les épaules. Des chambres garnies de lits matelassés de bourre de roseaux servaient à ces catins. Ce qui n'empêchait pas certains clients scabreux, peu gênés de se montrer en public, de culbuter une Dalmate ou une Morave derrière un rideau ou sur l'angle d'une table. Le maître des

171

lieux, qui s'enorgueillissait du fait que sa famille possédât cette maison de plaisir depuis la fin de l'empire romain, avait toutefois l'odorat délicat : des croix de bois étaient clouées sur les murs pour empêcher les hommes ivres d'y uriner.

Marteen était l'un des familiers du bouge ; dès son arrivée, il salua plusieurs tablées, se laissant offrir des pots et débitant sans varier la chanson qu'il entonnait depuis que Karen Rasmussen avait décrété leur retour en Flandre : « Je dois partir... Ne reviendrai plus à Rome... Tristesse... Douleur... »

À l'évidence, la complainte de l'exil exaspéra. On était heureux de voir ce gros nain jovial à la taverne mais aussi soulagé de le savoir bientôt hors du pays. Surtout les filles. Il affectait avec elles les mêmes manières qu'au palais : bêtes et sans retenue.

Seulement cette nuit, Marteen s'était armé d'une bourse mieux garnie qu'à l'accoutumée, et sitôt qu'il incita le tenancier à remplir à la ronde des pots d'hypocras, on se fit un devoir de pleurer son départ.

Certains lui donnaient une tape amicale dans le dos en remerciement d'un godet, d'autres lui promettaient, pour le remonter, qu'il reviendrait à Rome sans tarder et qu'ils l'attendraient ; d'autres encore, passablement échauffés, s'unirent pour lui payer une dernière fille. Certes, leur choix s'arrêta sur la plus vieille et la moins coûteuse de la maison, mais Marteen ne fut pas insensible à ce geste de bons compagnons.

Il perdit toutefois la sympathie du public lorsqu'il se piqua de décrire la Flandre et de dresser le portrait de ce comte Gui de Dampierre dont personne à Rome n'avait jamais entendu parler et qui, paraît-il, se faisait plumer par le roi de France.

Marteen, égal à tous les hommes désagréables qui ne s'aperçoivent jamais qu'ils sont détestés, décida qu'il avait suffisamment sacrifié de sa personne en ce lieu.

Déjà gris, il sortit de la taverne et, dans la rue sombre et déserte, se hâta, l'esprit en paix, d'uriner contre un mur. Il observa autour de lui, ajusta son capuchon et son manteau puis reprit sa marche dans la nuit froide.

Il choisit la direction d'une nouvelle taverne, La Main de Catherine Belle. C'était un tripot. On s'y défiait aux jeux des gobelets, aux dés, aux cartes, aux osselets, on y pariait sur des combats de coqs, sur la longueur des jambes du roi d'Angleterre, sur le nombre ordinal du prochain pape ou sur la quantité de litres de vin ingurgitée d'affilée avant de rendre son repas sur ses bottes.

Une heure plus tard, en chœur avec d'autres ivrognes, il entonnait des refrains qui ridiculisaient l'empereur du Saint Empire germanique, se moquaient des mahométans et des Byzantins, déversaient des obscénités sur les Templiers, et invitaient, cognant du poing contre la table, à brûler tous les hérétiques en les liant dans une manne d'osier.

Peu avant matines, Marteen fit ses adieux, la larme à l'œil, et retourna dans les rues afin de rejoindre le palais de Rasmussen.

Sa marche était chaloupée ; il sifflotait des bribes de chansons rendues incompréhensibles sous l'effet de l'alcool. Il ne détecta pas les ombres qui, dissimulées dans les rentrants d'une porte, s'étaient mises à le suivre.

Il s'arrêta à l'angle de deux rues, leva la tête afin d'examiner le ciel et se demander si, à Tournai, il n'y aurait pas moitié moins d'étoiles à admirer, étant reconnu que le firmament y était là-bas plus éloigné de la Terre qu'à Rome. Il allait se répondre un oui navré lorsque quatre brigands tombèrent sur lui.

Marteen eut la tête fourrée dans un sac et fut embarqué à dos d'homme ; ivre et sonné, il ne cria ni même ne parla : seul un long grognement embarrassé lui échappa.

Il fut emporté à travers la ville.

Lorsqu'il retrouva le contact du sol, ce fut pour chuter lourdement sur un plancher de bois qui sonna le creux ; Marteen crut, pris de tournis, que le monde se dérobait sous ses pieds, jusqu'à ce qu'on lui libère la tête et qu'il découvre, dans la pâle lumière de la lune, qu'il se trouvait sur un ponton flottant en bord de Tibre, une barge stationnaire qui servait à charger des embarcations.

Il se tenait sous un pont, non loin de l'île Tibérine, réplique du légendaire pont Sublicius qui vit le héros Horatius Coclès mettre seul en déroute toute une armée étrusque, six siècles avant Jésus-Christ. Ici se dressait désormais l'arsenal où les bâtiments fluviaux endommagés de la cité étaient radoubés par les calfats. En cette saison, la plupart d'entre eux avaient été tirés sur la rive et renversés sur les berges, empilés les uns contre les autres. Les rayons de lune les couvraient d'une lueur fantomatique : leurs coques ressemblaient à de monstrueuses tortues au repos.

L'endroit était désert.

Marteen aperçut quatre hommes debout autour de lui, chacun estimant, en le regardant, ce qu'il allait lui dépiauter. Ils commencèrent par le délester de son manteau et de ses chaussures. Marteen eut beau implorer, il reçut des gifles et des crachats.

Soudain, la perspective de quitter Rome pour la Flandre lui parut la plus enviable au monde ; si seulement il parvenait à voir le soleil du lendemain !

Le chef de la bande découvrit sa bourse. Bien qu'entamée par sa longue soirée de débauche, elle contenait encore de quoi réjouir les voleurs. S'ensuivit une empoignade entre ces derniers qui s'attribuaient tous le mérite d'avoir vu Marteen le premier et donc de disposer de droits supplémentaires dans le partage du butin.

L'algarade s'envenima. Le Flamand se recroquevilla sur le ponton. La violence des brigands le médusait. Soudain il entendit siffler un objet au-dessus de sa tête puis un bruit mat ; un homme, promptement suivi par un second, tomba à l'eau. Marteen tourna la tête. Une silhouette s'avançait sur la berge, protégée par l'ombre profonde du pont.

Les deux voleurs sur la barge sortirent des couteaux et essayèrent de tirer d'une main leurs compagnons hors des flots glacés.

C'est alors que Marteen, se sentant négligé, gagné par le culot, en profita pour se relever et prendre ses jambes à son cou.

Pieds nus, il bondit sur la berge et, sans adresser le moindre regard à l'homme qui se tenait non loin de lui, fila sous le pont en glissant entre les coques de bateau renversées, certain d'en réchapper s'il ne faiblissait pas.

Il se dit qu'il n'était pas près d'oublier sa dernière nuit à Rome !

Mais sa course aboutit à une impasse. Le quai s'achevait par un mur de pierre oblique et le pont était trop haut pour s'y suspendre. Pris au piège, Marteen n'avait nulle part où fuir.

Il entendait les cris des hommes qui s'étaient rassemblés et élancés à sa poursuite. Il voulut se rencogner, se pelotonner dans le noir, mais il saisit deux mots murmurés au-dessus de sa tête.

— Par ici !

Un homme lui tendait la main depuis le premier pilier de bois du pont Sublicius. Marteen eut un instant de doute, il ne connaissait pas ce personnage.

— Il n'y a pas d'autre voie. Venez ou vous êtes pris !

— Qui êtes-vous ?

— Trop tard !

Ce cri du cœur poussa Marteen à saisir la main tendue, au moment même où les voleurs arrivaient à sa hauteur. Il leur échappa de justesse. Les quatre hommes firent demi-tour.

— Pressons, dit l'homme à Marteen. Ils vont contourner la berge et nous rejoindre.

Il conduisit Marteen sur le pont de bois jeté par-dessus le Tibre. Comme prévu, les quatre hommes surgirent derrière eux ; Marteen, les pieds pétrifiés par le froid, éprouvait des difficultés à suivre. Il finit par chuter à mi-parcours. Seulement, à sa grande surprise, ses agresseurs renoncèrent à le pourchasser et rebroussèrent chemin.

— Qu'ont-ils ? s'inquiéta-t-il.

— Ces voyous appartiennent à une bande de quartier. En franchissant le pont, nous pénétrons un nouveau district tenu par un autre groupe de malfaiteurs. Nos poursuivants ne risqueraient sous aucun prétexte d'être découverts sur un territoire qui n'est pas le leur.

C'est alors que Marteen reconnut le visage de son sauveur : il s'agissait d'un des hommes qui lui avaient offert la fille publique à La Poupée Violette pour fêter son départ de Rome !

— Comment m'avez-vous retrouvé ?

— Relevez-vous, lui dit Bénédict Gui. Nous parlerons plus tard.

Il entraîna le Flamand de l'autre côté du fleuve, dans les ruelles labyrinthiques du Trastevere, jusqu'à un vaste atelier de verrerie qui dominait le Tibre. Ils y pénétrèrent par une lucarne laissée ouverte sous les toits.

L'intérêt de ces ateliers était que le feu de leurs fourneaux n'était jamais éteint, car le rallumer au matin requérait plus de bois que son maintien à bas régime pendant la nuit. Il y régnait une chaleur bienvenue en hiver.

Les deux hommes s'engouffrèrent derrière les réserves de sable et de plomb et choisirent un endroit où ils pourraient parler tout en échappant à l'apprenti qui passait de temps à autre surveiller les fours.

Marteen essayait de se réchauffer les mains et les pieds en les frictionnant.

— Comment m'avez-vous trouvé ? répéta-t-il à voix basse.

Bénédict sourit et dit :

— Je suis sorti peu après vous de La Main de Catherine Belle. Les quatre brigands avaient dû voir dans la taverne la bourse que vous agitiez avec une certaine inconscience. Ils ont attendu l'heure et l'endroit pour fondre sur vous. Ensuite, je n'ai fait que détourner leur attention à l'aide d'une fronde.

Il lui montra son imposante arme normande.

— Vous avez accompli le plus important en trouvant le cran pour leur échapper.

— Dieu vous bénisse, l'ami ! À la charge d'autant. Je quitte Rome demain, comment vous revaloir la faveur ? Qui êtes-vous ?

Gui hocha la tête.

— Disons que je suis un de ces hommes qui a coutume de mériter son boire et son manger en assouvissant la curiosité de certains...

Marteen sourit.

— Je vois. Un indicateur. Je connais les gens de votre sorte... Rome ne serait rien sans son réseau d'espions et d'informateurs, je suis bien placé pour le savoir. Interrogez, je répondrai autant que je le puis, si cela peut faire votre fortune.

Bénédict approuva le marché :

— Je vous ai entendu vous plaindre de devoir retourner dans le comté de Flandre auprès de

Karen Rasmussen. Son frère, le cardinal, a-t-il succombé à un accident, comme le prétend la police ? Ou a-t-il été assassiné, comme le murmure la voix publique ?

Marteen eut un doute, puis il se dit que ces questions n'avaient rien d'extraordinaire puisque toute la ville en parlait depuis deux jours :

— Il a bel et bien été tué d'un coup d'épée, concéda-t-il. Cela est d'ailleurs extraordinaire, car à ma connaissance, il n'existait pas d'homme à Rome qui se souciât davantage de sa sécurité que mon maître Rasmussen. Pas même le pape. Le cardinal se savait cerné d'ennemis, disposés à tout pour se débarrasser de lui. Ni le fer ni le poison ne pouvaient l'atteindre. Et pourtant… Avant de mourir il a trouvé la force de blesser à mort son assaillant : un mercenaire vêtu de noir qu'on a retrouvé étendu près de son corps.

— A-t-on une idée du commanditaire ?

Marteen fronça les sourcils :

— Lorsque j'ai assisté à la procession des hauts personnages venus au palais honorer sa dépouille, j'étais persuadé que l'un d'eux était le responsable de la mort. Les intrigues du Latran sont abominables…

Il dressa un index pour appuyer son propos :

— La sœur de Rasmussen elle aussi en est convaincue. D'où la hâte qu'elle met à notre départ : elle veut fuir Rome et ses complots !

Bénédict attendit le départ du garçon des fourneaux, entré depuis peu, pour murmurer :

— Pourquoi Rasmussen comptait-il de si nombreux ennemis ? Qu'est-ce qui l'incitait à se protéger autant ?

Marteen soupira :

— D'abord, Henrik Rasmussen était l'adversaire le plus farouche du chancelier Artémidore de Broca.

On sait bien que celui qui brave l'autorité de Broca peut tout redouter, y compris de perdre la vie. Malgré quoi Rasmussen siégeait à la Sacrée Congrégation ; un collège qui statue sur les suppliques de nouveaux saints. Imaginez qu'en trente ans, il a dû faire échouer plus de deux cents candidatures de serviteurs de Dieu !

— Cela ne devait pas plaire à tout le monde…

Marteen acquiesça :

— Ces candidatures étaient défendues par des prélats, des princes, des villes et des villages tout entiers ! Rasmussen recevait des lettres d'intimidation. Des cabales étaient montées pour ruiner sa réputation, on a essayé de le corrompre. En vain. Il ne restait qu'à l'éliminer…

Bénédict n'était pas surpris. Les indications fournies par le père Cecchilleli sur Rasmussen le désignaient comme un homme inexorable et accroché à son poste de Promoteur de Justice.

Il porta alors la discussion sur un certain garçon nommé Rainerio qu'il croyait travailler au service de Rasmussen et qui semblait avoir disparu. Il prétendit qu'on le paierait une bonne somme s'il en découvrait un peu sur le garçon.

Le visage de Marteen s'illumina, trop heureux de ces coïncidences qui lui permettaient de s'acquitter de sa dette envers son sauveur ; oui, il connaissait ce Rainerio !

— Il est depuis deux ans aux côtés de monseigneur Rasmussen, dit-il. J'ignore comment un tel garçon est parvenu à devenir l'assistant d'un si grand prélat ! Il n'a pas de famille pour le pousser dans le monde, ni d'appui d'aucune sorte à Rome. Il aidait Rasmussen à constituer les plaidoyers présentés à la Congrégation.

— Rasmussen et Rainerio travaillaient récemment ? Nous sommes privés de pape depuis près d'un an. Seul le souverain pontife peut autoriser une sanctification ; comment un procès de canonisation pourrait-il se tenir ?

Marteen haussa les épaules :

— Dès son élection, chaque pape nouveau s'empresse de sanctifier des bienheureux en nombre, afin de signifier par ses choix le début de son apostolat. Cela est hautement politique. Rasmussen se préparait aux nombreux procès qui allaient bientôt être instruits. Seulement depuis quelque temps, Rainerio se faisait rare, il rechignait à la tâche, venait de moins en moins au palais. Rasmussen s'en plaignait.

Bénédict repensa aux révélations de Tomaso, l'ami de Rainerio, qui avait parlé d'un tempérament mélancolique, voire craintif. « La prochaine fois que tu entendras parler de moi, tu pourras faire ton deuil de me revoir vivant. »

Le Flamand continua :

— Au point que j'ai dû, la semaine dernière, faire envoyer deux hommes pour l'aller chercher.

Bénédict sursauta.

— Les deux hommes venus le prendre chez lui, c'était sous l'ordre de Rasmussen ? demanda-t-il.

Marteen acquiesça.

— Qui étaient-ils ?

— Des agents du Latran affectés à la sécurité de la Congrégation. Cela s'est passé le jour de la mort de Rasmussen. Rainerio ne s'est jamais présenté au palais. Sans doute a-t-il été impressionné par la police qui avait envahi les lieux. Depuis ce jour, je n'ai plus de nouvelles de lui.

— Et les deux gardes ? Que disent-ils ?

— Leur rapport prétend que leur mission a été accomplie de bout en bout : Rainerio aurait été conduit au palais d'Henrik Rasmussen.

Bénédict resta un moment silencieux. Il tenait là un élément de poids. Encore difficile à circonscrire, mais qui devait être capital.

Marteen avait réussi à se réchauffer et à se remettre de ses émotions, appuyé contre du sable, toujours sans manteau et sans chaussures.

Bénédict interrogea encore :

— Pourriez-vous me dire sur quels dossiers de canonisation travaillaient Rasmussen et Rainerio ces derniers temps ?

Le Flamand secoua la tête.

— Je ne m'occupais pas de ces affaires... Je sais seulement qu'un problème lié à un certain village de Cantimpré les occupait ces derniers mois.

— Cantimpré ?

— Oui, le village aux miracles.

Comme beaucoup à Rome, Bénédict avait entendu parler de ce petit village du Quercy où l'on disait, il y a cinq ou six ans, qu'il se voyait quantité de prodiges inexplicables. Cependant la montagne avait accouché d'une souris : plus personne n'en parlait.

— Pour le reste, ajouta Marteen, sur ordre de sa sœur Karen, j'ai mis le feu à tous les documents d'Henrik Rasmussen. Ils ont brûlé, jusqu'au dernier. Personne n'en saura rien. Plus jamais.

— Si je voulais découvrir les travaux de la Sacrée Congrégation pour en savoir plus, dit Gui, comment m'y prendrais-je ?

Marteen sourit.

— Ne rêvez pas. Savez-vous seulement ce que représente ce collège de prélats ? Ce n'est pas rien d'élire un saint ! Imaginez que la Sacrée Congrégation tombe aux mains des ennemis de la papauté... C'est pour ça qu'elle est si secrète. Les membres changent fréquemment, elle se réunit dans des lieux différents et ses débats ne sont jamais consignés par écrit. J'ai passé les dix dernières années aux côtés de Rasmussen, et pas un fait, pas un indice, n'a transpiré jusqu'à moi.

— Et Karen Rasmussen ?

Marteen haussa les épaules :

— Oh, elle, elle ne pense qu'à fuir et à enterrer son frère à Tournai. Elle a toujours exécré Rome. L'assassinat, et surtout l'acharnement de la curie à faire accroire en ville qu'il s'agit d'un accident n'ont fait qu'attiser son dégoût. Et songez qu'elle m'emporte avec elle !...

Bénédict comprit que le Flamand allait revenir à sa chanson. Après l'avoir subie huit fois au cours de la nuit, il estima qu'il était temps de se séparer.

Il l'invita à suivre un détour par le sud de la ville jusqu'au prochain pont afin d'éviter de retomber entre les mains de ses agresseurs.

Lui-même reprit le pont Sublicius qui les avait sauvés.

Rendu sur la rive opposée du Tibre, il lança un signe de remerciement à ses amis installés sur la berge.

Les Laveurs s'étaient admirablement chargés du cas du pauvre Marteen...

8.

À Toulouse, le père Aba se rendit rue des Acacias dans la fabrique d'un certain Souletin, taillandier et armurier célèbre qui avait fait fortune en fourbissant les armes des cathares *et* des catholiques.

Le père Aba emportait avec lui l'épée qui avait servi pour tuer le petit Maurin.

« Si ce modèle de lame courte est répertorié, si elle a été façonnée pour le compte d'un régiment ou d'une garde seigneuriale, j'ai bon espoir de l'apprendre ici. »

La forge se situait dans l'ancien hangar d'un tailleur de pierre. Aba dut patienter une heure parmi les fourneaux et le fracas du martèlement des artisans sur les enclumes. Il aperçut des grappes d'enfants qui couraient chargés de bois et de bottes de paille pour alimenter les flammes. D'autres se tenaient en équilibre sur des soufflets géants qu'ils activaient de leur poids. Le prêtre se dit que certains d'entre eux avaient dû être placés ici comme apprentis par l'hospice des enfants trouvés de la rue du Guet.

Il fut enfin introduit dans le bureau du propriétaire des lieux. Maître Souletin était un petit homme d'une soixantaine d'années aux mains et au visage constellés de marques de brûlures. Son manteau de velours et son collier d'argent disaient l'ampleur de sa réussite. Les murs de son cabinet étaient ornés d'épées, de sabres, de lances et de guisarmes mais aussi d'outils tranchants pour le travail des champs.

Le père Aba lui présenta son arme.

Souletin la saisit et fut surpris par sa légèreté.

— Elle est maniable, la préhension est excellente, la taille un peu courte, mais les quillons sont droits et la poignée est annelée comme il convient.

Il l'ausculta de près.

— Toutefois le fil est irrégulier et piqué. Le métal doit être impur ; les bandes bombées servant au vif vont à l'encontre des lois léguées par les Normands.

Il haussa les épaules :

— Cette épée ne m'évoque rien. Je pencherais pour une arme de pacotille ; elle ne respecte aucune des règles, sans doute par manque de temps et de moyens. Vous permettez ?

Il posa l'épée à plat, son extrémité retenue sur un étai, puis assena un puissant coup du plat de la main. Alors qu'il s'attendait à ce qu'elle se courbe, la lame ne se déforma pas d'un millimètre. Il renouvela son coup. Rien.

Surpris et vexé que son pronostic ne fût pas vérifié, Souletin s'exclama :

— La voilà aussi raide qu'un brand d'arçon !

— Que doit-on en conclure ? demanda Aba.

L'armurier inspecta le pommeau et la base de la lame à l'entrée de la garde.

— Il n'y a aucun poinçon. Ce n'est donc pas une arme forgée par un atelier fameux…

Il leva à nouveau la fine épée dans les airs. Le père Aba le sentait de plus en plus admiratif.

— Pour marier une telle légèreté à une telle résistance, reprit-il, il aura fallu des connaissances nouvelles et beaucoup d'argent. Dans notre profession, on n'innove pas à vil prix. Je donnerais cher pour connaître le maître à l'origine de cette prouesse ! Comment vous l'êtes-vous procurée ?

— Des mains d'une bande de mercenaires.

Souletin fronça les sourcils.

— M'est avis que ces reîtres ne sont pas à la solde de n'importe qui. Un grand seigneur, un roi, ou même l'Église.

— L'Église ?

— Depuis deux siècles qu'elle poursuit les rebelles hérétiques, nous lui sommes redevables de quelques précieuses nouveautés. N'ayant pas d'armée en titre, lorsqu'un seigneur lui refuse le concours de ses soldats, elle est contrainte d'enrôler des hordes de mercenaires et de les armer.

Souletin fit appeler trois de ses meilleurs ouvriers afin de recueillir leurs avis sur l'épée. Tous furent ébahis par l'arme. L'un d'eux parla même de miracle. Mais aucun ne pouvait se prononcer sur sa provenance.

— Dictez-moi votre prix, lança Souletin au père Aba, car il comptait conserver ce modèle pour l'étudier. Je peux vous l'échanger contre des pièces rares de ma fabrique que vous monnayerez cher à Toulouse !

Mais le père Aba repoussa l'offre.

— Elle doit encore me servir.

Souletin insista, voulut lui servir à boire et à manger, l'invita chez lui, mais rien n'y fit.

— Je suis seulement venu vous consulter pour connaître l'origine de cette arme, répliqua le père Aba.

Souletin secoua la tête :

— Je dispose ici des meilleures reproductions d'épées ayant servi aux guerres qui ont saigné les Albigeois. Je possède les exemplaires des lames découvertes en Orient depuis le recouvrement de la Terre sainte et je crois ne rien ignorer du produit des forges de Brindisi à Paris, de Paris à Aix-la-Chapelle et d'Aix-la-Chapelle à Cadix. Cette épée ne se trouve nulle part dans mes ouvrages. Si jamais vous la vendiez, je vous demande la préférence !

— Je m'en souviendrai, maître Souletin. Merci.

Et le père Aba quitta l'atelier.

Il retourna, pensif, vers l'auberge.

« L'Église ?... »

Il regagna L'Image Notre-Dame en se disant qu'il comptait repartir sur-le-champ. Un hôte partageait désormais sa chambre. Il grommela en découvrant qu'il n'était pas seul, mais Aba le rassura sur son départ imminent. Il compta l'argent qui lui restait afin de changer la mule offerte à Narbonne par Jacopone Tagliaferro pour un meilleur cheval. Mais, alors qu'il rassemblait ses affaires, il perçut des vociférations à l'étage inférieur.

Des hommes étaient entrés dans l'auberge et réclamaient le « borgne ».

Il se figea.

Des pas résonnèrent en rafale dans l'escalier. Aba regarda autour de lui d'un air traqué, jeta un œil par la porte et vit plusieurs hommes en armes escortés par l'aubergiste qui prenaient la direction de sa chambre.

Sans mesurer ses chances, à la stupéfaction de son voisin, il bondit à travers la fenêtre dont le volet fermait mal ; il fit une terrible chute, manquant de s'embrocher sur la pique d'une palissade. La cheville douloureuse, il se redressa pour fuir et choisit une ruelle sombre, encombrée de détritus, qui partait au dos de l'auberge.

Il entendit des cris donner l'alerte depuis la chambre ; son compagnon de chambre avait parlé.

À l'angle de la maison, alors qu'il cherchait à se perdre dans la foule des rues, il fut repéré par deux gaillards qui, dès qu'ils l'aperçurent, appelèrent leurs compagnons à eux.

En quelques instants, sans pouvoir s'élancer, le père Aba fut ceinturé par une bande de brigands, sales, puants et l'œil avili.

Ils le traînèrent sur une placette qui se vida de ses occupants sitôt leur arrivée.

— Eh bien, est-ce lui ? grommela l'un d'eux.

Un jeune homme s'approcha. On s'écarta pour le laisser atteindre Aba. Le prêtre le reconnut aussitôt : il était l'un des trois ouvriers appelés par Souletin pour examiner son épée, celui-là qui avait parlé de miracle.

L'homme approuva d'un rapide mouvement de tête.

— C'est lui, affirma-t-il. Pas d'erreur possible.

9.

Perrot se trouvait seul sous une tente au milieu de la forêt avec Até et la troupe d'hommes en noir. Il faisait nuit. Les quelques sons qui lui parvenaient étaient ceux des chevaux qui dormaient debout et du crépitement du feu de camp.

Soudain :

— C'est par ici…

— Il n'y a aucun danger…

— Suivez-nous…

Des hommes parlaient bas.

— Ne faites pas de bruit…

— Tout a été prévu…

— Nous y sommes…

Perrot se redressa : leurs voix s'étaient approchées !

Il avait les jambes entravées de fers et ne pouvait pas s'enfuir.

Un pan de sa tente s'entrouvrit. Un filet de lumière pénétra et une grosse main gantée de noir se tendit vers lui.

— Approche !

Effrayé, le garçon obéit.

Il sortit la tête et se trouva nez à nez avec deux hommes en noir de la troupe d'Até qui accompagnaient un troisième homme couvert d'un grand manteau de velours et deux femmes dissimulées sous des capes fourrées d'hermine.

— C'est lui ! s'exclama une femme.

Les gardes lui demandèrent de continuer de parler à mi-voix.

Les trois personnages de marque regardaient Perrot avec fascination.

— Vous êtes certain qu'il me fera avoir des enfants ? demanda l'une des femmes.

— Il peut guérir des abcès ? s'étonna l'homme.

— Il fera mourir mon mari ? interrogea la seconde femme.

— Payez-nous et vous le verrez, répondit un garde.

— Ce garçon arrive à tout, assura l'autre.

Subjugué, l'homme au grand manteau sortit une bourse de sequins qu'il leur remit :

— Vous le conduirez demain en mon château, dit-il, et si vous dites vrai, vous deviendrez plus riches que vous l'avez jamais imaginé !

Les gardes sourirent d'aise.

L'une des femmes s'approcha de Perrot et leva la main pour lui caresser la joue, mais l'enfant recula d'instinct, comme un chien trop souvent battu.

— N'aie pas peur, petit...

Elle passa ses doigts dans ses cheveux blonds.

Après quoi, tout se déroula à la vitesse de l'éclair.

La femme souriait à Perrot, mais ses lèvres se figèrent et un flot de sang rubis en jaillit. Une pointe d'épée venait d'apparaître entre ses seins, la transperçant de part en part !

En quelques secondes, les deux gardes et leurs trois invités furent passés au fil de l'épée.

Até de Brayac avait surpris le trafic.

— Tout le monde en selle ! hurla-t-elle, ivre de colère.

Elle fit réunir toute sa troupe autour d'elle.

— Plus personne n'approche du garçon. Je tuerai de mes mains quiconque d'entre vous désobéira.

Elle prit le garçon avec elle, comme s'il eût été la chose la plus importante de sa vie.

10.

Bénédict Gui fut réveillé en sursaut.

La tête alourdie par la nuit passée à suivre Marteen dans les tavernes, puis à étudier de retour chez lui les documents qu'il possédait sur le village de Cantimpré évoqué par le Flamand, il avait dormi bien plus tard que d'habitude. Mais ce ne fut ni le mal de tête provoqué par l'ivresse ni même l'heure tardive qui le fit se dresser sur son lit : des bruits inhabituels montaient de la rue.

Dehors le jour s'était fait. La lumière entrait dans la chambre par deux fines croisées, l'une fermée par un volet, l'autre obstruée par une colonne de livres.

Bénédict Gui, qui avait l'oreille exercée, ne reconnut pas les sons ordinaires des passants ou des commerçants : il entendait, à la place, une soldatesque en nombre avec son cliquetis de ferraille.

Et la troupe venait de s'arrêter non loin de sa porte.

Il se précipita hors de son lit et se glissa vers la fenêtre cachée derrière la pile d'ouvrages. Il déplaça quelques livres pour observer la rue. Sans surprise, il constata qu'une quinzaine de soldats étaient en poste devant sa boutique.

Il reconnut Marco degli Miro de dos.

« Je vieillis, se dit Bénédict. Moi qui pensais que cela leur prendrait trois jours pour me faire arrêter… Un seul aura suffi ! »

Il se hâta d'enfiler ses vêtements, se munit de la bourse où il conservait ses économies et les deux ducats d'or restants de Maxime de Chênedollé. Il prit aussi la pierre rougeâtre et le sachet de poudre blanche qu'il avait mis de côté et fit disparaître le tout dans le revers de sa ceinture.

Un premier coup violent fut frappé à la porte du bas.

Sans répondre, il revêtit son manteau noir.

Le chef de la garde ordonnait que la porte lui fût ouverte, menaçant de l'enfoncer à la prochaine sommation.

Bénédict se porta devant un rayonnage de livres. Il élargit ce mur d'étagère en l'entraînant vers lui, le faisant pivoter sur des gonds, puis se glissa dans l'issue secrète qu'il dissimulait, en refermant le meuble derrière lui. Il longea un couloir exigu et sans lumière, jusqu'à atteindre une trappe qui lui donnait accès aux toits. Il grimpa sur un escabeau disposé à cet effet et sortit avec quelque peine, s'agrippant à de vieilles tuiles grasses. Puis il fit quelques pas en direction d'une plate-forme où se trouvait une échelle de bois qui devait le conduire dans une rue perpendiculaire à sa boutique.

Bénédict s'arrêta net : l'échelle avait disparu !

Une voix s'éleva alors dans son dos et il sentit la pointe d'une épée se ficher entre ses omoplates.

— Bénédict Gui, j'attendais mieux d'un homme de ressources comme toi !

Bénédict tourna lentement la tête et mit un certain temps avant de reconnaître l'homme qui s'adressait à lui, tant il lui paraissait impossible de l'imaginer là, sur son toit, au petit matin : Fauvel de Bazan, la créature d'Artémidore de Broca, encadré de quatre soldats.

Bénédict pâlit. À Rome, Fauvel de Bazan incarnait la corruption, l'impunité et la scélératesse de toute la curie. Le peuple gardait un fond d'indulgence pour son vieux maître Artémidore, mais concentrait sur Bazan tous ses griefs.

Comme tous les Romains, Bénédict savait qui il était, à quoi il ressemblait et de quoi il était capable.

— Nous connaissions ce passage bien avant ton installation à Rome ! lui dit Fauvel. Il servait aux marchandages des anciens propriétaires de ta boutique.

Il fit brutalement rentrer Bénédict.

À l'intérieur, Marco degli Miro avait fait briser la porte et laissé pénétrer ses hommes.

Tous se retrouvèrent dans la salle du bas.

Lorsque Bénédict croisa le regard de Marco degli Miro, celui-ci fit un signe discret, comme s'il eût voulu lui dire : « Ne t'avais-je pas averti de rester à l'écart de cette affaire ? »

Bénédict s'inquiéta de l'importance du dispositif engagé pour son arrestation. Bazan observa les rayonnages de ses livres et de ses documents, passa ses doigts gantés de blanc sur un buste d'Empédocle, referma le couvercle de plomb de la corne à encre de l'écritoire, le tout avec une négligence pleine d'affectation.

— Cela fait longtemps que j'attends ce jour, murmura-t-il. Je n'ai jamais admis la légèreté avec laquelle la police et les juges de cette ville t'ont laissé impudemment jouer au bon Samaritain, t'en prendre aux puissants, encombrer les prétoires de tes plaidoiries de logicien !…

Bénédict n'ignorait pas que son activité de redresseur de torts était mal vue par les autorités.

— Il faut bien que quelqu'un s'y emploie, osa-t-il répondre. Rome n'est pas exempte d'iniquités, et beaucoup de ses pauvres n'ont personne vers qui se tourner.

Fauvel de Bazan haussa les épaules :

— Ils ont les prêtres et les évêques. La justice est tout entière entre les mains des représentants de Dieu.

— Mais qui leur reste-t-il lorsque ce sont précisément les évêques qui compromettent les droits et…

Bénédict ne put achever sa remarque, Fauvel de Bazan avait bondi sur lui et le roua de coups. Immobilisé par deux gardes, Gui plia sous les poings du secrétaire du chancelier. Son sang lui coula du nez jusque sur la barbe.

— Tu vois, reprit Fauvel de Bazan, essoufflé, c'est exactement ce que je répétais à ceux qui trouvaient que tu étais un brave garçon, un « mal nécessaire » pour assurer la tranquillité de la populace : tu es un impie, Bénédict Gui ! Mes agents l'ont relevé, tu n'assistes à aucun sermon, tu professes des idées qui défient le dogme, tu dissimules ta vie comme ces hérétiques qui ont des pensées et des actions inavouables, tu portes la barbe comme l'Apostat. En vérité, tu méprises l'Église !

Il lui releva la tête en lui agrippant les cheveux :

— Si l'on m'avait écouté, tu ne serais qu'un tas de cendres depuis longtemps.

Le visage de Gui était défait par la douleur.

— Que me reprochez-vous ? parvint-il à articuler.

Fauvel de Bazan sourit. Il fit deux pas en arrière et reprit d'une voix allégée, comme si de rien n'était :

— On se lève un matin, une jeune fille innocente entre nous voir pour réclamer de l'aide au sujet de son frère disparu, et, comment dire… ? On perd sa tranquillité. Sait-on jamais par quel détail notre chute doit être provoquée ?

— Zapetta ? s'inquiéta Bénédict. Je cherche à découvrir ce qu'il est advenu de son frère. Ai-je en cela commis un acte exécrable aux yeux de Dieu ?

Fauvel de Bazan hocha la tête :

— Ne commence pas ta rhétorique avec moi. Tu as un vrai talent, Bénédict : la prévoyance. Tu sais éviter un mal ou, mieux encore, en atténuer les effets lorsqu'il survient. Je peux juger de tes mérites car nous sommes faits de la même trempe, toi et moi. Seulement, rien ne résiste mieux à la volonté méthodique d'un esprit froid et calculateur…

Il sourit :

— … qu'une autre volonté méthodique, froide et calculatrice !

Il fit un signe de la main et Marco degli Miro approcha.

Il tenait un sac de toile noire qu'il remit à Fauvel de Bazan. Ce dernier défit le nœud de corde qui étranglait son ouverture puis versa le contenu sur l'écritoire de Bénédict Gui.

Une tête d'homme roula.

C'était celle de Marteen, le Flamand, le visage marbré, les lèvres noires, le cou tranché d'un coup précis. Bénédict reconnaissait avec effroi les traits du personnage qu'il avait quitté quelques heures plus tôt.

Bazan poursuivit, satisfait de son effet :

— Tu es le dernier à avoir vu ce personnage vivant. Pour Marco degli Miro et la justice romaine, tu es donc le premier suspect. Et, sans difficulté, tu seras jugé coupable de ce crime odieux. Tes amis les Laveurs savent que j'ai le pouvoir de leur faire rejoindre la cohorte de cadavres immondes qu'ils pillent sur les bords du Tibre. Ils témoigneront contre toi de ton simulacre de la nuit dernière avec cet homme de Rasmussen. Et cette fois, le bras séculier s'abattra sans hésitation sur l'assassin Bénédict Gui.

Bénédict n'en voulait pas aux Laveurs de leur trahison, il connaissait les moyens d'intimidation que pouvaient déployer Bazan et la chancellerie.

Le secrétaire d'Artémidore de Broca regarda encore les rayonnages de la boutique de Gui et dit à ses hommes :

— Emportez tout cela au Latran. Je veux détailler le moindre parchemin, le moindre indice d'enquête.

À Bénédict :

— Quant à toi, tu vas être remis aux prisons de Matteoli Flo, où l'on te questionnera.

Des geôles immondes en bord de Tibre, voilà ce qu'étaient les cellules de Matteoli Flo, un bourreau de Sicile qui avait perfectionné son art au cours de voyages en Asie. Bénédict le connaissait car il expédiait ses corps en morceaux dans le fleuve par une bouche d'égout et les Laveurs les récupéraient pour les vendre à des anatomistes curieux pourchassés par l'Église.

Les gardes lui lièrent les poignets.

Il se rappela alors les avertissements de son ami Salvestro Conti sur les troubles du Latran. Qu'est-ce qui pouvait pousser Fauvel de Bazan à intervenir de la sorte, en personne ? Si la chancellerie était coupable du meurtre de Rasmussen, l'était-elle aussi de la disparition de Rainerio le même jour ?

Marco degli Miro l'observait avec ce fond de tristesse amicale.

Bénédict leva les yeux vers le secrétaire d'Artémidore de Broca et lui dit d'une voix calme :

— Vous vous trompez. Le matin où Zapetta est entrée dans ma boutique, ce n'est pas moi qui ai perdu ma tranquillité, c'est *vous*…

Fauvel de Bazan haussa les épaules et ordonna qu'on l'emmène.

Dehors une foule s'était massée devant la boutique de Bénédict. Des enfants couraient de rue en rue et de porte en porte pour annoncer son arrestation. Les hommes et les femmes s'écartèrent pour laisser passer la troupe armée et le prisonnier.

Il n'échappa à personne que Bénédict avait été violenté.

Fauvel murmura au chef de la police :

— Ouvrez l'œil.

La populace escorta lentement le convoi. La foule croissait.

Dans les rangs Bénédict reconnut de nombreux visages amis, des gens qu'il avait aidés, des vieilles qui le vénéraient, Matthieu le petit-neveu de Viola, Porticcio qui avait désespérément tenté de lui faire épouser ses filles, un ancien croisé avec lequel il discutait la doctrine des mahométans.

De son côté, Fauvel de Bazan observait la foule dont les mines exprimaient la tristesse ou l'interrogation.

Bénédict avançait entouré de soldats qui empêchaient les Romains d'approcher. Des hommes et des femmes se mirent à le remercier de loin, certains crièrent même depuis leur fenêtre pour lui exprimer leur gratitude. Des petits le saluaient, glissés entre les jambes de leurs parents.

Fauvel n'aimait pas ces manifestations spontanées de soutien.

Depuis la sortie de la boutique, la troupe n'avait franchi qu'une cinquantaine de mètres.

C'est alors que le plateau d'une charrette qui négociait le virage de la première rue adjacente renversa son chargement de copeaux de bois devant le peloton. Il y eut sitôt un grand tapage, des cris et des mouvements hâtifs autour de l'accident. Marco degli Miro, qui s'inquiétait du nombre de Romains dans la rue, ordonna à ses quinze hommes de brandir leurs guisarmes. Sur ordre de Fauvel, certains d'entre eux accoururent à l'aide du charretier pour hâter le déblaiement des copeaux.

Mais brusquement, d'une fenêtre située au dernier étage d'une antique maison, un long cordage fut projeté et tomba près de Bénédict. Au même moment, une dizaine d'hommes jaillirent de la foule et bousculèrent les soldats de Marco degli Miro. Fauvel de Bazan fut renversé à terre. Bénédict saisit la corde des mains et courut prendre pied contre la façade. Donnant à la corde un mouvement d'oscillation, il fut soulevé dans les airs, semblant courir sur la maison, comme eût fait un être surnaturel, avant de disparaître derrière la croisée !

Le chef et ses gardes restèrent estomaqués par la rapidité de l'évasion. Un hourra formidable accompagna l'envolée de Gui. Partie de la via delli Giudei, l'acclamation retentit dans tout le quartier.

— Rattrapez-le ! hurla Fauvel de Bazan, alors que les soldats s'en prenaient au peuple.

La maison fut investie.

Mais lorsque Fauvel arriva dans la pièce qui avait servi à l'évasion de Gui, il n'y trouva personne, ni aucun indice qui trahirait la direction prise par le fuyard et ses complices.

Bénédict avait été emporté dans les airs grâce à un ingénieux mécanisme de poulies et de masses.

— Comment est-ce seulement possible ? laissa échapper Marco degli Miro en découvrant le procédé.

Un poids de cent vingt livres, une corde de chanvre, huit poulies doubles et quatre folles avaient été employés pour l'extraire de la rue.

Fauvel de Bazan haussa les épaules.

— Il était à craindre que le peuple lui viendrait en aide. Gui aura tout prévu. Si nous avions opté pour un chemin différent au sortir de sa boutique, je vous garantis que nous serions tombés sur d'autres dispositifs. Il savait qu'il serait arrêté un jour…

Il s'approcha de la fenêtre et observa la foule en train de se disperser pour échapper aux représailles.

— Dieu sait où et quand nous allons le voir reparaître…

Arrivé en haut de la bâtisse, Bénédict avait basculé par les toits sur la maison voisine d'où il était redescendu à l'aide d'une échelle jusque dans une ruelle.

Quatre hommes l'y attendaient ; ils avaient revêtu le même manteau noir que lui et s'étaient égaillés dans le quartier pour tromper ses poursuivants.

Bénédict s'enfouit dans une charrette de paille puis, quatre rues plus loin, dans un convoi de vieilles pierres. En moins de temps qu'il n'en fallait à Fauvel de Bazan pour donner l'alerte et ordonner la fermeture des portes de la ville, Bénédict Gui avait quitté Rome.

Il demanda alors à l'un de ses partisans de retourner en ville et d'envoyer le petit Matthieu s'assurer de la sécurité de Zapetta et de ses parents. S'il les trouvait, il devait les forcer à se réfugier chez son ami Salvestro Conti, sans prévenir personne autour d'eux !

— Matthieu saura où me retrouver.

Ensuite il disparut seul dans les bois qui longeaient la via Flaminia non loin des berges du Tibre…

11.

À Toulouse, le père Aba fut traîné par ses ravisseurs vers l'un des quartiers les plus mal famés de la ville, de l'autre côté de la Garonne. Pas un des passants n'esquissa le moindre geste en sa direction, les gens d'armes eux-mêmes détournèrent le regard comme si de rien n'était et des enfants en guenilles le suivirent en poussant des cris.

Le prêtre était convaincu que Souletin, l'armurier, ne pouvant lui faire céder sa mystérieuse épée, s'en prenait à lui par d'autres moyens.

Les colosses le portèrent jusqu'à une prison contiguë à un ancien château des capitouls, aujourd'hui en ruine.

Par un revirement du sort, cette vaste prison était devenue le quartier général de la troupe de brigands la plus dangereuse du pays. Ces criminels résidaient dans les mêmes cellules qui, hier, devaient les priver de liberté.

En y pénétrant, le père Aba découvrit le rebut de Toulouse. Anciens forçats, renégats, catins, vieux paladins, diseuses de bonne aventure, écorcheurs, évadés, proscrits… toute la lie du genre humain. Il aperçut même de petits enfants, le couteau à la ceinture, jouant avec des chiens faméliques.

Ce pandémonium baignait dans la lumière blonde d'une multitude de cierges hauts de cinq pieds dérobés dans les cathédrales. Les murs étaient lépreux, il régnait un froid terrible et des odeurs infectes. Les parois des geôles avaient été en partie abattues afin d'élargir l'espace et de faciliter les passages.

Le père Aba se retrouva jeté à terre dans la cellule la plus vaste. Embellie, elle n'avait rien à voir avec le reste de la prison : tentures et voilages, meubles de bois précieux, caisses regorgeant de butins, chandeliers en or, huiles parfumées dans des coupelles de nacre. Un sultan aurait admis de résider dans ce cachot.

Aba aperçut un homme dressé devant lui, vêtu d'un corselet de métal. Il était gigantesque, assez jeune, la barbe nouée en deux fines tresses qui lui tombaient de part et d'autre du menton, les cheveux bien plantés relevés sur le front ; une balafre le défigurait. Il manquait un doigt à sa main gauche et ses incisives avaient été arrachées : Aba comprit que cet homme avait survécu à des séances de torture.

Il fallut un mouvement presque imperceptible dans le fond de la pièce pour qu'il se rende compte de la présence d'un second personnage : un très vieil homme aux cheveux blancs, chenu, la peau grêlée, enfoui sous d'épaisses couvertures. À son air inexpressif, Aba comprit qu'il était aveugle.

Le géant tenait la courte épée de Cantimpré entre les mains. Il la regardait d'un air sévère. Aba repéra sa sacoche de voyage, qui lui avait été ravie après sa fuite de l'auberge, posée ouverte sur un tabouret.

Il se dit que l'homme de Souletin qui l'avait dénoncé et ces brigands se connaissaient à un titre quelconque.

— Qui es-tu ? Comment t'es-tu procuré cette arme ? demanda le géant.

La voix correspondait au personnage : grave, sévère, cassante.

— Je suis le père Guillem Aba, prêtre franciscain d'une petite paroisse du Quercy nommée Cantimpré. Un des enfants de mon village a été enlevé par une troupe d'hommes en noir. L'un d'eux a abandonné cette épée. Depuis lors je cherche à savoir d'où elle provient et ce que sont devenus ces ravisseurs. Je veux retrouver mon garçon. Rien de plus…

À ces mots, le géant avait froncé les sourcils et, derrière lui, le vieillard s'était redressé.

De la pointe de l'épée, l'homme fit voler le bonnet de laine qui recouvrait la tête du père Aba. Sa tonsure se lisait encore sur le haut de son crâne.

— Ce serait vrai ? murmura l'homme. Tu ressembles davantage à un vaurien de ma troupe ou à un mendiant borgne qu'à un franciscain. Sais-tu qui je suis ?

— Non, répondit Aba.

Le géant se nomma :

— Isarn.

Le prêtre pâlit.

La bande d'Isarn était fameuse dans la région pour ses rapines, ses viols et ses attaques envers les grands et les évêques. On appelait son chef Isarn le « marteau des honnêtes gens » ; d'autres, plus laconiques, le désignaient comme « Le Boucher ».

Les troupes de truands comme la sienne s'enorgueillissaient d'une longue histoire : l'Église, aux prises, comme les grands seigneurs, avec la rébellion larvée des Albigeois, dut s'allier avec ces hordes de mercenaires pour porter le fer en leur nom contre les cathares. Ces gueux étaient recrutés pour quarante jours et toutes leurs infamies leur étaient remises par les évêques. Beaucoup affirmaient que jamais le Ciel n'avait été offert à si vil prix.

Les hommes d'Isarn étaient les héritiers directs de ces mercenaires. On les maudissait, mais ils étaient essentiels à la conduite de la politique de l'Église.

Isarn s'assit sur une cathèdre surélevée.

— Beaucoup de personnes ont à gagner à me voir tuer, dit-il. Surtout les aristocrates. Le roi lui-même a offert une prime pour ma tête. Je dois m'entourer d'hommes fidèles et me cacher sans relâche. Il en va de même pour ma famille. Ma femme et ma fille sont des cibles faciles pour mes adversaires, aussi vivent-elles dans un village écarté de Toulouse, en secret et à l'abri de tous.

Le visage du brigand se creusa :

— Mais il y a six jours, une bande d'hommes en noir est venue ravir mon enfant. L'un de mes comparses a réussi à embrocher un des assaillants et m'a fait rapporter son épée.

Il tira une seconde épée le long du bras de son siège et la montra au prêtre ; elle était identique à celle de Cantimpré.

Aba se redressa. Il observa l'arme avec fascination. Sa lame refléta la lumière des torchères fichées dans les murs.

Isarn reprit :

— Il se peut que ce soit la vengeance d'une bande rivale ou d'un prince dont j'aurais pillé les coffres. Si tu tiens à la vie, le prêtre, tu me diras ce que tu sais pour que je les retrouve.

Le père Aba réfléchissait.

— Trois jours, dites-vous ? fit-il soudain. Ce village, où se trouve-t-il ? Quel est son nom ?

Isarn tourna la tête vers le vieillard. Celui-ci lui fit signe de répondre.

— Ma famille était réfugiée à Castelginaux.

Le père Aba demanda la permission de se saisir des documents qu'il gardait dans sa sacoche. Isarn le laissa faire et le prêtre déroula sa carte de la région. Castelginaux se situait à huit lieues au sud de Montauban ; ni les archives de Narbonne, ni les indications de Jeanne Quimpoix ne l'avaient identifié.

Alors Aba demanda frontalement :

— Vous êtes certain qu'il s'agit d'une vengeance à votre encontre ? Votre fille ?

Il avança d'un pas :

— Quel était son *don* ?

Isarn blêmit. Pris de colère, il voulut se ruer vers Aba, mais le vieillard l'en empêcha d'un mot :

— Assez !

L'injonction suffit à stopper l'élan du chef des brigands. Il se rassit.

— Approche, dit le vieil homme au père Aba.

Le prêtre obéit. Il découvrit le visage ridé, la peau à la fois blafarde et vineuse de l'étrange personnage, ses yeux laiteux, ses oreilles pointues garnies de poils. Lui aussi exhibait des cicatrices de combats ou des séquelles de torture. Il était emmitouflé sous d'épaisses couvertures aux motifs orientaux.

Aba n'osa pas lui demander qui il était.

— Dis-nous ce que tu sais, marmonna l'aveugle à son intention.

Mais le prêtre se braqua et répondit :

— Je ne vous révélerai rien tant que vous ne m'aurez pas conduit à Castelginaux. Quelqu'un pourrait y avoir aperçu le garçon que je recherche. S'il n'y a que trois jours que la troupe en noir a frappé, il se peut qu'elle soit encore à notre portée !

Cette réponse agaça l'aveugle. Isarn s'était rapproché.

— Mon nom est Althoras, dit le vieillard courroucé. Isarn est mon successeur désigné. Si tu refuses de parler, nous te supplicierons avec plus d'acharnement que des dominicains pour te faire avouer ce que tu sais !

Ce ne fut pas la menace qui fit peur au père Aba, mais le nom de l'aveugle. Il avait aussi entendu parler plusieurs fois du personnage d'Althoras depuis son arrivée à Cantimpré. Il avait la réputation d'avoir été un redoutable brigand alchimiste qui accaparait autant les richesses des nobles que les découvertes et les formules de certains nécromanciens fameux. Personne ne savait s'il était toujours vivant ; condamné treize fois à être brûlé, toujours libéré par les siens, il était présumé aussi riche que le roi de France et l'on prétendait qu'il avait réussi à expérimenter sur lui un dosage secret qui l'avait rendu immortel.

— Si je vous parle, objecta Aba, vous n'aurez plus de raison de me faire partager ce que vous savez. J'ai tout quitté pour retrouver cet enfant. Je n'ai plus peur de personne. Aidez-moi, et je vous aiderai…

Aba fut jeté dans une cellule.

Pendant plusieurs heures, Althoras et Isarn vérifièrent ses dires, étudièrent sa carte et ses documents de Narbonne, réclamèrent des précisions à leurs hommes qui connaissaient tel ou tel village.

Lorsqu'il fut établi qu'Aba était bien le prêtre de Cantimpré, et non un espion, Althoras céda :

— C'est entendu.

La levée du camp de la prison de Toulouse pour Castelginaux ressemblait à celle d'un caravansérail. Isarn et Althoras ne se déplaçaient jamais sans le gros de leurs forces, suivies par des filles publiques et des petits vauriens qui espéraient trouver à piller après leur passage dans les bourgs. La bande formait un serpent qui s'étirait sur les routes. Les brigands étaient chargés, car ils avaient pour coutume d'emporter avec eux toutes leurs possessions.

Aba, ébahi par le branle-bas et le concours de personnes qui prenaient part à l'expédition, comprit pourquoi cette bande était réputée imbattable par les défenseurs de l'ordre : elle était plus nombreuse et mieux équipée que les gardes de la ville.

La troupe progressa en bel et bon ordre, terrifiée par l'autorité de ses deux chefs.

Pour le voyage, Althoras se faisait porter dans une litière fermée. Le père Aba suivait sur un âne.

Ils arrivèrent à Castelginaux, le surlendemain, à l'heure de sexte. Le ciel d'hiver était bleu, un vent tenace glaçait les bêtes et les hommes. Le village n'était pas aussi délabré que Cantimpré ou Aude-sur-Pont. Une route large de deux toises filait non loin et assurait sa subsistance en toutes saisons. Des murets de pierre soutenaient les maisonnées, les toits paraissaient solides et les habitants se vêtaient comme dans les villes.

Hors ça, près de cinq masures avaient brûlé et partout se lisaient des traces de combats féroces. L'habitation qui servait de refuge à la famille d'Isarn n'était plus que cendres, la femme ayant péri dans les flammes après qu'on lui eut arraché son enfant.

Le géant descendit de cheval. Il s'immobilisa pendant de longues minutes ; des larmes silencieuses coulaient le long de ses joues.

L'ensemble du village se réunit pour accueillir les brigands, crier sa colère et implorer l'aide d'Isarn. Ils racontèrent la violence des affrontements : les hommes en noir avaient surgi en plein jour, armes aux poings. Ils pensaient pouvoir aisément imposer l'ordre, mais les partisans d'Isarn à Castelginaux avaient résisté et entraîné la population. La confusion régna un temps dans le camp des ravisseurs. L'un d'eux avait même été tué. Mais la riposte des hommes en noir ne s'était pas fait attendre : ils étaient plus aguerris aux combats que les paysans. Ils prirent le dessus, assassinèrent neuf villageois, emportèrent la fille et mirent le feu à plusieurs maisons avec le désir d'incendier le village. Ensuite ils profitèrent des fumées noires pour disparaître aussi subitement qu'ils étaient arrivés, abandonnant le corps de leur compagnon derrière eux.

Althoras demanda que l'homme qui l'avait tué soit présenté au père Aba. Il se nommait Leto Pomponio, un Lombard impitoyable qui appartenait à la bande d'Isarn depuis des années. Pour sauver la fille de son maître, il avait massacré l'homme en noir et fait porter son épée à Toulouse. Leto Pomponio avait aussi conservé sa tenue de cuir sombre, ses bottes, son ceinturon et ses éperons, dans l'espoir d'en tirer profit sur un marché, avant que les villageois ne s'acharnent sur la dépouille et ne la mettent en pièces.

Il tira le costume d'un bagage roulé à l'arrière de la selle de son cheval et le montra à Aba. Ce dernier reconnut la matière, la profonde capuche et la ceinture des hommes qui avaient pénétré dans son petit presbytère.

— Ce sont les mêmes, murmura-t-il. Les mêmes qu'à Cantimpré…

Il calcula que la troupe était venue à Castelginaux huit jours après son passage dans sa paroisse. Plus de trente-quatre lieues séparaient ces deux points : où avaient-ils logé pendant ce périple si vite avalé ?

Il questionna chaque villageois. Avaient-ils remarqué un jeune garçon avec la troupe noire ?

— Oui, concéda enfin l'un d'eux qui portait une large cicatrice au front. Les ravisseurs possédaient une charrette.

Il décrivit sommairement le garçon qui s'y trouvait seul à l'intérieur. Sept ou huit ans, le cheveu blond.

Aba sut qu'il s'agissait de Perrot.

— Quelle direction ont-ils prise ?

Personne ne put répondre à cette question.

Après ces révélations qui redonnaient de l'espoir à Aba, Althoras demanda à lui parler avec Isarn.

Ils s'isolèrent dans sa litière de voyage. Son aménagement ressemblait à celui du cachot de Toulouse, partout des coussins et d'épaisses couvertures, la bâche de grosse toile était cachée derrière des voilages de satin. Un feu crépitait entre des briques sous un conduit d'aération.

— Comme convenu, nous t'avons amené ici. Le garçon que tu cherches était du voyage de cette troupe en noir. Nos histoires sont liées. Maintenant parle. Pourquoi as-tu évoqué un *don* ?

Tenu de respecter sa promesse, le père Aba lui expliqua qui était l'enfant. Il avoua même leur lien de parenté.

— Perrot est guérisseur. J'ignore l'étendue de ses pouvoirs. Depuis sa naissance, une série de merveilles a eu lieu dans ma paroisse.

— Je connais Cantimpré et ses miracles, dit Althoras.

— J'ai tout fait pour qu'aucun des prodiges ne soit attribué à mon fils, afin de le protéger de l'Église. Je les ai rangés sur le compte de la communauté et de l'âme d'un curé qui a longtemps siégé à Cantimpré avant moi.

— J'ai connu le père Evermacher, fit le vieil aveugle.

Aba poursuivit en serrant les poings :

— À l'évidence, mes précautions n'auront pas été suffisantes. Je suis convaincu que Perrot a été ravi par la faute de son don. Comme d'autres enfants miraculeux dans plusieurs villages du pays !

Althoras lui dit qu'il avait consulté ses documents avec Isarn.

— Il ne s'agit pas à Castelginaux d'un enlèvement qui visait Isarn ou votre troupe de brigands,
protesta Aba. C'est plus compliqué.

Il se tourna vers Isarn qui n'avait pas encore dit
un mot, immobile, les mâchoires contractées.

— Qui est véritablement cette fille qui a disparu ?

Isarn fit un effort immense sur lui-même pour
répondre :

— Son nom est Agnès, dit-il d'une voix blanche.
Elle a quinze ans. L'hiver de ses sept ans, des phénomènes ont commencé de lui arriver. Chaque ven-
dredi, elle se plaignait de maux de tête. Des petits
points rougeâtres sont apparus sur son front. Des
gouttelettes de sang. Cela s'est aggravé par la suite ;
après un an, le sang se déversait en abondance.

— Les stigmates de la Sainte Couronne ! s'exclama Aba.

Althoras acquiesça :

— Oui. Mais, au-delà de ce prodige, c'est un autre
miracle qui nous a le plus impressionnés : sur les linges que sa mère employait pour nettoyer cet étrange
ruissellement de sang, nous découvrions, après coup,
des sentences lisibles ! Le sang ne faisait pas des
salissures informes, mais composait des mots, et ces
mots, des phrases. Quelle que soit la matière du linge
et le mouvement qu'on imprimait pour lui essuyer le
front !

Le père Aba était stupéfait.

Althoras ouvrit une cassette et en tira des bandelettes de lin qu'il présenta au prêtre. Ce dernier
déroula l'une d'elles. Isarn détourna les yeux pour ne
pas les voir.

Ce qu'avait dit le vieillard se révéla vrai : le sang,
aujourd'hui noirci, formait des lettres parfaitement
lisibles. En latin.

Aba lut :

*La Loi ou les prophètes, je ne suis pas venu les abo-
lir mais les accomplir.*

Et, occupant deux linges :

Lève-toi, parce que voilà que les ténèbres couvriront la terre, et une obscurité, les peuples ; mais sur toi se lèvera le Seigneur, et sa gloire en toi se verra.

Le prêtre maniait les bandelettes avec d'infinies précautions, fasciné.

— Se peut-il que ce soient des faux ? demanda-t-il.

— Qui aurait pu les fabriquer ? répondit Isarn. Personne ne parle le latin à Castelginaux, et certainement pas sa mère.

— En existe-t-il d'autres ?

Althoras haussa les épaules :

— Nous en avons conservé plus d'une centaine ! Je les ai faits traduire : ce sont toujours des versets de la Bible. Impossible toutefois de les lier les uns aux autres ni de faire jaillir un sens caché derrière ces messages.

Le père Aba se dit que ces brigands manquaient sans doute de personnes suffisamment lettrées pour déchiffrer le secret de fragments disparates de la Bible.

— Où sont conservées ces bandelettes ? demanda-t-il.

— En lieu sûr. Comme vous avec Perrot, nous avons voulu garder secret le prodige d'Agnès, redoutant que le clergé n'y voie quelques démoneries et ne l'en punisse. Mais, comme avec Perrot, notre défiance n'aura pas été suffisante…

— Pourrais-je avoir accès à ces bandelettes ? s'empressa de demander Aba.

— S'il s'avère que c'est là notre seule piste, nous vous les procurerons sans difficultés.

— Agnès avait-elle d'autres facultés ? Des rêves prémonitoires ?

Le vieillard secoua la tête.

— La pauvre ne ressentait que les maux. Et voyait ses stigmates comme une horrible malédiction dont elle voulait se défaire.

Aba remit les bandages dans leur boîte.

— J'aurais préféré apprendre que ma fille avait été enlevée par nos ennemis, avoua Isarn. Au moins une rançon aurait pu la sauver. Mais à présent…

— Nous manquons d'éléments, dit Althoras. La troupe s'est évanouie dans la nature. En une semaine, ils peuvent avoir emprunté n'importe quel chemin du royaume. Nos hommes contrôlent les péages de la région. Nul ne les a repérés. Sans doute les ravisseurs traversent-ils des domaines de seigneurs ou de monastères qui leur sont favorables.

Le père Aba défit sa chaussure droite et sortit la pièce de gros tournoi d'argent qu'il dissimulait depuis Disard.

— Après Cantimpré, dit-il, j'ai appris que la troupe a gîté dans une auberge de Disard et payé avec cette monnaie.

Il voulut céder la pièce à Isarn afin qu'il puisse la voir, mais ce dernier lui indiqua de la donner plutôt à l'aveugle.

Ce que fit Aba avec un peu de surprise.

Althoras la glissa entre ses doigts. Ses mains osseuses, percluses de goutte, remuaient comme des pattes d'insecte.

— La pièce est neuve, estima-t-il, son avers porte le monogramme du pape Grégoire IX.

Il la caressait.

— Aucun poinçon de frappe, ni de seigneuriage.

La justesse de ses remarques surprit Aba.

— C'est incroyable.

Althoras sourit :

— Voilà trente ans que j'ai perdu la vue, depuis j'ai appris à ne jamais oublier le grammage d'un parchemin, le poids d'un joyau ou les reliefs d'une pièce rare.

Peu après, le visage du vieillard se contracta. Il réfléchit intensément.

Il agita une clochette et le visage d'un jeune homme apparut en levant un rabat de toile sur la bâche.

— Job Carpiquet, apporte-moi mon acide d'esprit-de-vin.

Un instant plus tard, Althoras levait une pipette d'un liquide blanc sur la pièce et y déposait une goutte. L'argent du gros tournoi se mit à mousser et à crépiter.

L'aveugle essuya la solution avec un drap et réexamina la pièce du bout de ses doigts. Aba remarqua qu'elle avait changé de couleur.

— C'est un faux, dit Althoras.

Il rendit la pièce au prêtre. L'argent s'était dissous pour laisser apparaître un avers qui avait révélé de nouvelles indications au vieillard.

Le père Aba était ébahi.

Althoras cria à l'attention d'Isarn.

— Hue de Montmorency !

Le géant fronça les sourcils, fit un signe affirmatif et sortit sans un mot de la litière.

Le prêtre ne pouvait contenir son impatience.

— Hue de Montmorency ? Qui est-ce ?

— Nous avons pillé il y a trois ans l'une des cargaisons de ce seigneur. Dans mes souvenirs, ce fut la première et la seule fois que j'ai mis la main sur de pareilles fausses pièces frappées du profil d'un pape.

— Et où trouver ce Montmorency ? s'enquit Aba.

— Il réside au château de Mollecravel, près de Couiza dans le Razès. Des histoires courent comme quoi il aurait disparu en Italie… J'ignore s'il est encore en vie. Il faut aller voir.

Dehors, Isarn rassemblait ses hommes.

12.

Le plateau de Leccione s'étendait en Ombrie à une trentaine de lieues au nord de Rome.

Isolée, sans arbres, dominant trois courtes vallées, battue par les vents et recouverte de neige, cette curiosité topographique avait servi dans le passé à des armées ou à des sénateurs romains qui fuyaient la capitale et voulaient s'assurer qu'ils n'étaient pas suivis ; l'horizon était si vaste et plat qu'il était impossible pour des poursuivants de s'y dissimuler.

Aujourd'hui, vingt-deux chariots bâchés, une vingtaine d'hommes en armes à pied et une dizaine à cheval traversaient le plateau de Leccione.

Ils étaient seuls au monde, posés au milieu d'un désert blanc, avançant péniblement.

Le maître d'attelage du premier chariot, le plus somptueux de tous, leva soudain un bras et le convoi s'interrompit, à la stupéfaction des hommes, qui s'inquiétèrent de cette pause intempestive, au milieu de nulle part et à moins d'une heure de la fin du jour.

Le rideau du chariot s'ouvrit et une femme apparut. C'était Karen Rasmussen. Elle était très âgée, le visage enveloppé dans un hennin noir de grosse toile qui la protégeait du froid.

Elle murmura un mot à son maître d'attelage et celui-ci appela un soldat à cheval qui se précipita pour venir se placer à sa hauteur.

— Il est temps, lui dit Karen Rasmussen avant de disparaître à l'intérieur du chariot où deux jeunes moniales lui tenaient compagnie.

Le soldat en selle, un homme d'une cinquantaine d'années, le regard fixe, la barbe longue et bien peignée, l'air fier qu'on trouvait chez les anciens croisés, fit reculer sa monture afin d'être vu par le reste du convoi : il brandit son épée.

Aussitôt les dix autres cavaliers se ruèrent sur leurs voisins à pied pour les assassiner. Ce fut cruel, expéditif et sanglant ; les hommes, tous les cochers, plus quelques âmes qui se tenaient à l'abri du froid, furent égorgés ou transpercés de part en part. Ceux qui tentèrent de fuir se virent rattrapés et décapités sur le sol enneigé.

Un profond silence succéda au massacre. Le vent sifflait et couvrait les cadavres de grésil.

La bâche du chariot de tête se releva et Karen Rasmussen sortit, escortée de ses deux servantes qui l'aidèrent à marcher dans la neige.

Elle contempla le bain de sang sans sourciller.

Lentement, la vieille femme remonta le convoi jusqu'à rejoindre l'attelage du milieu. Les cavaliers s'étaient approchés, rassemblés derrière leur chef. On ouvrit la capote qui fermait le chariot : un cercueil en acajou trônait à l'intérieur.

Karen Rasmussen fit un signe aux sœurs moniales qui montèrent près de la bière, dévissèrent deux écrous et relevèrent le couvercle.

Le cardinal Henrik Rasmussen se dressa, vêtu de sa tenue d'apparat de tombeau, la peau encore maculée du blanc qu'on avait appliqué sur son visage pour faire croire à sa mort.

Rasmussen était un géant au cheveu et à la barbe gris, les yeux clairs, le visage carré et volontaire.

Il bondit hors du sarcophage et arracha la cape brodée traînante et le surcot de velours qui l'étouffaient.

— J'ai fait comme vous me l'aviez ordonné, mon frère, lui dit Karen. Personne ne s'est douté de rien. Ni à Rome, ni ici ; ceux qui n'étaient pas de nos gens viennent d'être éliminés.

— C'est parfait.

Il sortit, respira comme s'il revenait pour de bon d'entre les morts. Il observa les convois :

— À présent, il faut faire disparaître notre chargement et tout incendier.

— Comment ? s'écria la sœur. Mais il y a là tous nos meubles, nos richesses du palais que j'ai emportées de Rome ! Ne conservons-nous rien ?

— Rien, Karen. Tout doit faire accroire à une attaque de brigands qui aura mal tourné pour nous sur ce plateau de Leccione. On ne retrouvera pas mon corps sous les cendres et les décombres.

Les fidèles du cardinal Rasmussen obéirent et bientôt un gigantesque feu embrasa la caravane.

Karen Rasmussen contemplait ce spectacle avec effarement. Le temps de tout incendier, la nuit était tombée. Les flammes se reflétaient sur la neige, au milieu de l'obscurité.

— À présent, reprit Henrik, il est temps pour moi d'en finir avec Artémidore de Broca.

Tout Rome savait que Rasmussen était l'adversaire principal du chancelier.

Lui était persuadé que le chancelier avait commandité son meurtre, tout comme il avait fait éliminer, depuis décembre dernier, quatre autres prélats qui perturbaient sa politique.

Seulement le cardinal Rasmussen, obnubilé par sa sécurité, endurci après de nombreuses tentatives d'assassinats, avait mis au point un cercle de sûreté inviolable autour de lui. L'homme en noir expédié par Broca pour le tuer avait été repéré dans le palais de la via Nomentana bien avant qu'il tente de lui planter son épée dans le corps. Rasmussen avait alors décidé, avec le renfort de sa sœur et de quelques proches partisans, de tromper Artémidore de Broca. Son assassin fut tué, mais Rasmussen passerait pour mort. On lui maquilla une cicatrice de coup d'épée à la nuque, comme si on eût voulu le décapiter par-derrière. Sa dépouille fut exposée aux yeux des dignitaires romains, afin de conforter Artémidore de Broca dans l'idée que son plan avait fonctionné.

Ensuite, Karen suivit les instructions de son frère : les documents récents du cardinal furent brûlés et elle organisa le départ immédiat pour la Flandre. Rasmussen se trouva enfermé dans un cercueil où il pouvait respirer grâce à de fines ouvertures. Sur la route, quatre fois par jour, Karen et les deux sœurs entraient dans le chariot funéraire afin de « prier pour le défunt », mais aussi de lui donner à boire et à manger.

Cela jusqu'au plateau de Leccione où le cardinal Rasmussen avait prévu de se relever, sans risquer d'être espionné, et où tous les hommes suspectés d'entente avec le chancelier devaient être passés au fil de l'épée.

— Nos routes se séparent, annonça le cardinal à sa sœur.

— Je croyais que nous retournions ensemble en Flandre ? Que vous vouliez disparaître et ne plus rentrer à Rome ?

— Il en sera fait ainsi, répondit-il. Nous nous retrouverons à Tournai. Auparavant, il me reste une chose à accomplir.

Quatre cavaliers se mirent en position d'assurer la sécurité du chariot de Karen épargné par les flammes, jusqu'à l'arrivée dans son pays natal.

Henrik Rasmussen, le reste de ses fidèles compagnons à ses côtés, se hissa sur un cheval et piqua droit vers l'est, emportant avec lui un grimoire précieux qu'il avait conservé dans son cercueil...

13.

À Rome, un jeune garçon, grand et fort pour ses treize ans, vêtu de braies écrues et d'une épaisse chainse de laine, sortit de la ville en déboulant par la porte Flaminia et courut vers la rive basse du Tibre.

Il dévala le talus et rejoignit un débarcadère. Ce quai pourvu de deux jetées en équerre servait à l'approvisionnement de la ville. Situé hors des remparts, il profitait d'un taux péager plus favorable que ceux pratiqués à l'intérieur.

Tout en courant, le garçon se faufila entre les caques et les caissons de marchandises. Un garde des douanes le surprit et l'attrapa par le col.

Il le secoua tant que le garçon manqua de s'étrangler.

— Je travaille sur un bateau, dit-il pour sa défense.

— Ton nom ?

— Matthieu.

— Pour qui travailles-tu ?

— Maître Jean Soulié. J'accuse déjà un terrible retard !

Le garde traîna le gamin vers la jetée de départ où une barge à fond arrondi et à voile carrée attendait d'appareiller. Le bâtiment servait à charrier des pierres chargées à Ostie pour la rénovation du pavement de Rome. Jean Soulié était un géant au ventre rond ; si plein, si haut et si pesant, qu'on prétendait que ses déplacements sur la passerelle suffisaient à donner de la bande à sa barge.

L'embarcation devait regagner Ostie à vide, avec seulement deux fûts de colonnes doriques refusés pour malfaçon et quelques caisses de victuailleurs qui profitaient de ce retour à moindre coût.

— Te voilà à la fin, enfant de malheur ! cria-t-il sitôt qu'il aperçut le garçon intercepté par le garde.

Il lui servit une gigantesque gifle qui le renversa contre le bois de la jetée.

— Merci de me l'avoir ramené, dit-il au garde. Je n'attendais plus que lui pour naviguer. Mon chargement a été visé. Gagne ton poste, traînard !

Sitôt le jeune matelot remis sur ses pieds, il le gratifia d'un coup de botte dans le bas du dos.

— C'est en ordre, conclut le garde.

Peu après, la barge quittait le quai. Soulié était seul à bord avec le garçon pour barrer cette longue embarcation. À vide, il refusait de s'encombrer de bras supplémentaires et il n'employait sa voile que pour rebrousser le fleuve, non pour retourner à Ostie en aval.

Le Tibre était en partie gelé, de gros blocs de glace glissaient lentement avec le courant près du bateau, sans ressauts mais aussi dangereux que des têtes de bélier.

Matthieu se plaça à l'avant, couvert d'un épais drap de laine pour se garder du vent. Il observait l'eau afin d'avertir son maître en cas d'obstacles inattendus.

Soulié resta un long moment dans un silence courroucé contre son second, ne lui adressant pas la parole avant que le courant les eût portés au-delà du Mons Gaudii et que, favorisés par la courbure du fleuve, ils échappent à la vue des douaniers.

— Va ! lui ordonna-t-il. Tu peux à présent.

Matthieu rejoignit les fûts alignés au centre du bateau. Ces colonnes étaient creuses. À l'intérieur de l'une d'elles, un homme s'était engouffré pour échapper à ses poursuivants : Bénédict Gui.

Il s'extirpa de la cache, aidé par le jeune garçon.

— Je suis heureux de te voir, petit !

— Et moi donc, maître ! Nous étions tous inquiets pour vous.

L'homme et l'enfant se rangèrent le long des colonnes.

— Votre signalement a été donné dans tous les quartiers, raconta Matthieu. Il n'y a pas un garde du sacré palais qui ne soit à votre poursuite, maître Gui ! Après l'évasion, les hommes de Fauvel de Bazan ont mis la via delli Giudei à sac et ont découvert les autres procédés que vous aviez prévus pour fuir.

Matthieu dit cela en souriant, comme si une farce avait été jouée aux gardes :

— Mais ils ont aussi arrêté ceux qui vivent dans la maison par où vous avez disparu. Près de trente autres personnes ont été écrouées…

Bénédict baissa la tête ; Matthieu ajouta :

— Croyez bien que pas une ne prononcera de parole hostile à votre encontre !

Gui sourit :

— J'ai confiance en eux. N'est-ce pas leur courage et leur bonté qui me valent ma liberté ?

— Après votre départ, la foule est restée mobilisée pour défendre votre boutique, car les soldats s'apprêtaient à emporter vos livres et vos écrits. Les habitants ont préféré y mettre le feu ! Les soldats ont eu beau jouer du plat de l'épée, ils n'ont rien réussi à sauver !

— Dieu les bénisse ! s'exclama Gui. Ils ont parfaitement agi.

Il ne trahissait pas le moindre regret de savoir l'œuvre de ses dernières années réduite en cendres.

Matthieu poursuivit :

— J'ai voulu sauver votre enseigne des flammes, mais l'un des soldats s'en est saisi avant moi et l'a emportée.

Bénédict sourit.

— C'est égal. À la vérité, je ne l'ai jamais appréciée. Dis-moi plutôt si tu as pu entrer en contact avec Zapetta et ses parents… Les as-tu alertés ?

— Oui, maître. En cela, tout est bien ; je les ai conduits chez votre ami Salvestro Conti qui a accepté de les héberger dans la bâtisse de ses apprentis. Ils y sont en sécurité et Zapetta attend vos instructions.

Il ajouta :

— Qu'allez-vous faire à présent, maître Gui ?

— Disparaître. Me faire oublier un moment.

— Vous reviendrez à Rome ?

— Je veux le croire. Un jour. Mais sous une autre identité.

Matthieu baissa la tête.

— Il faut garder espoir, reprit Gui. Je démêlerai cette énigme. Je le dois à Zapetta, comme à ceux qui se sont sacrifiés pour moi via delli Giudei. Cette affaire est maintenant la mienne.

Matthieu hocha tristement la tête.

Devant la barge, les arcs du pont Mollé se dessinaient lentement. Jean Soulié poussa un sifflement et le garçon se dressa.

— C'est ici que je dois vous quitter, maître.

L'homme et l'enfant s'étreignirent longuement.

— Que le Seigneur vous tienne en sa bonne garde, maître Gui !

— Toi aussi, mon petit ami. Reste prudent.

Avant que le bateau de Jean Soulié ne passât sous le pont, Matthieu gravit une pile de caisses ; une corde se déroula à point nommé et flotta dans les airs, il s'y agrippa et, au seul jeu de ses poignets, se hissa jusqu'au pont, rapide et souple comme un petit singe.

Après avoir franchi le pont, Bénédict se retourna et vit Matthieu faire de longs signes de la main.

Bénédict Gui, voyant ce doux visage disparaître peu à peu au rythme de l'eau, ressentit un pincement au cœur. Sans parents, sans vieux amis, Matthieu et sa grand-tante Viola étaient de famille ce qu'il avait eu de plus proche depuis bien longtemps…

Quatre heures plus tard, il rejoignait avec Soulié Ostie et le canal de Portus. Ce port commercial n'avait plus rien à voir avec son opulence du temps des empereurs Claude et Trajan. Toutefois il s'y dressait encore d'immenses entrepôts et la vie marchande y restait importante.

Bénédict Gui mit pied à terre sans être inquiété. Le manifeste de bord de Jean Soulié faisait état de deux membres d'équipage, tout paraissait en règle.

— Merci, Soulié.

Le gros homme était heureux d'avoir pu secourir Bénédict. L'année précédente, un riche négociant avait voulu lui disputer sa licence de navigateur, mais Bénédict avait plaidé sa cause et sauvé son commerce.

— Je désespérais de jamais pouvoir vous rendre service, protesta le marin.

En quittant le port, Bénédict Gui se dirigea vers les comptoirs et les quais populeux des marchands. Il y trouva une échoppe de vêtements destinée aux commerçants de la ville. Il acquit une panoplie qui voulait faire accroire qu'il était un marchand prospère : larges braies, surcot de couleur, long manteau à revers de fourrure, colliers et bracelets voyants, chapeau à bords dessinés. L'un des deux ducats de Maxime de Chênedollé fut absorbé par ce travestissement.

C'était la première fois, en six ans, que Bénédict tolérait d'abandonner ses habits de veuf. Il acheta une sacoche de cuir de Cordoue puis prit la direction des ateliers des arsenaux d'Ostie. Là, il acquit quelques menus outils : un foret de diamètre très mince, une drille et une coupelle de granit qui servait à moudre les pigments pour colorer les noms des bateaux. Il se munit en bougies et en amadou.

Il franchit enfin la porte d'un barbier.

— Rasez tout, lui dit-il.

Et Bénédict perdit sa légendaire barbe inculte et ses longs cheveux. C'était sa manière à lui de se travestir : il ne cachait pas son visage, il le découvrait.

Mais lorsqu'il aperçut son nouveau reflet, sans ses habits de deuil, costumé comme un négociant de vin, retrouvant cette figure qu'il fuyait depuis tant d'années, il pâlit au point que le barbier crut qu'il allait défaillir.

Après quoi, Bénédict Gui se rendit dans le quartier de Milà où se concentraient les antiques palais romains des maîtres des riches corporations maritimes du passé. Sur cette petite colline résidaient toujours ceux qui dominaient le trafic commercial à l'embouchure du Tibre.

Bénédict approcha de l'une des plus belles bâtisses. Il la contourna et rejoignit un jardin en surplomb défendu par des grilles. Il escalada la clôture et pénétra dans la propriété privée.

Il longea une allée bordée de jardinières et de fontaines, atteignit un second jardin carré où se dressait un ancien petit temple antique dédié à

Cérès, aujourd'hui converti en chapelle. Il franchit le portique. Un escalier piquait vers un souterrain.

Au bas des marches, Bénédict alluma une bougie.

Il entrait dans un caveau mortuaire.

La flamme vacillante éclairait des tombes encastrées dans la roche et des vases cinéraires. Il circulait parmi les ancêtres de la famille Salutati, riches marchands qui habitaient toujours le palais de Milà.

Bien qu'il ne les vît plus, ni ne correspondît avec eux depuis deux ans, ils étaient de grands amis de Bénédict Gui.

Il s'immobilisa devant un sarcophage à l'inscription peinte sur du marbre rose, plus récente que les autres.

Aurélia Gui.

Sa femme.

Il se recueillit, les yeux brillants, l'esprit pour une fois vidé de toute pensée, sans prier, sans s'adresser à la morte, retenant des larmes.

Jamais Bénédict ne parlait de sa femme. Ni ne supportait qu'on évoquât sa mémoire en sa présence.

Après sa brutale disparition, six ans auparavant, il s'était fait vagabond, vivant d'expédients et du commerce facile de son intelligence, sans domicile, ni objectif, ouvert à la compagnie de quiconque, pour peu qu'il acceptât de s'enivrer avec lui.

Le jeune veuf dépérissait.

Les Salutati, parents d'Aurélia, se désolèrent de le voir sombrer dans la mélancolie. Au bout de quatre ans, ce furent eux qui lui soufflèrent l'idée de s'installer à Rome, d'ouvrir une boutique à son nom et de faire profiter les gens de ses dispositions de logicien. Ils lui avaient acheté l'ancienne boutique de bibelots et l'installèrent en le suppliant de retrouver goût à la vie.

Ce que Bénédict fit.

Mais au prix du souvenir d'Aurélia.

Il décida de rayer ce chapitre de son existence, comme de fuir tous ceux qui en avaient été les acteurs et les témoins.

Y compris les Salutati. Ils étaient assez fins pour ne pas y voir un signe d'ingratitude, mais une mesure de survie.

Il ne conserva de cette époque que ses habits de deuil et son serment de ne jamais aimer d'autre femme qu'Aurélia.

Oronte et Julia Salutati auraient été surpris d'apprendre qu'il était en ce moment dans leur caveau, seul avec une bougie, pétrifié devant le nom de sa femme.

Les yeux clos, Bénédict passa la paume de sa main droite sur la pierre glacée où elle reposait. Il reconnut du bout des doigts le scarabée sacré égyptien sculpté dans un disque.

« Non, Bénédict Gui n'a pas réponse à tout… »

L'énigme la plus importante à laquelle il fût jamais confronté, il n'avait pu la résoudre : il n'avait rien su expliciter du viol et du meurtre atroce de sa jeune épouse.

Aurélia avait été retrouvée nue, la tête séparée du corps dans une des salles de la bibliothèque d'un monastère de Mantoue. Pas le moindre indice, pas le moindre témoin ; il ignorait même ce qu'Aurélia était venue faire en ce lieu !

Après mille impasses, Bénédict avait fini par renoncer : dès lors il s'engagea dans ses longues années d'errance. Années d'errance qui avaient achevé de forger son esprit étonnant. C'était l'échec sur le massacre d'Aurélia qui lui avait enseigné à réfléchir jusqu'à l'épuisement, qui lui avait appris à retourner un élément dans tous les sens, à revenir sans se lasser sur des successions infinies de détails, à se doter d'une mémoire infaillible.

La frustration d'une vérité qui le fuit lui avait donné la passion du juste et les moyens les plus irrévocables de faire jaillir le vrai du faux.

Mais c'était aussi cette même frustration qui le faisait souffrir atrocement à chaque résolution d'énigme : pourquoi réussir toutes celles-là et avoir échoué sur la plus capitale de toutes ?

Le souvenir d'Aurélia était son ver rongeur, il savait qu'il subsisterait en lui jusqu'à la consommation de tous ses jours et de toutes ses nuits…

Bénédict rouvrit les yeux et baisa le couvercle de pierre de la tombe.

Il demanda pardon.

Sur ce seul mot étranglé, il abandonna le caveau des Salutati.

Le jour même, il quittait Ostie. Blotti dans des voitures qui faisaient des relais autour de Rome, malgré les mauvaises conditions de l'hiver, il passa d'abord par Dominia puis fit une étape à Felico Compatti. À Traventino, son avancée fut interrompue pendant six heures à cause d'un rang d'arbres effondrés en plein chemin sous l'effet de la neige. À Varezzo, il monta dans la voiture d'un jeune aristocrate qui se rendait à Ancône puis à Venise, avant d'aller découvrir l'Orient. Le garçon était prolixe et verbeux comme on l'est à son âge lorsqu'on croit avoir lu tous les livres. Bénédict fut forcé de le corriger dans bien des domaines : il lui récita des passages entiers de commentateurs arabes d'Aristote, lui expliqua comment Ératosthène avait réussi, trois siècles avant Jésus, à mesurer la circonférence du disque de la Terre en s'aidant de l'ombre d'un bâton et de celle d'une pyramide. Il lui parla avec passion de ses maîtres de lecture, dont la grandeur l'emportait selon lui sur tous les autres : Robert Grosseteste, Hugues de Saint-Victor et, surtout, ce Roger Bacon qui professait à Oxford que les mathématiques étaient le socle de toutes les sciences et qu'elles nous conduiraient un jour à la vraie compréhension de Dieu et de l'univers.

— Certains prétendent que c'est offenser le Créateur que de vouloir comprendre l'ordonnance de sa Nature. Je veux croire, moi, que le jour où l'homme aura touché aux mystères du monde par ses propres biais, Dieu ne sera pas fâché du long chemin parcouru par ses enfants, dit Bénédict.

— Mais la prière est suffisante pour atteindre Dieu ! s'indigna le jeune noble.

— En effet. Cependant la prière n'explique pas pourquoi le gland se fait chêne, ni pourquoi l'aube succède à la nuit sans jamais faillir.

La seule chose qui retînt réellement l'attention du jeune aristocrate était qu'il fallait toujours se défier des apparences et que des marchands d'Ostie pouvaient être aussi instruits que des maîtres d'université et détenir une mémoire phénoménale !

Les deux hommes se séparèrent à l'entrée de la bourgade de Seronomia. Bénédict y gîta seul dans une auberge déserte où il dévora un plat de châtaignes grillées et du pain noir. Il dormit sur un lit sans custode dans une chambre basse qui pouvait accueillir jusqu'à dix hôtes. Ses vêtements de riche marchand faisaient invariablement grimper son dû, mais il n'en avait cure.

Le lendemain, il arriva à Spalatro, petit village dont lui avait parlé, quelques jours auparavant, sa domestique Viola.

Il se rendit au cimetière, erra entre les tombes cariées jusqu'à ce qu'il découvrît une double sépulture dominée par une statue de sainte Monique.

C'était le tombeau du père Evermacher, ancien prêtre de Cantimpré.

Pendant la nuit qui avait précédé son arrestation à Rome, après les nombreuses révélations de Marteen sur Rainerio, Bénédict s'était intéressé à ce village de Cantimpré qui occupait le cardinal Rasmussen et son assistant depuis quelque temps. Il possédait dans sa boutique des copies de rapports faisant état des miracles prétendus de ce village du Quercy. Ce fut là qu'il découvrit que l'ancien curé Evermacher avait été enseveli à Spalatro.

Bénédict cherchait depuis quelque temps un prétexte pour « fumer le renard ».

Il était tout trouvé.

14.

Até conduisit Perrot dans une riche abbaye cistercienne. Vaste, aux murs blancs, aux espaces inondés de lumière, l'édifice époustoufla l'enfant.

Depuis l'incident du campement en forêt, il ne quittait plus la femme aux cheveux roux. Les hommes en noir qui les escortaient avaient tous disparu, la jeune fille du village en flammes aussi, et il voyageait à présent dans un attelage luxueux, bien capoté et aux sièges matelassés. Até avait délaissé ses habits de mercenaire et ne revêtait plus que ses plus beaux atours, des robes amples et retroussées en plis, des corsages à encolures rondes, des coiffes de soie, des gantelets aux poignets brodés de perles.

À chaque étape, ils s'arrêtaient dans des châteaux ou des monastères importants. Perrot s'entendit une fois présenter comme le propre fils d'Até de Brayac. Cette dernière, portée par sa prestigieuse filiation, était partout reçue avec beaucoup d'égards.

Ce soir, le garçon se trouvait dans une chambre de l'abbaye, celle d'ordinaire dévolue à l'archevêque lorsqu'il était de passage.

Il n'avait jamais imaginé une si grande hotte de cheminée ; le lit était aussi large que la pièce principale de sa maison de Cantimpré et une baignoire de laiton était remplie au ras d'une eau fumante qui sentait la lavande.

Le soleil tombait ; toute l'abbaye vibrait aux chants des centaines de moines qui célébraient les vêpres.

Perrot était assis sur une chaise. Comme d'habitude, Até vaquait dans la chambre et lui demeurait immobile et muet. Cela faisait plusieurs jours qu'il n'avait pas prononcé un mot.

Il ne pouvait chasser de ses pensées la vision d'Até passant son épée au travers de la poitrine de la femme. Et les vastes distances parcourues qui l'éloignaient chaque jour de Cantimpré le plongeaient dans une terrible mélancolie.

La femme passa une heure devant son miroir de bronze à lisser ses cheveux et refaire sa lourde tresse. Elle n'était vêtue que d'une chemise blanche qui traînait au sol. Elle se leva pour verser de l'eau bouillante dans son bain. Après quoi elle alla vérifier que la porte de chêne était bien fermée au verrou et que les volets des croisées étaient bloqués.

Elle vit Perrot suivre ses gestes du regard.

— J'ai connu un enfant comme toi, il y a un an, dit-elle, il s'est jeté dans le vide, préférant la mort, avant même de savoir où je l'emmenais ! Je ne souhaite pas que cela se reproduise.

Elle pénétra dans son bain avec sa chemise, retenant sa tresse d'une main. Elle dénuda son épaule droite et observa la cicatrice du coup qu'elle avait reçu lors de l'enlèvement de la fille. La plaie ne se voyait plus.

— Magnifique, dit-elle. Tu as fait un travail remarquable !

— Je n'y suis pour rien, murmura Perrot.

Até sursauta :

— Tu parles ? Diable, j'avais renoncé à attendre le son de ta voix...

230

Perrot baissa la tête :

— Pour votre cicatrice, reprit-il, je n'y suis pour rien. Aucune des guérisons qui se déroulent en ma présence n'est voulue par moi.

Il haussa les épaules :

— Cela se passe, voilà tout.

Até sourit :

— Quel étrange petit garçon tu fais !

Elle s'installa confortablement dans son bain.

— J'ai été élevée en Orient, loin de mon père. Là-bas, un phénomène tel que toi aurait attiré à lui les plus grands savants, on t'aurait étudié, protégé, accompagné. Alors qu'ici, il faut te cacher, ne pas ébruiter tes dons, mentir !... Tu ne t'en rends pas encore compte, mais si je suis aujourd'hui avec toi, Perrot, c'est aussi pour te sauver la vie...

Le garçon releva le front.

— Et Maurin ?

— Qui ?

— Maurin. Mon ami de Cantimpré que vous avez fait tuer d'un coup d'épée. Vous ne lui avez pas sauvé la vie !...

Até réfléchit et se souvint du garçon massacré dans le presbytère.

— En effet, dit-elle. Comment t'expliquer ? Ce père Aba ne vous éduquait-il pas en vous exposant des proverbes ?

— Oui. C'est vrai. Comment le savez-vous ?

— J'étais renseignée sur ton compte bien avant de venir te chercher. Eh bien, ce père Aba aurait dû vous inculquer ce vieux dicton : *Pour avoir l'amande, il faut rompre le noyau.* La mort de ton ami était un mal nécessaire. Elle a montré notre détermination à te trouver et nous a fait passer pour une bande de monstres sanguinaires...

Elle sourit :

— Cela compliquera d'autant la tâche de ceux qui voudraient nous retrouver. Crois-tu qu'ils pour-

231

raient nous imaginer ici, tous les deux, accueillis comme une noble qui voyage avec son héritier ?

Perrot resta un moment silencieux avant de reprendre :

— Le père Aba nous a en tout cas enseigné ce que l'on risquait à ôter la vie à quelqu'un. Vous irez en enfer pour la mort de Maurin !

Até éclata de rire.

— Tu seras un jour familier avec des textes anciens qui t'expliqueront en quoi les femmes sont privées d'âme. Oui, Perrot, je n'ai pas d'âme et je suis une des rares de ma race à m'en féliciter : je ne peux pas être damnée pour les horreurs que je commets ! Tu ne t'es jamais demandé pourquoi la femme incarnait si facilement la sorcière et la magicienne ? Mais c'est que le diable n'a aucune prise sur nous. Je n'ai pas d'âme, Perrot, tout m'est permis !

Le garçon fronça les sourcils.

— Je ne vous crois pas. Ma mère a une âme, je le sais !

Até haussa les épaules.

— Si tu le dis…

Elle s'amusa du petit air fâché que venait de prendre l'enfant.

— Je veux retourner chez mes parents, dit-il soudain. Je veux rentrer à Cantimpré !

— Cela ne dépend pas de moi, répondit Até redevenue grave.

— Que va-t-il m'arriver ? Quand pourrai-je revoir les miens ?

— Cela non plus, ce n'est pas à moi d'en décider. Je sais seulement que vous êtes attendus, la fille et toi. Je dois vous remettre à certaines personnes. Ensuite de grandes choses doivent arriver !

— Qui sont ces personnes ? demanda le garçon.

Il avait le visage fermé et le regard fixe.

Elle n'aimait pas le ton qu'il employait avec elle depuis peu.

— Qui ? insista-t-il.

Soudain Até poussa un cri et se redressa dans son bain. Elle passa la main sur son épaule droite où elle venait de ressentir une atroce brûlure.

Elle s'aperçut, effarée, que sa chemise était rouge de sang ; sa cicatrice s'était rouverte et saignait abondamment !

Elle jeta un regard terrifié vers Perrot.

Lui-même avait pâli.

Troublé par ce qu'il avait, dans un accès de colère, réussi à provoquer…

15.

Juché sur un âne, le père Aba avançait le long d'un chemin de forêt avec, à sa droite, le brigand Isarn monté sur un cheval. Cela faisait de longues journées que le prêtre cheminait à travers le comté en compagnie des malfaiteurs de Toulouse.

Aujourd'hui, Aba et Isarn avaient devancé les troupes et s'étaient arrêtés à l'orée d'un bois, un quart de lieue en deçà du château fortifié de Mollecravel.

L'enceinte maçonnée était impressionnante, circulaire, dressée sur une motte d'une centaine de mètres de côté, entourée d'un fossé d'eaux bourbeuses. Le donjon principal s'élevait au cœur de l'enceinte, dominant les mâchicoulis ; il faisait quarante mètres de haut, bien appareillé, avec un éperon dans l'alignement du pont-levis, ce dernier défendu par deux tourelles en saillie.

— C'est ici que réside Hue de Montmorency, dit Isarn, cousin par sa mère de la famille anglaise des Montfort. Ce château lui a été cédé par l'Église, après avoir été confisqué à des rebelles cathares.

La forteresse était en pleine nature ; aucune maisonnée, aucun bâtiment fonctionnel ne lui était accolé sur l'extérieur. Elle était cernée de forêts.

— Cette place ne se rendra pas facilement, jugea Isarn. Le tablier du pont est levé. Il n'existe aucun autre moyen pour y pénétrer…

— Vous comptez vous attaquer au château ? demanda le père Aba incrédule.

Isarn et Althoras ne s'étaient pas encore ouverts de leur plan.

Isarn acquiesça.

— Tu as des raisons de douter, dit-il. Sans mangonneaux ou une artillerie sur tour, on n'obtiendra rien ici.

— Alors comment allez-vous vous y prendre ?

Isarn sourit :

— La seule façon : la trahison. Nous dissimulons trois hommes à nous chez Montmorency, comme dans tous les lieux sensibles de la région. Au moment choisi, ils nous ouvriront le pont et nous prendrons possession des lieux par surprise. Mais il faudra agir vite : dès qu'ils se verront attaqués, les occupants du château embraseront un grand feu au sommet du donjon, signal de détresse visible depuis quatre autres châteaux à la ronde. En peu de temps, nous verrons des renforts arriver.

Durant leur périple de Castelginaux jusqu'au château de Mollecravel, une centaine d'hommes en mal de pitance avaient rejoint les rangs de la bande pillarde. Clans de malfaiteurs, bandits isolés, gens de toutes conditions qui lui emboîtaient le pas. Isarn était désormais à la tête d'une petite armée.

Le chef de bande ordonna à ses troupes de se disperser dans les bois qui cernaient le château et de poster des guets près des routes.

Étonné par ce branle-bas guerrier et par la discipline de ces voyous, le père Aba rejoignit Althoras. Le vieil aveugle paraissait épuisé par le voyage. Il ne quittait jamais sa litière chauffée et ses grosses couvertures. Cette expédition en plein hiver était en train de le tuer. Aba ne put s'empêcher de songer à cette légende qui prétendait qu'Althoras était devenu immortel. La fatigue et la fièvre n'empêchèrent cependant pas le vieil homme d'écouter les informations que ses partisans dans la région de Mollecravel avaient à lui fournir au sujet du seigneur des lieux.

Aba n'en perdit pas un mot.

Hue de Montmorency traînait une réputation abominable. L'homme était un soudard, violent, tempétueux ; il était notoire dans le pays qu'il avait étouffé ses deux premières femmes de ses propres mains.

Le prêtre songea aussitôt à ce « Conomor » dont l'avaient entretenu les deux sœurs dominicaines des archives de Narbonne. Ce type de monstre qui commençait par répudier ses épouses puis finissait par s'en prendre à des enfants pour satisfaire ses pulsions.

Mais un jour, Hue disparut. Le temps de trois saisons, on ne le revit plus au château. On disait qu'il avait été conduit en Italie, sur ordre exprès de l'Église. Le fait est que, lorsqu'il revint à Mollecravel, la brute d'hier avait été changée en agneau. L'homme était méconnaissable : pieux, doux, à l'écoute des humiliés, et pris de râles déchirants et de vomissures dès lors qu'on lui rappelait ses turpitudes du passé. Hue de Montmorency est devenu un objet de vénération dans la région, à l'image d'un grand repentant touché par la Grâce.

On affirmait que depuis sa conversion, six ans auparavant, nombre de prélats venaient en visite au château. Ces murs qui avaient abrité les plus illustres garces du comté étaient à présent le lieu favori des évêques de passage.

Les postes péagers de la région et les indicateurs des brigands avaient remis leurs informations : on ne connaissait pas d'équipée en noir dans les parages. Mais des hommes à cheval sortaient occasionnellement du château à la nuit tombée.

D'enfants enlevés, nul n'avait entendu parler.

En revanche, près de Mollecravel, la femme aux longs cheveux roux, tout le monde la connaissait. C'était une figure appréciée et respectée de la population ; lors de ses séjours réguliers, elle aidait les nécessiteux, secourait les malades, portait, au nom d'Hue de Montmorency, des dons à toutes les œuvres bienfaitrices du seigneuriage. Elle serait apparue à Mollecravel peu après la conversion du seigneur. Elle s'appelait Até de Brayac.

La femme aux cheveux roux, la fausse pièce de Disard, Perrot qui était passé à Castelginaux, une autre enfant miraculeuse enlevée... pour la première fois Aba sentait qu'il approchait d'un moment important et qu'il remontait pour de bon la piste de son fils. Tout le conduisait ici.

Hue de Montmorency ne se laissait jamais voir, hors les processions de Pâques et de la Toussaint. Son pont-levis ne s'abaissait que pour permettre des entrées et des sorties d'hommes et de marchandises. Beaucoup d'aménagements de défense avaient été entrepris dans les dernières années. Le seigneur, bien qu'il fût devenu une sorte de saint homme, semblait avoir peur de tout.

— S'il détient ma fille prisonnière, gronda Isarn, il aura de bons motifs pour trembler.

— Attaquer une place fortifiée, cela n'est pas trop aventureux ? demanda Aba.

Althoras sourit :

— Parmi les souteneurs, les tricheurs aux cartes et les tueurs à gage qui garnissent nos rangs, tu trouveras une trentaine de gaillards qui ont porté le fer en Orient pour la recouvrance de la Terre sainte. Il ne faut pas se fier à leur mine ; ils ont été d'éminents soldats, certains devinrent princes en ces pays lointains. Pourquoi finissent-ils aujourd'hui parmi nous ? C'est leur histoire. S'ils nous rejoignent, c'est aussi parce que nous ne posons jamais de questions à un homme qui a perdu la peur de mourir… En tout cas, ce donjon ne saurait les émouvoir.

Le père Aba regardait les hautes murailles grises du château, imaginant ce qu'elles pouvaient cacher.

Le lendemain, Isarn réussit à faire entrer un homme dans le château en compagnie de quelques habitants du village voisin qui allaient assister à une messe dans la chapelle du seigneur. Cet homme lui rapporta une estimation des forces d'Hue de Montmorency : une vingtaine de soldats, des archers et plusieurs appareils de défense répartis sur le chemin de ronde. Beaucoup de laïques constituaient la cour du seigneur. Y avait-il des évêques ? Oui. Deux. Ainsi qu'une confrérie de trois moines augustins. Avec les alliés d'Isarn dans le château, l'homme avait établi la marche à suivre pour lancer l'assaut à la tombée de la nuit.

— Rien d'insurmontable, conclut Isarn satisfait.

Le père Aba insista pour participer à l'offensive. Il avait récupéré l'épée de Cantimpré. Fébrile, il ne craignait pas de verser le premier sang.

Il se retrouva coudes au corps avec des hommes de toutes encolures, la plupart descendus au-dessous du niveau de la brute. La sauvagerie de leur physionomie ne l'impressionnait plus ; il se mettait lui-même à affecter les dehors de ces brigands.

À la nuit tombée, Isarn fit circuler un ordre étonnant :

— Que ceux qui ont des sentiments religieux fassent leur prière, car tous ne réchapperont pas de l'attaque de cette nuit.

Et Aba fut surpris d'apercevoir des brigands marmonner coup sur coup toutes les prières de leur enfance.

Depuis combien de temps, lui, le prêtre de Cantimpré n'avait-il pas ressenti l'urgence de prier ?

« On sait des assassins qui ont renié leurs crimes et qui sont devenus de bons prêtres, mais combien de prêtres ont abandonné leur sacerdoce pour devenir tueurs ? »

Il revit soudain en pensée les sourires d'Esprit-Madeleine et de leur fils, le bonheur à Cantimpré, leur amour éperdu à Paris...

Souvent, à Cantimpré, il exposait devant ses fidèles le récit du sacrifice d'Isaac et vantait la beauté du geste d'Abraham.

Aujourd'hui, il n'y croyait plus.

Même pour Dieu, il n'immolerait pas son fils.

La nuit tombait. Avec elle apparurent les premières lumières aux croisées étroites du donjon ; elles confirmaient le nombre important des occupants des lieux. On entendit le timbre ténu d'une cloche de chapelle marquer les temps liturgiques.

Après plusieurs heures d'attente, qui représentaient autant d'heures de torture pour Aba, les lumières s'estompèrent sur la façade ; tout s'endormait. Une flèche à la pointe enflammée fila enfin dans les airs depuis l'enceinte du château, dessinant une parabole d'étincelles dans l'obscurité.

— Amis, il est temps ! s'exclama Isarn.

Les hommes se mirent à avancer vers la motte du château, sans torches ni flambeaux, gravissant le talus jusqu'au fossé, se tenant de part et d'autre de la butée du pont-levis.

Le père Aba les suivait. Il sentait les nerfs à nu de ses voisins, la tension de leurs muscles, il voyait se dresser l'ombre des remparts du château, de plus en plus massifs à mesure qu'il approchait.

Une demi-lune se réverbérait sur la neige. Aba conservait l'épée de Cantimpré dans la main droite, les jointures des doigts blanchies par la crispation sur le pommeau. Les hommes autour de lui portaient des masses, des tranchoirs, des arbalètes, des hauberts et des corselets de mailles.

Le pont-levis s'abaissa lentement, sans bruit, retenu par deux chaînes, mis en mouvement grâce à la machinerie tombée aux mains des partisans d'Isarn.

« Ces hommes sont bel et bien invincibles, pensa Aba en observant ce pont mobile qui obéissait à la volonté des brigands. Le roi de France est-il le maître d'un pays lorsque les bandes pillardes qui l'infestent sont infiltrées dans la moindre de ses places ? »

Le pont se cala sur sa butée, enjambant le fossé d'eaux noires.

À l'intérieur de l'enceinte, Aba n'aperçut que deux torches allumées encadrant une porte à grosses têtes-de-clou au pied du donjon. Dans l'intervalle entre la tour et l'enceinte de défense, aucune silhouette.

La brèche ouverte pour les pillards n'avait encore éveillé personne.

— Les guets de nuit ont été maîtrisés. Allons ! ordonna Isarn.

Les forces en place se composaient de deux groupes d'une quarantaine d'hommes. Le premier enfonçait la position ennemie et le second interviendrait peu après pour remporter le siège.

Isarn, Leto Pomponio et quatre autres combattants étaient à cheval. Ils caracolèrent sur le pont et Aba et ses voisins les suivirent en courant.

Dès qu'il eut franchi le mur d'enceinte, le prêtre regarda autour de lui. La cour déserte était encombrée de réserves de bois, de paille et de chars à bras renversés. Le sol était pavé. Les sabots des chevaux le martelèrent bruyamment. Aucune lumière ne se rallumait pourtant dans le donjon…

Aba aperçut un puits et constata que, contre toute habitude, la machinerie de levage du pont-levis n'était pas située au ras du sol mais au dernier degré des remparts, ce qui empêchait les assaillants de s'en rendre maîtres à leur arrivée.

Isarn commanda d'attaquer les portes du donjon. Il descendit de cheval et pénétra dans la tour dès que le passage fut embouti par les coups de ses hommes.

Mais soudain, le sommet de la tour s'embrasa !

Un immense feu se mit à projeter sa lumière tout autour du donjon : c'était le signal de détresse redouté par Isarn.

Au même moment, des flèches sifflèrent.

C'était un piège.

Le père Aba roula à terre pour éviter les premiers traits. Le pont-levis se referma ; deux masses libérées dans les airs le tractaient de tout leur poids.

Les « traîtres » d'Hue de Montmorency avaient en réalité trahi Isarn le Boucher.

Le prêtre manqua de se faire écraser par un cheval frappé de cinq flèches aux flancs et au poitrail. Il enjamba des corps, morts et blessés, pour se mettre à l'abri derrière une charrette.

Les bandits s'écroulaient les uns après les autres. Des soldats vêtus de blanc surgirent de trois portes pratiquées dans les murailles. Leur tenue claire les protégeait des tirs des archers.

Le père Aba engagea le fer avec deux soldats. Il tua le premier et trancha la main droite du second, le laissant se tordre de douleur sur les pavés.

Il prit conscience des combats qui sévissaient dans le donjon au son des cris et des coups d'épée : Isarn et ses hommes gravissaient les étages.

Aba sentit du sang lui brûler le visage, sans savoir à qui il appartenait. Il résolut d'arracher la tenue blanche du soldat qu'il avait tué et de s'en revêtir pour dévier l'attention des archers. Cependant, il fut attaqué et acheva son agresseur en lui passant l'épée de Cantimpré à travers le corps.

Il repéra sur sa droite la chapelle d'où avait été carillonnée la prime. Il bondit et s'y glissa en butant de toutes ses forces contre la porte.

Un frère augustin qui observait secrètement le massacre roula sous la brusque entrée du prêtre.

La chapelle était éclairée par deux coupelles suspendues sur des trépieds. L'augustin, qui devait occuper la charge des sonneries au cours de la nuit, était pâle d'effroi.

— *Sanctuari !* cria-t-il d'une voix étranglée.

Mais Aba referma le portail et saisit l'augustin par le col en lui plaquant sa lame sous le menton.

— Y a-t-il des enfants dans ce château ? demanda-t-il.

L'augustin fit non de la tête.

— Je ne sais rien, murmura-t-il.

— Où se trouve Até ?

— Je ne sais pas, répondit l'augustin. Je ne connais personne de ce nom.

Le père Aba devinait à son arrogance que l'homme voulait se taire.

— Parle, ou je te tranche la gorge !

L'augustin le toisa du regard :

— Vous précipiterez mon entrée au paradis et vous vous condamnerez, mon fils…

Aba entendit du bruit dans le fond de la chapelle. Il aperçut un autre augustin, plus jeune, pétrifié derrière un pilier de bois et qui le considérait avec terreur.

Aba releva la tête de l'augustin et lui ouvrit la gorge. Le geste fut net ; le sang jaillit. Ensuite il bondit pour se saisir de l'autre religieux.

— Réponds ou tu subiras la même fin !

Le garçon paraissait faible et impressionnable, le père Aba était convaincu qu'il le ferait parler. Son temps était compté ; la troupe d'Isarn ne tarderait pas à être renversée par les gardes d'Hue de Montmorency.

— Y a-t-il des enfants qui ont été conduits ici ? répéta-t-il d'un air menaçant.

L'augustin devait avoir dans les dix-huit ans, il n'arrivait pas à ôter son regard du spectacle de son aîné en train de se vider sur le dallage de la chapelle.

— Y a-t-il des enfants ? insista Aba, levant l'épée.

L'augustin se recroquevilla comme pour éviter le coup et acquiesça du bout des lèvres.

Aba sentit son cœur bondir.

— Où ? Où ? Conduis-moi à eux !

Il remit l'augustin sur pied. Celui-ci se munit fébrilement d'une coupelle de lumière.

— Il faut sortir de la chapelle, marmonna-t-il.

— Allons. Mais ne t'avise pas de me tromper.

Dehors le donjon s'enflammait de plus belle.

Isarn et trois de ses hommes avaient atteint le sommet. Une cuve d'huile nourrissait les flammes du signal d'alerte. Le chef des brigands, qui voyait ses troupes décimées, décida de la renverser pour répandre l'incendie et susciter la panique dans les rangs : ses trois hommes et lui se saisirent de madriers pour basculer la cuve. L'huile incandescente déborda et se répandit le long de la façade du donjon, enveloppant l'édifice de flammes, qui roulaient comme la gomme des cierges et pénétraient par les meurtrières.

C'était une vision d'apocalypse.

L'affolement gagna tout le château.

Isarn et ses compagnons se lancèrent d'un bond dans les airs afin de rejoindre le chemin de ronde et continuer le combat.

Cependant, le pont-levis venait d'être rabaissé !

Les brigands du second groupe se précipitèrent pour porter seccours à leurs compagnons, mais, alors

qu'ils franchissaient le pont, celui-ci se redressa, en
même temps qu'une herse s'abattait à son embouchure ! Sous les yeux horrifiés d'Aba, certains furent
renversés dans les eaux du fossé et blessés par des
archers surgis des deux tourelles de saillie, tandis
que les autres, hommes et chevaux, étaient pris en
tenaille et écrasés entre le pont levé et la herse semée
de pointes.

L'augustin, atterré, manqua tomber à genoux. Il
conduisit Aba vers une poterne ouverte derrière la
chapelle. Elle donnait accès à un escalier pratiqué
dans l'épaisseur du rempart.

L'augustin hésita.

Le père Aba le bouscula pour lui faire doubler le
pas.

Ils s'engouffrèrent…

16.

Six lieues à vol d'oiseau séparaient Spalatro du nord de Rome. Malgré cette proximité, personne n'espérait de visiteur en cette saison. La venue de Bénédict Gui suscita presque un incident ; lorsqu'on s'aperçut qu'il s'agissait d'un marchand aisé, on se bouscula pour l'inviter à loger chez soi.

Bénédict se vit l'heureux hôte d'un certain Démétrios et de sa femme Norma.

Leur maison était petite mais agréablement entretenue. La femme lui aménagea une chambre qui jouxtait le pressoir où travaillait son mari. Elle lui attribua une paire de draps, des serviettes, deux oreillers et un bonnet de nuit. À la demande de Gui, elle lui porta, pour trois sous supplémentaires, un second poêle.

Resté seul, Bénédict se défit de son manteau trempé et de ses chaussures lourdes de boue et de neige. Il alluma un poêle et laissa ses affaires fumer de vapeur sur le dossier d'une chaise.

Il glissa sa sacoche sous le lit puis inspecta la fenêtre de la chambre : elle donnait sur la place principale de Spalatro.

Les mains et le visage lavés grâce au broc d'eau posé près de son chevet, il alla rejoindre ses hôtes.

— Qu'est-ce qui vous amène dans notre bon village ? lui demanda Démétrios après leur installation autour d'une table dressée par Norma.

Bénédict répondit :

— Je m'appelle Pietro Mandez et suis un marchand qui doit à Dieu d'avoir fait fortune dans le commerce du bois précieux d'Orient.

Le visage de Démétrios s'illumina ; ce mot de « fortune » lui plaisait. Il en grèverait d'autant le tarif de son hospitalité.

— Pour un homme aisé, fit-il cependant remarquer, vous voyagez sans équipage et avec un bien mince bagage.

Bénédict hocha la tête :

— Vous savez ce que les prêtres professent : un pèlerin doit aller sur les routes sans autre bagage que ses péchés.

Démétrios haussa les sourcils :

— Vous êtes un marcheur de Dieu ?

— On peut dire cela.

La femme apporta un plat de fèves et de lentilles ainsi qu'un pichet de vin, puis retourna à petits pas à son fourneau.

— Pour vous le dire tout net : je m'intéresse au cas du village de Cantimpré, avoua Bénédict.

Le sourire s'effaça aussitôt du visage de Démétrios. Il échangea un regard avec sa femme qui s'était retournée au seul nom de Cantimpré.

Bénédict feignit de n'avoir rien remarqué :

— L'été dernier, reprit-il, je suis tombé malade. Les médecins d'Ostie m'ont prédit d'atroces souffrances et une mort imminente. Au lieu de me ruiner avec leurs coûteuses potions sans effet, j'ai préféré me rendre en Terre sainte afin d'aller expier les péchés qui me valaient cette terrible maladie. C'est alors que l'on m'a parlé du village miraculeux de Cantimpré où les guérisons étaient nombreuses et qui était, pour moi à l'époque si affaibli, un voyage plus sage que celui de Jérusalem. Je me suis rendu dans cette paroisse du Quercy et le prodige a été accompli : le Seigneur m'a accordé sa grâce et rendu la santé ! Tel que vous me voyez, je suis un miraculé !

Tout au long du récit de Bénédict, Démétrios avait gardé la tête plongée dans son bol de lentilles et y donnait de francs coups de cuiller. Bénédict passa outre cette nervosité et acheva son histoire :

— Les habitants de Cantimpré m'ont expliqué que leurs bénédictions leur venaient de l'âme du père Evermacher qui avait si longtemps vécu auprès d'eux. Ils m'ont dit qu'il était enterré à Spalatro. Je viens donc aujourd'hui, tout naturellement, me recueillir sur la tombe du prêtre qui est à l'origine de ma résurrection !

Démétrios releva le front.

— Je vois, dit-il en se versant du vin. En effet, le père Evermacher est enseveli avec nos morts. Après avoir passé sa vie d'adulte à Cantimpré, il a émis le souhait d'être couché dans son village natal auprès de sa mère.

Il fronça les sourcils et força sa voix dont le débit s'accélérait :

— Mais pour ce qui est des miracles de Cantimpré, ce n'est pas ici qu'il faut en parler, l'ami ! On nous a assez rebattu les oreilles avec ces fadaises !

— Des fadaises ?

— Si Evermacher accomplit des prodiges depuis le Ciel dans son ancienne paroisse, ici, il n'en est rien !

Il but son vin à la régalade et reposa le gobelet sur la table d'un coup sec :

— Il y a chez nous des gens qui se souviennent d'Evermacher. C'était un brave homme. Lorsque sa mère est morte, il a fait élever une statue de sainte

247

Monique sur sa tombe et a payé la rénovation de notre petite église. Il était sérieux, sans doute compétent, mais tous les anciens de Spalatro s'accordent pour dire qu'il n'avait pas l'étoffe d'un saint !

Bénédict voulut répliquer, mais Démétrios ne se laissa pas interrompre.

— Je dirais même que notre existence à Spalatro a empiré depuis que la dépouille de ce prêtre y est enfouie ! Vous êtes la première personne que je vois ici, en six ans, se targuer d'avoir été le témoin d'un miracle à Cantimpré. Je ne remets pas votre parole en question, messire Pietro Mandez, mais sachez que nous sommes nombreux dans cette paroisse à douter de ces histoires.

Démétrios se servit un nouveau gobelet de vin qu'il siffla d'une traite avant de lancer :

— Et si vous retournez à Cantimpré, dites-leur qu'ils peuvent le reprendre, leur Evermacher !

Norma déposa sur la table des cuisses de lapin et renouvela le broc de vin que son mari avait liquidé seul. Elle semblait très affectée par la conversation.

— Je vous garantis, dit Bénédict d'une voix posée, que je suis la preuve vivante des bienfaits de Cantimpré. Je veux rendre hommage à son ancien prêtre, rien de plus.

Démétrios approuva, un sourire en coin :

— Je vous conseille de ne pas trop raviver le souvenir d'Evermacher à Spalatro. Tout le monde a nourri de grandes attentes après les premières nouvelles de Cantimpré, et Evermacher les a toutes déçues.

Bénédict promit de n'y point manquer.

— Vous avez un prêtre à Spalatro ? demanda-t-il.

— Nous sommes trop proches du diocèse de Cardonna, aussi est-ce un diacre de là-bas qui vient chez nous pour conduire les offices de la semaine.

— Est-il présent ces jours-ci ?

— Vous pourrez le voir demain matin. C'est le jour où il entretient la flamme de la table de l'hostie.

Le repas se poursuivit en bavardages divers, aussi éloignés que possible de Cantimpré et d'Evermacher. Toutefois, lorsqu'il fut l'heure de se quitter, Démétrios aborda une dernière fois le sujet :

— À votre place, je ne mentionnerais même pas votre guérison à Cantimpré. Vous feriez renaître de fausses espérances…

Bénédict acquiesça puis dit qu'il allait prendre un peu d'air.

Il visita Spalatro.

Il fit la connaissance d'autres villageois, auprès de qui il ne s'ouvrit pas de Cantimpré, mais apprit diverses informations sur le village.

La paroisse comptait une cinquantaine d'âmes. Depuis que la grand-route la reliait à Rome en moins de deux heures, tout le monde ici avait cessé de travailler aux champs. Un tisserand s'était installé et employait les femmes, Démétrios pressait des olives venues de nulle part que l'on revendait en ville en assurant qu'elles étaient importées de Grèce.

Bénédict eut le temps d'observer la petite église et de retourner dans le cimetière où il inspecta soigneusement la tombe d'Evermacher.

C'était une double sépulture qui les accueillait, sa mère et lui. Bénédict découvrit la statue de sainte Monique mentionnée par Démétrios. Hormis cela, le caveau était dépourvu d'ornements particuliers, un rectangle dessiné dans la terre de huit pieds de côté, recouvert de neige.

Bénédict observa le ciel et le jour qui baissait.

Il retourna dans sa chambre et poussa un bahut afin de bloquer la porte.

Pour commencer, il raviva l'un des poêles. Il entrebâilla la fenêtre puis ouvrit sa sacoche de cuir d'où il tira le morceau de pierre rouge et le sachet de poudre qu'il avait emportés avant de fuir sa boutique de Rome, ainsi que le creuset, le foret et la drille achetés à Ostie.

Il releva la grille du poêle et posa le creuset à même les braises ; puis, patiemment, pendant plus d'une heure, il s'évertua à réduire sa pierre rouge en éclats fins. Ses mains le brûlaient, ses yeux lui piquaient et il étouffait par moments sous les fumées acides.

Il alla réclamer de l'eau à la femme de Démétrios. Elle lui dit qu'il trouverait un puits sur la place du village. Bénédict lui demanda s'il pouvait goûter à l'huile que produisait son mari. Norma lui en fournit dans une fiole. Elle ajouta :

— Il ne faut pas prêter attention aux propos de Démétrios, il s'emporte sur Evermacher. Moi, je l'aimais bien, ce vieux prêtre.

Elle vérifia que son mari n'était pas présent et demanda d'une voix rapide et basse :

— Est-il vrai qu'à Cantimpré toutes les femmes tombent enceintes et donnent le jour à leurs enfants sans endurer de souffrances ?

Bénédict acquiesça, ce qui sembla réjouir cette femme à la foi douce.

Avant de retourner dans sa chambre, il s'assura qu'à droite de la porte d'entrée se tenaient, comme dans toutes les bonnes maisons, plusieurs torches à résine, au cas où des événements se produiraient dans la nuit.

Il poursuivit son opération sur le poêle : s'il en avait demandé un second à Norma, c'était pour pouvoir user d'une réserve supplémentaire de bois.

Deux heures durant, il travailla sur le feu les résidus ardents de sa pierre. Enfin, de minces dépôts carbonisés se mirent à ondoyer à la surface d'un liquide argenté.

Cette pierre était du cinabre et il venait d'en extraire quelques grammes de mercure.

Satisfait, Gui le recueillit dans une coupelle et la posa sur le rebord enneigé de la fenêtre.

L'opération suivante fut de plus courte durée. Il sublima un peu de mercure avec la poudre blanche de son sachet, qui était du soufre.

— Nous y voilà.

Il prit deux heures de repos, s'assura que le couple d'hôtes dormait profondément puis rouvrit le volet de sa fenêtre. Il observa la place du village, attentif au moindre bruit et au moindre mouvement.

Il sortit de sa chambre, amortissant ses pas, glissant devant la porte de Démétrios et Norma, et quitta la maison.

Dehors, tout était calme et glacé.

La lune perçait les nuages, quelques animaux rôdaient dans les bois, Bénédict vit s'échapper un blaireau et entendit le cri poussé par un oiseau de nuit.

Il ne craignait pas de se faire surprendre par des villageois à cette heure indue, il savait combien la nuit impressionnait les hommes de la campagne, surtout lorsque des forêts se dressaient si près des habitations.

Il chemina jusqu'au cimetière et atteignit la sépulture d'Evermacher. Il s'approcha de la statue de sainte Monique. Il sortit le foret et la drille et se mit à percer un conduit au niveau de chaque paupière inférieure de la sainte, en prenant soin de récolter la poussière.

Ensuite, à la seule lumière de la lune, il trempa le foret dans le mercure et, portion par portion, introduisit ce liquide dans les deux trous.

Alors il se munit du vermillon qu'il avait produit en sublimant le mercure avec du soufre. Il était d'un rouge éclatant. Mêlé à un peu d'huile de Démétrios, il le fit entrer par petites touches avec l'extrémité du foret, puis finit par combler les orifices avec la poussière.

Il se saisit d'une grosse pierre et martela la terre grasse afin d'effacer ses empreintes de pas sous la statue.

Il retourna ensuite dans sa chambre.

Avant l'aube, il quitta une nouvelle fois la maison de Démétrios et se dirigea vers la chapelle de Spalatro en emportant avec lui l'une des torches à résine suspendues près de la porte d'entrée.

Il pénétra dans l'édifice étroit, sans ornements, qui comptait six bancs rangés devant un autel entouré de deux lumignons qui baignaient de leur éclat moribond un crucifix en bois et une icône de la Vierge à l'Enfant.

Bénédict illumina sa torche à la flamme des lampes à huile ; la résine crépita, inondant la chapelle de lumière. Il découvrit au fond de l'abside un ostensoir qui scintillait.

Il s'agenouilla et se mit en position de prière.

Cela ne lui arrivait jamais.

Fauvel de Bazan avait eu raison de souligner son peu d'assiduité au culte. Bénédict Gui avait passé sa jeunesse en compagnie d'une bande de goliards, ces clercs itinérants lettrés, sans attaches, rimeurs, musiciens, dévergondés, gros brasseurs d'idées nouvelles. De leur fréquentation il avait conservé une certaine méfiance à l'égard des dogmes et connaissait trop bien les contradictions des textes sacrés pour supporter les discours prosaïques des prêtres. Il fuyait les messes, qu'il assimilait à des rites cannibales. L'homme qu'il était, principalement depuis la disparition de sa femme, trouvait plus de réconfort dans Cicéron et Sénèque que dans la culpabilité pesante des Pères de l'Église.

Néanmoins, ce matin, l'isolement, le silence ou la fatigue aidant, un psaume appris dans l'enfance lui revint à l'esprit :

> *Si tu retiens les fautes, Yahvé,*
> *Seigneur, alors qui subsistera ?*
> *Si tu retiens les fautes, Yahvé,*
> *Seigneur, alors qui subsistera ?…*

Il sentit, dans le réduit de son âme, que le silence qui lui répondait aujourd'hui était le même qui répondait autrefois aux bergers de Judée sous le règne du roi David…

Le diacre de Cardonna entra peu après dans la chapelle. Il avait le même âge que Bénédict, grand et maigre, portant une bure rapiécée sous un vieux manteau. Il tenait dans les mains une petite jarre d'huile destinée à regarnir les entonnoirs des lampes de l'autel.

Il sursauta à la vue de l'étranger.

Bénédict se redressa.

Le diacre se hâta de protester :

— Je m'en voudrais d'interrompre votre intimité avec le Ciel, mon fils.

Gui sourit :

— Nous nous sommes tout dit.

Il se présenta sous son nom d'emprunt de Pietro Mandez et réitéra l'histoire du marchand miraculé à Cantimpré venu à Spalatro se recueillir sur le caveau d'Evermacher.

— Je suis allé visiter la tombe du prêtre, dit-il. Je souhaiterais faire célébrer une messe en son nom et participer à l'élévation d'un monument digne du miracle dont il m'a gratifié.

Bénédict sortit le dernier ducat d'or de Maxime de Chênedollé qui lui restait et le présenta au diacre, affichant son intention de prodiguer de nombreux dons à Spalatro.

Le diacre s'ébahit en voyant cette petite fortune lui tomber dans la main.

— Je dois en faire part à notre évêque ! dit-il. Il sera touché de votre belle charité, mon fils.

— Je ne fais que mon devoir de chrétien. Cependant…

— Oui ?

— Cependant je m'étonne qu'Evermacher soit enseveli avec si peu d'égards.

Le diacre écarquilla les yeux.

— Je m'attendais à le trouver au sein de cette chapelle, à l'ombre du Christ dans un sarcophage ouvragé !

Ce trait piqua le diacre au vif.

— Que dites-vous là ? Evermacher et sa mère profitent de la plus belle sépulture de notre cimetière !

Cependant Bénédict considéra que ce n'était pas suffisant :

— N'est-il pas le faiseur de miracles de Cantimpré ? fit-il remarquer.

Le diacre prit un air embarrassé :

— Mon fils, voilà des années que les fidèles de Spalatro espèrent de lui un signe, un prodige ; mais son âme reste sourde à leurs prières. Ce qu'il a daigné accomplir à Cantimpré, il le refuse ici. Des doctes férus de sainteté sont venus l'étudier, rien n'y a fait. La population est amère et il ne viendrait à personne l'idée de fleurir sa tombe. Vous pouvez la couvrir d'or, elle ne fera point de lui le saint qu'on attendait. Les fidèles ont perdu foi en Evermacher.

Bénédict répliqua d'un ton net :

— Je veux croire qu'ils se trompent. Cantimpré n'est-il pas une réalité ? N'en suis-je pas la preuve vivante ? L'âme d'Evermacher n'est-elle pas en droit de se sentir blessée par le traitement infligé à sa dépouille ? Et, de ce fait, de vouloir demeurer silencieuse ?

Bénédict entraîna le diacre dans le cimetière afin de lui faire part de ses idées d'embellissement qui pourraient contenter l'âme offusquée d'Evermacher.

— Si sa sépulture était davantage mise en valeur, il aurait plus à cœur de se manifester ! arguait-il.

Ce que parlant, il approcha sa torche de la statue de Monique.

Sous l'effet de la chaleur, le mercure instillé sous ses paupières se dilata et coula sur les joues de la sainte en emportant avec lui le rouge du vermillon huileux.

Sainte Monique pleurait des larmes de sang !

Le diacre, qui le vit le premier, se signa, sidéré, puis pointa du doigt la statue afin que Bénédict la remarquât à son tour.

— Jésus Marie !… s'écria Gui, et il tomba à genoux.

Le religieux fut moins dévot : il déguerpit en vociférant comme un dément.

Il appelait les fidèles à lui, heurtant les portes, hurlant par les fenêtres. Il retourna dans la chapelle et se mit à carillonner de toutes ses forces.

L'ensemble du village se retrouva au cimetière devant la tombe d'Evermacher et la statue miraculeuse. Le diacre expliqua ce qui venait d'arriver. La foule s'agenouilla et l'on célébra une messe glorieuse !

Bénédict observait les habitants s'exclamer qu'ils s'attendaient à ce miracle, qu'ils n'avaient jamais perdu foi dans le bon prêtre de Cantimpré. Démétrios lui-même, hier si critique à l'égard d'Evermacher, prétendait qu'il était resté son plus zélé défenseur !

L'enthousiasme, se gonflant de lui-même, faisait feu de tout bois :

Une vieillarde affirmait qu'elle n'avait plus mal au dos.

— Miracle !

Le ciel s'éclaircissait et un rayon du soleil levant atteignait Spalatro.

— Miracle !

Sous la neige qui recouvrait la tombe d'Evermacher, on découvrait un maigre brin d'herbe verte.

— Miracle !

Certains prétendaient lire des messages sur le tracé des larmes rougeâtres qui restait imprimé sous les yeux de la statue blanche.

— Miracle !

La ferveur populaire, aidée en cela par le diacre exalté, ne mit pas longtemps à expliquer ce prodige : l'âme d'Evermacher avait attendu toutes ces années la venue d'un pèlerin miraculé de Cantimpré comme Pietro Mandez pour enfin se manifester ! Et si sainte Monique pleurait, c'était que les fidèles avaient trop longtemps négligé sa tombe !…

Bénédict Gui suivait cela en tâchant de dissimuler sa consternation. Il se dit que s'il n'était pas le témoin d'un véritable miracle, au moins assistait-il à une surprenante illusion de masse, une folie dont la réalité était de plus en plus assise à mesure que les paroissiens la commentaient.

Le diacre résolut d'alerter son supérieur au village voisin de Cardonna.

— Une ère nouvelle se lève pour Spalatro !

Le moindre de ses mots était salué par les vivats de la foule.

Bénédict se proposa de l'accompagner.

Le vieux père Viviani reçut les deux hommes dans son presbytère de Cardonna.

Le récit que lui fit le diacre était éloquent. Deux heures après le miracle, il en rajoutait déjà sur les phénomènes observés.

— Il faut plaider la cause d'Evermacher auprès des autorités de l'Église ! s'exclama l'évêque. Requérir une commission d'enquête sur le prodige et solliciter du pape une bulle d'ouverture de procès de canonisation !

Il imaginait les nombreux bénéfices qu'il pourrait tirer d'une statue de sainte pleurant des larmes de sang. Tous les fidèles de la région viendraient dans son petit diocèse observer le miracle et faire des dons.

— Avec votre autorisation, proposa Bénédict, laissez-moi me faire le postulateur du cas d'Evermacher en votre nom. Je serai un requérant riche qui saura donner tout le lustre nécessaire à notre supplique. De surcroît, je suis l'humble cause qui a provoqué ce matin la manifestation du prêtre de Cantimpré. Miraculé, j'aurai des arguments pour défendre Spalatro. N'est-ce pas la providence qui m'a conduit sur les pas d'Evermacher ?

Le diacre présenta le ducat d'or offert par Bénédict. Le père Viviani le fit aussitôt disparaître dans sa ceinture et accepta la proposition de Gui qui le délivrait des coûts inhérents aux premières démarches administratives.

— Quelles sont les procédures qu'il sied de respecter ? demanda Bénédict.

En réalité, comme il l'avait dit au père Cecchilleli, il avait déjà assisté à des procès publics, il savait que pour porter la cause d'un miracle, il fallait réunir les soutiens écrits du prêtre de la paroisse et de l'évêque du diocèse, ainsi qu'un récit circonstancié de la merveille par plus de huit témoins oculaires.

Après avoir vu la statue, le père Viviani rédigea la lettre de véracité attestant le prodige sur laquelle il apposa son sceau.

En la recevant, Bénédict Gui baissa le front, tout empreint du caractère sacré de la mission qui venait de lui échoir.

Un pas important venait d'être franchi qui le conduirait droit à la Sacrée Congrégation du Latran.

Au cimetière de Spalatro, il fallut empêcher les fidèles de déterrer le corps d'Evermacher ; ils voulaient s'assurer que sa dépouille fût encore indemne, indice définitif de sainteté…

Bénédict parvint à réunir le sûr témoignage de tous les villageois qui avaient contemplé les pleurs de sang de sainte Monique. À cela vint s'ajouter l'appui fervent du seigneur de la région.

On organisa une grand-messe rassemblant les édiles du diocèse autour de la tombe d'Evermacher.

Il fut enjoint à Bénédict de se rendre sans tarder à l'abbaye de Pozzo, située à mi-chemin entre Rome et les marais pontins, là où étaient enregistrées les déclarations d'activités miraculeuses observées dans les États pontificaux, et celles soumises par les épiscopats de France et d'Espagne.

Un examen préliminaire y serait conduit avant toute supplique officielle. Bénédict devait y faire valider les témoignages des fidèles puis revenir à Spalatro d'où l'évêque commanderait la suite des opérations, c'est-à-dire l'obtention d'une bulle papale.

Bénédict Gui fut immobilisé quelques jours au village par une tempête de neige. D'ordinaire, cela aurait été reçu comme un mauvais présage, mais là, suite au miracle, les villageois se convainquirent que cette tempête était de bon augure.

Gui attendit chez Démétrios. Il prit le temps de revoir l'ordre de ses découvertes concernant Rainerio : Zapetta, la disparition du jeune assistant du cardinal Rasmussen, le meurtre de Maxime de Chênedollé et ses étranges écrits codés, Tomaso, la veuve de Chênedollé et ses révélations, la mort de Rasmussen, Marteen décapité, cette Sacrée Congrégation qui canonisait les serviteurs de Dieu, et enfin Fauvel de Bazan qui faisait irruption pour l'arrêter et interrompre son enquête.

Dès que le temps se montra plus clément, Bénédict se remit sur les routes. L'évêque de Cardonna lui céda un âne et la population, des vivres en quantité. Il emportait avec lui, outre les précieux documents, une fiole constituée du sang récupéré sur la statue.

Il quitta Spalatro sous les acclamations du village.

17.

S'enfonçant dans les soubassements du château de Mollecravel, alors que les combats redoublaient entre les partisans d'Isarn et d'Hue de Montmorency après l'incendie du donjon, le père Aba suivait le moine augustin à la recherche des enfants.

L'escalier pratiqué dans l'épaisseur du mur de la forteresse déboucha sur une grille qui donnait sur un nouvel escalier, plus raide encore, plongeant dans l'obscurité.

Descendant de nouvelles marches, le père Aba découvrit que la motte sur laquelle se dressait le donjon était creuse et aménagée sur plusieurs niveaux.

Il posa le pied sur d'épais tapis, dans un couloir aux murs recouverts de tapisseries. Il n'y avait ni fenêtre ni soupirail.

Le jeune augustin alluma une torche plus vive que son lumignon et conduisit Aba jusqu'à une chambre pourvue de nombreux lits.

— C'est ici que logent les enfants, dit-il. J'ai la charge de leur apporter à manger et à boire.

— Où se trouvent-ils maintenant ? s'inquiéta Aba, déçu.

— Les derniers hébergés ici étaient trois filles et quatre garçons. Ils sont partis précipitamment, il y a

260

douze jours. Ils ne convenaient pas. Ils auront été rendus.

— Convenir ? Convenir à quoi ? s'écria le prêtre. Que leur faisiez-vous ?

— Cela ne fait que quatre mois que je suis au château en tant qu'aide de l'abbé Simon. Lui aurait pu vous en dire davantage, mais… vous l'avez tué dans la chapelle.

Le père Aba insista pour que l'augustin lui décrive les garçons. Trois ne correspondaient pas à Perrot.

— Le quatrième enfant, il est arrivé plus tard et personne n'a eu le droit de l'approcher, dit le moine. J'ignore à quoi il ressemble.

Troublé à l'idée de se trouver dans un endroit où était peut-être passé son fils, Aba regardait tout, soulevait les lits, ouvrait les bahuts à la recherche d'indices. Il entra dans un cabinet de travail proche de la chambre qui abritait des rayonnages de livres et une écritoire. Il bouscula des ouvrages et découvrit un cahier de parchemins rangé à part.

Il repéra des croquis à la mine de plomb représentant des portraits d'enfants. Fébrilement, il feuilleta chaque page. Il s'en comptait des dizaines. Des garçons et des filles de tout âge. Aucun nom, aucune date, aucune mention de lieu.

— C'est le travail qu'accomplit ici frère Ravallo, le troisième membre de notre petite communauté à Mollecravel, dit l'augustin. Dame Até lui demande de réaliser des portraits des enfants. Vous voyez là ses feuillets d'esquisses. Lorsque les œuvres sont terminées, Dame Até les fait envoyer à Rome…

Soudain Aba reconnut, sans le moindre risque d'erreur, le visage de Perrot !

Il lui montra le portrait :

— Le connais-tu ? L'as-tu vu ?

— Je vous jure bien que non…

Aba se retint au dossier d'une chaise pour ne pas se renverser et resta sans bouger, le regard fixé sur l'image. Son fils montrait des habits différents de ceux qu'il avait revêtus le dernier matin à Cantimpré.

— Croyez-moi, dit l'augustin qui ne savait comment interpréter l'effarement de son agresseur, les enfants sont traités ici avec beaucoup d'égards, mieux que les hôtes de marque d'Hue de Montmorency. Hormis quelques chagrins au moment de leur arrivée, je les ai toujours vus se plaire parmi nous. Ils sont entourés de personnes qui les comprennent et qui peuvent leur venir en aide.

Le père Aba explosa :

— Que dis-tu là ? Quelles personnes ? De quelle aide parles-tu ?

Il attrapa l'augustin par le col et le plaqua contre une paroi.

— Pour ce que j'ai pu apprendre, dit le jeune homme d'une voix étranglée, ces enfants ont en commun d'avoir contracté une certaine « maladie », ou de nourrir des symptômes similaires, et on les conduit ici pour diagnostiquer leurs anomalies. Mais moi je ne participais pas à cela…

Aba serra un peu plus la gorge du jeune homme :

— Des symptômes ?

L'augustin acquiesça :

— Hue de Montmorency est très attaché à cette entreprise, surtout que lui-même a été soigné de ses propres maux !

Le père Aba se souvint du récit d'Althoras sur Montmorency : son tempérament cruel, sa subite disparition et sa conversion inexpliquée à son retour. Le loup changé en agneau.

— Est-ce que des clercs étaient présents auprès des enfants ? Est-ce qu'Até venait souvent ?

— Des évêques, quelquefois… Dame Até a toujours eu la haute main sur les enfants… C'est elle qui dictait les ordres…

— Qui est-elle ?

— Je sais seulement que c'est la fille de quelqu'un de puissant… Elle est crainte et respectée…

— Les enfants, où sont-ils désormais ? Où sont-ils conduits après Mollecravel ?

— Sans doute partis pour recevoir leur cure… Ici, ils sont évalués, ensuite de quoi… ils rejoignent un meilleur établissement… où ils sont définitivement guéris.

Le père Aba bouillait :

— Où cela est-il ?

Il libéra le cou de l'augustin pour le laisser répondre car il était près de perdre connaissance :

— Peut-être dans le lieu où notre bon maître Hue de Montmorency a reçu les soins qui ont fait de lui l'homme digne du Seigneur qu'il est devenu… Je crois qu'il s'agit d'un monastère qui se trouve dans les États pontificaux…

— En Italie ?

— Je n'en sais pas plus…

Le prêtre relâcha le jeune homme. Il craignait d'avoir atteint une impasse, d'être arrivé bien trop tard. Il regarda autour de lui, éperdu.

C'est alors que l'augustin fit un pas vers les livres et se saisit d'un ouvrage qui ressemblait à une bible richement reliée.

— Ce livre est consulté par Dame Até, dit-il. Je crois qu'il a été écrit sous le privilège de ce monastère d'où nous est revenu Hue de Montmorency.

Il l'ouvrit devant le père Aba.

Il ne s'agissait point de la Bible mais d'une *Vie des saints*.

Aba lut sur la page de garde le sceau officiel du privilège ecclésiastique conféré pour sa rédaction et son enjolivement, au compte du monastère Albert-le-Grand, proche d'Ancône.

Le sang de Guillem Aba se glaça : Ancône ! Le monastère... Les souvenirs de Toulouse lui revinrent en rafale : l'Hospice des enfants trouvés, la malheureuse Concha Hermandad, la « Vierge d'Aragon miraculeuse » emportée sur ordre de l'archevêque d'Ancône pour être soignée.

— Dites-moi, ajouta l'augustin d'une voix calme, vous avez attaqué notre château dans le seul but de retrouver ces enfants ?

Aba fronça les sourcils.

— Mon fils est parmi eux, rugit-il.

L'augustin hocha la tête.

— Eh bien, quel mal lui souhaitez-vous ? Vous avez dû remarquer qu'il n'était pas comme les autres... Vous feriez aussi bien de le laisser avec Dame Até. À l'évidence, vous ne savez pas ce que vous faites...

Aba revit en pensée le corps du petit Maurin se vidant de son sang contre la poutre de son presbytère et résista à l'envie de tuer le jeune augustin. Il arracha le feuillet du livre.

— Reconduis-moi dans la cour.

L'augustin emprunta un autre couloir de chambres. Il s'arrêta devant une huis bardée de fer et l'ouvrit avec une petite clef suspendue autour de son cou.

— D'après ce que je sais, c'est ici qu'était le quatrième garçon.

Le père Aba s'approcha d'un lit. Des vêtements étaient jetés sur le matelas.

Il reconnut la tenue vert-de-gris que portait Perrot le jour de son enlèvement. Il s'en saisit et la porta au visage. Il ferma les yeux et tout son être frémit à l'odeur de son fils.

— Merci, dit-il, faisant disparaître les affaires de Perrot sous sa chemise.

L'augustin le guida jusqu'à une poterne qui donnait sur la cour du château depuis le rempart opposé à la chapelle. Le père Aba le somma de ne pas le suivre.

— Adieu, lui fit-il.

Les combats faisaient encore rage, les brigands étaient en train de prendre le dessus. L'incendie provoqué par Isarn avait gagné tout le donjon. Des hommes d'Hue de Montmorency enfumés ou le corps en flammes, sautaient des croisées, pour se rompre les os sur les pavés de la cour.

Le père Aba se précipita sur le cheval de Leto Pomponio. La bête et le maître baignaient dans leur sang. Il arracha la sacoche nouée à l'arrière de la selle et emporta avec lui les habits de l'homme en noir tué par Pomponio à Castelginaux.

Son butin sous le bras, il grimpa jusqu'en haut des remparts.

Les soldats d'Hue de Montmorency s'étaient regroupés dans le donjon pour le défendre contre Isarn et sauver les leurs de l'incendie.

Le père Aba atteignit l'une des tours en saillie qui surplombaient le pont-levis. L'homme en charge du mécanisme du pont se rua vers lui, un fléau d'armes dans une main et un bouclier dans l'autre. Il faisait deux fois la taille du prêtre. Celui-ci n'avait que l'épée de Cantimpré pour se défendre. Il évita de justesse la boule de cire durcie hérissée de tessons lancée au bout d'une chaîne. Il sentit le souffle de l'arme effleurer sa joue. Son assaillant le renversa avec son bouclier. Le père Aba tomba sur les planches de bois de la plate-forme qui entourait l'échafaudage autour du pont-levis. L'homme avait relevé le bras et projetait de nouveau son fléau d'armes vers Aba.

Le prêtre roula sur sa droite au moment où les éclats de verre s'imprimèrent dans les planches de bois. Il se retint d'une main avant de basculer dans le vide. Se balançant au prix d'un effort terrible, il lâcha prise pour atteindre un niveau inférieur de la plate-forme, hors de portée du géant.

Au même instant, des archers d'Hue de Montmorency qui l'avaient repéré depuis la cour lui décochèrent flèche sur flèche.

Le père Aba s'abrita derrière un muret. Il vit la dépouille d'un brigand d'Isarn étendu non loin de là, son arbalète à la main. Aba s'appropria l'arme, ainsi qu'un carquois de quatre traits.

Il avança sur la plate-forme et visa au-dessus de lui, glissant la pointe de la flèche de son arbalète entre les jours des planches de bois. Le géant apparut dans sa ligne de mire. Il tira et l'atteignit en pleine cuisse. L'homme s'écroula et chuta sur le sol pavé de la cour, huit mètres plus bas.

Alors Aba s'élança.

Il remonta jusqu'à la tour en saillie. Et de là, sans réfléchir, échappant aux tirs des archers, il s'élança dans le vide et chuta au milieu des eaux boueuses du fossé.

Au même moment, en lisière de forêt, Althoras, assis dans son chariot, se faisait décrire les combats qui se déroulaient au château par son jeune aide, Job Carpiquet.

Il sursauta en entendant que le frère Aba venait de ressortir indemne des douves, en dépit de son terrible saut.

— Que fait-il, à présent ? demanda-t-il, fébrile. Que fait-il ?

— Il erre près du pont, répondit Job Carpiquet. Il porte un sac à l'épaule, une épée dans une main et une arbalète dans l'autre… Attendez. Voilà qu'il se saisit d'un cheval abandonné par un des nôtres. Il s'élance au galop !

— Vient-il vers nous ?

Le garçon hésita un moment. Puis :

— Pas du tout. Il a pris dans les bois. Plein est !

Pour la première fois depuis longtemps, le sang monta aux joues du vieillard. Il ordonna, à pleine voix :

— En selle, petit. Suis-le. Suis-le donc ! Il a dû découvrir quelque chose et peut nous mener à Agnès. Ne le perds pas de vue et rapporte-moi tous ses gestes, toutes ses paroles !… En selle !

18.

Peu après son départ de Spalatro, Bénédict Gui s'entailla l'avant-bras et remplaça la mixture de mercure et de vermillon, recueillie dans une fiole par les villageois sous les paupières de sainte Monique, par quelques gouttes de ses veines.

« Ce sacrilège n'est qu'une manipulation de plus ajoutée au bas d'une longue liste », se dit-il en reprenant la route.

Pendant ses années d'errance dans le Latium, après la mort d'Aurélia, il avait pu faire la démonstration facile de quatre supercheries prodigieuses initiées par des évêques. Apparitions frauduleuses, guérison truquée, signaux du Ciel dénués de fondement.

Combien l'Église avait-elle perpétré de simulacres depuis treize siècles ?

Quinze lieues le séparaient de l'abbaye de Pozzo où il devait remettre les documents stipulant le miracle de la statue.

Trois jours plus tard, au trot de sa mule, il atteignit l'abbaye bénédictine de Pozzo. Elle occupait une aire de plus de cent mètres de côté, pourvue d'une église abbatiale à trois autels, d'une école, d'un cloî-

tre circulaire, d'un jardin médicinal, d'une porche-
rie, de plusieurs fours à potier, mais surtout d'un
scriptorium et d'une bibliothèque qui pouvaient
rendre des points à leurs rivales clunisiennes. Ses
murs étaient clairs, renvoyant la lumière de ce jour
sans nuages.

Bénédict se présenta à la Maison des enregistrements, près du parloir. La salle était vaste, bruyante
et populeuse ; cinq comptoirs servaient à l'immatri-
culation des miracles. Il fut ébahi par la quantité de
monde qui s'y pressait. Une douzaine de « souteneurs de prodiges » venaient vérifier l'état de leurs
dossiers. Ils se parlaient entre eux avec familiarité,
employant des langues ou des accents différents.
Certains étaient des moines, d'autres des laïques
comme Bénédict.

Il finit par se présenter devant un sous-abbé et un
frère convers, assis derrière une large écritoire couverte de registres et de rôles. Les deux hommes
portaient la tunique noire et le scapulaire de leur
ordre.

L'abbé garda sa pose, sans lever les yeux vers le
nouveau venu, classant les documents :

— Quel est l'objet de votre demande, mon fils ?
demanda-t-il à Bénédict.

— Un saint miracle produit en la paroisse de
Spalatro. Des larmes de sainte Monique, versées
dans un cimetière.

— Sur la tombe d'un profane, d'un laïque, d'un
clerc ou d'un bienheureux ?

— Un prêtre.

— De quel type de pleurs s'agit-il ? Eau, huile,
sang ?

Bénédict sortit sa petite fiole rouge. Le sous-abbé
la prit et fit appeler un frère. Un vieil homme arriva,
muni d'une fine tige de fer. Il ouvrit la fiole, releva
une goutte et la porta à sa bouche.

— Du vrai sang. Humain, décréta-t-il.

Le frère convers commença alors à prendre des notes par écrit.

— Avez-vous les documents requis ? demanda-t-il à Bénédict.

Celui-ci déposa l'ensemble des feuillets apportés de Spalatro.

Après avoir constaté que rien ne manquait, le religieux ajouta :

— Votre proposition sera évaluée dans les prochains jours. Restez à Pozzo d'ici au verdict.

— Puis-je me présenter au dortoir de l'abbaye ?

Les deux hommes sourirent.

— Nous n'avons pas la capacité de recevoir tous les requérants dans nos murs. Vous trouverez des auberges au village.

Bénédict observa le convers qui emportait ses écrits et sa fiole pour les ranger près d'une pile de dossiers dans un coffre.

Il demanda :

— Si le cas de Spalatro passe le premier examen, combien de temps exigera la démarche suivante ?

Le sous-abbé haussa les épaules :

— Cinq à six ans, au mieux. Nous traitons plus de mille cas chaque année. Toutes les manifestations prodigieuses finissent sur nos pupitres, mon fils, dans l'espoir d'être remarquées par Rome et d'obtenir une bulle d'ouverture.

— Six ans… ? répéta Bénédict.

Il regarda autour de lui. Du monde attendait déjà derrière lui.

— Vous lirez que le prêtre qui a suscité les larmes de la sainte se nomme Evermacher, et qu'il est l'ancien curé de la paroisse de Cantimpré. Vous connaissez Cantimpré ?

À ce nom, les deux hommes avaient relevé la tête.

— Cantimpré ? fit l'abbé. C'est en effet un village qui requiert notre attention…

Il fit signe au convers de reprendre les éléments.

— Vous avez eu raison de le mentionner. Cela pourrait accélérer les démarches.

Il replongea dans ses documents et dit :

— Mais ne rêvez pas, c'est un long processus.

Gui quitta l'enceinte de l'abbaye, se disant qu'au vu de la quantité de propositions de sainteté qui y transitaient, il voulait bien être damné s'il n'y avait pas entre ces murs quelqu'un qui connaisse le cardinal Rasmussen ou son secrétaire Rainerio, personnages incontournables de la Sacrée Congrégation.

Il se porta au village de Pozzo, à un quart de lieue de là.

Le sous-abbé n'avait pas menti ; l'activité hôtelière de ce modeste bourg était impressionnante. L'affluence de solliciteurs de saints assurait une manne importante, très souvent renouvelée. Six auberges et deux hospices pouvaient accueillir plus de deux centaines d'hôtes.

Bénédict fit son entrée dans l'auberge du Livre d'Osée.

La salle commune était aussi animée que si elle s'était trouvée à Londres ou à Paris ; les tables encombrées de buveurs, du vin en quantité, une odeur de cendre et de fumet flottait dans l'air. Tous les occupants étaient des hommes attirés à Pozzo pour défendre une cause de sainteté.

Après avoir réglé une place de couchage, Bénédict comprit en les écoutant que les clients de l'auberge se consacraient à la fonction de « dénicheur de saints » comme un métier : tout l'an, ils parcouraient les diocèses à la recherche du moindre indice de merveilleux puis, dès que l'argent d'une paroisse avait parlé, ils allaient porter la supplique des autorités locales à l'attention de l'Église ; un pactole étant garanti en cas de réussite. Certains en étaient à leur dixième ou vingtième tentative.

Beaucoup de trafiquants se connaissaient de longue date.

Bénédict Gui s'attabla avec quatre hommes qui l'accueillirent chaleureusement, comme il était de coutume pour les « nouveaux ». Trois d'entre eux avaient à peu près son âge, deux Italiens et un Lusitanien, et le dernier était un homme plus âgé, originaire des Pouilles.

— Quelle cause de miracle soutiens-tu, l'ami ? demandèrent-ils à Bénédict.

— Une statue de sainte Monique qui a pleuré des larmes de sang.

Les quatre sifflèrent d'enthousiasme.

— Bien, très bien.

— Bon début !

— Les larmes sont moins fréquentes qu'on ne le prétend.

— Tu as tes chances !

On perça un tonneau de posca en l'honneur de la sainte bonté de Monique, sans oublier de mettre ce vin aux frais du « nouveau ». La salle de l'auberge ne cessa de s'animer durant les heures qui virent le jour tomber. Les entrées et sorties étaient nombreuses et l'on mit un mouton à tourner sur une broche.

Les compagnons de Gui lui narrèrent leurs dossiers respectifs, comme des soldats qui s'enorgueillissent d'une bataille ou de la conquête d'une femme.

L'un dit :

— J'ai la servante d'un curé, morte au temps de Grégoire IX, qui apparaît toutes les Saint-Denis pour dénoncer les pécheurs de son village.

Un autre :

— J'ai un tombeau d'abbesse à Bourges qui s'est mis à sentir exceptionnellement bon et qui, lorsqu'on y applique l'oreille, fait entendre les pulsations d'un cœur !

Un autre :

— Je soutiens une commune de Lombardie où un bienheureux fut enterré du temps de Charlemagne. Sa dépouille devait être transférée cette année dans une paroisse voisine plus prospère, mais lorsqu'il s'est agi de soulever son cercueil, celui-ci est devenu si pesant que vingt gaillards n'ont pas réussi à le déplacer d'un pouce. Le bienheureux refusait de quitter sa terre !

Le dernier :

— J'ai la cause d'un manteau d'évêque du VIIe siècle qui guérit les malades atteints d'ulcération, ainsi que la poussière d'un tombeau de vierge qui, délayée dans du vin, rend la vue aux aveugles.

Y croyaient-ils seulement, à ces miracles ?

Bénédict ne l'aurait pas juré.

Il demanda :

— Sur quoi se fonde le verdict des membres de l'abbaye de Pozzo ?

Tous répondirent en même temps :

— Avant tout, il est politique. L'essentiel, pour les juges de Pozzo, est d'évaluer le rayonnement posthume du serviteur de Dieu qui postule à la sanctification. Rien n'humilie tant l'Église que de nommer un nouveau saint et de ne voir personne se précipiter sur sa tombe !

— De nos jours, elle souhaite générer moins de saints, mais concentrer les pèlerins et amasser plus d'offrandes.

— Hormis s'il y a eu miracle spectaculaire ou si le serviteur a été un homme très renommé de son vivant, le processus dure désormais de nombreuses années, cela pour décourager les requêtes abusives.

— Ah ! l'horizon de notre profession s'est obscurci, se plaignit le vieux. Autrefois, il était plus aisé de faire un saint ! La voix seule du peuple suffisait. Pas besoin d'enquête et de preuves consistantes !

On rit de suppliques farfelues qui avaient néanmoins abouti à une canonisation.

On but beaucoup ; le mouton fut servi.

Bénédict choisit le moment opportun pour centrer ses propos. Il entretint la conversation avant de demander :

— Connaissez-vous le cardinal Rasmussen ?

La question fit se taire les quatre autour de lui.

— En tant que Promoteur de la foi, reprit-il, feignant la surprise, il est en charge d'invalider les cas présentés ici. Vous devriez le connaître…

Ce fut le vieux qui répondit :

— En effet, il invalidait… et il ne s'en privait pas ! pesta-t-il. Cet homme, Dieu me pardonne puisque nous venons d'apprendre sa disparition, a été trente ans durant le cauchemar des requérants et postulateurs de saints. On le surnommait le « Démosthène du Canon ». C'est bien simple, si Rasmussen se mêlait de votre cas, vous pouviez être assuré d'échouer devant la Sacrée Congrégation, et ce, quel que fût le poids de l'argumentation préparée par la défense. D'après moi, cet homme aurait déclassé saint Benoît et bouté le roi Louis de France hors de son coin de paradis, si on lui en avait donné l'occasion !

Bénédict poursuivit ses allusions et ses suggestions, avec habileté, jusqu'à ce que le vin eût fait perdre toute idée de méfiance à ses compagnons :

— Et son assistant Rainerio ? Vous le connaissiez aussi ? demanda-t-il.

— Oui ! Il venait quelquefois à l'abbaye, s'exclama le plus jeune de ses compagnons.

Gui tressaillit et serra les poings.

— Il venait à Pozzo ?

Le garçon confirma son propos :

— Sans doute pour le compte de son maître. À la vérité, on ne se réjouissait pas de le voir traîner dans les environs.

Sentant le poisson ferré, Bénédict s'enhardit :

— L'un d'entre vous le connaissait-il bien ?

La question, cette fois, fit sourire.

— Qui aurait osé fréquenter l'homme de Rasmussen ? Il ne se montrait pas ici dans le but de nous soutenir, mais pour collecter des arguments et nous accabler, tôt ou tard !

Le vieil Apulien ajouta :

— Toutefois il comptait un ami à l'abbaye. Le frère Hauser, qui a longtemps tenu la charge du *scriptorium*.

— Longtemps ? Il ne s'y trouve plus ? s'inquiéta Gui.

— L'homme est vieux et il est en mauvaise santé à ce que l'on raconte.

— Il réside à l'abbaye de Pozzo ?

— Il semble bien…

Il n'en fallait pas davantage pour mettre Bénédict en mouvement. Le lendemain matin, avant même que les cloches sonnent les laudes, il se présenta à l'abbaye et demanda à voir le frère Hauser, prétextant qu'il lui portait des nouvelles de l'un de ses lointains amis. Il dut attendre que le vieil homme souffrant se réveille pour pouvoir être admis dans sa cellule.

C'était une pièce exiguë et austère. Hauser était allongé sur un lit de paille, blême, le visage squelettique, le corps recouvert d'épaisses couvertures. Les murs étaient gris, noircis par l'humidité et la fumée des cierges.

Une nonne âgée était assise sur une chaise non loin de lui, un psautier ouvert sur les genoux. La garde-malade observa avec méfiance Bénédict qui entrait.

Il s'avança auprès du moribond. L'odeur était abominable ; il eut tout de suite le sentiment que c'était un homme perdu. Hauser avait le crâne nu et décharné, osseux, la respiration bruyante et difficile, des gouttes de sueur perlaient à la racine de ses rares cheveux, l'extrémité de ses doigts était noire et froide.

« Il meurt de consomption », pensa-t-il.

— Il peut vous entendre, lui dit la garde-malade, mais j'ignore s'il aura la force de vous répondre. Il ne s'est jamais trouvé si mal.

Bénédict leva la couverture et observa les veines des pieds : la peau était couverte d'entailles pratiquées pour les saignées. Les médecins s'étaient acharnés sur le pauvre homme à coups de lancettes.

— Il est à la diète absolue, dit la femme.

Bénédict secoua la tête.

— Rien de mieux pour que sa vie s'en aille. Quel gâchis !

— Vous êtes médecin ?

— Je ne pratique pas. Mais je sais les notions principales.

Alors la nonne se leva et lui confia :

— Tout son mal lui est arrivé très soudainement.

— C'est le cas pour les vieilles personnes. Nous n'y pouvons pas grand-chose…

— Oui, mais… il s'est mis, en quelques jours, à perdre toutes ses dents !

Bénédict leva un sourcil. Tout à coup il sut ce que cette femme cherchait à lui dire et, d'un bref échange de regards, elle vit qu'il l'avait comprise.

Aussitôt, il saisit le pouls d'Hauser, goûta sa sueur, inspecta sa langue noire et le fond de son œil, passant du tout à la partie et de l'ensemble au détail.

Son examen terminé, Bénédict regarda la nonne d'un œil préoccupé qui disait :

« Poison ! »

Il lui demanda de réunir sur-le-champ les composants d'un antidote.

— Dépêchez, lui dit-il. Si nous n'intervenons pas, dans deux jours il sera mort.

La garde-malade trouva les substances herbeuses du remède dans le jardin médicinal de l'abbaye. Bénédict pratiqua le mélange et le donna à boire au malade avec un peu de vinaigre pour raviver ses glandes salivaires.

— Patientons.

Trois heures plus tard, le réactif de Bénédict commença de faire effet.

— Il faut le faire boire. Abondamment.

Ce qui fut fait, au point qu'Hauser gagna soudain un peu de vie.

— Je reviendrai demain, dit Bénédict.

Ce jour-là, Hauser était en mesure de parler.

La nonne restait à ses côtés, émue de le revoir avec l'apparence d'un vivant.

— Sœur Constanza a la grande bonté de me lire la Sainte Lettre pour le repos de mes derniers instants, dit Hauser à Bénédict d'une voix éteinte.

La femme avait à peu près le même âge que lui, elle portait l'habit des clarisses. Au regard affectueux qu'elle posait sur le malade, Gui comprit que ces deux êtres partageaient une longue histoire amoureuse.

— Qui êtes-vous ? lui demanda Hauser. Ma vue me trahit, je n'ai pas le souvenir de vous connaître.

— C'est exact, mon père, nous ne nous sommes jamais rencontrés.

— Vous m'apportez un message, m'a-t-on dit ?

— Ce n'est pas tout à fait la vérité…

La nonne, qui avait rejoint sa chaise pour lire, releva la tête de son livre, retrouvant l'air soupçonneux que Bénédict lui avait connu à son arrivée.

— Au vrai, reprit Bénédict avec précaution, j'enquête sur la disparition d'un certain Rainerio. On m'a dit que vous le connaissiez ?

La nonne allait protester, mais le moribond trouva la force de lever une main, l'invitant à se rasseoir.

— Cela va bien, Constanza, cela va bien… Si j'ai compris, nous ne sommes pas sans certains devoirs envers ce jeune homme.

Il observa Bénédict de son œil pâle, presque blanc. Il était édenté, les lèvres sèches.

— Qui vous envoie ?

— La sœur de Rainerio. Zapetta. Qui se ravage de ne point revoir son frère à Rome, ni d'avoir de ses nouvelles.

Hauser hocha la tête.

— Rainerio… Il m'a souvent parlé d'elle. Il adore sa famille. C'est vraiment un excellent garçon. Hélas, Dieu sait ce qu'ils ont fait de lui…

Bénédict bondit.

— Qui cela, *ils* ?

La nonne voulut à nouveau intervenir. Hauser se contenta de lui demander un gobelet d'eau où il trempa ses lèvres.

Il reprit ensuite, lentement, accablé par les efforts qu'il fournissait pour parler :

— Vous connaissiez son maître, le cardinal Henrik Rasmussen ?

Bénédict acquiesça.

— Savez-vous par quel moyen, lors des procès de canonisation, il arrivait à renverser les cas des saints qu'il ne voulait pas voir sanctifier ?

— J'ai entendu parler de sa réputation d'infaillibilité, mais j'ignore son procédé.

Hauser écarquilla les yeux, c'était la seule façon de sourire qui lui restait :

— Rasmussen s'était fait une spécialité des récits sur la jeunesse des grands saints de l'Église !

Bénédict fronça les sourcils et se mit à prêter une attention croissante au récit d'Hauser.

— Leur jeunesse ? répéta-t-il.

— Oui. Il voulait tout savoir sur ce sujet. Il avait même commandité, pour son propre usage, une vie des saints centrée exclusivement sur les légendes qui traitaient de leur enfance. C'est le brave Rainerio qui a achevé ce laborieux travail pour Rasmussen…

« Le livre d'Otto Cosmas ! » songea Bénédict.

Hauser poursuivit :

— Lors des procès de la Sacrée Congrégation, Rasmussen établissait des comparaisons entre les premières années de vie de ceux qui postulaient à la sainteté et la jeunesse des saints reconnus, de telle sorte qu'apparaissaient des contradictions. Ainsi il trouvait toujours un argument qui ne tenait pas dans les preuves de la défense. Comme il était le seul à posséder un ouvrage de cette qualité sur le sujet, il dominait ses opposants.

La nonne jeta à Hauser un regard désapprobateur, mais le bénédictin n'en tint pas compte.

Après un moment de torpeur, il reprit :

— Rainerio venait quelquefois à Pozzo avec l'objectif de repérer, parmi les centaines et les centaines de miracles enregistrés chaque année chez nous, lesquels impliquaient des jeunes enfants. Cela afin d'étoffer son livre sur les saints et parce qu'il était convaincu qu'en étudiant les différents pouvoirs des enfants miraculeux, on pourrait déceler la venue d'un nouveau héros de l'Église.

Hauser se pressait de parler ; soit qu'il sentait ses forces lui revenir, soit au contraire, qu'il les voyait disparaître et craignait de ne pouvoir achever son récit avant de défaillir.

— Pourtant, au bout de quelque temps, ajouta-t-il les yeux mi-clos comme s'il revivait la scène, il fit une étrange découverte : à chaque fois qu'il rédigeait un rapport à Rome sur un garçon ou une fille dont les pouvoirs lui paraissaient dignes d'intérêt, ce même enfant disparaissait subitement, peu de jours après !… Bien souvent arraché avec violence à ses parents par des bandes de mercenaires.

« Des rapts d'enfants ? »

Hauser ajouta :

— D'abord un cas, puis plusieurs de suite assirent cette sombre vérité : tous les enfants cités par lui au Latran étaient enlevés…

Bénédict blêmit. Un trafic d'enfants au sein du Latran, cela dépassait ce à quoi il avait pu s'attendre.

Bien qu'Hauser l'eût regardé, il continua comme si de rien n'était, trop préoccupé de ses propres pensées pour faire attention à celles que son récit pouvait éveiller dans l'esprit de Gui :

— Rainerio et moi nous entendions très bien, dit-il. J'étais le seul ici à ne pas lui faire porter l'animosité qu'inspirait son maître, Rasmussen. Il m'a dit qu'il s'était ouvert de ses sinistres découvertes à son maître qui, lui-même, était ému de ces enlèvements.

Hauser redemanda de l'eau.

— Et ensuite ? insista Bénédict, désormais trop happé par le récit pour se soucier de la fatigue du vieil homme.

— Ensuite ? fit Hauser. Je veux croire que Rasmussen et Rainerio ont tâché d'en savoir davantage… Je constate que, depuis lors, le cardinal a succombé à un accident. Et vous venez de m'apprendre que Rainerio est introuvable…

Il toussa.

— Quant à moi, je me suis inquiété par courrier à Rome de l'affaire mise au jour par Rainerio… Dix jours plus tard, j'étais à l'agonie… Une simple lettre aura suffi pour que l'on veuille m'empoisonner… C'est tout ce que je peux vous dire… Hormis le conseil de ne plus rechercher ce malheureux Raine-rio... Vous ne le retrouverez sans doute jamais.

Il fit un mouvement las de la main.

— Allez plutôt consoler sa jeune sœur. Si vous passiez outre cet avis, vous rejoindriez le sort de Rasmussen et de Rainerio. Et le mien...

Bénédict songea aussi aux meurtres de Maxime de Chênedollé retrouvé coulé dans une dalle de ciment, et de Marteen, décapité.

— Vous rendez-vous compte... ? ajouta Hauser d'une voix mourante. Des enfants miraculeux... des saints ou des mages en devenir !... Le pire est à craindre...

Il perdit connaissance.

La nonne poussa un cri, mais Bénédict se fit rassurant :

— L'épuisement est normal, son corps endure autant du poison que de l'antidote.

Il lui fournit une liste d'aliments et de cordiaux à lui administrer dans les jours suivants :

— Il devrait pouvoir se remettre.

Puis Bénédict, occupé par les confidences d'Hauser, quitta la cellule.

Il marcha autour du cloître circulaire de l'abbaye de Pozzo. Des bénédictins passaient près de lui, leurs soutanes gonflées au vent de la marche.

« Les rapports de Rainerio étaient destinés au Latran. L'implication de l'entourage de la curie devient de plus en plus évidente. Elle justifierait l'audace des crimes des cardinaux et l'intervention de Fauvel de Bazan pour m'empêcher d'enquêter. »

Le sujet du livre d'Otto Cosmas, enfin révélé, liait sans hésitation Rainerio aux activités de Rasmussen.

« Des rapts d'enfants qui possèdent des dons ? »

Mais soudain il entendit marcher dans son dos.

C'était Constanza, la garde-malade, qui s'était élancée pour le rattraper.

— Je vous ai mal jugé, lui avoua-t-elle ; vous avez sauvé frère Hauser. Seulement je ne souhaitais pas qu'il vous parle de Rainerio… Je sais que son empoisonnement est dû à ce qu'a découvert ici ce garçon sur les enfants… Je craignais que vous ne fussiez un agent venu pour essayer d'apprendre ce qu'il savait avant de l'éliminer…

Elle manquait de souffle après sa course.

— Je vous crois honnête désormais. Aussi je pense pouvoir vous aider.

Constanza défit une cordelette qu'elle tenait autour du cou et au bout de laquelle pendait une clef.

— Hauser a été pendant trente ans le maître de la bibliothèque de Pozzo. Même s'il a quitté son poste, il a conservé cette clef qui ouvre toutes les portes. Dès que j'ai eu compris qu'il avait été empoisonné après sa lettre expédiée à Rome au sujet de Rainerio, je me suis empressée de compiler dans une boîte tous les documents de la bibliothèque que ce jeune garçon était venu consulter !

Bénédict sourit.

Constanza poursuivit :

— J'ai mis ces informations au secret. Car je suis persuadée qu'elles peuvent inquiéter ceux qui n'ont pas intérêt à ce que les recherches de Rainerio s'ébruitent. J'ai agi ainsi dans le but de menacer ces personnages qui veulent la mort d'Hauser, le jour où je les aurai identifiés ! Mais je sens que vous pouvez faire mieux que moi.

La femme donna rendez-vous à Bénédict Gui deux heures plus tard.

Elle irait dans la bibliothèque reprendre les documents réunis sur les activités de Rainerio.

— Pas un livre, pas un feuillet ne peut quitter l'enceinte de l'abbaye de Pozzo, l'avertit-elle. Vous devez les consulter ici.

— C'est égal. J'ai une mémoire excellente…

Bénédict mesurait l'incroyable chance qui lui était donnée : découvrir tout le cheminement des découvertes de Rainerio ! Dès lors, sentir sa stupeur et ses angoisses, deviner ses pensées, imaginer quelles personnes pouvaient devenir ses adversaires…

Au moment dit, Constanza transmit le précieux coffret à Bénédict Gui.

— Frère Hauser se remet lentement, lui dit-elle. Il vous souhaite de longs jours et l'accomplissement de tous vos vœux.

Elle disparut.

L'objet était en bois, recouvert de cuir, fermé avec un loquet en vermeil.

Bénédict le soupesa et l'examina avec fascination.

Il tenait sans doute là, enfin, l'explication qui allait tout éclaircir !

Troisième partie

1.

Le vieux chasseur n'aperçut le corps de l'étranger qu'à son retour au village de Víska. Ses trois chiens le découvrirent en contrebas du sentier de forêt, étendu dans la neige. Il était pâle, vidé de ses forces, incapable de se remettre sur ses pieds ; sans le flair des animaux, il aurait péri dès les premières heures de la nuit sous les hêtres de Moravie, à une dizaine de lieues au sud d'Olomouc.

L'étranger ne réagit ni à l'arrivée remuante des chiens ni aux appels répétés du chasseur. Ce dernier, un claque-faim de soixante ans, la barbe et les sourcils gris, vêtu chaudement d'une pelisse et d'un gros bonnet au pelage de blaireau, s'approcha avec précaution.

Le blessé était un homme d'une vingtaine d'années, grand et sec. Il ne portait qu'un pourpoint matelassé et une cape de laine noire. Ces vêtements usés, poussiéreux et boueux, son extrême maigreur prouvaient qu'il voyageait depuis des jours.

Renversé sur le flanc, il suait, grelottait, marmonnait des phrases incompréhensibles. Le chasseur l'aida à se relever et le ramena péniblement vers le sentier.

Le vieillard traînait une longue pièce de toile sur laquelle reposaient son arc, son carquois et la dépouille d'un faon qu'il avait abattu. Il camoufla son gibier sous la neige et étendit le blessé à sa place, puis tira le fardeau en direction du hameau ; la toile, enduite de suif de mouton, glissait difficilement.

Il lui fallut une demi-heure avant de voir paraître les premiers toits de Víska.

Les masures étaient en pierre, enterrées à moitié et coiffées de tourbe. Ramassées les unes sur les autres, elles formaient un cercle sur une petite aire dégagée en pleine forêt. Des cabanons installés dans les arbres et reliés par des chemins de cordage servaient aux villageois pour abattre ou disperser les meutes de loups qui rôdaient.

L'homme fut alité sous le toit du vieux chasseur qui se nommait Marek, et de son épouse, Svatava. Ils lui ôtèrent ses vêtements trempés et le recouvrirent d'un drap rugueux et de peaux de bêtes.

L'arrivée de l'inconnu provoqua l'émoi des villageois. Ils sortirent de chez eux les uns après les autres, certains curieux, d'autres préoccupés, d'autres voulant se rendre utiles pour lui sauver la vie.

Bien qu'il fût couché près du feu, l'homme ne cessait de frissonner.

Était-il malade ? Contagieux ?

La question posée, on n'osa plus le toucher.

Était-ce un voleur ?

Il n'emportait rien sur lui.

Un vagabond ?

Il n'était pas armé.

Fallait-il prévenir le bailli châtelain ou quérir l'aide du prêtre qui officiait dans la paroisse voisine ?

Dans l'assistance, les moins timorés accomplissaient des signes de croix, d'autres des signes de cornes. L'un d'eux estima qu'on devait rendre l'inconnu à la forêt et ne plus s'en soucier.

Svatava, d'un commun accord avec l'ensemble des villageoises, décida de s'en remettre à Gáta, la géomancienne, seule capable de contrecarrer rapidement les effets du froid sur le malade.

Un jeune homme partit dans les bois pour l'avertir.

Moins d'une heure plus tard, une femme sans âge dont les longs cheveux argentés se déversaient jusqu'au pli de l'aine, vêtue d'une cape en crin noir, arriva à Víska.

Tout le hameau se pressait à l'intérieur et à l'extérieur de la maison de Marek et de Svatava. On s'écarta pour laisser pénétrer la sorcière.

Elle alla au blessé, l'observa, puis, les yeux mi-clos, fit planer ses mains sur son front humide, les paumes tournées vers le ciel.

Elle dit enfin :

— Des années lui sont encore accordées…

Tout de suite le soulagement se lut sur les visages de la quinzaine de personnes qui encombraient la pièce. Ils savaient ce que Gáta entendait par cette mystérieuse affirmation : bien des fois, elle leur avait expliqué qu'hommes et femmes détenaient chacun un nombre spécifique d'années de vie prescrit par Dieu. S'ils mouraient avant leur heure, par accident ou victimes d'un crime, leurs esprits, prématurément libérés de l'enveloppe charnelle, continueraient de rôder sur la terre jusqu'au terme de leur temps. Gáta définissait ainsi l'indiscutable existence des revenants. À plusieurs reprises, elle avait refusé de soigner des personnes sous prétexte que leur durée avait été consumée et que leur mort n'était pas néfaste. Parfois même des petits enfants.

Mais ce n'était pas le cas aujourd'hui, et la population se réjouissait de la voir à l'œuvre.

Elle fit monter la température, lança des poignées de simples odorants dans les flammes du foyer, mit le torse de l'homme à nu puis y déposa des galets d'ambre, de quartz et d'obsidienne qu'elle tira d'une sacoche pendue à son épaule. Elle se mit à formuler des incantations dont pas un des Moraves présents ne pouvait déchiffrer le sens.

Les témoins, qui pressentaient que le Christ n'était pas convié par l'enchanteresse dans sa cérémonie occulte, multipliaient les signes de croix préventifs.

Gáta sortit encore de sa sacoche une cassolette de parfum qu'elle alluma sous le lit du blessé. Une mince fumée blonde s'éleva lentement pour l'envelopper et rester en suspens dans la douce lumière de la pièce.

Chaque visage reflétait l'attention la plus soutenue.

La peau du malade bleuit à vue d'œil ; il cessa de frissonner et de grelotter.

Enfin, il ne bougea plus, son regard perdit tout éclat, fixé au plafond, sa bouche se figea, entrouverte.

À l'évidence, il ne respirait plus…

Il y eut un long silence.

Il était mort.

Le silence s'éternisait.

Gáta resta immobile.

On s'entreregarda, déçu ou résigné selon la confiance qu'on accordait aux talents de la géomancienne.

Elle murmura un mot incompréhensible, d'une voix posée.

Alors les épaules de Rainerio se soulevèrent d'un coup dans une spectaculaire inspiration ; il s'était dressé de moitié sur le lit, les yeux écarquillés, les veines du cou saillantes. Il ne respirait pas, il haletait.

La moitié des gens présents quittèrent la maison dans un mouvement de panique ; ils furent aussitôt remplacés par d'autres curieux qui étaient retenus à l'extérieur.

Cependant Rainerio retombait sur sa couche.

Gáta considéra le prodige avec une indifférence confondante. Elle recouvrit le torse du jeune homme qui s'était endormi, le visage apaisé, les traits recouvrant peu à peu leurs couleurs.

— Du vin de cynorrhodon, prescrit-elle, ce garçon a besoin de reconstituer ses forces. Dans trois lunes, il sera sur pied.

Elle renâcla et cracha par terre, rangea ses pierres et sa cassolette puis fit un geste impatient pour qu'on lui libère un passage vers la sortie ; enfin, en compagnie d'une petite fille crasseuse qui l'attendait au-dehors, elle s'éloigna pour rejoindre son cabanon dans la forêt.

La stupéfaction régnait à Víska.

Il fut convenu qu'il serait imprudent de rendre compte à l'évêque du passage de Gáta. Il ne manquerait pas de crier à la démone et de les châtier durement. Qu'aurait-il accompli à la place de l'enchanteresse ? Il aurait célébré, en se pressant, les derniers rites sur l'inconnu, même sans preuve de son baptême, tout cela afin de percevoir l'obit, la taxe des funérailles, auprès de Marek et de Svatava. Et le malade serait mort avant son heure et aurait hanté Víska pour Dieu sait combien de temps…

Le vieux chasseur et son épouse veillèrent Rainerio nuit et jour. Son teint mat et ses cheveux sombres révélaient des origines méridionales. Il avait une cheville enflammée, les cheveux gâtés de teignes, l'auriculaire droit desséché par le froid. Pas le moindre sou sur lui, ni le moindre document.

Depuis combien de temps errait-il de la sorte, dans la forêt, en plein hiver ?

On compta trois lunes et, comme l'avait affirmé la guérisseuse, le jeune miraculé ouvrit les yeux, retrouva la parole et fut à même de se lever.

D'abord effrayé de se trouver entouré de visages inconnus, et sous un toit dont il ignorait tout, il fut rapidement apaisé par les douces paroles de ses bienfaiteurs.

— Mon nom est Rainerio, dit-il. Je viens de Rome et suis en route pour Olomouc.

Il parlait un tchèque très sommaire, difficile à comprendre car il écorchait la prononciation.

— Mon maître de Bohême m'a enseigné à Rome les rudiments de votre langue, expliqua-t-il aux habitants de Víska.

Il mangea et but sans pouvoir se rassasier. Il ne présentait aucune séquelle de fatigue ni du traitement magique de Gáta et ne comprenait pas pourquoi les villageois le regardaient comme s'il était une inquiétante curiosité.

— Que venez-vous faire ici ? lui demanda Marek.

— J'ai dû prendre la fuite. Je me rends à Olomouc afin de rencontrer un certain Daniel Jasomirgott, chef de la police, qui doit me venir en aide.

Il expliqua qu'il avait quitté Rome en secret et traversé les États pontificaux vers l'est jusqu'à la mer Adriatique. Arrivé au port de Pescara, il s'était embarqué sur un bâtiment de commerce qui l'avait conduit à Venise. Ensuite, il avait pris au nord en compagnie d'une caravane de moines qui s'en allaient prêcher en Carinthie.

— Le Danube franchi, j'ai cheminé à pied et ai été attaqué par une bande de reîtres qui m'ont dépouillé de mes affaires de voyage, de mes vêtements d'hiver et de l'argent nécessaire à mon périple.

Échoué dans un hospice près de Brno, il avait dormi deux jours d'affilée avant de reprendre, intrépide, son expédition.

— J'avais présumé de mes forces, avoua-t-il. Égaré sous vos forêts que je n'imaginais pas si terrifiantes, j'ai fini par emprunter le premier chemin sur lequel se lisaient des traces fraîches de pas, afin de trouver le refuge le plus proche. C'est tout ce que je me rappelle ; dans mon dernier souvenir, je m'effondre dans la neige puis j'entends confusément des chiens qui me tournent autour...

Marek lui fit le récit de ce qui avait suivi. Sans entrer dans le détail de la cérémonie de Gáta. Il finit par demander, incrédule :

— Vous pensez que Daniel Jasomirgott peut vous secourir à Olomouc ? C'est un homme à la réputation abominable. La population ne l'apprécie guère.

— Il avait pour ami mon ancien maître, Otto Cosmas, originaire de votre pays. Ce dernier m'a enjoint de partir me réfugier auprès de Jasomirgott si je rencontrais un jour de graves ennuis. Je suis son conseil. Je veux croire que Jasomirgott m'écoutera. Il est mon seul recours.

Marek hocha la tête.

— Vous devez avoir de bonnes raisons pour vous être ainsi jeté dans un si dangereux voyage !

Rainerio acquiesça d'un mouvement du front, mais n'approfondit pas ses explications.

Il dut rester trois jours à Víska pour retrouver ses forces, ce qui lui donna le temps de remercier les bonnes âmes qui s'étaient relayées à son chevet et de promettre de revenir, en des jours plus propices, afin de se présenter devant la vénérable Gáta qui lui avait rendu la santé.

En dépit des récriminations de Svatava, le vieux Marek insista pour accompagner Rainerio jusqu'à Olomouc, la plus grande ville du margraviat morave.

Ils partagèrent la même mule et partirent au petit matin.

Enfin lorsqu'ils furent seuls, longeant une sente à peine tracée entre les arbres tors couverts de neige,

Marek lui posa une question qui lui brûlait les lèvres, la question que personne au village n'avait osé formuler depuis le réveil de Rainerio.

— Conservez-vous des souvenirs du bref instant où, chez moi, nous vous avons vu mort ?

— Mort ?

Rainerio prit un moment pour réfléchir. Puis il répondit, avec un sourire juvénile :

— Aucun. Du reste, je n'étais pas vraiment mort, puisque je suis toujours là !

Marek hocha la tête. Gáta avait bien des fois rétabli des malades en les laissant trépasser pour les ramener à la vie quelques instants après. « La mort remet les humeurs comme les flammes de la terre brûlée régénèrent le sol des champs... », professait-elle.

Les huit lieues qui séparaient Víska d'Olomouc furent avalées en une journée.

À l'entrée de la grande ville, Rainerio refusa que Marek le suive davantage.

— J'ignore comment les événements vont tourner pour moi, lui dit-il. Je m'en voudrais de vous nuire. Merci pour tout, Marek.

— Méfiez-vous ! le prévint le vieux chasseur, dans un village autre que Víska, les habitants vous auraient certainement pendu au premier bois. L'on se défie des visages inconnus par ici. Surtout à Olomouc.

Avant de se séparer, ils s'étreignirent et le vieil homme reprit sa route sur la mule, indifférent à la nuit qui tombait.

Situé sur les rives de la Morava, Olomouc comptait plus de dix mille âmes, protégées par de puissants remparts de pierre. Rainerio se présenta à un poste de soldats où il demanda à rencontrer le chef de la police. Un factionnaire lui désigna du doigt une bâtisse fortifiée au nord de la cathédrale. Là,

Rainerio fit la rencontre d'un clerc qui parlait le latin et qui traduisit ses questions à un officier morave.

Sa requête pour rencontrer Daniel Jasomirgott échoua aussitôt.

— Nous sommes menacés de siège par une bande pillarde ! lui dit l'officier. D'après nos informations, le gros de leurs troupes sera sous nos murs avant deux jours. Jasomirgott interroge des détenus en prison, capturés dans le même camp de brigands, afin de découvrir leur arsenal et leurs desseins. Il ne s'interrompra pour personne.

Rainerio s'étonna :

— La ville entière craint une bande de pillards ?

L'homme posa sur lui un regard dédaigneux :

— Ils sont près de deux mille et bien plus redoutables qu'une armée régulière, croyez-moi !

Il haussa les épaules :

— Vous ne savez rien de la vie dans l'Empire…

Rainerio se dit qu'en conséquence les portes de la ville en état de siège seraient bientôt fermées et qu'il serait piégé.

Il devait agir vite.

— Peut-on faire parvenir un message important à Daniel Jasomirgott ?

— L'accès de la prison est défendu.

Abandonné par son clerc, Rainerio se vit renvoyé dans les rues d'Olomouc alors que la nouvelle d'une attaque se propageait et que la population commençait à s'affoler.

Il s'approcha d'une place de marché où l'on se ruait pour regrouper des provisions de bouche. Il repéra un homme qui avait acquis plusieurs sacs de raves.

Il rassembla son courage et piqua droit sur lui. Il éventra les sacs et les raves roulèrent au sol ; il fit mine de vouloir les voler. Son action, loin de scandaliser autour de lui, suscita l'imitation et l'on fut soudain proche d'une révolte populaire, des personnes des deux sexes voulant se saisir de tout ce qui traînait sur les étals des marchands.

Les gardes durent intervenir et faire cesser le soulèvement à coups de gourdins et de lances.

Cinq agitateurs furent appréhendés, dont Rainerio ; tous promis à la potence du lendemain. Les autorités ne toléreraient aucune indiscipline à l'instant où il fallait s'armer pour protéger la ville.

Rainerio fut secoué avec véhémence mais n'opposa aucune résistance.

On le jeta en prison.

Dans sa cellule, en compagnie d'une vingtaine d'autres détenus, il fut mis aux fers par un surveillant dont la peau grise et ridée ressemblait aux murs environnants ; il portait un épais trousseau de clefs à la ceinture.

— Va prévenir Daniel Jasomirgott qu'un disciple d'Otto Cosmas est ici, lui murmura-t-il. Venu de Rome… Fais cela et tu pourras t'en féliciter.

Le garde leva les sourcils.

— Otto Cosmas ? Qui est-ce ?

— Jasomirgott le saura.

L'homme se gratta la tête.

— Je suis le porteur des clefs, c'est tout. Je dois en référer à mon supérieur.

— Fais cela, s'il te plaît. N'oublie pas : Otto Cosmas !

Rainerio se blottit dans l'angle de la cellule, entre un ivrogne et un gamin intimidé. La moitié des prisonniers se trouvaient être des femmes et il n'échappa pas au jeune homme qu'une grosse matrone, crasse et à la voix caverneuse, était l'impératrice des lieux. Rainerio s'apprêtait à passer un mauvais moment lorsque, entre les barreaux de la cellule, apparut un vieil homme au crâne chauve, à la barbe grise taillée en couteau. Sa seule apparition suffit à figer d'effroi tous les occupants de la cellule. Il portait un pourpoint et des braies cousues dans le même cuir, au-dessus d'une chainse de tissu fin. Un collier précieux achevait de lui donner l'image d'un grand noble. Seul un détail brisait cette impression : du sang frais coulait de sa main gauche.

C'était Daniel Jasomirgott.

Il haussa les épaules en apercevant le jeune Rainerio.

— C'est lui ? demanda-t-il au porteur de clefs, qui acquiesça.

Rainerio se leva et s'avança.

— Je suis le disciple d'Otto Cosmas, dit-il.

— Otto est mort.

— Cela fera bientôt deux années. Je sais que vous étiez son plus fidèle compagnon du temps où il vivait sur sa terre natale ! À Rome, il m'a fréquemment recommandé de venir vous voir, ici, à Olomouc, si j'avais un jour besoin d'aide.

Jasomirgott fronça les sourcils :

— D'aide ? Qui me dit que tu n'es pas un imposteur ? Le premier venu peut se prétendre l'ami d'un mort…

— Interrogez-moi. Vous saurez si je mens.

Daniel réfléchit et questionna :

— En 1260, Otto a rédigé un opuscule important qui est passé inaperçu. Quel était-il ?

Rainerio n'hésita pas :

— Il s'agit de *Contre le traité des trois imposteurs de Simon de Tournai en huit preuves*. Maître Cosmas ne jugeait plus ce travail de jeunesse valable et considérait son échec comme mérité.

— Pourquoi Cosmas a-t-il dû fuir la Bohême et s'installer à Rome ?

— La rumeur a évoqué une affaire de mari trompé, mais en réalité il a été accusé de la mort d'un archidiacre à Prague.

— L'avait-il tué ?

Rainerio prit un temps et répondit :

— Oui.

— Avait-il partagé le lit de l'épouse du mari furieux ?

— Certaines de ses pièces rimées laissent peu de doutes sur la question : je crois même qu'il l'a sincèrement aimée.

— S'il t'a parlé de moi… que t'a-t-il dit ?

— Il vous a sauvé de la noyade à dix ans et vous vous êtes sacrifié pour qu'il obtienne un poste qui vous revenait dans une école de philosophie.

Intrigué, le chef de la police ordonna de le faire élargir. Il le conduisit dans une salle de torture. La table des tourments était déserte, mais tout l'outillage sanglant était déployé sur des étaux.

Lorsqu'il fut seul avec le jeune homme, Daniel Jasomirgott ordonna :

— Parle, je t'écoute.

Rainerio s'expliqua :

— J'ai vécu enfant dans la même rue qu'Otto Cosmas. Il s'est installé à Rome en 1274. Je suis devenu son secrétaire et son porte-plume. Un an après sa mort, grâce à l'ouvrage qui l'occupait depuis de nombreuses années et que je terminai à sa place, j'ai pu entrer au service de l'administration du Latran, attaché auprès d'un personnage d'importance. Peu à peu, dans l'exercice de mes fonctions, j'ai fait de terribles découvertes sur des membres de la curie romaine. Des forfaitures qui dépassent l'imagination.

Jasomirgott hocha la tête ; la propagande antipapale, partout dans l'Empire, avait accusé Rome des pires abominations invocables : dévoreuse de chair humaine, incestueuse, sodomite, adoratrice du démon…

— Ces découvertes ont mis ma vie en péril, poursuivit Rainerio, et j'ai dû m'échapper de Rome. Maître Cosmas m'avait expliqué que les seuls soutiens possibles contre le pape étaient à trouver du côté de l'empereur. Il m'a parlé de vous à Olomouc, de votre lointaine amitié. Vous êtes la seule personne que je connaisse dans cette portion du monde. Et je dois révéler ce que j'ai appris ! Saurez-vous m'aider ?

Daniel Jasomirgott hocha la tête ; il songea à son vieil ami, à la concurrence qui sévissait entre l'autorité du pape et celle de l'empereur, concurrence politique et spirituelle qui se ravivait au moindre prétexte.

Il dit :

— Viens avec moi.

2.

Après avoir échappé aux flammes du château de Mollecravel, le père Aba prit la direction de Carcassonne puis la grand-route qui conduisait à Béziers. Il comptait qu'au moins trois cents lieues le séparaient des États pontificaux et de cet archevêché d'Ancône où se trouvait un mystérieux monastère qui aurait accueilli Montmorency pour sa cure morale, la jeune Concha Hermandad mentionnée dans les registres de l'hospice des enfants perdus de Toulouse, et maintenant les enfants enlevés dans le pays d'Oc. Dont Perrot.

Aba n'avait jamais mis les pieds en Italie ; tout ce qu'il savait de Rome et de son territoire venait des rumeurs et des exagérations des étudiants parisiens qu'il avait fréquentés : pour ces derniers, Rome n'était rien de moins que la « Putain de Satan », le pape « un nouveau Saturne qui dévorait ses enfants », et l'Église, la « synagogue du Diable ».

Il savait en tout cas que, pour parcourir de vastes distances, rien n'allait mieux que la navigation sur fleuve ou sur mer.

Aussi décida-t-il de se rendre à Aigues-Mortes dans l'espoir de trouver une embarcation qui le rapprocherait des côtes italiennes.

Éperonnant jusqu'au sang le cheval dérobé à Mollecravel, Aba fit une rencontre sur les rives de l'Orb ; il croisa une caravane de pèlerins.

Cette poignée de pénitents français avaient pour objectif de se rendre à Rome et, de là, mettre leurs pas dans ceux de saint Paul afin de parcourir en sens inverse ses nombreuses routes missionnaires, pour achever leur périple sur l'illustre chemin de Damas qui avait vu la conversion de l'« Apôtre des nations ».

Le convoi, organisé par les épouses d'un comte et de deux barons, était richement doté. Le fils d'un duc, condamné à plusieurs mois de pénitence pour mauvaise conduite, et qui avait passé les cinq dernières années à Paris, reconnut en Guillem Aba un compatriote d'université ; à la faveur d'un menu de poulardes partagé dans une auberge d'Olargues, ils s'entretinrent des bons et mauvais traitements de tel ou tel professeur de la montagne Sainte-Geneviève, des querelles entre maîtres réalistes et maîtres universaux, et de la compétition obstinée à laquelle se livraient les écolâtres épiscopaux, qui taxaient leurs leçons, et leurs concurrents des ordres mendiants, qui instruisaient gratis.

Le père Aba évoqua son besoin de gagner Rome au plus vite, et le jeune duc, conquis par ce nouveau compagnon rompu aux arts libéraux, l'invita à se rallier au pèlerinage.

En fait de « marche de Dieu », ce convoi de Français était déconcertant : le pèlerinage proprement dit ne débutait qu'à Rome, ville où Paul endura son martyre ; aussi les pénitents résolurent-ils de boire, de manger et de se prélasser autant que possible avant d'y poser le pied ; ils faisaient halte dans des châteaux majestueux, descendaient les voies d'eau sur de riches embarcations. Les femmes aristocrates ne faisaient pas secret de leurs appétits charnels ;

chaque soir, le pèlerinage devenait le théâtre de débauches. Des évêques venus bénir les pénitents trouvèrent la comtesse et les deux baronnes à moitié nues, ivres et en compagnie d'hommes de basse extraction. Elles arguaient, avec une conviction désarmante, que leurs péchés actuels seraient rachetés grâce à la stricte abstinence qu'elles s'infligeraient dès leur arrivée à Rome.

Le père Aba observait sans façons les inconséquences de ses nouveaux compagnons de voyage. Il s'efforçait de satisfaire au désir de converser du jeune duc qui, sortant en sueur d'une maison de ribaudes, n'aimait rien tant que de philosopher.

Aba, qui dissimulait son identité de prêtre – il avait démonté l'arbalète volée à Mollecravel pour ne pas attirer l'attention et enfoui la courte épée de Cantimpré dans un sac de toile oblong où il tenait ses affaires –, ébahissait les pénitents par sa connaissance de la Sainte Lettre et des finesses de la liturgie romaine. Bien qu'on eût aimé qu'il banquette comme tout le monde, on respecta son silence et son besoin de solitude.

Aba se dit que, décidément, depuis son départ de Cantimpré, il ne cessait de « changer de peau » : prêtre austère, père blessé, faux pèlerin, brigand auprès des Toulousains, aujourd'hui compagnon de débauchées mystiques. Mais pour retrouver son fils, il savait qu'au besoin il se ferait rameur de galée, contempteur du Christ, mazelier, assassin sur gages ou sectateur mahométan.

Le convoi voué aux trajets de saint Paul n'allait jamais à la cadence souhaitée par Aba – qui grillait d'atteindre les États pontificaux et le monastère d'Albert-le-Grand ; néanmoins un bateau affrété au port Saint-Louis, des attelages dispos à chaque étape, des passages simplifiés aux péages et une lance de soldats qui les protégeaient des brigands le convainquirent qu'il n'aurait jamais fait si bien par ses propres moyens.

Après trois semaines de voyage, le convoi atteignit en Italie la cité de Viterbe, ville riche du Latium, résidence de repli pour les pontifes menacés par le peuple de Rome.

Viterbe était la dernière étape des pélerins avant d'atteindre la Ville éternelle ; les Français, qui n'étaient plus qu'à quelques heures de leur grand bond dans l'ascétisme, vivaient leurs ultimes instants de réjouissance. Suite à une rapide consultation, il fut résolu de prolonger d'une lunaison leur établissement à Viterbe.

C'est alors que le père Aba considéra que son temps parmi eux touchait à sa fin. Il s'éclipsa discrètement, sans même saluer le duc qui lui avait si bien facilité la route.

Il se fit conduire dans une chambre à l'étage de la grande auberge du Paraclet, rue de la Foulerie.

Une fois seul, il déposa ses affaires près du lit et remboîta les pièces de l'arbalète. Peu après, il sortit les vêtements noirs du mercenaire qu'il avait emportés sur le cheval de Leto Pomponio au château de Mollecravel. Il découvrit dans une poche du pourpoint une étrange pièce de bois octogonale recouverte de cuir, portant le chiffre 1611 et une croix comprise dans un cercle sur l'une de ses faces. Il la mit de côté.

Il se dévêtit de sa tenue de pèlerin et s'habilla avec les habits de l'homme en noir. Il ne possédait pas la carrure du soldat, aussi, avec du fil et une aiguille, réajusta-t-il la largeur des épaules, la longueur des manches et des chausses, puis il reprisa l'ouverture pratiquée à l'estomac par le coup d'épée de Pomponio.

Le père Aba resta un moment immobile, habillé de pied en cap comme l'un des tueurs de Cantimpré.

Il saisit l'épée qui avait servi à assassiner Maurin et la glissa sur l'anneau du baudrier.

Il releva la capuche et se la rabattit autour du visage.

Cet accoutrement de meurtrier l'oppressait, un goût âcre lui venait à la bouche, ses mâchoires se contractaient…

Il haïssait cette apparence.

Mais il était prêt.

Pour quitter Viterbe, il paya le louage d'un solide cheval auprès de son aubergiste.

— Où vous rendez-vous ? avait demandé ce dernier.

— Ancône.

L'aubergiste lui fournit un cheval de selle à crins lavés. Aba n'avait pas aperçu les montures de la bande de ravisseurs à Cantimpré, mais il estima que celle-ci avait fière allure et correspondait aux descriptions enthousiastes des habitants de Disard.

Cela lui en coûta trente deniers et deux paires de fers. Il se munit aussi de la liste des relais et des étapes qui ponctueraient sa route jusqu'à Ancône.

Il prit la direction de Griffignano, puis continua droit vers l'Ombrie et les Marches, les principales provinces des États pontificaux.

Bien qu'attentif aux réactions des gens à son déguisement de mercenaire, il n'aperçut jamais le jeune Job Carpiquet lancé à ses trousses par Althoras depuis Mollecravel.

Ce poursuivant habile et tenace, rompu à la dissimulation, avait emboîté le pas du pèlerinage des Français à Olargues ; il ne s'était pas laissé tromper par le changement de silhouette d'Aba à la sortie de Viterbe et ne l'avait pas quitté d'un jour ; à chaque étape, il expédiait un mot vers Althoras, pour lui signaler sa position.

Traqué sans en avoir connaissance, pensant s'approcher du dénouement de sa quête, le père Aba atteignit Ancône six jours plus tard...

3.

Bénédict Gui alla se réfugier dans l'abbaye de Pozzo, derrière la boulangerie et le moulin, afin de compulser, à l'abri des regards, les documents contenus dans la grosse boîte de sœur Constanza.

La concubine du vieux frère Hauser avait excellemment fait les choses : ce boîtier de bois planté de petites têtes-de-clou, recélait divers indices essentiels pour l'enquête menée par Bénédict sur la disparition de Rainerio.

En premier lieu, il y lut, grâce au calendrier des entrées de l'abbaye, le nombre de fois où le jeune homme s'était présenté à Pozzo au cours des deux dernières années : dix-neuf.

La fréquence avait augmenté l'automne dernier où l'assistant d'Henrik Rasmussen fit le voyage depuis Rome toutes les semaines.

Bénédict examina la liste de la bibliothèque où étaient notés les ouvrages compulsés par Rainerio. La date, mais aussi l'heure d'emprunt et de restitution des volumes, y étaient mentionnées : le garçon ne conservait jamais les documents plus de quelques heures.

Chaque lecture correspondait à un jour isolé.

Constanza avait spécifié qu'aucun livre ou document de Pozzo ne pouvait être extrait de l'enceinte de l'abbaye : Rainerio venait donc le matin, effectuait ses recherches, et rejoignait Rome le soir.

Voilà qui avait le mérite de corroborer le témoignage de la jeune Zapetta, qui avait affirmé que son frère ne s'absentait jamais.

La lecture du détail des ouvrages lus par Rainerio à Pozzo fut une avancée considérable pour Bénédict Gui : il s'attendait à trouver des emprunts liés à la jeunesse des saints ou à des suppliques concernant des enfants miraculeux. Il pensait que Rainerio devait être affecté par sa découverte des enlèvements inexpliqués d'enfants, telle que racontée par Hauser.

Pas du tout.

Lors de la dernière Saint-Martin, Rainerio était venu étudier le cas du *village de Gennano*, où une Vierge était apparue deux ans auparavant pour désigner aux habitants un lieu où ils trouvèrent un trésor. Trésor fabuleux qui servit à restaurer la vieille église avec faste.

À la Saint-Ludovic, ce fut le cas de la *source de Più* qui occupa Rainerio ; un plan d'eau y était hanté par un démon qui se matérialisait aux yeux des voyageurs sous la forme d'une coupe en or flottant à la surface. Ceux qui l'apercevaient se précipitaient pour s'emparer de l'objet précieux mais, au moment où leurs doigts effleuraient la coupe, celle-ci se métamorphosait en une patte velue qui les agrippait violemment et les tirait tout entiers au fond de l'eau. La légende narrait que, six ans plus tôt, un moine avait résisté au prestige de cette main démoniaque, arraché le monstre hors de la source et l'avait tué en brandissant une croix devant lui.

Rainerio s'attarda à la Saint-Nicolas sur l'affaire du *miracle de Laon*. Ce prodige impliquait une jeune nonne accusée du péché de chair avec un seigneur et promise au bûcher. La veille de son exécution, la femme prit un crible et le passa sous l'eau d'une fontaine du couvent pour le nettoyer. Mais, par extraordinaire, l'eau ne coula plus à travers les mailles et demeura entre les mains de la nonne. Un malheureux atteint de scrofule passa à ce moment, elle l'invita à venir se désaltérer et le malade, sitôt ses lèvres trempées, retrouva la santé et un visage débarrassé de ses fistules. Ce miracle fut célébré par tout Laon et établissait, par preuve divine, l'innocence de la nonne.

Tout autre que Bénédict Gui n'aurait vu dans ces trois exemples qu'un intérêt pour les prodiges et les histoires surnaturelles. Seulement Gui savait que ces trois miracles n'étaient pas anodins et que, peu après leur divulgation, des protestations avaient contesté leur bien-fondé. À Gennano, le miracle permettait opportunément de racheter la confiance de fidèles qui se tournaient vers l'empereur. Les traces d'un simulacre de l'apparition de la Vierge (engin émettant de la fumée, tranchées pratiquées à mains d'homme…) furent découvertes. À Più, le moine qui avait libéré la source de son diable était un augustin perclus de dettes de jeu qui se serait servi des dons qu'il perçut après le miracle pour rembourser ses créanciers. Quant à la nonne de Laon, accusée d'avoir partagé le lit d'un seigneur, elle était la petite-fille d'un puissant prélat de Rome. Le crible et le mendiant miraculeux ne furent jamais retrouvés…

« Pourquoi Rainerio s'intéressait-il à de faux miracles ? »

Bénédict Gui ne tarda pas à deviner le cheminement de pensée du jeune homme :

« Rainerio sait que des enfants miraculeux sont enlevés par des hommes du Latran. Pourquoi ? »

La réponse se tenait sous ses yeux :

« Les simulacres de l'Église ! Rainerio devait savoir que de tout temps l'Église a orchestré, comme à Gennano, de faux prodiges, des mises en scène spectaculaires aux fins d'édifier les populations.

« Tous les moyens étaient bons pour gagner des partisans. En se servant d'enfants dotés de pouvoirs miraculeux, toutes les manipulations à grande échelle devenaient possibles ! L'Église détiendrait avec eux de formidables outils. Des adultes se refuseraient de se prêter à ces mensonges, mais des enfants… ? »

Bénédict frissonna devant cette menace.

Convaincu que le pauvre Rainerio, avant lui, avait ressenti la même angoisse…

Au dos d'un feuillet listant les livres empruntés par Rainerio, Bénédict Gui fixa par écrit les thèses qui venaient de naître dans son esprit.

Il prit soin de laisser ces mots dans le boîtier de sœur Constanza.

« S'il m'arrivait de disparaître, ces pistes ne seraient pas perdues pour tout le monde. »

Il agissait toujours de la sorte lorsque ses enquêtes se prolongeaient ou devenaient trop complexes, semant des indices de son passage.

« Il est regrettable que Rainerio n'ait pas songé à en faire autant. »

Bénédict remit la boîte à Constanza qui lui promit d'aller la cacher dans la bibliothèque, au dos des œuvres de saint Benoît d'Aniane d'où elle ne les déplacerait plus.

Le lendemain matin, le frère convers de la Maison des enregistrements vint trouver Bénédict à son auberge :

— Votre dossier a été accepté, s'exclama-t-il. Vous êtes attendu au Latran où vous devrez soumettre sans tarder vos arguments à l'archevêque

Moccha, l'un des plus prestigieux Promoteurs de la Cause. Toutes mes félicitations ! Je n'ai jamais vu de supplique aboutir si rapidement à une convocation.

Il lui remit un sauf-conduit pour Rome et le Latran, mais aussi les conclusions préliminaires de l'abbaye de Pozzo, et lui rendit les divers documents apportés de Spalatro ainsi que la fiole de sang.

« Moccha. Un Promoteur de la Cause ? À la Sacrée Congrégation, il est l'homme qui s'oppose au Promoteur de Justice. »

Bénédict Gui se dit qu'il avait « fumé le renard » au-delà de ses espérances…

Il prit la route pour Rome.

4.

Depuis dix jours, Perrot était cloîtré dans une cellule dont le périmètre ne dépassait pas six pieds de côté. Le sol était froid et humide, sans la moindre brassée de paille ; privé de soupirail, avec pour seule lueur les reflets d'une torche qui passaient à travers les claires-voies de la porte. L'enfant ne pouvait plus différencier le jour de la nuit. Tout se taisait, les geôles voisines devaient être inoccupées.

Seul un moine emmailloté dans une bure blanche venait deux fois le jour lui servir son boire et son manger et remettre du fourrage huileux dans l'encoignure où l'enfant faisait ses besoins.

Hors lui, Perrot était tenu à la plus stricte solitude.

Et pourtant, presque continuellement, il ressentait ces accès physiques, ces frissons qui l'assaillaient dès lors que son don de guérisseur était sollicité. Bien qu'aucune activité ne fût perceptible autour de lui, il acquit la conviction d'être observé ; il eut beau sonder les murs, il ne put nulle part déceler un trou ou une faille d'où il aurait pu être épié.

Le douzième jour, la porte s'ouvrit et, cette fois, ce fut Até qui apparut.

Ses longs cheveux étaient relevés et couverts d'un voile flottant, son visage soigné, les yeux fardés de khôl, la peau poudrée au blanc de Saturne et les lèvres soulignées de rouge ; elle portait une robe plissée d'un seul tenant, couleur sable, ceinturée par une cordelette de cuir au bout de laquelle tintaient deux boules d'argent.

Ils quittèrent ensemble le quartier des cachots pour suivre un promenoir recouvert de pavés blancs et planté d'ifs argentés. Le jour aveugla Perrot ; le ciel était bleu pâle, sans nuages. Le chemin déboucha sur un cloître encadré d'un préau-galerie où déambulaient une dizaine de moines. Le cœur du jardin était bordé de haies de buis au centre desquelles trônait une fontaine jaillissante.

Après avoir gravi un escalier en hélice, l'enfant se retrouva dans une salle. Un pan de mur était occupé par un gigantesque vitrail donnant sur les jardins ; vitrail au verre pur, sans pigment coloré, retraçant les principaux chapitres de la Passion.

Un abbé frêle et osseux attendait derrière un bureau. Il se leva à l'arrivée de l'enfant et de la femme et fit un signe de tête respectueux à l'égard d'Até.

— J'ai reçu un message de votre père, dit-il. Monseigneur de Broca est en route. Il sera parmi nous d'ici trois jours.

Até approuva.

L'abbé s'adressa à Perrot.

— Je suis le père Domenico Profuturus.

— Je m'appelle Perrot, fit le garçon d'une voix timide.

L'abbé sourit.

— Je sais qui tu es.

Il saisit une feuille de parchemin posée sur son bureau et la parcourut à haute voix, s'adressant surtout à Até de Brayac.

— En quelques jours ici, ce garçon a guéri deux lépreux, une pestiférée, un enflammé de Saint-

Antoine. Il a interrompu une hémorragie, rendu l'esprit à deux déments, libéré les abcès de poitrine d'un vieillard et rééquilibré les humeurs de trois de mes moines.

Até blêmit.

— Avez-vous déjà rencontré un tel phénomène ? demanda-t-elle.

L'abbé secoua la tête.

— Jamais ! Pas même dans les écrits du passé !

Mais Perrot protesta :

— Je n'ai rien fait de ce que vous dites, mon père ! Je vous l'assure… Si cela est arrivé, c'est en dépit de moi.

Il se tourna vers Até d'un air désespéré :

— Dites-le-lui, madame, vous le savez bien, vous, que je n'y suis pour rien !

Mais la femme se tut. Elle était de plus en plus impressionnée par son petit prisonnier.

Profuturus hocha la tête avant de reprendre l'examen de son parchemin :

— Nous avions positionné plusieurs malades derrière une paroi de la cellule de Perrot. Dès les premiers signes d'amélioration de leur santé, nous les avons peu à peu éloignés, cela afin d'établir, par l'expérience, le « rayon de manifestation » de ses pouvoirs de guérison. Nous sommes parvenus à la conclusion qu'il couvrait plus de deux cents pieds à la ronde !

Il regarda l'enfant :

— Nous avons aussi fait la preuve que ton don agissait lorsque tu dormais.

Profuturus jubilait :

— C'est tout à fait extraordinaire : d'habitude les miracles sont circonscrits à un lieu ou à un moment précis. Perrot, en revanche, est une sorte de prodige *permanent et immédiat* !

Até s'inquiéta :

— Qu'allez-vous faire de lui ?

— Nous allons œuvrer pour mettre ses pouvoirs à l'épreuve, cerner ceux qu'il pourra un jour pleinement maîtriser. Son sentiment de n'y être « pour rien » est normal. Au même âge, les thaumaturges du passé, comme nos grandes figures de saints, ont eux aussi été des enfants effrayés de leurs aptitudes extraordinaires. Des personnages aussi prestigieux qu'Asclépios, Apollonios de Tyane, Mithra, Honi le Traceur de cercles, Attis et Adonis, Théophile l'Indien, ont redouté cette nature. Jésus n'a-t-il pas souffert l'occultation de sa mission divine jusqu'à l'âge de trente ans ?

–Il se retourna vers l'enfant.

— Si tu es toi, Perrot, par la grâce de Dieu, un être de cet ordre, il serait dommage de te laisser perdre, comme de t'abandonner avec ce fardeau. Tu peux remercier Até de Brayac, elle t'a sauvé. La plupart de nos frères dans l'Église pensent que si un miracle se réalise – qu'il s'agisse d'une guérison ou d'une apparition – c'est le *diable* qui illusionne les humains pour mieux les induire en tentation. Dieu laisserait agir le diable afin de mettre notre foi à l'épreuve. Le miracle, même véridique et attesté, doit être combattu par la force. Cela est tellement vrai que si Jésus de Nazareth revenait et qu'il produisait les mêmes prodiges qu'il fit en son temps, l'Église serait la première à l'envoyer flamber ! Hors ces murs, il est certain qu'un évêque zélé aurait fini tôt ou tard par réclamer ta mort, au nom de l'ordre naturel.

Profuturus alla à la porte. Il fit un signe au moine qui attendait derrière. Celui-ci partit en courant. Il y eut un moment de silence, puis le moine revint et tendit à l'abbé un objet recouvert d'une pièce de tissu écru.

Profuturus le posa sur la table.

— Approche.

Perrot obéit.

L'abbé releva l'étoffe. Elle dissimulait un reliquaire en cristal de roche à l'intérieur duquel était conservé un gros caillou noir.

Seulement, à mesure que Perrot s'avançait, il commença de se métamorphoser, de se liquéfier. Pour devenir, d'abord une pâte sombre puis, en quelques instants, un sang clair et rubis, aussi brillant que s'il était sorti des veines d'un enfant.

— Ce sang a plus de huit siècles, dit Profuturus. Il appartient à saint Maur, patron des fossoyeurs. N'es-tu pas intrigué de découvrir pourquoi ta seule présence lui redonne cet éclat de vie ? Eh bien, mon enfant, il n'y a qu'ici, à nos côtés, que tu trouveras une réponse !

Le petit Perrot haussa timidement les épaules :

— Mais pourquoi m'avoir arraché à mon village, à mes amis, à mes parents ?

Profuturus lui posa une main sur le front.

— Les grandes choses relèvent toujours de grandes causes. Ton existence hors normes exigera encore bien des sacrifices.

Il l'entraîna avec Até. Après être passés par une longue suite de pièces, ils arrivèrent dans une salle où siégeaient quatre enfants gardés par une demi-douzaine de moines.

Une fille et trois garçons âgés entre huit et quinze ans.

— Perrot, dit Profuturus, je te présente Jehan, qui reçoit des songes prophétiques, comme sainte Hildegarde ; Simon, qui discerne les défunts, comme la pythonisse d'Endor ; Damien, qui fait fuir les démons et les expulse des corps, comme Notre-Seigneur ; et Agnès, que tu connais déjà, qui saigne le sang des stigmates du Christ, comme saint François.

L'abbé sourit et lança :

— Réjouissez-vous, mes enfants car, désormais, vous allez travailler tous les cinq ensemble…

5.

Dès son arrivée à Ancône, le père Aba se mit à chercher l'emplacement d'un monastère dénommé Albert-le-Grand, appartenant au vaste territoire de l'archevêché.

Ce n'est qu'à la maison du missionnaire diocésain, rue de la Bûcherie, qu'il fut enfin renseigné par un ancien principal dominicain. L'homme était haut et sec, le regard clair, la peau du visage finement craquelée. Il se nommait frère Damon Cyprien et avait passé sa vie à voyager à la rencontre des grands traducteurs juifs et gréco-arabes de Cordoue à Constantinople, de Constantinople aux confins de la Perse. Le père Aba le connaissait de réputation, son ouvrage sur les Achéménides était célèbre.

— Le monastère que vous appelez Albert-le-Grand n'existe pas véritablement sous ce nom, lui avoua-t-il. Il s'agit d'une forteresse qui a été détruite par les armées de Barberousse en 1167. Il y a quarante ans, elle a été rebâtie. À l'initiative de qui ? Personne ne le sait. On a prétendu qu'elle était une place forte voulue par Rome dans le but de défendre sa côte orientale, ou bien qu'il s'agissait d'une prison pontificale. Bien des noms ont cir-

culé sur les détenus supposés de cette prison. J'ai
entendu affirmer que des papes et des saints que
l'on prétend morts depuis de nombreuses années
seraient en fait encore vivants et réfugiés derrière
ces murs. Assurément, rien de tout cela n'est vrai.
Des légendes similaires circulent à travers les
peuples et les âges ; j'ai ouï de pareilles fari-
boles au sujet du krak de Meloul ou du crâne de
Baphomet.

— Si personne ne sait rien, pourquoi le désigne-
t-on comme monastère ? demanda Aba. Et que
vient faire Albert le Grand dans cette histoire ?

— Monastère on le dit parce qu'une cinquantaine de moines ont été aperçus en train de s'y rendre peu avant la fin des travaux de rénovation.

Le dominicain sourit.

— Quant à son nom, il vient d'une parole
d'Augustin, le théologien d'Ancône, qui aurait pro-
clamé, le jour de la disparition d'Albert le Grand
en 1280 : « À choisir, il aurait préféré voir son âme
se rendre dans ce monastère plutôt qu'au Ciel. » La
formule est restée.

Le vaillant vieillard haussa les épaules :

— Quoi qu'il en soit, et cela vaut pour le krak et
le crâne, si vous n'y êtes pas invité, ne vous en
approchez pas. D'expérience, j'ai appris qu'il existe
deux types de secrets qu'il ne faut jamais vouloir
percer : ceux que cachent des femmes, et ceux que
cachent des murs trop bien fortifiés. Auprès d'eux,
les énigmes des grimoires, des sortilèges et des sectes sont des hochets pour enfants.

Le dominicain souffrit néanmoins de lui expliquer où le monastère se situait.

Sans tarder, le père Aba se remit en selle, harna-
ché en noir, épée à la ceinture, capuche rabattue sur
le front…

Le surlendemain, il vit pointer le monastère dans la brume matinale, dressé sur un promontoire naturel qui dominait l'Adriatique, à mi-chemin d'Ancône au nord et de Varano au sud. La faible visibilité le fit surgir comme le Valhöll de légende, qui se déplace d'un lieu à l'autre, portée par les rayons du jour.

Damon Cyprien ne s'était pas trop avancé en disant que la forteresse était impressionnante ; la bâtisse était gigantesque, carrée, haute de plus de trente mètres, sans portail apparent, ni meurtrière, ni donjon central : un redoutable bloc de pierre. Il n'y avait aucune vie alentour, aucune habitation, sinon un minuscule port récent élevé sur la plage de galets.

Aux environs du monastère, on ne distinguait que de la caillasse et de la broussaille blanchie par le gel, des bosquets qui s'élevaient à genou d'homme. Un faible cours d'eau dévalait du promontoire jusqu'à la mer.

Aba attacha son cheval à une distance raisonnable, nouant sa bride au tronc du seul arbre rabougri qui tenait encore debout. Puis il s'avança, à petits pas, arbalète au poing, le dos courbé.

Utile, mais de mauvais augure, la brume le protégeait autant qu'elle l'épouvantait.

Il effectua un tour du monument : pas d'entrée ; il n'aperçut que le dessin d'une porte piétonne qui avait été comblée au mortier. Aucun accès en dépit de la démesure de la bâtisse.

« Peut-être se trouve-t-il des ouvertures souterraines secrètes creusées loin des murailles ? »

Il ne voyait nulle part de saillie ou de barbacane par lesquelles des guets pourraient observer les alentours et surprendre son arrivée.

Les pierres des remparts étaient parfaitement équarries, la bretture suivait une régularité étonnante, les murs étaient droits et lisses. Leur base était évasée en « fraises », plans inclinés qui gênaient les attaques d'échelles et le travail des sapeurs, et sur lesquels des gros projectiles lancés du haut du rempart ricochaient pour se relancer de toute vigueur à l'horizontale.

« C'est donc là qu'Hue de Montmorency, le seigneur de Mollecravel, aurait été emmené et purgé de ses démons pour devenir l'agneau qu'on prétend ? C'est entre ces murs qu'aurait été conduit Perrot… ? »

Un grincement de chaîne et de poulie puis le son mat d'un corps chutant dans l'eau attirèrent son attention. Aba se colla dos à la paroi. Puis, le silence revenu, il avança prudemment et aperçut une retenue d'eau artificielle bordée de pierres identiques à celles du monastère, d'un diamètre de quinze pieds et par laquelle s'écoulait le cours d'eau déjà repéré. Un cadavre flottait, la surface de l'eau encore ridée par l'impact. Aba leva les yeux : une trappe bardée de fer était refermée à une vingtaine de mètres de hauteur.

Il s'approcha, tâcha de retourner le corps qui baignait sur le ventre à l'aide du fût de son arbalète, mais il s'aperçut, horrifié, que d'autres corps décomposés avaient sombré sous lui.

Au moins quatre.

Le cadavre se renversa : son visage était mutilé, il lui manquait les yeux et la mâchoire inférieure. Son ventre était ouvert sur deux empans et entièrement éviscéré. L'abdomen ressemblait à la poche d'une outre ; Aba y distingua l'ossature du squelette, les côtes, le sternum et les vertèbres.

Les autres dépouilles étaient elles aussi incomplètes : un bras manquait, ou deux jambes, la tête, le bassin fendu, les parties basses amputées ou le crâne trépané et ouvert sur toute sa circonférence.

Le père Aba prit la fuite, courant sans parvenir à chasser ces images d'horreur de ses pensées.

6.

À Olomouc, Rainerio quitta la ville à cheval, en compagnie de Daniel Jasomirgott, peu avant la fermeture des portes qui devaient protéger les habitants des pillards.

Ils prirent la direction de Most, au nord-ouest de Prague, distant d'une centaine de lieues.

Rainerio n'avait demandé qu'une chose à l'ancien ami de son maître Otto Cosmas : être conduit auprès du roi de Bohême, Venceslas II.

« Mes révélations sont d'abord pour lui. Ensuite, je solliciterai une audience devant l'empereur ! »

Lorsqu'il eût expliqué ses découvertes à Jasomirgott, celui-ci résolut de l'accompagner, quitte à abandonner sa ville dans la tourmente.

— C'est trop grave.

Leur route se révéla jonchée d'obstacles. Rainerio découvrit des populations décimées par la famine et par les affrontements pour le trône qui ravageaient le royaume depuis quinze ans. Nulle part, depuis son départ de Rome et la longue traversée de la Carinthie et de la Styrie, il n'avait été le témoin d'autant de détresse.

Les bandes armées régentaient le pays. Les villages étaient incendiés, des familles jetées sur les routes.

Rainerio apercevait au loin les campements de fortune et traversait des hameaux qui venaient de subir un coup de filet. Il comprit pourquoi les habitants de Víska, le village de Marek, étaient allés se terrer en pleine forêt ; ils préféraient risquer les loups plutôt que les bandes pillardes des plateaux et des vallées.

Daniel Jasomirgott, qui connaissait tous les raccourcis de forêt, leur faisait éviter les abords des villes.

Rainerio dut insister pour s'arrêter dans un bourg et aller se recueillir devant l'autel d'une église.

Il pénétra dans le lieu de culte et, longuement, pria, cierge en main, pour la sauvegarde de sa sœur Zapetta et de leurs parents, abandonnés à Rome. Il suppliait le Ciel de comprendre ses hautes raisons.

Arrivé à proximité de Most, là encore, Rainerio ne pénétra point la cité ; après s'être renseigné, Daniel Jasomirgott les fit entrer dans la forêt pour rejoindre un campement d'hommes en armes établi autour d'un feu, pourvu de quelques tentes dressées contre les arbres.

Une bande de pillards.

Rainerio s'étonna :

— N'essayons-nous pas de leur échapper ?

— C'est la cour de Venceslas II de Bohême, répondit le vieux compagnon d'Otto Cosmas. N'est-ce pas l'endroit où tu m'as demandé de te mener ?

Surpris, Rainerio approcha de ces personnages aux cheveux noirs, courtauds, crottés jusqu'aux cuisses, que rien ne différenciait des crocheteurs qui infestaient les routes. Seules les femmes affichaient ici un port et une élégance qui les distinguaient des catins entraperçues sur d'autres bivouacs.

Les deux voyageurs mirent pied à terre. On s'empressa de les fouiller. Jasomirgott se vit démis de ses armes.

Ils furent escortés sous la tente royale. Elle n'était ni plus vaste, ni plus fastueuse que les autres. Cinq hommes s'y trouvaient accroupis, riant fort et mordant dans des quartiers de viande. Deux d'entre eux se levèrent et posèrent le poing sur le pommeau de leur épée. Le silence se fit, les regards tournés vers Rainerio. Jasomirgott s'était agenouillé derrière lui, tête baissée.

Rainerio fit un pas vers l'un des hommes assis, le plus puissant, le visage buriné et barré de cicatrices. Il salua.

L'homme sourit et désigna du regard un autre personnage. Rainerio découvrit que le roi de Bohême, Venceslas II, de la dynastie des Premyslides, était un jeune homme frêle, à l'air maladif, à peine âgé de dix-sept ans.

Tous s'égayèrent de la méprise de l'étranger. Les hommes lâchèrent leurs armes.

Rainerio fit une longue génuflexion.

— Je me nomme Rainerio, dit-il après que Venceslas l'eut engagé à parler. Je viens de Rome. J'étais le disciple d'Otto Cosmas.

Le nom de Cosmas fit s'éclaircir le visage encore juvénile du souverain.

— Cosmas était le confident de feu le roi mon père. Je l'aimais beaucoup. Il a disparu vers mes sept ans et je n'ai plus reçu de nouvelles le concernant. Sinon pour l'annonce de sa mort, il y a quelques mois.

Rainerio fournit quelques explications sur la figure de son maître :

— Après son départ précipité de Prague, Otto Cosmas est allé se réfugier à Rome où vit une importante communauté morave. Il a fait la connaissance de l'archevêque de Tournai, le cardinal Henrik Rasmussen, qui débutait sa carrière de Promoteur de Justice au sein de la Sacrée Congrégation

pour la cause des saints. Il traitait son premier cas :
une religieuse de Bohême qui provoquait quantité
de miracles. Rasmussen, mandaté pour détruire les
arguments en faveur de cette religieuse, eut l'idée
d'aller interroger les Moraves de Rome sur les
légendes qui circulaient au pays à propos de cette
femme. Otto Cosmas lui conta des faits qui se rap-
portaient à sa jeunesse turbulente. Ces éléments
suffirent, avec l'éloquence de Rasmussen, à briser
net les prétentions de sainteté défendues par ses
requérants à la Sacrée Congrégation. Ce fut le premier triomphe de Rasmussen. Le Promoteur de Justice comprit le parti qu'il pourrait tirer d'une bonne
connaissance des faits négligés de la vie des saints.
Principalement de leurs jeunes années. Il demanda
à Cosmas de rédiger pour lui, en secret, une somme
d'*exempla* regroupant tous les récits et racontars de
jeunesse des grands saints, convaincu que cet outil
permettrait d'établir des analogies qui aideraient à
déterminer qui pouvait se prévaloir de la veine des
saints et qui ne le pouvait pas. Cela a assis sa gloire
au sein de la Sacrée Congrégation. Il ne perdait
jamais ses procès !

Le roi sourit :

— Otto Cosmas était réputé pour son savoir universel et son esprit de méthode. Je ne suis pas
étonné qu'il ait trouvé à se montrer utile dans une
ville comme Rome.

— Il travaillait sans relâche au service du cardinal ; ce dernier le fournissait en argent, en ouvrages
rapportés du monde entier, expédiant au besoin des
émissaires dans des diocèses situés aux confins de la
chrétienté afin de confirmer une information sur un
saint. Otto Cosmas ne sortait jamais de chez lui.
Harassé, vieillissant, il eut recours à un assistant : ce
fut moi.

Rainerio expliqua que Rasmussen faisait parvenir à Cosmas des documents si nombreux que

l'ouvrage de référence sur les saints et leur jeunesse prenait des proportions effarantes, si bien qu'il ne put être terminé avant la mort du maître ; Rainerio prit le parti de l'achever seul.

— Je suis entré au service du cardinal Rasmussen qui retrouvait avec moi les qualités qu'il avait appréciées chez Otto Cosmas : travail et discrétion. Dès lors, je l'ai assisté dans la préparation de ses plaidoyers de Promoteur de Justice et j'ai continué d'étendre les références de la *Vie des saints* d'Otto Cosmas en m'intéressant aux cas les plus récents de jeunes garçons et de jeunes filles faisant preuve de dons miraculeux susceptibles de correspondre à ceux de saints.

Rainerio expliqua que ses recherches le conduisirent à mettre au jour un trafic d'enlèvements d'enfants miraculeux, trafic qui était piloté par des personnages importants de la curie romaine.

— Avec Monseigneur Rasmussen, nous sommes allés de découverte édifiante en découverte édifiante. Le résultat de nos travaux démontrait qu'il existe, depuis plus d'une trentaine d'années, à Rome, un convent clandestin de prélats dénommé *Megiddo,* présidant en secret à des miracles « grandeur nature », des faux prodiges, des fausses apparitions, des prophéties indûment accomplies, afin d'asseoir la mainmise de Rome sur les fidèles et de soutirer d'immenses offrandes.

Il y eut un murmure dans l'assemblée autour du roi. Jasomirgott s'était relevé. Il ne laissa encore rien paraître de sa surprise. Il ordonna à Rainerio de poursuivre.

— Ce réseau secret, qui échappe à l'autorité du pape, semble fleurir pendant les périodes d'interrègne. Dès que, politiquement, le besoin s'en fait sentir, une Vierge apparaît, un prêtre revient d'entre les morts, un trésor chrétien est découvert et renverse alors les opinions en faveur de l'Église !

Cette révélation scandalisa.

— Où sont les preuves de ce que tu avances ? demanda l'un des hommes autour du roi.

Rainerio baissa la tête :

— J'aurais pu vous les remettre en main propre si je n'avais été dépouillé de mes affaires sur les routes de Carinthie. J'emportais, en langage chiffré, toutes les conclusions de notre enquête. Vous secouez la tête, Messeigneurs, vous ne devriez pas. Avez-vous de quoi écrire ?

Les fidèles de Venceslas fournirent Rainerio en encre et en papier. Il s'assit derrière une écritoire.

— Tout est imprimé dans mon esprit, affirma-t-il.

Il écrivit, dans un latin irréprochable, pendant une heure, puis deux, puis trois… La nuit tomba. Les heures défilaient et Rainerio ne cessait de noircir du papier.

Les témoins de la scène l'observèrent, moitié crédules, moitié admiratifs.

Lorsque Jasomirgott voulut se saisir d'un feuillet couvert de son écriture, Rainerio se récria, arguant que les ramifications du Convent de Megiddo ne pouvaient être comprises que dans leur ensemble.

Au petit matin, il avait fini.

On vida la tente royale de ses meubles et Rainerio étala au sol ses feuillets, constituant des cercles concentriques et des traits comme les branches d'une étoile.

— Voilà, dit-il épuisé.

Il avait reproduit les différentes cellules du Convent et apporté la démonstration de soixante-six manipulations.

— Le diable est dans Rome, commenta Rainerio d'une voix blanche. Tout le monde le sait, tout le monde le dit, mais personne ne sait vraiment où le trouver…

Il désigna son travail :

— Le voici sous vos yeux.

Jasomirgott employa de longues heures à restituer le système romain en bon tchèque pour le roi et ses fidèles.

Les dernières dispositions du Convent de Megiddo explicitaient les raisons de la fuite subite de Rainerio à Rome :

— Avec le cardinal Rasmussen, dit-il, nous avons mis le doigt sur les préparatifs d'une prochaine manipulation. Nous savons que cent douze enfants dotés de dons magiques prodigieux ont été enlevés au cours des treize derniers mois, et que, pour ce faire, plus de quatre cents personnes ont perdu la vie ; cette opération est d'une envergure telle qu'elle a exigé des ressources en effectifs et en argent exceptionnelles.

Devant l'assemblée médusée, il ajouta :

— Le monde a tout à craindre d'un simulacre qui réunirait autant d'enfants miraculeux. À Rome, nos démarches ne sont pas passées inaperçues. Le cardinal Rasmussen a été la cible d'une tentative d'assassinat. Quant à moi, suivant les injonctions de mon ancien maître Otto Cosmas, et celles du cardinal qui m'apprit que seuls les partisans de l'empereur pourraient employer nos secrets sur Rome, j'ai quitté la ville, j'ai trouvé Jasomirgott pour m'aider à vous rencontrer, et me voilà !

Venceslas II était marié à la fille de l'empereur Rodolphe. Le jeune souverain se dit que s'il lui portait une telle arme, le conflit larvé entre l'autorité de la papauté et celle de l'empire s'achèverait par la victoire définitive de cette dernière.

— Mais encore ? dit-il, plus précautionneux que ne le laissait deviner son âge. Aussi lumineuse que soit cette démonstration, elle ne s'appuie que sur la parole d'un jeune homme sans titre. Est-ce suffisant pour abattre des personnages capables de tant de dissimulation ?

Il pointait du doigt les rameaux tentaculaires du Convent de Megiddo.

Rainerio abonda dans le sens du souverain :

— Vous avez raison. Aussi je vous incite à ne rien entreprendre pour l'heure. Donnez-moi quatre ou cinq jours.

Venceslas hocha la tête :

— Et que peut-il arriver d'ici là ?

Le cinquième jour, on entendit un brouhaha à l'extérieur de la tente royale. Des bruits de chevaux, quelques cris tempétueux puis une voix qui portait loin.

Un garde entra précipitamment et annonça à Venceslas II l'arrivée d'un homme d'Église.

Le vaillant prélat Rasmussen se présenta devant le roi, tenant sous le bras un épais grimoire.

— Tout le monde à Rome croit mon maître mort, expliqua le jeune homme dans son tchèque aléatoire. Il apporte des documents irréfutables qu'il a extraits de Rome en les dissimulant dans son cercueil.

Il désigna le cardinal et s'adressa encore au roi :

— Votre Grâce, vous détenez désormais la parole d'un des plus puissants cardinaux de la curie pour soutenir la thèse que je vous ai livrée contre le Convent de Megiddo. La situation est désormais entre vos mains...

7.

Hanté par la vue des cadavres, le père Aba estima que pour pénétrer le monastère Albert-le-Grand, il ne pourrait compter que sur son travestissement d'homme en noir.

Aux alentours de la forteresse, aucune route ne menait à la bâtisse, hormis des pistes rocailleuses et étroites, à peine tracées. Aba reconnut sous le givre des marques anciennes de sabots et de roues ; il dénombra les pieds qui séparaient ce chemin de l'arbre rabougri auquel était attaché son cheval. Là il établit un campement de fortune, se servant de l'écran de brousse pour se dissimuler, parvenant à dresser un muret de pierrailles afin de contrer le vent qui soufflait depuis le large.

Ensuite il partit pour Varano avec le cheval.

Varano était une petite cité portuaire au sud du monastère en plein essor depuis que s'y était installé un chantier naval aux tarifs inférieurs à ceux d'Ancône et de Pescara.

Ici, il perçut dans l'œil des habitants que sa silhouette sombre leur était familière ; et qu'ils la craignaient.

Il s'arrêta dans une ferme où il réclama de quoi se nourrir et panser sa monture. On s'empressa de lui obéir. Il fut servi de viande fraîche et de lait. Il requit des vivres pour un long voyage et quelques couvertures. Lorsqu'il voulut payer son dû, ses hôtes, d'abord surpris, se récrièrent, refusant la moindre pièce, pressés de le voir s'en aller.

Le père Aba fit halte dans un atelier qui confectionnait des gréements et acquit un cordage raide à trois lacets fins, long de vingt-deux pieds et neuf pouces.

En quittant Varano, il croisa un prêtre emmitouflé sous des peaux qui sortait d'une chapelle. Ce dernier ne l'aborda pas, il fit seulement le geste – curieux aux yeux d'Aba – de le bénir.

Il reprit la route de son campement. Mais à mi-chemin, il descendit de sa monture et la fit détaler vers le nord en lui affligeant les flancs de la pointe de son épée.

Le père Aba regagna son refuge devant le monastère.

La journée était froide et brumeuse. Il alluma un petit feu, ce qu'il jugea sans risques, la fumée s'évanouissant loin de la route et la brume annulant les indices de fumée.

Il ne vit personne venir.

La nuit, il réussit à dormir quelques heures dans le froid, mais se réveilla les membres engourdis et douloureux.

Il ne ralluma pas le feu. Le matin était plus clair. De là où il se tenait, il avait vue sur le ponton en bord de mer.

« Les membres du monastère viendraient-ils par voie de mer ? »

Ce jour-là se passa sans la moindre apparition. La nuit suivante fut calme et glacée. Le lendemain, sa patience fut récompensée peu avant midi : une troupe apparut enfin.

Neuf cavaliers en noir, harnachés comme à Cantimpré, escortaient un carrosse. Ils piquaient droit vers le monastère.

Aussitôt Aba se saisit de son arbalète et se rangea à l'affût au ras des broussailles.

Le convoi dut ralentir. De la rocaille amoncelée par le prêtre sur le chemin obligea la voiture à faire une embardée et les cavaliers à se mettre à la file. Comme il l'avait prévu, ils passèrent non loin d'Aba à faible allure.

Au moment propice, il se dressa et décocha un carreau dans le dos du dernier cavalier ; la flèche était attachée à la corde raide qu'il s'était procurée à Varano, dont l'extrémité était nouée au tronc de l'arbre. Le père Aba avait calculé la distance et l'angle de tir de sorte que, une fraction de seconde après l'impact de la flèche, le cordage arrive à bout et désarçonne le cavalier.

L'homme fut projeté vers l'avant par la puissance du trait puis renversé en arrière, arraché de sa selle, jeté à terre comme une poupée de chiffon.

Aba lui passa son épée à travers le corps et sauta sur son cheval afin d'attraper le convoi qui ne s'était aperçu de rien ; pas un bruit, pas un cri n'avait été émis au cours de ce meurtre expéditif.

Il les rejoignit, quelques pas en arrière. La tenue des soldats était quasi identique à celle qu'il revêtait.

Ils avancèrent jusqu'au pied du monastère. Aba s'attendait à voir apparaître une entrée secrète, un souterrain qui conduirait par-dessous les murailles ; rien de cela ne se présenta.

Il ne comprenait pas par où ce lourd équipage allait pénétrer l'enceinte.

Soudain, une agitation débuta en haut des remparts. Le père Aba n'en crut pas ses yeux : deux puissants madriers de bois s'avancèrent dans les airs. Puis un large cube de bois s'ajusta le long de ces glissières avant de descendre à flanc de mur, l'ensemble tenu et manœuvré lentement à l'aide de quatre puissantes chaînes.

Le père Aba connaissait ce procédé qui servait aux réfections des cathédrales pour hisser des éléments lourds et volumineux, mais c'était la première fois qu'il voyait ce mécanisme employé à lever hommes et chevaux dans une forteresse. Le monte-charge toucha le sol.

Deux hommes sortirent du carrosse. L'un était gras et trahissait son grand âge par un pas difficile. Il était richement vêtu. L'autre l'épaulait.

La portière de la cage de bois s'ouvrit ; trois hommes – un abbé et deux gardes – s'y trouvaient et invitèrent les deux arrivants à les rejoindre.

— Bienvenue, Votre Grâce, dit l'abbé.

Le monte-charge s'éleva dans les airs.

Le père Aba était en selle auprès des huit autres hommes en noir. L'un d'eux ordonna que l'on dételle le carrosse. Aba prêta la main. Tout s'accomplissait dans le plus grand silence.

Après cinq allers retours, le convoi entier fut hissé en haut du monastère. Aba comprit pourquoi le monte-charge était clos de planches de bois : il fallait empêcher les chevaux de céder à la panique, dans la pénombre ils ne s'apercevaient de rien.

Toutefois, lorsque le prêtre de Cantimpré se retrouva soulevé dans les airs, il se dit que même s'il arrivait à entrer en vie dans le monastère, même s'il y retrouvait Perrot, il était bien incapable d'imaginer comment il pourrait s'en échapper…

8.

Ce jour-là, pour la première fois, les cinq enfants miraculeux se retrouvèrent dans le jardin d'un cloître, presque sans surveillance.

Tous vivaient dans des chambres séparées, à un étage occupé par des soldats et dont on ne pouvait approcher sans autorisation. Chaque enfant demeurait en la compagnie constante de ses instructeurs. Ces derniers œuvraient sans relâche afin d'approfondir et de mesurer la portée de leurs différents dons. De nuit comme de jour, les cinq otages ne jouissaient d'aucune liberté.

Mais l'abbé Profuturus décréta qu'ils devaient apprendre à se mieux connaître, et même se divertir comme des enfants de leur âge. On leur avait fourni des balles et des raquettes. Mais ils n'avaient pas le cœur à s'amuser.

Les cinq enfants étaient assis sur le rebord en pierre d'une fontaine qui s'élevait au milieu du tapis d'herbe marronnasse du cloître. Ils portaient le même uniforme de lin écru, le même manteau garni de peaux et la même aumusse sur la tête. Il faisait très froid.

Des gardes se tenaient à distance.

C'était la première fois que les enfants se sentaient aussi libres de se parler.

Agnès, la jeune fille au front marqué de stigmates, qui avait partagé un temps le périple de Perrot après son enlèvement à Castelginaux, montra à ses compagnons ses avant-bras bleuis par les piqûres d'un fin tuyau de plume de pigeon qu'on lui insérait sous la peau :

— Ils me prélèvent du sang.

Damien, le jeune garçon que le père Profuturus avait présenté comme sachant chasser les diables et les mauvais esprits, était originaire de Pamiers, dans l'Ariège. Il avait onze ans. Il était petit pour son âge, avait des cheveux d'un noir inquiétant, un nez fin et des lèvres presque inexistantes. Son « don » s'était révélé deux ans auparavant lors de la présentation à la foule de Pamiers d'une dizaine de possédés. Il avait suffi que ces malheureux croisent le regard de Damien pour que le démon qui les habitait abandonnât leur chair. Le phénomène fut confirmé quelques mois plus tard lorsque l'évêque résolut d'emmener Damien dans un asile de fous. Là encore, d'un simple regard, l'enfant chassa nombre d'esprits néfastes. L'évêché décréta alors son enfermement immédiat, en raison des rumeurs qui circulaient sur son compte et d'un début de vénération populaire. Damien, privé de ses parents, vivait sous bonne garde dans le donjon du château épiscopal de Pamiers. Ce fut là que, six mois plus tôt, une troupe d'hommes en noir avait pris d'assaut l'édifice et enlevé l'enfant à la barbe de l'évêque.

Damien expliqua à ses compagnons :

— Je dois retenir par cœur l'ordre et la valeur des démons, avec leurs noms. Tout ça, d'après le roi Salomon.

Comme Perrot et ses guérisons, Damien avoua qu'il était incapable d'expliquer son don ou d'en maîtriser l'exécution.

Simon était le plus âgé des garçons ; grand, déjà musculeux, laid, une épaule plus basse que l'autre, il avait treize ans. Originaire de Gordon, il avait échappé à huit ans à une noyade dans les eaux d'une grotte près de Miers. À compter de ce jour, il se mit à distinguer des formes et à entendre des paroles de personnes invisibles au commun des mortels. En conversant avec eux, il comprit qu'il s'agissait de défunts. Cette nouvelle se propagea jusqu'à l'évêché de Cahors. La sentence de l'official ne tarda pas : Simon était un agent du diable et devait être brûlé avant la Saint-Martin. Le jour de son exécution, une troupe en noir surgit dans sa prison, ligota les gardes et l'emporta.

Simon dit :

— Ils veulent m'apprendre à reconnaître l'identité des morts qui apparaissent devant moi.

Perrot avoua à son tour le sujet des expériences auxquelles il était confronté :

— Ils me mettent devant des animaux à qui ils ont arraché un morceau du corps, pour savoir combien de temps mon don va ralentir leur mort.

Le dernier garçon à parler fut Jehan, un enfant de douze ans, frêle et craintif, le front très haut et dégagé, et des yeux étroits. Depuis sa naissance il éprouvait des songes miraculeux. Il pouvait tomber à tout instant en état catatonique et il suffisait alors de l'interroger sur n'importe quel sujet pour que des « voix » lui insufflent les réponses exactes. Doué de glossolalie, il les transmettait dans toutes les langues. Ses parents l'avaient conduit auprès de Jeanne Quimpoix, à Aude-sur-Pont, afin que la sorcière leur expliquât ce qui arrivait à leur enfant. Elle leur enjoignit de le cacher et de taire ses pouvoirs. Cela n'empêcha pas une troupe d'hommes en noir de venir le ravir chez lui quelques années plus tard.

Jehan ne gardait aucun souvenir de ce qu'il voyait et répondait au cours de son sommeil.

— Dieu seul sait ce qu'ils cherchent avec moi !

Les enfants découvrirent qu'ils étaient tous d'origines assez proches, issus du Languedoc et de ses environs. Seuls trois avaient été pris par Até.

Hormis Perrot, aucun d'eux n'était passé par le château de Mollecravel ; cela le surprit car il avait pourtant aperçu dans les souterrains de multiples chambres d'enfants.

— Y a-t-il d'autres enfants ici ? demanda Damien.

Personne ne sut répondre.

— Que nous veulent-ils ? continua Damien.

— L'abbé Profuturus nous l'a dit, répondit Jehan.

Sur ce point, Simon avait son avis :

— S'ils veulent nous faire participer à des expériences tous les cinq ensemble, ce n'est sûrement pas pour nous aider, mais pour lier nos dons, faire en sorte que nous soyons une seule et même personne, douée de nos différents talents.

— À nous tous, nous formerions un étonnant personnage ! s'exclama Agnès.

Jehan haussa les épaules :

— Ils oublient qu'une seule chose nous rapproche véritablement : aucun de nous ne maîtrise son don. Perrot guérit sans le savoir, Agnès saigne sans le décider, Simon ne choisit pas les esprits qui lui viennent, Damien n'a pas idée pourquoi les démons fuient son regard, et moi, je ne provoque aucun de mes endormissements. Comment pourrions-nous unir quelque chose qui n'est pas de notre fait ?

Simon s'exclama :

— C'est à cause de cette incapacité que nous avons été choisis ! Si nous pouvions nous contrôler, nous aurions aussi la faculté de refuser de leur obéir ! Ils ont besoin d'enfants qui ne puissent pas leur résister. Des adultes dotés de pouvoirs comme les nôtres sont moins faciles à soumettre…

— Et si, à travers eux, nous servions à quelque chose de mal ? demanda Jehan terrifié.

— Ce sont des hommes d'Église, protesta Damien. Simon et moi n'avons-nous pas été sauvés du bûcher grâce à eux ?

Perrot conta alors l'épisode du presbytère de Cantimpré et l'horrible mort de Maurin. Agnès décrivit l'incendie de Castelginaux et le meurtre de sa mère, jetée dans les flammes.

Tout le monde réfléchit alors à l'hypothèse évoquée par Simon : un être doué des pouvoirs de guérir, de faire fuir les démons, d'incarner le sang du Christ, de voir les défunts et de communiquer par la voie des songes.

Simon résuma d'une question l'intuition secrète qui naissait en chacun d'eux :

— Ces dons ne sont peut-être qu'une malédiction… ?

Un long silence régna de nouveau.

Ce fut Perrot qui le rompit :

— En ce cas, notre obligation consiste à faire échouer les plans de nos ravisseurs ! Nous ne pouvons pas rester sans réagir, alors que nous ignorons ce qu'ils cherchent.

— Comment ? demanda Agnès.

Perrot expliqua l'incident avec Até alors qu'elle prenait son bain. Ce jour où il lui avait rouvert une cicatrice…

— La colère, affirma-t-il. Pour un moment, j'ai cessé d'avoir peur. J'ai haï cette femme pour les méchantes choses qu'elle disait sur ma mère. Mon don s'est retourné contre elle.

Les enfants se regardèrent.

— N'est-ce pas cela, céder aux lois du démon ? Faire le mal ? s'inquiéta Damien.

— Peut-être, répondit Perrot. Mais pour l'heure, nous n'avons rien d'autre à notre portée. Si nous arrivons à pervertir les dons pour lesquels ils nous ont élus, ils rateront tout ce qu'ils préparent…

Peu après, sous l'œil des gardes qui n'entendaient pas leur conversation, les cinq jurèrent de respecter ce vœu de désobéissance, quel qu'en fût le prix. Ils braveraient leurs ravisseurs, feraient front, n'obéiraient plus, se tiendraient ensemble pour faire échouer Domenico Profuturus et ses hommes...

9.

Le père Aba atteignit les remparts d'Albert-le-Grand grâce au monte-charge en compagnie des deux derniers mercenaires et de trois chevaux.

Du sommet, son regard embrassa l'intérieur de l'enceinte : elle était divisée en quatre carrés formant autant de cloîtres agrémentés de jardins, avec fontaines et haies de buis. Le long des murailles, pas moins de cinq étages hébergeaient les occupants du monastère et tous les ateliers et les prestations indispensables à une si importante vie communautaire ; il aperçut le verger, le potager, le cimetière, les étables, les écuries et une basse-cour circulaire à chaque angle de la forteresse. Les croisées étaient montées de verre et les murs agrémentés de sculptures et de reliefs.

Au-delà de la perfection formelle de l'ensemble et de l'absence d'une église abbatiale en son milieu, Aba fut surtout surpris par le prodigieux arsenal de défense dissimulé derrière les remparts. Il y avait là de quoi refouler une armée de mille hommes.

Au sortir du monte-charge, le père Aba aperçut le mécanisme qui mettait en mouvement l'engin d'élévation : un jeu de six blocs de pierres contre-balançait le poids de la cage de bois au cours de la descente ; deux immenses roues crantées dans lesquelles se tenaient quatre hommes debout servaient à tracter les chaînes et hisser le monte-charge.

Des dispositifs comme celui-ci, Aba en compta deux par versant du monastère !

Sur la passerelle d'arrivée, un chemin pavé s'inclinait en pente douce vers le sol, assez large pour laisser descendre les chevaux jusqu'aux écuries.

Aba suivit les hommes en noir.

Arrivé au niveau des jardins, des palefreniers se saisirent de leurs montures et du carrosse ; les mercenaires se dirigèrent vers un guichet où attendait un moine. Chacun d'eux déposa sur le comptoir un morceau de bois octogonal ; identique à celui qu'Aba avait trouvé dans les affaires du mercenaire de Castelginaux et qu'il s'était gardé d'égarer.

Il s'avança et présenta lui aussi l'objet. Le guichetier l'observa et fronça les sourcils. Aba s'aperçut que les autres bois recouverts de cuir, s'ils affichaient comme le sien un numéro à quatre chiffres, comportaient un sigle différent de sa croix encerclée. Cela voulait sans doute dire qu'il n'appartenait pas au même bataillon. Cependant le moine ne posa aucune question et le rangea avec les précédents dans une armoire à cases.

Aba poursuivit sa route en suivant les autres hommes en noir.

Sous son capuchon, son front était moite de sueur, il sentait ses tempes le brûler.

Il se savait en sursis : le cadavre de l'homme laissé sur le chemin serait retrouvé tôt ou tard et son laissez-passer inattendu alerterait les autorités en place. Il n'avait qu'une chose à faire : quitter au plus vite cet accoutrement de mercenaire.

Les hommes en noir pénétrèrent dans un bâtiment qui abritait leurs quartiers privatifs. Par une croisée, le père Aba découvrit une armurerie et plus d'une vingtaine d'autres mercenaires qui avaient ravalé leurs capuchons noirs. Ils avaient les cheveux coupés au ras et des barbes parfaitement taillées, le visage propre ; rien de ce que l'on attend de reîtres.

Aba bifurqua et pénétra quelques pas plus loin dans un lieu différent, vaste et lumineux : l'herboristerie du monastère.

Trois moines étaient en train d'y étudier de longs alignements de bacs d'herbes, d'épices et de massifs de fleurs éclairés par une verrière zénithale. Aba fut surpris par la chaleur et les arômes qui régnaient dans ce lieu, mais aussi par la diversité et l'étrangeté des plantes qui s'étendaient sous ses yeux. Il était certain de n'avoir jamais vu ni entendu décrire beaucoup des espèces cultivées sous cette serre.

Les trois moines herboristes le regardèrent, étonnés par sa subite intrusion.

Le père Aba aperçut une porte de verre de l'autre côté du grand local. Il salua mécaniquement les moines et s'y rendit d'un bon pas.

Le passage donnait sur un des cloîtres de la forteresse.

Ici, pas de gardes ni d'hommes en noir. Le jardin était désert, d'un calme souverain. Seul le bruit de la fontaine troublait le silence.

Sur sa droite, Aba repéra un novice muni d'un balai et d'un seau qui lavait le pavement de la galerie couverte.

Aba ouvrit une petite porte au hasard et vit qu'il s'agissait d'une resserre à bois de corde où une étuve servait à sécher les rondins et les fagots.

Il observa une dernière fois en tous sens puis se rua sur le novice. Il plaqua une main contre sa bouche, l'étrangla de l'autre, et l'entraîna dans la remise. Là, il l'assomma d'un coup de pommeau d'épée, avant d'emprunter ses vêtements. Il lui noua un morceau de sa chainse déchirée autour de la bouche, lui lia les mains avec la cordelette d'un fagot avant de le basculer derrière une pile de bois. Il cacha son arme. Ensuite, il récupéra ses habits d'homme en noir et les mit à brûler dans le foyer qui alimentait l'étuve.

Il ressortit sous l'apparence du novice et se saisit du seau et du balai.

Soudain il se figea ; un détail, jusque-là évacué, le terrassa.

Son œil.

Ce sinistre ruban de tissu noir qui lui barrait le visage.

Qui ne le remarquerait pas ? Il n'eut pour toute ressource que de relever la capuche de la coule et de la rabattre sur son visage.

Il commença son inspection des cloîtres et des galeries, sachant que ce nouveau travestissement, lui non plus, ne ferait pas long feu.

« Retrouver Perrot. »

À mesure que les vastes espaces du monastère se découvraient à lui, l'objectif lui paraissait de plus en plus inatteignable.

Il remarqua toutefois que personne ne faisait ouvertement attention à lui, qu'hormis des moines, on ne rencontrait jamais de gardes ou de soldats sous les galeries.

Un sentiment de paix et de sécurité habitait les lieux, comme s'il était établi une fois pour toutes, que rien ni personne ne pourrait faire courir le moindre risque à la communauté.

Cette impression diffuse, au lieu de le rassurer, l'inquiéta.

Et si on l'avait sciemment laissé entrer ?

Il jeta un regard aux nombreuses croisées de verre qui le surplombaient. Des yeux ne suivaient-ils pas le moindre de ses faits et gestes ?

Aba sentit que sa fébrilité de clandestin était en train de lui jouer un mauvais tour ; s'il cédait à la panique, il n'accomplirait rien de valable.

Malgré tout il se ressaisit et reprit son inspection minutieuse.

En longeant les écuries, il découvrit une aile de la forteresse qui l'intrigua particulièrement. Jusque-là, il n'avait rencontré que des moines silencieux. Ici, des laïques s'égaillaient dans les allées et les jardins, et ne se gênaient pas pour parler haut. Tous entraient et sortaient par la haute porte d'un vaste bâtiment.

Une fois encore, le père Aba se choisit une victime appropriée : un homme vêtu d'un froc séculier de couleur sable, encapuchonné. Aba attendit qu'il s'écartât de ses compagnons et, dès qu'il se fut trouvé dans un corridor voûté, qui menait à une chapelle, le pauvre homme subit le même sort que le novice. Aba l'assomma, l'entraîna sous l'échappée d'un escalier à vis et lui déroba ses habits.

Nouvellement déguisé, Aba pénétra dans cette aile du monastère qui l'intriguait.

Il découvrit une salle gigantesque, qui occupait presque tout un versant de la forteresse, soutenue par des piliers composés, le plafond voûté sur croisée d'ogives, comme la nef d'une cathédrale. Le sol était plus enterré que celui du cloître voisin. Tout l'espace était divisé en une myriade d'établis d'étude séparés par des cloisons de bois.

À l'entrée, deux fresques accueillaient les visiteurs : l'une représentait la Médecine selon Asclépios le Grec et l'autre, selon Thot l'Égyptien.

Désertés par l'heure du repas ou d'un office, les établis étaient aux trois quarts vides. Le père Aba avança lentement, en examinant ce qu'il voyait, enregistrant le moindre détail, évitant des regards qui pourraient se faire interrogateurs.

Il tomba devant un squelette d'homme. Élevé par un trépied, taillé dans le bois, hormis quelques pièces en os véritable : des fragments de fémur et de radius, deux paires de côtes, une rotule et une vertèbre. Aba s'approcha du pupitre de travail : d'autres os étaient étalés sur un linge ainsi que des écrits concernant les prodiges suscités par les reliques d'Adalbert, un mystagogue hérétique du VIIIe siècle, condamné par le pape Zacharie et par saint Boniface.

Aba connaissait la légende d'Adalbert et sa réputation de démon.

Sur le pupitre, une carte de la chrétienté désignait les emplacements où se situaient, aujourd'hui, les autres restes d'Adalbert.

Effrayé, Aba reporta son regard sur le squelette de bois.

« Essaient-ils de reconstituer le squelette d'un mage hérétique ? De rassembler les fragments du corps d'Adalbert mort depuis un demi-millénaire ? »

Comme dans un jeu de construction pour enfants, les os remplaceront les pièces de bois.

Ne voulant pas laisser paraître son effarement, Aba reprit sa progression.

Sur le pupitre suivant, il reconnut un compas de géomancie très élaboré et des ouvrages qui traitaient des quatre techniques divinatoires de Varron.

Non loin de là, il aperçut sur un établi plusieurs exemplaires de la courte épée de Cantimpré, ainsi que des modèles de taille différente trempés dans le même fer inflexible et léger qui avait fasciné le maître Souletin à Toulouse !

« Alors tout viendrait d'ici… ? »

Trois postes de travail plus loin, il découvrit une table chargée d'ampoules remplies de gouttelettes de sang. Sur des patènes de cire étaient posés des fragments de chair baignés dans un liquide jaunâtre.

Aba s'approcha pour lire les plaquettes où étaient gravés des noms. Il lut : *Ferrare 1171*, *Lanciano 750*, *Offida 1273*, *Bruges 1216*…

Il blêmit.

Besançon 991, *Milan 810*, *Pescara 1074*, *Oxford 1200*…

« Seigneur Jésus… »

Dix ans auparavant, à Paris, il avait eu à établir, pour le gain d'une dispute quodlibétique, la défense d'un miracle qui s'était manifesté à Douai en 1254 : lors de l'eucharistie, une hostie avait été transformée, sous les yeux de l'assistance médusée, en chair sanglante ! À l'époque, Aba s'était renseigné sur les cas similaires de miracles eucharistiques, comme *Alatri en 1228*, *Sainte-Claire d'Assise en 1240*, *Rimini en 1227*.

Et ils étaient tous là sur l'établi !

Aba observa, fasciné, ces tissus adipeux, ces morceaux de muscle, de membrane de cœur ou de poumon inaltérés en dépit des années ; chair qui n'avait été autrefois qu'un peu de farine cuite…

Il repensa aux cadavres dépecés, amputés et éviscérés qu'il avait aperçus dans la retenue d'eau à l'extérieur du monastère.

Sur un présentoir, il découvrit une suite de dents de lait. Un texte en cours de rédaction lui apprit qu'il s'agissait de reliques saintes récupérées en Égypte au sein d'une secte chrétienne dite pharamondienne qui assurait les détenir depuis treize siècles et… le passage du jeune Jésus de Nazareth dans leur pays !

Les dents de lait de l'Enfant-Jésus…

Le regard d'Aba embrassa la multitude de plans de travail ; tous paraissaient affectés à l'examen d'un fait ou d'une nouveauté qui contrevenait aux champs d'étude autorisés par l'orthodoxie romaine.

« Où diable ai-je mis les pieds ? »

10.

Bénédict Gui devait désormais retourner à Rome.

Il emportait avec lui les documents de Spalatro, les conclusions de Pozzo et une convocation émanée du secrétariat du cardinal Moccha. Il se présenta à la porte Flaminia par laquelle il avait pris la fuite seize jours auparavant.

Les cloches de la ville sonnaient l'office de tierce, une foule se pressait devant le guichet d'entrée : des marchands, des voyageurs, des pèlerins, des soldats de fortune, des hommes qui tentaient leur chance comme main-d'œuvre journalière.

Nul n'était sans savoir que les postes de douane romains comptaient parmi les plus corrompus du monde ; à moins de détenir un sauf-conduit, il fallait graisser la patte de l'agent péager ou renoncer à franchir les remparts.

Bénédict Gui soupçonnait que, dès son évasion, Fauvel de Bazan avait fait circuler son signalement ; il comptait sur son accoutrement de marchand et sur la disparition de sa barbe et de ses longs cheveux pour ne pas être remarqué trop tôt.

Dans la Rome antique, le Sénat avait tout pouvoir ; aujourd'hui, l'Église l'avait admirablement remplacé : Bénédict présenta les documents le mentionnant sous le nom de Pietro Mandez, mandataire de la paroisse de Spalatro. Rien ne lui fut demandé de plus que les sceaux de Moccha et du supérieur de Pozzo. Hier fugitif, il fut salué par les gardiens pour son retour.

Il retrouva Rome : confuse et sale, dévote et aventureuse. Moines, filles publiques, pénitents, grands seigneurs, portefaix et porte-croix, arracheurs de dents et donneurs de leçons, saintes et maquerelles se côtoyaient sans se confondre, tous souillés de la même boue indélébile.

Bénédict, capuchon rabattu jusqu'au front, fila dans les ruelles, esquivant les attroupements et les unités de soldats.

Il se rendit à l'atelier de son ami Salvestro Conti. Seulement, il ne se présenta pas dans le corps de logis qui abritait la fabrique de livres et la résidence du maître, mais dans l'aile des chambres d'hébergement des apprentis et des compagnons de Salvestro Conti.

Le bâtiment comportait une large façade semée de fenêtres carrées. Bénédict gravit les marches d'un escalier extérieur qui débouchait sur un passage à couvert. Gui s'arrêta devant une huis, regarda s'il n'était pas observé puis, rapide et précis, descella une brique du cadre de la porte derrière laquelle était dissimulée une clef.

Il remit la pierre et déverrouilla la porte.

Il monta à l'étage supérieur et usa une seconde fois de la clef pour ouvrir l'une des portes du palier.

Il entra rapidement en refermant l'issue dans son dos.

Trois personnes étaient présentes dans cette chambre. L'une d'entre elles, après un instant d'hésitation, bondit sur les pas de Bénédict Gui.

— Maître Gui !

C'était Zapetta.

— Je commençais à craindre que vous ne reviendriez plus, qu'ils ne vous laisseraient jamais rentrer dans Rome !

Les deux autres personnes étaient ses parents. La mère restait alitée, hébétée et inconsciente. Son vieux mari, assis à son chevet, lui tenait la main ; il ne prêta aucune attention à l'entrée de Gui.

— Ma mère s'est évanouie le jour où j'ai dû lui avouer la disparition de Rainerio, expliqua Zapetta. Elle n'a pas repris connaissance depuis. Le fait d'avoir quitté précipitamment notre logis pour venir nous cacher n'a pas arrangé son état.

Bénédict s'approcha de la vieille femme ; il lui examina le pouls, le fond de l'œil et la langue. Puis il prescrivit à Zapetta une décoction qui pourrait lui redonner quelques forces.

— Vous êtes bien traités ici ? demanda-t-il.

— Oh oui ! s'exclama la fille. Depuis que votre ami Matthieu est allé nous trouver pour nous abriter dans cette chambre, il ne se passe pas un jour sans qu'il vienne s'inquiéter de notre état et nous apporter de quoi manger. Il nous a conté ce qui vous est arrivé, l'arrestation, l'évasion, votre boutique réduite en cendres. De surcroît, il se rend à intervalles fixes dans notre quartier afin de vérifier si mon frère ne serait pas de retour, ce qui nous rassure beaucoup.

Bénédict sourit.

— Je n'en attendais pas moins de lui, c'est un brave garçon.

Zapetta trépignait :

— Qu'avez-vous appris ? Avez-vous retrouvé la trace de Rainerio ?

À ces mots, le père leva un regard mélancolique vers Bénédict.

— J'ai découvert de nombreuses choses sur Rainerio. D'abord il travaille pour un haut responsable de la curie, le cardinal Rasmussen. Il le seconde lors des procès de canonisation qui consacrent les nouveaux saints.

Zapetta sourit en apprenant la fonction prestigieuse de son frère.

— Mais, à cause de ce poste, Rainerio a fait une découverte qui semble l'avoir beaucoup affecté, voire terrifié. Son ami Tomaso et Marteen, un autre auxiliaire du cardinal, m'ont tous deux confirmé que, depuis quelque temps, Rainerio était inquiet.

Zapetta se rembrunit.

— C'est impossible, fit-elle. Rainerio était toujours d'humeur égale. Au contraire, il se réjouissait de pouvoir, sous peu, nous offrir un nouveau toit. S'il avait été tourmenté, je l'aurais vu !

Bénédict sourit :

— Il ne souhaitait pas vous inquiéter.

La jeune fille se figea :

— Alors ? Avait-il des raisons de s'effrayer ? A-t-il été enlevé, tué, pour ce qu'il a découvert ?

— Des raisons de craindre pour sa vie, je crois que oui, hélas, il en avait.

Gui s'empressa de prévenir les larmes de Zapetta :

— Mais rien ne dit qu'il a couru de véritable danger, affirma-t-il. Les gardes qui sont venus le chercher chez vous étaient envoyés par son maître et n'avaient aucune raison apparente de lui être hostiles. Rainerio a cependant appris à ce moment-là la mort de Rasmussen. Je suis tenté de penser que Rainerio n'a pas été enlevé : je pense qu'il a fui.

— Fui ?

— Oui. Il a dû comprendre que son maître avait été tué pour la découverte qu'ils avaient faite. Il a pensé être sur la liste des assassins. Il est allé se réfugier !

— Chez qui ?

— Je l'ignore. Mais je sais quel type de trafic il a mis au jour ; aussi, dès que j'aurai posé un nom sur les personnages que Rainerio dérangeait au point de les pousser au meurtre de Rasmussen, je déduirai vers *qui* il est allé s'abriter pour échapper à leurs représailles.

— Dieu vous aide !

— Zapetta, si j'ai raison, Rainerio a dans l'intention de revenir vous chercher, dès que possible. S'il ne vous a pas fait parvenir de ses nouvelles, c'est seulement qu'il a quitté Rome. Il ne faut pas perdre espoir.

Bénédict Gui assura qu'il s'efforcerait d'agir vite mais qu'il ne projetait pas de s'éterniser dans la ville :

— Mon signalement a dû être transmis par Fauvel de Bazan ; beaucoup de personnes me connaissent ; certaines, des jurisconsultes, des clients éconduits ou des chasseurs de primes, doivent rêver de m'attraper. Prévenez seulement Matthieu que je me porte bien.

Il s'apprêtait à partir.

— Quand nous reverrons-nous ?

— Sitôt que j'aurai du neuf sur Rainerio. D'ici là, restez ici, Salvestro Conti est un ami, il vous hébergera le temps nécessaire.

Le vieux père se leva et, sans un mot, le salua amicalement sur son départ.

Bénédict voulut se rendre sans tarder à la convocation du cardinal Moccha.

Il arriva au palais du Latran.

La bâtisse de bois et de pierre était monumentale, mi-palais, mi-cathédrale, assise en haut d'un escalier de marbre. Comme toujours, qu'il gèle, qu'il vente, qu'il fasse brouillard, qu'il pleuve ou qu'il neige, les marches se couvraient du va-et-vient incessant d'hommes de robe, de prélats affairés, d'ambassades, de délégués apostoliques, de nonces et internonces. Sans omettre le défilé des curieux et la piétaille laïque qui hante les lieux de pouvoir.

L'escalier était défendu par de jeunes soldats de la garde du Latran.

Dès son premier pas sur l'escalier, Bénédict fut interpellé par un soldat qui lui reprocha de porter sa capuche : pour accéder au Latran, même les moines avaient l'obligation de se présenter le front dégagé.

Cet ordre inquiéta Gui ; il savait qu'il entrait dans le domaine de Fauvel de Bazan ; tête nue, il se sentait vulnérable.

Le garde du Latran lui indiqua où présenter sa convocation.

Bénédict se trouva nez à nez avec un jeune diacre juché derrière une console, affectant un air de lassitude, le teint rose et poudré, les mains pommadées. Il visa les documents puis l'informa que Monseigneur Bartholo Moccha n'accordait pas, ces temps-ci, d'audience dans la demeure du pape, et qu'il était à trouver chez lui, via delli Tessitore.

Il ajouta que Moccha faisait partie des électeurs du conclave. Ce qui incita Bénédict à penser qu'il était peu probable que ce cardinal, Promoteur de la Cause, s'intéressât de près à son cas alors même que les débats sur l'élection du souverain pontife n'avaient pas encore produit un nom.

Il résolut néanmoins de se présenter au logis de Moccha.

Il était situé dans un quartier populaire, occupant une vaste bâtisse qui abritait autrefois un temple romain. Monseigneur Moccha menait sa vie loin des résidences opulentes des sommités de l'Église. Dès le vestibule, Bénédict aperçut des enfants qui couraient, de nombreuses femmes qui s'emportaient les unes contre les autres, des chiens qui rôdaient dans les escaliers, des moines qui s'entretenaient avec des soldats, des cheminées garnies de tournebroches et de chaudrons.

Gui avait l'impression d'entrer dans le château d'un seigneur du temps des rois chevelus, prodigue et désordonné, faisant cohabiter épouses et concubines, s'enorgueillissant de ses nombreux héritiers, plutôt que de pénétrer dans la demeure d'un des plus hauts représentants de l'Église.

Un tel cardinal à la vie exubérante eût fait un bien mauvais voisinage dans le quartier des prélats.

Un diacre, impassible au désordre qui l'entourait, l'accueillit. Petit et rond, l'air intelligent, le frère Deuxièmefait était de ces hommes revenus de tout, qui peuvent franchir sans s'émouvoir un champ de bataille après la tuerie ou les rues d'une ville décimée par la peste.

Il jeta un œil sur les documents de l'abbaye de Pozzo et sur le miracle du tombeau d'Evermacher.

— Hum, fit-il en hochant la tête. Cantimpré ?

Bénédict acquiesça.

— Suivez-moi.

Dans son sillage, Bénédict Gui traversa des salles populeuses, certaines aux murs encore ornés de vestiges des mosaïques du temple antique ; il croisa une magnifique femme perse aux longs cheveux noirs, à la peau brune et aux yeux verts, une galerie d'armes digne d'un baron croisé, puis pénétra dans une petite pièce.

La lumière du jour tombait par quatre soupiraux pratiqués dans le plafond. Le sol était marqueté et les murs couverts de panneaux de bois. Au centre trônaient une écritoire et des lutrins supportant des livres. Derrière l'écritoire, Bénédict remarqua, sur un buffet, la reproduction d'un buste grec et une *pietà*, sculptées dans le même marbre rose.

— Le cabinet de Monseigneur, dit le diacre en le faisant entrer. Je vais le prévenir.

Bénédict se retrouva seul. Sa première idée fut que, si les événements tournaient mal, il ne pourrait jamais fuir d'ici. Il se dirigea vers les parois en bois et les heurta du bout des ongles : le son était creux. Les conversations pouvaient être entendues.

Il s'approcha d'un des lutrins pensant trouver un psautier : en l'occurrence, il s'agissait d'un recueil de poètes lyriques grecs.

« Moccha est lettré », pensa Bénédict.

Il tourna une page et tomba sur l'*Hymne* sulfureux de Sapho.

« Et il a l'esprit large… »

L'écritoire était vide. Il s'intéressa au buste grec. Il resta un moment sans pouvoir se rappeler le personnage antique qu'il représentait.

Alors le cardinal Moccha entra par une porte dérobée, dissimulée derrière un panneau.

Il avait une cinquantaine d'années ; gras et le visage gâté par de nombreux excès, il dégageait toujours une impressionnante vigueur. Hormis ses bagues, rien ne pouvait laisser voir qu'il s'agissait d'un prélat : il était torse nu, la tête couverte d'une serviette, le teint ruisselant de quelqu'un qui sort d'une étuve. Une jeune servante, l'étrille à la main, le suivait pour le forcer à se couvrir d'un manteau.

Il céda sous la feinte colère de la jolie fille. Celle-ci ressortit.

Moccha s'assit sur le tabouret derrière son écritoire.

Bénédict Gui se demanda soudain pourquoi cet important personnage acceptait de le recevoir si vite, interrompant son bain de vapeur pour l'entendre.

— Montrez-moi, lui dit Moccha sans autre formule d'introduction.

Bénédict déposa ses documents sur la table.

L'homme se mit à les parcourir, s'essuyant le front en sueur du revers de la main.

— Êtes-vous l'une de ces petites vermines qui battent la campagne en promettant à de pauvres fidèles qu'en échange d'argent, ils vont leur offrir un saint et assurer la fortune de leur paroisse ?

— Non, Monseigneur, répondit Bénédict.

— Pietro Mandez, marchand malade miraculé à Cantimpré, venu se recueillir sur le tombeau d'Evermacher ? lut Moccha d'un ton incrédule.

— La providence a voulu que je fusse le témoin privilégié des larmes de sang de sainte Monique.

Moccha hocha la tête.

— Privilégié, en effet…

Il se saisit de la fiole.

Bénédict songea que ce cardinal était Promoteur de la Cause ; lors des procès de canonisation, il devait se dresser contre Rasmussen, rendu irrésistible avec sa *Vie des saints*.

— Le cas du village de Cantimpré m'intéresse énormément, dit Moccha après avoir relevé la tête. À l'abbaye de Pozzo, dès qu'un signalement miraculeux le concernant est enregistré, je suis le premier à être averti.

— Cantimpré est un endroit béni de Dieu.

Moccha leva les sourcils.

— En terre de chrétienté, il est beaucoup de lieux qui peuvent se prévaloir de la grâce particulière du Seigneur : des cathédrales, des monastères, des rivières bénies par des saintes, des montagnes où se sont vus bien des prodiges… Mais rien qui ressemble à Cantimpré. Ces enfants qui naissent en parfaite santé, ces guérisons spontanées…

Moccha secoua la tête.

— Pourtant, les fois où j'ai sollicité une position de l'Église, j'ai essuyé des refus. On est très frileux à

Rome au sujet de Cantimpré. À ma dernière tentative, il m'a été formellement interdit de traiter de nouveau ce sujet… à moins de présenter un nouvel élément conclusif devant la Congrégation.

Il agita la fiole de sang :

— Vrai ou faux, cet échantillon tombe à point nommé !

Bénédict Gui fronça les sourcils. Moccha avait été débouté de son intérêt pour Cantimpré ? Par qui ? Rasmussen ? Marteen avait dit que, dernièrement, Rasmussen et Rainerio s'occupaient de Cantimpré…

— Le miracle que vous m'apportez aujourd'hui, continua Moccha, je l'attendais depuis des mois.

Bénédict se mit soudain, contre toute attente, à douter du regard qu'il portait sur Rainerio et Rasmussen…

— Une manifestation chrétienne ! poursuivit le prélat. Sainte Monique est une figure révérée. Son truchement va me permettre de relancer le dossier et, cette fois, de faire toute la lumière sur ce mystère.

Bénédict Gui n'écoutait plus le cardinal Moccha. Bien des fois, lors d'enquêtes difficiles, il sentait en venir l'issue, sans en avoir encore toutes les données. La souplesse de son esprit le prenait parfois de court. Les gens du peuple disaient que Bénédict Gui alliait alors la divination à la réflexion.

Moccha se redressa.

— Je vais envoyer mes experts à Spalatro. Ensuite, je reprendrai le dossier de Cantimpré au sein du Latran.

Il fit appeler son diacre et dit à Bénédict :

— Vous allez devoir répondre à toute une série de questions. Je dois pouvoir lever les doutes sur ce prodige qui vont m'être rétorqués par les membres de la Congrégation. Vous êtes ma meilleure chance sur Cantimpré. Si vous le souhaitez, vous êtes mon hôte à Rome. Merci, mon fils.

Il disparut.

Le diacre, la mine toujours impavide, un dossier de feuillets sous le bras, et une plume et de l'encre dans les mains, s'assit à l'écritoire et débuta son interrogatoire.

Les minutes qui suivirent, Bénédict entra dans les détails du prodige de Spalatro, le diacre ne lui épargnant aucun piège ; mais Gui avait l'intelligence si déliée qu'il répondait aux assauts sans efforts et avec beaucoup de cohérence.

Cependant, il lorgnait avec intérêt le dossier du diacre posé sur l'écritoire ; la somme de Moccha sur le village de Cantimpré.

Au bout d'une heure, Bénédict demanda s'il pouvait examiner ces documents ; le diacre haussa les épaules et l'autorisa, alors qu'il retranscrivait par écrit les conclusions de leur entrevue.

Bénédict Gui découvrit avec stupéfaction la liste des prodiges qui avaient eu lieu à Cantimpré depuis huit ans. Malgré ce qu'il savait déjà, il était loin de s'imaginer de telles merveilles. Il comprit que les moindres faits et gestes du village étaient rapportés par un espion du cardinal Moccha : ce dernier avait réussi à se gagner la bienveillance d'une certaine Ana, une vieille villageoise de Cantimpré, fille du doyen, qui avait accepté de trahir les secrets des siens en échange d'assurances sur son salut. Elle avait révélé que les miracles de Cantimpré avaient une cause, et que celle-ci était à trouver chez un enfant. Un garçon nommé Perrot. Le prêtre Guillem Aba faisait tout pour ne pas le laisser découvrir et pour détourner la dévotion de ses fidèles sur Evermacher. Le village s'était laissé jouer, mais pas la vieille Ana.

Bénédict haussa les sourcils en voyant que Moccha faisait référence au petit Perrot comme à l'« *Enfant-Dieu* » !

Mais son émoi atteignit son comble lorsque, visant la dernière note ajoutée au dossier quelques semaines plus tôt, il apprit l'enlèvement mystérieux de Perrot à Cantimpré !

Là, Bénédict se prit le front entre les mains.

L'« Enfant-Dieu ! »

Sa déroute était totale. Il avait l'impression d'être à la place de Rainerio, d'avoir lui aussi touché à quelque chose de trop sensible et tortueux.

— Je n'ai rien compris. Je me fourvoie depuis le début.

Il entendit la porte du cabinet s'ouvrir dans son dos.

Le visage du diacre se figea.

Bénédict Gui se retourna et reconnut le cardinal Moccha, cette fois vêtu de sa soutane pourpre.

Derrière lui entrèrent Fauvel de Bazan et quatre gardes armés.

La créature d'Artémidore de Broca souriait.

— Vois-tu, j'étais convaincu de te retrouver tôt ou tard, Bénédict Gui, dit-il.

Deux gardes se placèrent devant l'issue secrète du cabinet. Bénédict n'avait nulle part où fuir.

Bazan reprit :

— Ne t'avais-je pas averti de te défier d'une volonté aussi réglée, froide et calculatrice que la tienne ?

Le cardinal Moccha observait Bénédict avec courroux.

Quand avait-il été repéré ? Qui l'avait dénoncé ? Moccha ? Comment ? Si vite ? Pour la première fois depuis longtemps, Gui ne savait plus quoi penser…

Il fut assommé. Fauvel ne voulait risquer aucune évasion. Il fut ligoté, poings et chevilles liés, la tête mise dans un sac de toile, et emporté par les gardes…

11.

— En quoi puis-je vous aider ?

Le père Aba se figea.

Il continuait d'errer avec fascination entre les rangs d'établis de la grande aile du monastère, découvrant de nouveaux sujets d'étude, insolites ou terrifiants.

Le père Aba se retourna pour voir celui qui l'avait interpellé d'une voix chevrotante mais douce.

C'était un vieillard, le dos courbé, des petits yeux chassieux et fatigués, portant une longue barbe et une bure brune à liseré blanc.

Ce n'était pas tant le fait d'avoir été surpris qui glaça le sang d'Aba que cette impression soudaine de *connaître* ce vieil homme ! Il essaya de toutes ses forces de ne pas laisser paraître sur son visage le flot de pensées qui l'assaillait.

L'homme le gratifia d'un sourire plein de bonté.

— Je me nomme Arthuis de Beaune, dit-il.

Là, le père Aba ne parvint plus à dissimuler : la surprise se lut sur toute sa figure.

Arthuis de Beaune. Ce grand savant était venu à Paris, quinze ans auparavant ; le tout jeune Guillem Aba s'était précipité pour l'entendre discourir de son *Bestiaire*. Seulement, peu après cet exposé qui fit grand bruit, car il invoquait le droit d'étudier librement la nature, Arthuis de Beaune disparut ; nul ne savait où il s'était retiré, ni pour quelle raison il désertait le monde. Toutefois, à intervalles réguliers, il laissait publier les résultats de ses nouveaux travaux qui étonnaient par leur variété et leur audace.

« Arthuis de Beaune s'est reclus ici... ? »

Le vieil homme renouvela sa question :

— Que cherchez-vous, jeune ami ?

Le père Aba, déguisé sous l'habit d'un laïque du monastère, resongea aux fragments d'hostie miraculeuse changée en sang et en chair :

— Mon nom est Cantaclerc, dit-il hâtivement, je viens éclairer les ombres qui pèsent sur le miracle eucharistique de Douai de 1254.

Arthuis de Beaune hocha la tête, signifiant qu'il avait à l'esprit l'histoire de ce prodige.

— Le pain de l'autel s'y est transformé dans la bouche d'une vierge en un morceau de viande sanguinolent, commenta-t-il. La question demeure : est-ce de tissu humain ou animal ? Si vous venez apporter la réponse, vous libérerez d'un poids notre bon Aimé Davril qui étudie ces miracles depuis dix ans. Venez-vous d'arriver au monastère ?

— J'y suis depuis quelques heures.

Beaune sourit :

— Il vous faudra des jours avant de vous familiariser avec tout ce qu'abrite ce lieu formidable. Je vous félicite d'y avoir été invité, jeune homme.

Rien dans la voix ou le comportement du vieil homme ne laissait penser au soupçon. Le père Aba se dit, une nouvelle fois, que la sécurité était si bien ressentie au monastère, que personne ne songeait à s'inquiéter d'un visage inconnu : s'il était ici, c'était qu'il en avait la permission.

Aba observa autour d'eux, il ne voyait pas apparaître de soldat ni de garde : ses victimes, le novice, le clerc et le cavalier, n'avaient sans doute pas encore été retrouvées.

— Maître, j'étais présent il y a quinze ans à votre conférence à Paris.

Arthuis sourit.

— J'aurais mieux fait de garder le silence ce jour-là. J'ai essuyé une telle levée de boucliers, de la part de mes confrères.

— D'où votre repli ?

Arthuis de Beaune leva le bras pour pointer la pièce où ils se trouvaient :

— Observez. Ici tout le monde travaille ensemble ! Les grammairiens, les rhétoriciens, les dialecticiens, les théologiens, les arithméticiens, les géomètres, les astronomes, les chirurgiens, les traducteurs et les explorateurs d'alchimie. Aucune matière de l'esprit n'est cloisonnée, interdite aux profanes, cultivée dans le secret ou la conspiration, comme à Paris ou à Oxford. Chacun peut se porter sur le travail de son voisin et offrir ses compétences pour résoudre un cas.

Le père Aba dut admettre que c'était une des étrangetés de l'endroit qu'il n'avait pas encore reconnue mais dont il mesurait la portée.

— À l'abri entre ces murs, nous sommes libres d'étudier sans les entraves générées par la coutume populaire ou par la pusillanimité des hautes sphères de l'Église.

— Mais pourtant…

Aba n'osait pas achever sa pensée.

— Oui ?

— Ces pièces miraculeuses que j'ai aperçues sur ces établis…

— Eh bien ?

— Elles ne sont pas toutes *authentiques* ?

Arthuis sourit.

— En quoi des contrefaçons nous seraient-elles utiles ? Tout est vrai, mon jeune ami ! C'est souvent le résultat de longues années de recherches. Les reliques que vous trouverez au monastère sont véridiques ; les « faux », vous les trouverez plus volontiers dans les églises ou les reliquaires paroissiaux, où nous les avons échangés. La célèbre clavicule de saint Benoît que l'on vénère à Padoue est en réalité faite en ivoire de morse ; la véritable est ici, avec nous.

Le père Aba était stupéfait. Les hosties, les reliques d'Adalbert, les dents de lait de l'Enfant-Jésus… ?

Arthuis expliqua :

— Nous sommes là pour comprendre la nature des miracles, fastes et néfastes ; non pour fabriquer des leurres ou des mystifications.

Aba observa quelques établis qui les entouraient.

— Sur quoi travaillez-vous, maître ?

Et Arthuis de répondre, avec une simplicité confondante, comme d'aucun dirait « Je vaque aux champs » :

— Oh, moi… je travaille à percer le mystère de la Dormition et à reproduire la multiplication des pains du lac de Tibériade.

Até de Brayac occupait une vaste chambre dans le monastère, non loin de celle de son chancelier de père, qui venait d'arriver.

La présence d'Artémidore de Broca avait posé comme une chape de plomb sur la forteresse ; les moines étaient inquiets, les soldats sur le qui-vive.

Depuis quelque temps, Até était saisie de mauvais pressentiments.

Après son retour d'Orient et la confiance que lui accorda instantanément Artémidore, elle avait maintes fois parcouru le Sud de la France et conduit l'enlèvement de dizaines et de dizaines d'enfants. De son père, elle avait hérité un cœur de fer et une conscience cauteleuse. Rien ne l'émouvait, rien ne l'effrayait. Il lui demandait de ravir des innocents, elle s'exécutait. Il lui demandait d'ôter des vies, elle tuait.

Jusqu'à Perrot.

Il y avait d'abord eu cette scène où il lui avait rouvert sa cicatrice et où elle avait lu dans ses yeux, une menace telle qu'elle n'en avait jamais affronté.

Mais c'était surtout une nouvelle conviction à l'égard de cet enfant qui l'habitait et la préoccupait :

« Perrot ne soigne pas que les plaies du corps… »

Elle sentait qu'à son contact, elle changeait intérieurement.

Cet enfant mystérieux était en train de la guérir de son aveuglement, de sa froideur de criminelle, de son « manque d'âme »…

À personne elle n'avait osé s'ouvrir de ses sentiments vis-à-vis de Perrot.

« Ils ne se rendent pas compte de ce qu'il est véritablement… »

Cet enfant guérisseur de Cantimpré lui faisait vraiment peur.

On frappa à sa porte.

L'abbé Profuturus la faisait appeler, ainsi que son père, afin qu'ils vissent, pour la première fois, les cinq enfants *en action*.

Elle se prépara.

Au sortir de sa chambre, deux gardes en noir vinrent à sa rencontre.

Ils lui présentèrent la « clef » du père Aba, l'octogone de bois de l'homme d'Até tué à Castelginaux.

— Elle a été remise ce matin par un des gardes qui accompagnaient Monseigneur de Broca depuis Rome, dit l'un d'eux.

Até l'observa avec surprise.

— C'est impossible. Cette recrue est morte depuis des semaines dans le Toulousain et nous n'avons pas pu récupérer son corps...

Elle fronça les sourcils :

— Retrouvez l'homme qui s'en est servi.

Até partit rejoindre Artémidore de Broca et l'abbé Profuturus.

Le père Aba laissait Arthuis de Beaune et la vaste salle des établis d'étude.

Il ne pouvait s'empêcher d'essayer de jeter des ponts entre les révélations du grand homme et l'enlèvement de son fils. Guérisseur, amené au monastère de Cantimpré afin d'être étudié, comme la clavicule de saint Benoît à Padoue ou toute autre anomalie de la nature ?

Il se retrouva dans les cloîtres du monastère.

Déconcerté.

Depuis la naissance de Perrot, il ne se passait pas de jour sans qu'il s'inquiète de découvrir une personne ou un endroit qui pût être en mesure de lui expliquer ce qui arrivait à son fils, qui pourrait le protéger, lui enseigner à vivre avec cette extraordinaire anomalie, ou, mieux encore, l'aider à s'en défaire.

« En définitive, et si le monastère Albert-le-Grand était cet emplacement rêvé ? »

La présence d'un personnage aussi révéré qu'Arthuis de Beaune lui peignait d'une nouvelle couleur ces remparts.

Mais soudain il cessa de réfléchir :

Il venait d'entendre parler des enfants !

Il virevolta, regarda partout, sentit son cœur s'emballer.

Il courut à moitié pour rejoindre l'autre versant de la galerie ouverte.

À l'oreille, il sentait qu'il approchait.

Les voix cristallines se faisaient de plus en plus distinctes.

Brusquement, il s'interrompit : il aperçut une troupe d'enfants, entourée de gardes et de moines, qu'on conduisait dans le jardin du cloître voisin.

Il cessa de respirer.

Les cinq enfants, qu'il voyait de dos, étaient vêtus du même manteau et du même capuchon, aussi était-il impossible de déterminer la présence ou non de Perrot.

Le père Aba allait s'élancer pour en avoir le cœur net lorsqu'il sentit, par-derrière, deux paires de mains lui agripper les épaules.

Il reçut un coup au foie ; ses reins plièrent. Ses yeux se voilèrent et ce fut au travers des larmes qu'il assista à la disparition des enfants derrière un pilier…

Il fut traîné.

Le monde vacillait autour de lui, le ciel, les remparts du monastère, les silhouettes mal découpées de ses agresseurs, un mélange de tournis et de terreur. L'excitation, la colère, le dépit, tout le rendait fou.

Ses assaillants le levèrent et le renversèrent aussitôt : Aba eut le visage plongé dans une eau glacée.

Il voulut se débattre, mais restait retenu jusqu'au cou sous la surface.

Il songea aux fontaines jaillissantes qu'il avait vues au milieu des jardins.

Deux bras lui pressèrent le ventre et sous la brutalité du soulèvement, ses poumons se vidèrent d'un trait.

Son œil valide commençait de le brûler au contact de l'eau froide, l'orbite creuse droite était submergée, les ligaments de la gorge lui saillaient comme des lames de couteau, il sentait ses tempes vrombir, l'eau lui emplir la bouche par les narines, ses poumons se tordre sous la souffrance…

Il fournit un ultime effort pour se libérer de ses assaillants. Mais la force de lutter commençait à le fuir ; son corps se contractait sous le manque d'oxygène, sentait ses fluides se changer en poisons, réclamait de l'air.

Le prêtre recevait coup sur coup. Son œil s'injecta de sang, un voile rouge passa, lumineux, presque aveuglant ; puis ce fut la nuit.

Dans un instant de lucidité, il se dit qu'il quitterait ce monastère par la trappe de fer aux cadavres entrevue le jour de son arrivée…

Il ne s'attendait pas à mourir si tôt. Si près d'atteindre son but.

Sans plus de forces, son corps renonça à l'instinct de survie qui lui défendait de boire et laissa pénétrer l'eau : une longue rasade abondante et glacée, interminable, une coulée sans goût qui arrivait comme une délivrance.

Il ne sentait plus ses entrailles.

Il dégurgita ses dernières bulles d'air.

La douleur s'était estompée. Il ne savait plus où il était, ni qui il était ; tout était ramassé en une seule et même fraction de durée.

Ce fut sur cette impression de brisure, de retour au calme, que la vie quitta Guillem Aba.

12.

Artémidore de Broca arriva auprès d'Até et de Profuturus.

Un jeune homme le soutenait. Il voyait sa fille pour la première fois depuis leur entretien à Rome et le départ de la jeune femme aux cheveux roux pour Cantimpré et Castelginaux.

Até s'avança vers son père et, selon l'usage, lui baisa la main. Lui caressa affectueusement son front.

Ensuite il prit la direction des souterrains du monastère, là où se trouvaient les cryptes d'expérience.

Ils empruntèrent un couloir sombre. La lumière provenait seulement de quelques minces ouvertures pratiquées dans les murs.

Artémidore invita sa fille à regarder avec lui au travers.

Elle vit alors la jeune Agnès qui se trouvait au milieu d'une crypte illuminée de nombreuses bougies, en compagnie de deux moines.

Son front était maculé de gouttelettes de sang. L'un des moines s'approcha d'elle, mais la petite se récria et se débattit pour l'empêcher de la toucher. Le second moine dut l'immobiliser brutalement.

Le premier fit un prélèvement de sang à l'aide d'une cuiller en cuivre ; il alla ensuite à un pupitre où se trouvait une fiole contenant un sang d'une autre couleur. À l'aide d'un morceau de verre, il compara les deux échantillons dans l'éclat d'un cierge.

Après quoi, il se munit d'une bandelette de linge et la passa sur le crâne de l'enfant.

Il la déroula sur le pupitre.

Les traces de sang d'Agnès avaient dessiné des mots et une phrase en latin.

Le moine se tourna vers le mur aux ouvertures et fit un lent signe d'approbation de la tête.

Artémidore se plaça devant un autre orifice qui donnait sur une deuxième crypte.

Perrot s'y trouvait, solidement ligoté à une chaise.

Até ne put réprimer un mouvement de recul.

— Pourquoi l'attachez-vous ? demanda à voix basse Artémidore.

— Depuis quelque temps, les enfants sont devenus réfractaires. Ils ne veulent pas coopérer…

— Se doutent-ils de quelque chose ?

L'abbé fit un mouvement de dénégation de la tête :

— C'est impossible, Votre Grâce.

Il voulut tranquilliser son maître :

— Leur réaction est normale. Jésus lui-même doit à plusieurs reprises se faire prier pour accomplir des miracles ; il reproche à ses solliciteurs d'avoir l'esprit grossier et curieux des superstitieux ; parfois même il refuse de s'exécuter ou réclame le plus grand silence possible sur ses prodiges. C'est un mouvement naturel chez les thaumaturges-guérisseurs de n'obtempérer qu'à contrecœur à la production mécanique de leurs dons.

Dans la crypte, Perrot était environné d'un réseau d'alambics aux longs cols, prolongé par des cloches et des serpentins de verre. Cet entrecroisement de tubes était sous le contrôle d'un vieux moine. Une paire de soufflets et un jeu de soupapes y faisaient circuler une énorme quantité de sang.

Les tubes partaient d'un coin à l'autre de la crypte, et entouraient Perrot. Sous les cols-de-cygne, des robinets permettaient de récolter des échantillons de sang selon leur proximité de l'emplacement où se tenait l'enfant.

Le vieux moine préleva quelques gouttes et alla à une table sur laquelle un récipient d'argent contenait de la poudre d'un vieux sang séché. Il déposa dessus une infime parcelle du sang frais et, sous ses yeux, les résidus se métamorphosèrent, retrouvant leur texture et leur couleur d'autrefois.

Le vieil homme, pourtant rompu aux études expérimentales les plus hardies, ne put s'empêcher de laisser échapper un cri de stupéfaction.

Profuturus dit à Artémidore :

— Nous savons que, dans le corps de l'homme, le sang, lorsqu'il passe à travers les poumons, ressort plus clair, plus vif qu'il n'y est entré. Il semble régénéré. Nous en ignorons la raison première. Mais nous avons remarqué qu'il se passe la même chose lorsque du sang frôle Perrot !

Artémidore sourit.

Até, qui observait le garçon, était toujours inquiète.

De son côté, Perrot luttait pour contrecarrer ses émotions, ses frissons, pour ne pas laisser son don s'exprimer et satisfaire le vieux moine.

À force d'obstination, il réussit à étouffer ses frissonnements de guérisseur ; mais alors il se mit à entendre des voix ! De nombreuses voix qui parlaient sans converser, se chevauchant.

Il prit peur et tout disparut…

La visite continua par une troisième crypte dans laquelle se trouvaient Damien et Simon, debout, ligotés à des piliers de bois.

Plus de huit moines les entouraient.

La porte de la crypte s'ouvrit et un homme à moitié nu, le visage dissimulé sous un sac de toile, entra, les bras tenus par deux gardes.

— Regardez bien, dit Profuturus au chancelier et à sa fille.

L'un des moines libéra le visage de l'homme. L'on s'aperçut qu'il s'agissait d'un dément ou d'un débile. Il avait les yeux exorbités, le regard agité et la lippe pendante.

Damien et Simon restaient roides, tous deux s'obstinaient à garder les yeux clos.

— Eux aussi résistent, commenta Profuturus.

Des moines approchèrent avec des pinces de plomb et relevèrent de force leurs paupières en leur immobilisant le crâne.

Il fallut un certain temps avant que le regard du fou croise celui de Damien. Dès que ce fut fait, l'homme pâlit et fut soudain pris de vomissements.

Au même moment, les moines lurent sur le visage de Simon une subite agitation ; il suivait des yeux quelque chose d'invisible qui s'ébrouait dans la crypte.

Profuturus dit, rayonnant :

— Damien a expulsé le démon du corps de ce fou et Simon est le seul en ce moment à pouvoir le voir fuir et s'ébattre dans la crypte !

Jehan, l'enfant doté du pouvoir de restituer des vérités grâce à des songes miraculeux, était étendu sur un lit de cordes.

Il sommeillait.

Quatre moines se trouvaient à ses côtés ; tous tenaient un parchemin sur lequel était écrit un même texte grec.

Profuturus le tendit à Artémidore et à Até.

L'un des moines s'approcha de Jehan et lui murmura à l'oreille :

— Cent onzième interrogatoire des démons, conduit par Salomon, tel que décrit dans son *Testament*.

Jehan resta un moment sans réaction. Puis son front se contracta et il se mit à débiter, en grec :

— « Tu les contraindras d'agir, sans requérir Son aval, par l'incantation des quatre versets de… »

Et il parla ainsi le temps de deux colonnes serrées de texte.

À mesure que l'enfant récitait, les hommes suivaient des yeux le feuillet qu'ils avaient entre les mains.

Jehan le répéta dans son intégralité, mot pour mot.

Lorsque cela fut fini, une vive émotion étreignit les témoins dans la crypte.

L'abbé Profuturus dit au chancelier :

— Tout est en place, Monseigneur.

— Je vois. Alors dépêchons.

13.

Dans un premier temps, Bénédict Gui n'aperçut rien. Son regard était voilé, il se réveillait.

Il sentit qu'il était nu, allongé sur une planche de bois, les chevilles et les poignets comprimés par des cordes, ses jambes et ses bras tendus à l'horizontale, son crâne pressé entre les mâchoires d'un étau.

Plus il recouvrait ses esprits et plus la douleur devenait aiguë.

Il découvrit un plafond bas, voûté, taillé dans la masse d'un roc ; la fraîcheur et l'humidité lui indiquaient qu'il se trouvait dans une cave. Elle était éclairée par trois torches. La tête immobilisée, il n'avait pour lui que le mouvement désordonné de ses yeux.

Alors lui revint en mémoire son arrestation par Fauvel de Bazan dans le cabinet du cardinal Moccha à Rome.

« Où suis-je… ? »

Il repensa aux geôles de Matteoli Flo dont l'avait menacé Bazan lors de leur première rencontre dans sa boutique.

Au milieu de la voûte, au-dessus de lui, un crucifix en bois était fiché dans la roche.

Soudain, la croix disparut pour laisser place à un visage.

Fauvel de Bazan, penché sur lui :

— Eh bien ? Où sont les Romains qui viendront te libérer, Bénédict ? Par quel ingénieux procédé comptes-tu cette fois m'échapper ?

Il sourit :

— Je le savais, rien n'est plus prévisible qu'un homme méthodique. Il suffit d'être patient, son parcours est écrit d'avance. Tu peux couper tes cheveux et te raser la barbe autant que tu le souhaites, tu ne travestiras jamais ta façon de penser et d'agir.

Il ajusta l'étau afin qu'il serrât davantage le crâne de Bénédict. Celui-ci retint un hurlement.

— Tes amis à Rome ont mis le feu à ta boutique de la via delli Giudei. Tes documents m'ont échappé. Vois… Je n'ai pu récupérer que *cela*…

Il leva le bras et montra l'enseigne de Bénédict Gui.

— « Bénédict Gui a réponse à tout. » Je déteste cette formule. L'Église, Bénédict, l'Église a réponse à tout !

Il fit un signe et un gaillard au visage masqué se saisit de l'enseigne et la fixa au plafond, à la place du crucifix en bois qui surplombait Bénédict.

— Voilà l'unique chose que tu verras d'ici, et de quoi t'occuper les pensées pour les prochaines heures, reprit Bazan.

Sa voix se fit chantante :

— Rassure-toi, il n'est plus question de te tourmenter avec broches et tenailles, ni de te faire parler. À ton parcours, je devine ce que tu as pu apprendre, ce qui compte pour moi, à présent, c'est de te faire oublier ce que tu sais. Rainerio, Rasmussen, Chênedollé, les enfants miraculeux… Tout cela doit disparaître !

Bénédict fronça les sourcils.

— Oublier ? murmura-t-il.

Fauvel approuva de la tête.

— Matteoli Flo est depuis longtemps passé maître en la matière : la restriction mentale, effacer d'une mémoire ce qui s'y trouve de compromettant pour tel ou tel. Comment ? Un peu d'eau froide et une attention constante suffisent. Cinq jours consécutifs sans sommeil, Bénédict Gui. Peut-être six, au besoin. Voilà le plus sûr moyen de rendre un homme amnésique et fou.

Il sourit de nouveau et s'approcha pour lui susurrer à l'oreille :

— Ton esprit, si vanté par les gens, si brillant, va mollement, inéluctablement, irrévocablement perdre toute consistance. Tu le sais ; à la centième heure de veille, ton cerveau aura subi tant de lésions que tu en auras perdu la mémoire, la parole, la vue, la capacité de marcher, tu seras entré dans un long délire qui ne te quittera plus…

— Pourquoi ne pas me tuer tout de suite ?

Fauvel de Bazan se redressa.

— Oh, tu mourras. N'en doute pas. Mais sur un bûcher, cerné par une foule qui te conspuera pour la mort du cardinal Rasmussen et de quelques autres que nous aurons à cœur de te faire endosser. Tu vois, Bénédict Gui, tu voulais avoir le dernier mot de cette histoire… Eh bien, tu en *seras* le dernier mot ! Belle revanche : anéantir Bénédict Gui par là même où il était invulnérable. Sa tête !

Il lui enfonça une poire d'angoisse dans la bouche et quitta la crypte.

Bénédict avait parfaitement saisi ce qui l'attendait et les dangers pour sa constitution mentale. Plus d'une fois, après une nuit de veille, il avait surpris son esprit se ralentir, sa concentration le fuir.

« Cinq nuits !… »

Après le départ de Bazan, il perçut deux personnes qui l'entouraient dans la cellule, mais sans pouvoir distinguer leurs visages.

Il contempla son enseigne. Combien d'heures avant que le sens de cette simple phrase lui échappe ? Combien d'heures avant qu'il se demande qui est Bénédict Gui qui a réponse à tout ? Combien d'heures avant qu'il ne soit plus même capable de lire ?

Lui qui avait tant appris, qui pouvait réciter par cœur des œuvres entières de Boèce et des pans de *La Navigation de saint Brendan*, n'aurait bientôt plus que les capacités de réciter les trois premières lettres de l'alphabet…

Ordo disciplinae.

Toute sa vie il avait appris à réfléchir, à combiner des faits, à dresser des plans, à mémoriser des indices, à percer des énigmes.

Ordo disciplinae.

Ç'avait été sa devise. Elle devait rester, en ce moment, plus que jamais.

Il était seul, le corps invalidé, prisonnier de son cerveau, ce « monde entre ses deux oreilles » qui fascinait tant les Romains. Son cerveau. Son seul allié. Son arme.

Les événements de ces derniers temps, depuis la venue de la jeune Zapetta jusqu'à son arrestation chez Moccha, se pressaient dans sa mémoire, traînant avec eux un goût amer d'inachèvement.

Il réfléchit à la dernière fois où il avait dormi. C'était à l'auberge de Pozzo, la veille de son retour à Rome. Et il ignorait le temps qu'avait duré son évanouissement entre le palais du cardinal et ici.

Un seau d'eau glacée lui fut jeté sur tout le corps.

Cela lui coupa net la respiration. Il toussa, grelotta de tous ses membres.

« Réfléchis ! Réfléchis, tant que tu le peux… »

Zapetta, Chênedollé, la veuve, Rainerio, Otto Cosmas, Rasmussen, Marteen, Tomaso, Evermacher, Cantimpré, Pozzo, les enfants prodigieux, Augustin, Constanza, le Latran, Moccha, l'Enfant-Dieu…

Réfléchis.

Dans cette histoire, une pièce manquait.

Que lui avait-il échappé ?

14.

Après que l'abbé Domenico Profuturus lui eut présenté *ad providam* les cinq enfants miraculeux, Artémidore de Broca alla sous les brocards d'or et d'argent d'une vaste salle d'audience pour expliciter à sa fille, en présence de l'abbé, l'expérience pour laquelle ils s'étaient tant dépensés.

Até découvrait pour la première fois, et la fonction suprême de ce monastère, et le projet fou qui l'avait conduite à commander des mercenaires pendant deux ans pour ravir garçons et fillettes.

Artémidore expliqua :

— Le premier objectif de notre organisation est de poser un éclairage neuf sur les vérités des textes saints. Les *authentifier*. Que cette activité soit exercée ici ou *in situ*, nous passons au crible les prodiges et les miracles de la Bible, des Évangiles, des actes de saints ; sans omettre les écrits mythiques et païens qui les ont devancés. Ainsi, ces dernières années ont été éprouvés par nos savants, la médecine magique de l'Égyptienne Sekhmet, l'astrologie babylonienne, les préceptes démoniaques de Salomon, les prophéties sibyllines, les calendriers de Joachim de Flore, la véracité de la race des Titans. Mais aussi les conditions du Déluge, le partage des flots de la mer Rouge, la généalogie de Joseph et de Marie, le positionnement de l'Atlantide selon Platon, les liens de l'âme et du corps, les dix plaies qui ont châtié Pharaon, les frappes d'Encelade, etc. Grâce à Dieu, la liste est encore longue.

Il regarda Profuturus qui lui rendit un mouvement affirmatif du front.

Le chancelier s'assit sur une cathèdre. Il porta à ses lèvres une coupe d'hypocras avant de poursuivre :

— L'effort de notre Convent de Megiddo est d'expérimenter l'authenticité du dogme avec les nouveaux outils d'Aristote[1]. Nous savons que, quelle que soit la portée d'une merveille – Jésus marchant sur les flots, Éon de l'Étoile projetant du feu de ses doigts ou Moïse métamorphosant son bâton en serpent –, il ne s'agit jamais que de perturbations de l'*ordre naturel.* L'air, le feu, l'eau, la terre, le chaud, le froid, le sec, l'humide, la bile, le sang, la lymphe et l'influx sont les matériaux constitutifs de la vie, rien ne leur échappe ; les miracles les plus édifiants n'en connaissent pas d'autres pour se manifester à nos yeux. Dès lors, pour nous qui savons cela, les questions naissent naturellement : Comment cela fonctionne-t-il ? Quel est le jeu d'équilibres qui favorise le miracle ? Sommes-nous aptes à le comprendre ? À le reproduire ?

Até observait son père. Le vieil homme usé était à l'origine de tout cela ; pour exister, un tel monastère devait bénéficier d'une immunité exceptionnelle, les expériences qu'on y menait heurtaient de trop près les préjugés de l'Église. Seul le grand chancelier et maître du sacré palais détenait, sur toutes ces années, le pouvoir d'ourdir, de financer, de régenter et de tenir à l'abri de telles opérations.

---

1. Voir *Pardonnez nos offenses*, du même auteur ; Pocket n° 11976.

— Venons-en à l'expérience, dit-il.

Artémidore reposa sa coupe sur l'accoudoir de la cathèdre.

— Il s'agit, d'après moi, de la tentative la plus hardie conduite au sein de notre monastère. L'un des points proéminents de notre religion dans le Christ y est directement rattaché !

Il fit un signe à Profuturus pour lui céder la parole ; ce dernier se mit à faire jouer désordonnément ses mains pour articuler sa démonstration :

— L'élément du dogme chrétien qui a permis à l'Église de survivre depuis les premiers martyrs, la promesse qui lui a le mieux servi pour convertir les peuples barbares, ce n'est point le rachat du péché originel par le sacrifice de Jésus, ni la promesse du paradis pour les justes, ni la bonté du message du Christ, ni même le saint mystère de la Trinité…

— *Expecto resurrectionem mortuorum*, dit Artémidore de Broca.

Profuturus approuva :

— La résurrection des corps. L'affirmation qu'en sus de l'immortalité de l'âme et de la survie de la personnalité, l'homme et la femme retrouveront leur enveloppe charnelle à la fin des temps. Pour les justes, ce relèvement s'effectuera au retour sur terre du Christ ; pour les pécheurs, ils devront patienter jusqu'au Jugement dernier. Mais tout le monde habitera de nouveau son corps ! C'est ce gage particulier qui a convaincu les peuples barbares de se faire chrétiens. Ces brutes guerrières vénéraient leur apparence ; un homme, fils de Dieu trépassé sur la Croix, leur garantissait que, s'ils avaient foi en lui, ils retrouveraient, au-delà du temps, leurs muscles puissants et leurs longues chevelures. Séduits, ils ont abjuré leurs croyances et, grâce à eux, l'influence des évêques a bientôt surpassé celle des gouverneurs romains.

Artémidore sourit :

— Mais là encore une question se pose, ma fille : comment cela fonctionne-t-il ? Comment la dépouille corrompue d'un homme peut-elle être rendue à son apparence d'autrefois ? Comment ce miracle s'exerce-t-il ?

Até avait du mal à contenir sa stupéfaction. Elle n'échappa pas à Artémidore.

Il poursuivit, d'une voix lente :

— Les écrits du passé abondent en récits d'hommes ressuscités par des thaumaturges : d'Apollonios de Tyane à Marie la Juive, en passant par les apôtres, ou les cas de Lazare, de l'enfant de Jaïre et de l'esclave du centurion relevés des morts par Jésus au cours de son ministère terrestre. J'ai fait étudier avec minutie les manuels anciens abordant ce sujet. Nous savons que des sorcières, aujourd'hui encore, se sont transmis ces dons et n'ignorent pas comment les enchanter. Nous connaissons ces formules, ces incantations et l'ordre à respecter, mais, jusqu'à très récemment, l'essentiel nous échappait : les moyens d'exécution.

Até dit :

— Les enfants ?

Profuturus reprit la parole et fit un geste vers la porte.

— Si vous voulez bien me suivre…

15.

Bénédict Gui entendit la porte de la crypte s'ouvrir, frôler la terre battue, puis le tintement d'un pot d'étain qu'on reposait au sol.

Un bourreau ôta la poire d'angoisse qui lui démettait les mâchoires. Il introduisit entre ses dents un entonnoir ; Gui sentit une répugnante mixture d'eau chaude, de bouilli de grains et de gras de porc lui gonfler l'estomac.

Il eut le tournis. Son ventre fut gonflé par le brouet ; il s'aperçut, après que le bourreau lui eut replacé la poire d'angoisse, que sa langue avait doublé de volume.

Les effets de la fatigue commençaient à se faire sentir. La douleur incessante de ses membres écartelés le poussait à un rythme cardiaque soutenu qui l'épuisait. Les notions d'instant et de durée devenaient confuses, le temps revêtait cette immédiateté sans passé ni futur que l'on vit dans les rêves. Il ne savait plus depuis combien d'heures il se tenait allongé sur cette table de torture.

Or çà, il tâchait d'ignorer son corps.

Ses tourmenteurs veillaient à ce qu'il ne ferme jamais les yeux.

Il consacrait ses moindres instants de lucidité à ressasser les éléments de l'intrigue de Rainerio...

Il partait toujours du même point :

« L'évidence veut que tout, absolument tout, trouve son origine dans le jour où Rainerio s'aperçoit que des enfants dotés d'étranges pouvoirs disparaissent et que ses rapports remis au Latran servent d'instructions préalables à leurs ravisseurs !

« Le garçon a dû être dévasté par cette découverte. Ne s'est-il pas senti responsable de ce qui arrivait aux enfants ? Ne les avait-il pas désignés malgré lui au cours de ses recherches pour la Sacrée Congrégation ?

« Messe noire, viol, assassinat, rançonnage, bûcher, que n'a-t-il pas imaginé ?

« La première personne à suspecter, c'est son maître, Henrik Rasmussen ! Ses recherches sur les enfants passaient *par lui* avant de circuler au Latran… »

Si Bénédict n'avait pas eu le crâne pris entre deux mâchoires de bois, il aurait secoué la tête :

« Non. À Pozzo, Hauser a bien dit que Rasmussen s'était aussi ému de la découverte de son assistant sur les disparitions d'enfants. Ils œuvraient côte à côte. »

Alors qu'avaient-ils appris ?

Bénédict réfléchit sur la nature de leurs liens :

« Leur rencontre s'effectue par l'intermédiaire d'Otto Cosmas. Ce dernier connaissait Rasmussen puisqu'il l'avait commandité pour rédiger une hagiographie des saints centrée sur leur jeunesse.

« Seulement Cosmas vieillit. Alors il se prend d'intérêt pour le petit Rainerio, son voisin. Il lui apprend à lire et à écrire. Il gagne son amitié et sa confiance. Le jour venu, l'adolescent Rainerio est prêt pour le seconder.

« Quelques années plus tard, Otto Cosmas meurt et Rainerio reprend le flambeau. Il remet l'ouvrage complet à celui-là qui ne l'attendait peut-être plus : Monseigneur Henrik Rasmussen. »

Bénédict imagina l'étonnement du cardinal en voyant ce garçon du peuple, fils d'artisans, conclure le travail d'un vieux lettré ; mais aussi sa satisfaction : voilà un jeune homme hardi, la tête farcie de la vie des saints et inconnu du Latran ; une aubaine ! Il le retient à ses côtés.

« Quelle réussite pour Rainerio ! Sans titres, sans éducation, le voilà admis au sein du pouvoir de Rome !

« Tomaso di Fregi, l'ami d'enfance, a décrit un Rainerio ayant toujours été brave, naïf, généreux, mais impressionnable. Il se serait entièrement conformé aux habitudes d'Otto Cosmas, changeant jusqu'à son tempérament pour lui mieux correspondre.

« Nul doute qu'il en a fait autant avec Henrik Rasmussen, son bienfaiteur. Prompt à admirer, il devait le vénérer.

« Rainerio est alors un garçon heureux. Tout lui sourit. Il seconde un personnage haut placé de l'Église.

« Zapetta parle même d'une nouvelle maison où accueillir leurs parents ? »

Puis vient la révélation des rapts d'enfants.

« Lucide, il mesure que sa découverte, qui implique forcément des personnages puissants et dangereux, met sa vie en péril.

« Cela le terrifie.

« Ce serait l'origine de cette sombre humeur, triste, inquiète, que Tomaso avait notée lorsqu'ils s'étaient rencontrés pour la dernière fois.

« De surcroît, Marteen a expliqué que Rainerio ne se rendait plus au palais de Rasmussen. Ce dernier avait dû faire envoyer deux hommes pour l'aller chercher chez lui.

« Pour lui dire quoi ? »

Bénédict Gui relâcha son attention et ferma ses paupières.

La sanction fut immédiate : son bourreau accrut la tension des liens qui lui écartelaient les bras et les jambes. Bénédict gronda de douleur. Il sentit une boule de feu lui traverser le corps. Ses dents s'empreignirent dans la poire d'angoisse.

Concentre-toi... Ne perds pas...

Le bourreau examina ses pupilles ; elles étaient dilatées, le blanc de l'œil avait viré au bleu fané, les canaux sanguins s'étaient rompus et enchevêtrés.

Concentre-toi...

Bénédict, le cœur battant, l'haleine courte, reprit le fil rompu sur Rasmussen :

Il revoyait la façade de son palais de la via Nomentana recouverte du drap noir de deuil, la foule qui s'amassait, la procession de cardinaux venue rendre hommage à sa dépouille.

Et puis, le lendemain, l'empressement, la bousculade presque, pour déménager le mobilier du palais dans un convoi de charrettes pour la Flandre.

« Pourquoi la sœur de Rasmussen voulait-elle quitter Rome si rapidement ? »

De plus en plus décousue, sous l'effet de la fatigue, la pensée de Gui bondit sur la sœur de Rasmussen au visage hautain de la veuve de Maxime de Chênedollé.

La voix de la femme résonnait dans sa tête, répondant à celle de son mari assassiné :

Lui : *J'exploite vingt bâtiments à Ostie. Je suis riche, je m'apprête à m'installer à Rome dans un nouveau palais de trente pièces, je suis marié à ma quatrième femme, j'ai deux maîtresses dont une persane et douze enfants.*

Elle : *Chênedollé était un homme réservé et fidèle, hélas, sans héritier.*

Lui encore : *Je compose, avec bonheur dit-on, des facéties rimées dans le ton d'Anacréon.*

Elle par contre : *Mon mari n'a jamais su aligner deux vers corrects.*

« Pourquoi ces libertés ? Voulait-il m'éprouver ? Et ces précautions afin de laisser derrière lui un document codé ?... »

Suivez la piste de Rainerio...

« La phrase clef ? »

« Qui cherchait-il à tromper avec ces mensonges ? »

Bénédict revoyait Maxime de Chênedollé entrer chez lui, s'affaler sur sa chaise et grommeler : *Par la Croix, le Socle et le Calvaire, ne pourriez-vous pas vous tenir dans les beaux quartiers ? Ce serait plus commode. Et plus décent.*

« Selon les dires de sa veuve, Chênedollé était un marchand banquier qui faisait crédit au Latran. Inquiet de l'élection d'un nouveau pape, il avait réclamé des sommes non-recouvrées, et voilà qu'il s'alarmait, craignant pour sa vie et qu'il décidait avec sa femme de quitter Rome ! En dépit de leur palais en construction...

« Mais quel lien avec Rainerio ?

« Un marchand banquier et l'assistant d'un Promoteur de Justice ?

« Pourquoi, dans son texte codé, Chênedollé reste-t-il aussi énigmatique ? En dit-il si peu ? »

Suivez la piste de Rainerio.

« Hormis évoquer les quatre cardinaux déjà assassinés et ajouter à la liste les noms de Rasmussen et de son assistant, il ne dévoile rien.

« Pourquoi a-t-il incité Zapetta à venir me voir ? »

Bénédict se figea.

« Moccha ! »

Il se remémora son palais, les enfants qui couraient, les femmes, son cabinet, les lutrins de livres de poètes, le buste grec derrière l'écritoire...

Quelque chose n'allait pas.

« Anacréon ! »

Gui s'aperçut que, influencé par la démarche des textes chiffrés de Chênedollé, il s'était efforcé de décoder ses écrits mais avait omis d'écouter attentivement ses paroles !

« Le buste dans le cabinet de Moccha était celui d'Anacréon ! Ses femmes, ses enfants, la poésie grecque, la jolie persane aux yeux verts… En parlant de lui, Chênedollé me décrivait Moccha ! Il voulait me mettre sur sa piste !…

« Il ne le cite nulle part, pas même dans son texte codé, pour être certain de ne jamais risquer de le compromettre…

« Moccha était son allié ! Et je ne l'ai pas vu !

« *Mes amis ont confiance en moi…* a-t-il répété à plusieurs reprises. »

Là résidait le véritable message clef !

« Si je m'étais ouvert à Moccha à temps, il m'aurait éclairé… Peut-être même savait-il ce qu'il est advenu de Rainerio… »

Bénédict Gui se trouva seul face à deux interrogations majeures :

« Qu'ai-je manqué d'*autre* parmi les indices de Maxime de Chênedollé ? »

Et surtout :

« Pourquoi *moi* ? Pourquoi ce marchand banquier, riche et puissant, pourquoi pense-t-il à moi ? Comment croit-il qu'en me dotant de si peu d'éléments, je trouverai le fin mot de l'énigme ?

« *Les femmes… l'argent… la trahison… Rien n'est jamais ce que l'on croit…* avaient été ses dernières paroles. »

Réfléchis…

16.

Une porte de fer s'élargit sous la poussée de deux moines ; Artémidore, l'abbé Profuturus et Até pénétrèrent dans la pièce.

La jeune femme soutenait son père. En entrant, elle découvrit une chambre de chirurgie ; les murs étaient garnis de bocaux de verre remplis d'organes immergés dans une solution laiteuse. Certains avaient été réduits en tranches, cuits par le liquide de conservation. D'autres, des cerveaux, un sein rongé par le cancer, un pancréas, des embryons, des vessies déshydratées, ressemblaient à des tubercules.

Sur un chevalet, des croquis révélaient l'anatomie humaine des deux sexes.

— Nous récupérons les corps des condamnés à mort afin de nous en servir de modèle, expliqua Profuturus à Até. Les dépouilles sont jetées hors du monastère. Il n'est pas question de profaner notre cimetière avec des damnés exclus du Ciel.

Au milieu de la salle trônait un sarcophage de bois clair, fermé, posé sur quatre pieds. Deux vasques de cire plantées chacune de trois petites mèches enflammées répandaient sous le cercueil une mince fumée qui l'enveloppait, avant d'être aspirée par une ouverture grillagée dans le plafond. Cette colonne de fumée, tourbillonnante comme une vis sans fin, avait quelque chose de maléfique et d'inquiétant.

Quatre moines vêtus de blanc, têtes couvertes, attendaient immobiles, prompts à répondre aux ordres.

Artémidore prit le contrôle des opérations. Il fit ouvrir un ouvrage posé sur un lutrin, le *Livre des offices des esprits* de Salomon, et invita l'un des moines à se préparer à la lecture.

— Ce sont les incantations pour la *Résurrection des morts* retranscrites de la main de Salomon, expliqua-t-il à Até, prises sous la dictée des démons par le roi juif, dix siècles avant notre ère. Voilà des générations et des générations que des profanes consultent ces formules sans savoir comment les exécuter. Hormis quelques sorcières vouées au secret, et quelques sectes disparues, personne n'a su les maîtriser. Jusqu'à nous !

Il fit un signe du front ; aussitôt, une seconde porte s'ouvrit et les enfants apparurent.

— Les voilà.

Até sentit une raideur dans le bas du dos. Elle était impressionnée de se tenir si proche de ces cinq jeunes prodiges.

Eux ne pouvaient détacher leurs regards des sinistres bocaux qui les environnaient.

Profuturus assigna à chacun une place autour du sarcophage. Perrot, Agnès, Jehan, Damien et Simon furent respectivement placés de part et d'autre de cadres tendus de toile opaque ; dès lors, ils ne pouvaient plus se voir, ni communiquer.

Ils étaient seuls, le sarcophage sous leurs yeux.

Artémidore fit signe à deux moines qui s'approchèrent, en saisirent les côtés et levèrent le couvercle.

Tout le monde retint son souffle.

Profuturus se signa. Le cadavre d'un homme apparut dans la lumière et la fumée blonde. Hormis sa tête, son corps était entièrement enveloppé dans une épaisse peau de cerf, ouverte de quatre petits trous sur le thorax.

— Qui est-ce ? demanda Até à Profuturus.

— Nous avions cinq postulants pour cette expérience, répondit l'abbé. Ils étaient souffrants, proches de leur fin, mais le jeune Perrot les a guéris ! Nous attachons désormais beaucoup de prix à étudier l'évolution de leur condition. Cet intrus dans le monastère est tombé à point nommé pour les remplacer...

Intriguée, Até s'approcha.

Elle blêmit.

En dépit des premières atteintes de la mort, elle était certaine d'avoir déjà *vu* cet homme quelque part.

Soudain, elle se rappela son opération de Cantimpré, les enfants, le prêtre qui les enseignait...

Le père Aba !

C'était lui, l'intrus qui avait employé la clef de son mercenaire tué à Castelginaux, lui, qui devait l'avoir pistée depuis le pays d'Oc et qui avait réussi à s'introduire dans le monastère !

Guillem Aba de Cantimpré.

Elle se tourna vers Perrot.

Il était livide.

Lui aussi avait reconnu le prêtre.

Ce fut le coup le plus douloureux qu'il eût reçu depuis son enlèvement.

La pièce, les bocaux morbides, la dépouille cousue dans la chair de cerf, Profuturus, les moines, le monde tout entier se dérobait sous ses pieds, avec cette sensation d'être avalé, aspiré comme au bord d'un précipice vers ce visage marbré, mutilé d'un œil.

Ses yeux s'emplirent de larmes. Fébrile, Perrot se sentait cependant aux mains d'une volonté supérieure qui l'empêchait de hurler et de se précipiter sur le mort.

Até comprit cela.

Elle était aussi glacée d'épouvante que lui : elle voyait venir dans son regard fixe, tout ce qu'elle appréhendait chez ce garçon doué de forces terrifiantes.

Elle voulut s'avancer près d'Artémidore, l'avertir du danger, mais elle ne put accomplir un pas.

Perrot l'avait *vue*.

Leurs regards se croisèrent une fraction de seconde ; suffisamment pour qu'Até fût tétanisée, pour qu'elle saisît que le garçon avait percé ses pensées et lui interdisait de révéler quoi que ce fût sur Aba ; assez pour perdre pied et lâcher, comme folle, un cri strident.

Dans le silence morne et profond qui régnait dans la salle depuis la découverte du cadavre, ce cri fut effrayant.

Até demanda à sortir, à fuir cet endroit maudit.

— Laissez-moi. Je ne veux pas rester ici !

Mais la porte de fer résistait à ses assauts.

Surpris, puis bientôt agacé, Artémidore ordonna qu'on la chasse.

La femme hystérique, ceinturée par des moines, fut reconduite dans sa chambre, alors même qu'elle hurlait vouloir quitter le monastère, s'éloigner au plus vite…

— Nous allons périr, nous allons tous être châtiés !…

Autour du sarcophage, après quelques moments de flottement, tout retourna dans l'ordre. Artémidore, peiné par la réaction de sa fille, preuve d'une faiblesse qui la déclassait irrémédiablement, invita Profuturus à poursuivre l'expérience.

L'abbé enjoignit au moine juché derrière le lutrin et le *Livre des offices des esprits* de Salomon de commencer sa lecture. Lentement, celui-ci se mit à réciter le même verset grec, sans s'interrompre ni baisser la voix.

Pendant ce temps, Profuturus saisit trois galets d'ambre, de quartz et d'obsidienne et les déposa dans les ouvertures pratiquées sur la peau de bête qui enveloppait Aba, laissant libre le quatrième et dernier orifice, situé au plexus sacré.

Perrot observait tous les mouvements comme s'ils étaient articulés par des ombres ; il ne clignait plus des paupières, son souffle s'accélérait et se raccourcissait.

Jamais il n'avait éprouvé autant de sensations neuves, de perceptions qui lui donnaient l'effet que son « don » était plus ample qu'il ne l'imaginait.

À nouveau, il se mit à entendre des voix. Mais cette fois, il comprit : il surprenait les voix intérieures de ceux qui l'entouraient !

Le processus débuta par celles de ses quatre compagnons. Agnès, Jehan, Simon et Damien, qui devinaient que les *Incantations* de Salomon lues par le moine excitaient chez eux leurs pouvoirs, s'en remettaient au serment qu'ils avaient échangé : refuser, faire échouer à tout prix l'expérience.

Mais il s'agissait désormais de ramener le père Aba à la vie !

Perrot avait deviné les intentions d'Artémidore de Broca.

Il aurait voulu hurler, interpeller les enfants, les pousser à renoncer à leur pacte, à l'aider à rendre vie au bon prêtre de Cantimpré… mais cette volonté supérieure qui avait établi son siège dans sa conscience, cette volonté supérieure lui déconseillait de s'exprimer.

Les outils de vivisection de la pièce étaient suspendus à des lanières de cuir ; l'abbé Profuturus prit un couteau et s'approcha du corps d'Aba. Il découpa une ouverture dans la peau de cerf et, sur l'avant-bras gauche, pratiqua une profonde entaille dans la chair blafarde.

Il se munit ensuite d'une fiole de sang rubicond et, à l'aide d'une lancette, en déposa quelques gouttes sur la blessure sombre qu'il avait ouverte.

Perrot, doté de nouveaux dons depuis que ses sens s'étaient mis en alerte, arrivait non seulement à entendre ce que l'abbé se disait, mais aussi à reconstituer le cheminement de ses sentiments et l'origine de ses espoirs actuels.

Bien des fois, il avait pratiqué des perfusions liant un corps à un autre, pour tenter de faire profiter un malade du sang d'un corps sain ; mais, sans qu'il comprît pourquoi, certaines transfusions étaient couronnées de succès alors que d'autres tuaient en quelques instants les cobayes.

Il lui fallait découvrir le sang universel, appelé « sang du Christ », compatible entre tous les humains et tous les animaux. C'était indispensable pour le bon déroulement de l'expérience de résurrection d'après les formules de Salomon.

Profuturus chercha vingt ans durant, saignant des milliers de sujets à travers le monde. En tuant la grande majorité.

Jusqu'à ce que l'idée lui vînt de s'intéresser aux stigmatisés.

Il découvrit que le sang versé par ces élus aux six plaies du Christ en croix n'était pas le leur... Et qu'il était compatible avec celui de tous les humains.

Il avait trouvé le sang du Christ.

Perrot observa Artémidore de Broca :

La résurrection des corps !... Mais que dire des corps flambés, des décapités, des dépouilles dévorées par des bêtes ? Comment les âmes retrouveront-elles ces corps au retour du Sauveur ?

Perrot alla chercher la réponse dans l'esprit de Profuturus.

Tout cadavre, même réduit en cendres, conserve en lui une marque distinctive : une « empreinte » de l'âme qu'il a hébergée. C'est ce sceau, propre à chaque être vivant, qui est la garantie que chacun retrouvera son corps au Jugement dernier. La démonstration était depuis longtemps sous nos yeux : lorsque Jésus ressuscite Lazare en lui intimant : « Viens ici ! », il ne s'adresse pas à son âme (comme le font tous les pseudo-thaumaturges qui se piquent de résurrection), mais à sa dépouille étendue depuis quatre jours dans le tombeau de Béthanie.

Ranimez le corps, et vous lui rendrez son âme.

Le relèvement des morts promis par le Christ est inscrit dans notre chair dès la naissance.

Telle avait été l'immense découverte accomplie ici par Arthuis de Beaune, suite au déchiffrement des écrits de Démocrite sur l'atome, des « visions » de saint Sélas et de la philosophie de l'Un selon Parménide.

À l'heure de la résurrection, le corps suscitera son âme, et non l'inverse !

Le moine lecteur continuait, imperturbable, à réciter Salomon, la voix lente, perpétuant le même verset qui, à force de scansion, résonnait comme un chant lugubre adressé à des forces invisibles.

Damien et Simon, eux, les *voyaient*, ces forces invisibles convoquées par la litanie ! Elles pénétraient dans la salle, virevoltaient autour du sarcophage et de la dépouille du père Aba…

— Combien de temps cela va-t-il prendre ? demanda Artémidore.

L'abbé Profuturus sourit.

— D'après moi, à peine quelques instants !

À l'extérieur, les moines s'étonnèrent d'une brusque déperdition de jour. Un astrologue qui se préparaît sur les remparts à établir l'ascension droite de deux planètes, vit la nue s'assombrir d'une manière inquiétante.

Avec cela, une tiédeur insolite l'enveloppa, en plein hiver, alors même qu'il ne percevait pas le moindre souffle de vent du sud ; pourtant les ifs des jardins bruissèrent, les chevaux ruèrent dans leurs stalles et le cœur des cloches d'airain des petites églises du monastère se mit à vrombir sans explication…

Perrot, lui, dans le silence de la pièce, derrière la monotone lecture, entendait des murmures !

Il observait le cadavre du père Aba, autant grâce à ses yeux qu'au travers de ceux de Jehan, de Damien, d'Agnès et de Simon.

Damien apercevait des nuées noires coiffées d'une tête de diable entrer et sortir de la colonne de fumée qui montait autour du sarcophage. Mais le garçon détournait le regard, baissait ses paupières, pour ne pas les « chasser », comme son don le lui permettait, et comme Artémidore et Profuturus en avaient certainement le dessein.

« *Ne pas coopérer* », se répétait-il.

Il laissait les diables s'accumuler dans la pièce.

Perrot voyait aussi ces ombres spectrales appelées par les versets de Salomon, remuant au-dessus de la carcasse de Guillem Aba ; certaines piquaient violemment sur le corps, comme des oiseaux de proie, mais rebondissaient, heurtées par la peau de cerf qui semblait leur être un rempart infranchissable.

De son côté, Simon ne voyait pas les démons mais les revenants. Comme Damien, il fermait les yeux pour ne pas participer à l'expérience. Mais il entendait une voix. Une voix implorante.

Perrot l'avait reconnue.

L'âme de Guillem Aba était de retour.

Perrot sentit ses mains et ses pieds lui brûler. Il saignait soudain les six stigmates des plaies du Christ ! Mais ce qui l'effraya davantage, ce fut que personne ne s'en aperçut ; Profuturus et Artémidore le regardaient sans étonnement particulier…

Perrot, ensanglanté, braqua son regard sur celui des diables : aussitôt ils s'évanouirent en poussant un cri, sans écho, et qui s'interrompait dès leur disparition.

Damien fut surpris d'assister à cette débandade alors qu'il n'y était pour rien.

Artémidore s'avança vers Aba.

Son visage resplendit.

— Venez voir ! lança-t-il à Profuturus.

Ce dernier constata que l'entaille pratiquée sur l'avant-bras du mort s'était éclaircie, les chairs ramollies, et le sang d'Agnès posé avec la lancette frémissait comme s'il était en ébullition.

— Perrot est en train de régénérer son sang ! déclara Profuturus.

Mais Perrot ne faisait pas que cela. Il était devenu, *lui*, ce personnage doué de tous les pouvoirs qu'appréhendaient les enfants, réunissant les dons des cinq compagnons, et plus encore.

Cependant il n'avait pas peur, il ne se sentait pas submergé par cet accroissement de pouvoir, mais plutôt guidé par cette force supérieure qui agissait et parlait en son for ; cette même voix de vérité qui s'adressait au jeune Jehan chaque fois qu'il tombait dans des songes miraculeux !

Perrot aperçut trois couleurs.

Les trois pierres d'ambre, de quartz et d'obsidienne déposées par Profuturus sur le corps d'Aba, se mirent à diffuser un éclat bleu, vert et rouge.

Perrot était le seul à les percevoir.

Il comprit que son devoir était d'*étendre* ces trois irradiations de couleurs qui voletaient

au-dessus d'Aba, les étendre afin qu'elles envelop-
passent son corps entier.

Il se concentra, concentra ses dons sur ces lumignons vacillants et, puisant dans sa propre énergie,
leur donna l'élan de s'accroître…

Mais chaque variation, chaque pouce gagné, enta-
mait terriblement ses forces.

Le bleu, le rouge et le vert s'enchevêtraient,
oscillaient, roulaient, se divisaient comme de l'huile
à la surface de l'eau. Ils devenaient si intenses que
les volutes de fumée verticale autour du sarcophage
s'en imprégnèrent.

Perrot bataillait contre un arc-en-ciel tour-
billonnant.

Dans son esprit, la pièce avait disparu, il était
seul, suspendu dans l'espace avec le corps inerte
d'Aba. Seul dans l'éclat de l'aura en reconstruction.

Il posa le bleu qui se stabilisa, épousant parfaitement le dessin du corps.

Il s'acharna avec les deux dernières couleurs.

Lorsque, enfin, les trois halos eurent retrouvé
leur place, il s'évanouit. Mais avant de se renverser à
terre, il eut le temps d'apercevoir un puissant éclat
blanc, long et fin, s'engouffrer comme un éclair dans
le corps de Guillem Aba par l'orifice ouvert au
niveau du plexus sacré.

Dans la pièce, Profuturus et Artémidore virent
avec surprise le petit Perrot perdre connaissance,
ainsi que Jehan, Agnès, Damien et Simon !

Les enfants défaillirent en même temps et tombèrent au sol.

Les deux hommes se regardèrent.

Mais Profuturus cria.

Un filet de sang coulait depuis l'avant-bras
d'Aba, comme un vivant blessé.

Il s'approcha pour observer le visage.

Guillem Aba avait retrouvé son second œil ! Ses yeux scintillaient, habités, fixant le plafond de la pièce.

Il y eut un long moment d'épouvante...

Tous les moines présents à l'expérience rapportèrent qu'alors, ils entendirent distinctement, dans le silence, battre le cœur du cadavre...

17.

Bénédict Gui vivait l'agonie de son cerveau.

Rainerio.

Ses pensées et son corps étaient captifs d'un univers somnolent, ralenti, vulnérable à la moindre variation.

La fatigue le rongeait.

Ses sens s'émoussaient.

Il râlait.

Ce râle résonnait. Les os de sa mâchoire, les parois de son crâne vibraient au moindre son émis.

Le fond de ses yeux lui brûlait.

L'enseigne cloutée au-dessus de sa tête n'était plus qu'une informe tache de couleur…

Rainerio.

Des images naissaient et déferlaient dans son esprit. Des bribes de souvenirs, intempestives, sans liens les unes avec les autres, bouleversaient la plus fragile ligne de pensée. Des éclairs concentraient une vie en une seconde de rêve.

Sa mémoire phénoménale ressemblait à présent à un vitrail brisé, des milliers d'éclats de couleurs répandus au sol entre les meneaux et les croisillons…

Tout se mélangeait : l'axiome d'Euclide…

Si une droite coupant deux droites fait les angles intérieurs du même côté plus petits que deux droits, ces droites, prolongées à l'infini…

… et le souvenir d'un voyage à Florence entrepris à seize ans pour consulter une édition des *Noces de Mercure et de Philologie* de Martin Capella.

Rainerio.

Le frère de Zapetta a découvert un terrible secret ; un complot qui lie des enfants prodigieux à des simulacres de miracle orchestrés par l'Église !… Une grande machination se prépare ? Des prélats impliqués.

Rainerio sait que sa vie est en péril.

Soit il est mort.

Soit il a fui.

Où ?

Alors qu'il perdait le sens et la liaison des images qui s'offraient à lui, Bénédict entrevit soudain la silhouette d'une femme.

Elle s'approchait.

Elle avait de longs cheveux blonds, des yeux noirs, les hanches pleines, le sein lourd. Un sourire consolant sur son beau visage.

Elle se penche sur la table de torture.

Ordo disciplinae.

BÉNÉDICT GUI A RÉPONSE À TOUT

Rainerio est parti se cacher.

Sitôt la découverte de l'assassinat de Rasmussen ?

Où trouver asile ?

Où porter son secret ?

Il détient de quoi discréditer le Latran ?

Non…

Rainerio ment.

Pourquoi vient-il de manière si brève à l'abbaye de Pozzo ?

Il n'y passe que quelques heures.

Fait-il vraiment des recherches ?

Non.

Il sait ce qu'il veut.

Il vient *collecter*.

Bénédict revit Zapetta dans sa boutique, la figure inquiète, au bord des larmes.

Trop longtemps cru que le frère était une victime…

Rainerio en service commandé.

La femme au-dessus de lui approche son visage.

Bénédict sent ses boucles de cheveux lui caresser les joues.

Il retrouve son parfum de santal.

Aurélia, sa femme.

Elle pose ses lèvres sur les siennes.

Glacées.

Le cardinal Moccha et Cantimpré…

On lui interdit d'enquêter sur le village miraculeux.

Qui ?

Rasmussen et Rainerio se dressent contre lui, l'empêchent de se renseigner… ?

Mauvaise distribution des rôles.

Lorsque Maxime de Chênedollé cite dans son texte codé les noms des quatre prélats assassinés depuis décembre…

Puis ceux de Rasmussen et de Rainerio…

En réalité, il ne les associe pas à ces morts :

Il les désigne !

Il les *dénonce* !

Rainerio est un menteur.

Mise en scène de sa disparition.

Bénédict était affligé de coups et de gifles de la part de ses bourreaux, ne pouvant retenir ses paupières de se fermer.

Rainerio

est

un traître.

18.

L'abbé Profuturus avait fait porter le corps ressuscité d'Aba dans une cellule en haut du monastère, secrète, avec ordre de ne *jamais* le séparer du petit Perrot.

— Il ne faut pas courir le risque que le pouvoir guérisseur de l'enfant diminue avec l'éloignement.

Rien des variations de la santé d'Aba n'échappait à l'abbé. Il requérait beaucoup de soins. L'homme était faible, la peau terne, la respiration difficile, éveillé, mais sans aucune conscience particulière.

Profuturus compulsait avec frénésie sa bibliothèque consacrée aux récits de résurrection où il avait mis en évidence que, hormis lorsque le miracle était exécuté par un messie tel que Jésus ou Mithra, les ressuscités étaient souvent, au mieux, des vivants « en sursis » ; ils parvenaient à se mettre debout et à articuler quelques phrases, mais ne pouvaient ni boire ni manger, ni trouver le sommeil. Aussi s'éteignaient-ils au bout de quelques jours, dans d'atroces souffrances.

Bien qu'il ne bougeât, ni ne parlât, Abba dormait et son corps avait toléré un peu d'eau fraîche.

Cela seul suffisait à échauffer furieusement l'esprit de l'abbé Profuturus.

« Nous sommes à l'aube d'une ère nouvelle ! »
était son exclamation du moment ; il la répétait
pour lui seul, comme un apôtre – pensait-il en
s'identifiant – après la Pentecôte.

Le visage d'Aba était comme du marbre, ses
yeux, bien qu'allumés, restaient fixes, regardant sans
rien voir. Les séquelles de sa noyade étaient
imperceptibles.

Perrot demeura auprès de lui.

Ils n'avaient pas échangé le moindre signe, mais
l'Enfant-Dieu était le seul à avoir senti le regard du
ressuscité se poser *volontairement* sur lui.

À ce moment, il l'aurait juré, le père Aba lui avait
souri…

Ravi par le succès de la résurrection et par les
possibilités qu'elle laissait présager, Artémidore de
Broca allait quitter le monastère Albert-le-Grand
pour retourner à Rome surveiller l'élection du nouveau pape.

Il se fit conduire dans la chambre où avait été
cloîtrée Até après son esclandre.

La jeune femme n'avait toujours pas retrouvé la
maîtrise de ses sens ; elle s'entêtait dans ce qui
s'apparentait à un long délire, criant, vociférant,
proférant des imprécations contre les membres de
ce monastère coupables selon elle de tenter le diable, d'offenser les lois de Dieu et de pousser à la
naissance, en la personne du petit Perrot, d'un
nouvel Ange exterminateur qui s'abattrait bientôt
sur eux tous !

Até avait griffé son visage jusqu'au sang, ses yeux
lançaient des flammes, ses cheveux dénoués lui donnaient l'air halluciné d'une Érinye.

35À la vue de son père qui avait l'intention de la
ramener à Rome avec lui, elle redoubla de cris et

d'anathèmes. Une peur primale la dominait : elle déclara Artémidore de Broca agent du démon, accusé de tous les crimes et de toutes les bassesses d'Albert-le-Grand ; il était le Ganelon de l'Église qui préparait la voie à la cohorte de l'Antéchrist...

Le chancelier observa avec tristesse les errements de sa fille favorite.

Il ne pouvait être question de la reconduire en cet état à Rome. Il n'était plus question de lui faire confiance, malgré tout ce qu'elle avait déjà accompli.

Artémidore sentit son cœur se serrer.

— Elle reste ici.

Le ton de sa voix fit comprendre qu'il aurait tout aussi bien pu dire : « Elle meurt ici. »

19.

Douze jours plus tard, Rome avait un nouveau pape.

À la surprise générale, pour la première fois, le frère d'un ordre mendiant ceignait la tiare : le franciscain Jérôme d'Ascoli devint, sous le nom de Nicolas IV, le cent quatre-vingt-neuvième successeur de saint Pierre.

Le nouveau souverain pontife, après avoir récité un long compliment devant le conclave, quitta les cardinaux électeurs pour traverser le palais du Latran en direction de la chancellerie.

Escorté de son chambellan et de trois prêtres de sa suite, il pénétra dans une vaste salle nue, dallée de marbre, aux plafonds élevés de plus de dix mètres, sans autre mobilier que le bureau de Fauvel de Bazan.

Un garde posté devant la porte du cabinet d'Artémidore de Broca l'entrouvrit et passa un œil dans la pièce puis la referma et fit signe à Nicolas IV d'attendre.

Le comble de cette situation n'était pas que le nouveau pontife se déplaçât lui-même afin de se présenter au chancelier ; ce n'était pas que Broca eût l'insigne audace de faire lanterner le représentant de Dieu sur terre ; c'était que personne, ni le pape ni ses gens, ne s'émouvait de la moindre de ces atteintes à la majesté pontificale.

Aucun Saint-Père ne saurait gouverner Rome sans l'appui de l'indéfectible chancelier ; c'était l'ordre des choses, tous l'avaient reconnu. Nicolas IV aussi.

Il patienta.

Artémidore de Broca était installé derrière son bureau. Cinq personnages graves et silencieux se tenaient dans des fauteuils, formant une ligne face à lui.

D'abord Fauvel de Bazan, à la droite duquel se tenait Arthuis de Beaune, à la droite duquel se tenait Henrik Rasmussen, à la droite duquel se tenait le jeune Rainerio, à la droite duquel se tenait le vieil Althoras.

Les quatre hommes âgés, Broca, Beaune, Rasmussen et Althoras étaient le quatuor de têtes qui commandait depuis trente ans aux destinées du clandestin et puissant Convent de Megiddo. Malgré leurs liens et l'importance de leurs fonctions respectives, personne, même au sein de l'organisation, ne suspectait que ces éminences si dissemblables pussent œuvrer main dans la main : le cardinal Rasmussen, grand Promoteur de Justice, était considéré à Rome comme le plus farouche opposant d'Artémidore de Broca, alors qu'en réalité il coordonnait avec lui les opérations du Convent, à l'insu même de sa sœur Karen ; Althoras, le chef aveugle de la redoutable force de brigands du Toulousain, était depuis de nombreuses années le recruteur secret des centaines d'hommes en noir, mercenaires qui expédiaient les basses besognes du Convent, sans qu'aucun de ses proches, pas même Isarn son successeur, ne sache son alliance avec une officine secrète de l'Église ; Arthuis de Beaune, le grand ordonnateur des expériences du Convent, savant universellement réputé, considéré comme un nouveau Pline l'Ancien, avait quitté le siècle pour profiter de l'incroyable aventure instiguée par Broca, et personne ne devinait ce qu'il était devenu ; quant à Artémidore de Broca, il était accusé de bien des maux, mais sans jamais être jugé coupable.

C'était la première fois en onze ans que ces quatre hommes se retrouvaient dans la même pièce.

Car l'heure était décisive pour le Convent.

Artémidore accorda la parole à Fauvel de Bazan.

Ce dernier, muni d'un parchemin, commença :

— Grâce aux renseignements que nous devons aux précieuses sources de maître Althoras dans le pays d'Oc et grâce à la surveillance perpétuelle de Bénédict Gui, toutes les failles liées à l'enlèvement de Perrot ont été comblées.

Il lut :

— Au village de Cantimpré, la traîtresse Ana a été étouffée et son corps jeté dans un torrent. À Narbonne, nous avons exécuté le frère Jacopone Tagliaferro, ainsi que les deux sœurs des archives, et confisqué tous les documents liés aux enlèvements d'enfants. À Aude-sur-Pont, la sorcière Jeanne Quimpoix, dite la Meffraye, a été torturée avant de se voir arracher le cœur par le dos. À Pozzo, nous avons achevé le frère Hauser et questionné sa maîtresse, sœur Constanza, jusqu'à ce que mort s'ensuive. Et puis, nous avons enfin pu identifier et éliminer notre plus redoutable adversaire à Rome : le cardinal Moccha ! Toutes les informations qu'il avait accumulées contre le Convent sont désormais en notre possession.

Artémidore de Broca sourit :

— Passons à la seconde phase de notre opération. Où en sommes-nous ?

Il tourna ses regards vers Rainerio et Rasmussen. Ce fut le jeune assistant du cardinal qui prit la parole. Il portait une longue robe de tissu précieux et un collier d'argent :

— Monseigneur, malgré maintes complications, tout s'est déroulé comme vous l'aviez ordonné : les sujets de l'empereur et l'empereur lui-même, grâce à son gendre Venceslas II, sont tombés dans le piège. Ils ont accueilli pour vrai et infaillible mon faux organigramme qui dévoile les « réseaux » du Convent de Megiddo. La parfaite combinaison de vérité et de mensonge va désormais retomber sur tous nos ennemis qui y sont cités. De surcroît, mes révélations étant appuyées par la présence de Monseigneur Rasmussen, nous avons séduit les impérialistes et revenons à Rome en possession de la liste de tous leurs espions disséminés autour et au sein du Latran ; ainsi que les noms des prélats vendus à la cause de l'empereur !

Artémidore de Broca hocha la tête et pensa :

« Tant de monde croyait que j'étais vieilli, usé, faillible, qu'il leur suffirait de me bousculer pour que je tombe. Je n'ai jamais aussi bien triomphé de mes adversaires ! »

Il regarda Arthuis de Beaune.

— Combien de temps pour le nouveau monastère ?

En quittant Albert-le-Grand, Artémidore avait emporté avec lui Beaune et quatorze savants, ainsi que des grimoires précieux. L'objectif était d'édifier sur l'île de Corfou un nouveau lieu secret dédié aux expériences du Convent de Megiddo, moins compromis que la forteresse près d'Ancône.

— Tout est en place, répondit Arthuis de Beaune. J'embarque demain pour Corfou.

— Le ressuscité ? demanda Broca.

— L'expérimentation de Profuturus est concluante, mais il va nous falloir l'élever à un meilleur niveau. Et pour cela, la paix et la discrétion dont nous allons jouir à Corfou seront primordiales.

— Bien, fit le chancelier. Tout est en ordre.

— Pas entièrement.

C'était le vieil Althoras qui venait soudain de parler.

— Il nous reste à statuer sur le sort du monastère. J'ai réussi à faire porter mes troupes en Italie en les forçant à suivre le prêtre de Cantimpré. Je compte que cela serve. En trente ans, notre monastère est devenu trop connu. Il intrigue. Comme au temps de notre installation à Sainte-Lucie. Lorsque l'empereur comprendra qu'il a été trompé, il cherchera à se venger. Le monastère est trop imprégné des activités du Convent.

— Fais ce que tu juges bon, Althoras, dicta Artémidore.

Fauvel leva les sourcils :

— Vraiment, Votre Grâce ? Até de Brayac s'y trouve encore !

Le vieux chancelier, impavide, déclara :

— C'est égal.

Il congédia ses trois frères du Convent et ses deux meilleures recrues, Bazan et Rainerio, qui quittèrent son cabinet par une porte dérobée.

Il daigna alors recevoir le nouveau pape, qui patientait toujours dans son antichambre.

Nicolas IV se précipita pour baiser la main d'Artémidore, mais le chancelier se récria et, avec bien des peines, posa un genou à terre pour embrasser la main pontificale, comme le plus humble de ses sujets.

Après quoi, difficilement remis sur ses pieds, il lui lança :

— Asseyez-vous.

20.

À Varano, au sud du monastère Albert-le-Grand, une embarcation de vingt mètres de long, gréée avec deux mâts et six voiles, et nommée le *Saint-Lin* accosta au quai.

Une communauté de vingt moines se trouvait à bord, venue de Constantinople avec une cargaison de livres traduits de l'arabe.

La communauté, sous les ordres d'un père abbé, devait décharger les ouvrages et les porter au monastère.

Seulement, sitôt qu'ils mirent pied à terre, presque tous furent passés au fil de l'épée par une bande de brigands.

Isarn et ses hommes de Toulouse.

Job Carpiquet, le jeune homme d'Althoras qui avait suivi le père Aba jusqu'au monastère, sans jamais se faire découvrir, avait laissé derrière lui les instructions nécessaires pour qu'Althoras, Isarn et ses hommes pussent le suivre à quelques jours d'intervalle.

Lorsque le père Aba parvint à pénétrer dans le monastère en se substituant à un homme en noir, ce fut sous les yeux ébahis de Carpiquet. Dès lors l'espion alla attendre ses maîtres à Varano.

Isarn arriva sans Althoras car le vieil aveugle, « épuisé par la cadence du voyage », était parti se reposer à Rome. De là, il fit parvenir à Isarn des instructions inouïes sur l'existence du *Saint-Lin* et sur le moyen de pénétrer le monastère où devait être retenue Agnès, sa fille.

Grâce aux fortes sommes d'argent qu'il emportait avec lui, Isarn fit changer le contenu des caisses…

Il ordonna à ses hommes de se vêtir avec les aubes des moines et tous se mirent en route vers Albert-le-Grand.

Le père abbé de la communauté, épargné pour l'instant par Isarn, leur servait de guide.

Ils arrivèrent au pied du monastère.

Sur le versant nord, l'un des monte-charge descendit à terre. On y installa le premier lot de livres et de moines.

L'élévation complète du chargement exigea cinq voyages.

Arrivé au sommet des remparts, Isarn ne quitta pas des yeux le père abbé, qui tremblait pour sa vie.

Les moines et les caisses de livres furent conduits dans les sous-sols de la grande bibliothèque du monastère.

Là, Isarn ordonna d'ouvrir les caisses de bois.

Le père abbé fut stupéfait : en lieu et place des grimoires et des livres qu'il avait fait charger à Antioche, ils découvraient des tonnelets remplis de bitume et de salpêtre, hautement inflammables. Il s'en comptait des dizaines ; en suffisance pour réduire le monastère en cendres !

— Maintenant, le somma Isarn, si tu veux vivre, aide-nous à trouver où sont cloîtrés les enfants !

21.

Les tourmenteurs avaient libéré Bénédict Gui de sa table de torture, quatre-vingt-seize heures après le début de son calvaire, considérant cette durée suffisante pour atrophier son esprit. Tous les essais pratiqués sur la victime étaient concluants : Gui avait perdu l'usage d'un œil, il ne savait plus ni parler ni marcher et se tenait péniblement debout. Agité de spasmes et de contractions nerveuses au visage, il avait perdu jusqu'au souvenir de son nom et ne savait plus que se ruer sur la nourriture qu'on lui jetait.

Après la séance de torture, il avait été conduit dans une petite cellule des geôles de Matteoli Flo.

Il dormit plusieurs jours d'affilée.

Trois semaines après son supplice, son état ne s'était pas amélioré ; on vint alors le chercher.

Gui restait muet, le regard hagard, réagissant à peine aux mots et aux bruits qu'il entendait. Deux gardiens l'empoignèrent comme s'il n'eût été qu'un objet ou un animal mort. Ils le traînèrent dans un couloir.

Bénédict allait être présenté devant un tribunal de basse justice ecclésiastique.

Ses rares pensées ne constituaient plus qu'un magma informe, se remployant sur lui-même dans le vide.

Toutefois, à la différence de tous les autres suppliciés qui avaient enduré le même traitement que lui, son cerveau ne s'était pas définitivement arrêté de fonctionner ; plus exercé que la grande majorité des hommes, plus preste et vigoureux que la moyenne de ses semblables, il perpétuait son agitation nerveuse, emporté par son propre mouvement d'inertie, mais privé de toute cohésion.

Les gardiens déposèrent Bénédict sur un banc dans le vestibule en attendant l'arrivée de la charrette qui les conduirait au tribunal. Durant l'attente, une femme entra ; elle apportait des linges maculés de sang et de chairs qui servaient à nettoyer les ustensiles de torture de Matteoli Flo, et ouvrit une trappe plongeante où elle les fit disparaître.

De là surgit la première impression familière de Bénédict depuis des jours et des jours, le premier souvenir précis.

Une odeur.

Une odeur d'eau.

Une odeur éveillait confusément un pan de sa mémoire.

Pendant un instant, il se figea. Ses geôliers ne s'aperçurent de rien, moins encore de son œil valide qui scintillait, scrutait la pièce en tous sens.

Pour eux, Gui était aussi inoffensif qu'un enfant qui vient d'apprendre à faire deux pas, et lorsque le prisonnier montra des velléités de se mettre sur ses pieds, ils étaient prêts à s'esclaffer en le voyant s'effondrer débilement.

En effet, Bénédict roula à terre, mais sans tomber ; il glissa, se contorsionna, les membres désaccordés, puis s'approcha de la trappe.

Là, d'un bond rapide, il disparut dans l'horrible conduit qui tombait d'aplomb.

Les gardes n'eurent pas le temps de se dresser que le corps de Bénédict Gui avait déjà été recraché, six mètres plus bas, dans les eaux puantes du Tibre.

Ils se précipitèrent à l'extérieur du bâtiment de Matteoli Flo pour tâcher de distinguer le corps à la surface et de le suivre pour le récupérer, mais celui-ci avait sombré et disparu...

— C'en est fait de ce fou. Il est noyé.

22.

Au monastère Albert-le-Grand, l'abbé Profuturus échafaudait des théories folles et novatrices, nées de la réussite de son expérience sur la dépouille du père Aba.

La nuit était tombée sur la forteresse.

Dans son bureau au grand vitrail, deux moines fixaient par l'écriture son flot de paroles ; depuis près de trois semaines, il se sentait comme investi d'une mission céleste.

— Nous sommes à l'aube d'une nouvelle ère !

Il vaticinait sur la probabilité de se faire renaître lui-même après sa mort, de ramener un pape à la vie après un assassinat, de restituer au monde les plus hautes figures des saints. Et même, projet ultime, de provoquer la renaissance terrestre de Jésus-Christ !

Les deux moines étaient terrifiés devant tant de blasphèmes.

— N'êtes-vous pas un peu absolu, mon père ? osa interroger l'un d'eux.

Profuturus sourit, l'œil éclatant ; obnubilé et inspiré par son mauvais génie, il n'entendait, ne voyait et ne saisissait que ce que sa démence lui inspirait.

— Depuis Moïse et Jésus, répondit-il, ne savons-nous pas que l'Histoire a un sens ?

Il s'immobilisa devant ses vitraux par lesquels tombaient les rayons pâles de la lune, accrochant dans leur chute les remparts du monastère et les jardins des cloîtres.

L'abbé poursuivit :

— Pendant des siècles, lorsque les hommes mouraient des maux de la mélancolie, c'était le projet de Dieu. Et lorsqu'un jour, l'un d'eux découvrit les vertus consolantes du millepertuis et les sauva de leur tristesse, c'était encore dans le projet divin ! Dieu fait un jour le malade, un autre le médecin. Rien n'existe en ce monde hors de son projet. L'homme s'est de tout temps trouvé démuni face à la mort, mais voilà qu'avec moi, aujourd'hui, il peut se libérer de ce joug. Ma place est clairement désignée dans le sens de l'Histoire !

Son ton de voix avait forci, son débit de paroles aussi :

— Jésus a été crucifié de la main des hommes. Il a promis son retour sur terre pour nous délivrer du Mal. J'ai bonne opinion que Dieu veut que ce soient ses bourreaux eux-mêmes qui rendent au Christ son enveloppe de chair ! C'est à nous qu'il revient de racheter l'affront de la Croix ! Dieu nous a donné son Fils, nous allons le Lui rendre ! Mon expérience de résurrection nous ouvre les portes de cette prouesse. Ce n'est qu'un préambule. Viendra le jour béni où d'un peu de sang, d'une simple dent de lait, d'une quelconque relique authentique, nous pourrons refaçonner un disparu et rappeler son âme !

Profuturus délirait.

Le même moine qui l'avait déjà questionné, récidiva :

— Si telle n'était pas la volonté de Dieu, si vous n'étiez qu'un nouveau Sisyphe courant après Thanatos, n'encourrions-nous pas la plus redoutable de Ses colères ?

L'abbé ne daigna pas se retourner ; il leva les bras au ciel, comme un hiérophante, mais alors qu'il s'apprêtait à répondre, une gigantesque boule de feu, tombée de la nuit, fit voler en éclats ses vitraux et le faucha avec une force prodigieuse.

D'autres foyers explosèrent en même temps dans tout le monastère, comme s'il s'agissait d'une réplique de Dieu à l'intolérable hardiesse de Profuturus.

Le monastère Albert-le-Grand s'embrasait.

Les hommes d'Isarn, répartis aux points clefs tiraient des flèches enflammées sur leurs tonnelets de salpêtre et de bitume. Les barils s'éventraient dans une puissante explosion et pulvérisaient leur liquide incendiaire, n'épargnant rien ni personne.

La panique saisit les moines.

Les appels d'un buccin sonnèrent l'alerte.

Le feu naissait de tous les coins.

On savait ici que le seul mal que pouvait craindre la forteresse viendrait de *l'intérieur*.

Des moines se précipitèrent pour atteindre les remparts et monter sur les monte-charge, seules issues possibles. Mais ceux-ci, dès qu'ils se furent trouvés dans le vide, accrochés à leurs puissants madriers, s'écroulèrent d'un coup, se fracassant au sol avec tous leurs occupants !

Isarn avait fait rogner les chaînes qui servaient à contrebalancer le poids du mécanisme.

Les habitants du monastère étaient prisonniers des flammes.

Certains se ruèrent vers la trappe de fer par laquelle on éjectait les cadavres éviscérés des chirurgiens : ils se lancèrent dans les airs pour échapper aux flammes et se rompirent les os.

À l'étage où se trouvaient les chambres des enfants miraculeux, surgirent Isarn et ses hommes, l'arme au poing, décimant les gardes qui n'avaient pas fui devant les flammes.

Isarn emboutit les portes, supprima ceux qui se dressèrent sur son passage, pour enfin retrouver la petite Agnès.

— Ma fille !

Il la serra dans ses bras.

— Nous devons partir tout de suite !

Mais Agnès le retint.

— Pas sans mes amis, dit-elle. Il faut les sauver !

Rapidement Agnès se retrouva aux côtés de Jehan, Damien et Simon, sous la protection des hommes de son père.

— Il manque Perrot ! s'exclama-t-elle.

— Où est-il ? fit Isarn qui s'inquiétait du temps perdu et de l'avancée du feu.

— Nous l'ignorons, répondirent les enfants. Cela fait plusieurs jours que nous sommes séparés de lui…

Le brigand de Toulouse jeta un regard à la ronde sur le monastère. Sous la vigueur des flammes, on y voyait comme en plein jour.

Les langues de feu se propageaient à une vitesse effrayante. Isarn voyait venir le moment où son plan d'évacuation serait compromis.

— Nous n'avons plus le temps pour Perrot, hurla-t-il. C'est lui ou nous ! Allons !

Il entraîna les enfants, malgré leurs cris : « Non ! Perrot est indispensable ! Il faut le trouver ! »

Le feu avait pris dans l'immense salle aux établis des laborantins, là où le père Aba avait découvert les mille travaux du monastère. Le bois céda sous les morsures des flammes, et tout l'édifice s'effondra, emportant sous les éboulements des années d'études et de découvertes.

Dans l'aile des invités de marque, les geôliers qui surveillaient la chambre d'Até de Brayac la libérèrent, avant de fuir eux-mêmes, jugeant ne pas devoir laisser périr la fille d'Artémidore de Broca.

Cette dernière, toujours enfiévrée, arracha une épée à l'un des gardes et disparut.

Arrivée à l'air libre, elle fut épouvantée par le désastre. Elle s'élança en quête de l'abbé Profuturus.

Elle retrouva l'homme étendu dans son bureau, mourant, le visage roussi et lacéré par les éclats de vitraux. Un moine non loin de lui s'était entièrement consumé avec sa bure.

— Où est Perrot ? cria Até. Il faut le préserver ! Où est l'enfant ?

Profuturus ne pouvait plus décoller ses lèvres. Il trouva à peine la force de lever une main : une clef s'y trouvait, agrippée entre ses doigts pétrifiés.

Puis il fit un geste vers le vitrail béant de son bureau et désigna l'angle le plus élevé du monastère.

Une petite croisée solitaire s'y trouvait.

Até arracha la clef de l'abbé et bondit.

Cependant Isarn réunissait ses hommes et les enfants dans un des cloîtres du monastère.

Après s'être assuré que tout le monde était présent, comme prévu selon son plan de bataille, il fit exploser cinq tonnelets qui ceinturèrent de feu le jardin, le rendant inaccessible et invisible.

À la suite de quoi, selon les indications du vieil Althoras qui lui avait appris les secrets de ce monastère, il brisa le bord de pierre de la fontaine centrale.

L'eau dégueula entièrement par la brèche sur l'herbe.

Dans le fond, il trouva, gras et verdi, un anneau.

Il le fit hisser par ses hommes : une dalle s'éleva, donnant accès à un passage secret.

Le seul dans tout Albert-le-Grand qui permettait de fuir. Inconnu, hormis d'une poignée de privilégiés.

La troupe d'Isarn s'y engouffra.

Après avoir suivi un long tunnel obscur, ils débouchèrent sur la plaine de broussailles qui entourait la forteresse.

Sans attendre, les rescapés se précipitèrent vers la mer et le ponton où les attendait le *Saint-Lin* ; ce navire aux mains des hommes d'Isarn avait eu pour consigne d'attendre au large et de se rapprocher dès l'apparition des premières flammes jaillies du monastère.

Isarn, Agnès, Jehan, Damien, Simon et les brigands montèrent à bord de canots qui les menèrent au navire.

Le *Saint-Lin* appareilla aussitôt.

Ils étaient libres.

Até gravit les étages du monastère sans craindre pour sa vie, bravant les flammes et les braises.

Toutes ses pensées étaient tournées vers Perrot.

Soudain son existence prenait un sens profond : elle devait sauver ce garçon, se racheter du mal qu'elle lui avait fait...

Elle atteignit la chambre désignée par Profuturus et glissa fiévreusement la clef dans la serrure.

Elle entra.

Perrot était assis au chevet du père Aba.

Le ressuscité était étendu, il dormait en respirant faiblement, insensible au drame qui se jouait près de lui.

Perrot lui-même ne paraissait pas ému.

— Le temps presse ! cria Até. Nous devons te mettre à l'abri !

Elle voulut empoigner l'enfant, mais il se récria :

— Je ne peux pas abandonner le père Aba.

— Peut-il marcher ?

Le silence embarrassé de Perrot condamnait le prêtre.

— Impossible de le prendre avec nous, conclut la femme. Viens.

— Non ! Non !

— Tu ne me laisses pas le choix.

Elle agrippa Perrot de force et l'emporta, se débattant, hors de la chambre.

— Non !...

Dehors, Até embrassa du regard l'étendue de l'incendie. Elle aperçut la troupe d'Isarn s'engouffrer dans le passage secret sous la fontaine, mais comprit aussi qu'elle n'avait aucun moyen de les suivre, à moins de traverser d'infranchissables murs de feu.

L'escalier qui menait à la chambre secrète était l'une des dernières parties de la forteresse encore épargnée. Até dévala les marches avec Perrot jusque dans les souterrains du monastère.

Là, elle retrouva les cellules d'expérimentation où avaient été conduites les études des cinq enfants miraculeux. Ces pièces étaient parfaitement hermétiques : Até espérait que ni les flammes ni les fumées suffocantes ne les pénétreraient.

Elle verrouilla les issues.

Perrot était en larmes.

— Nous resterons ici le temps qu'il faudra, décréta la jeune femme.

Le père Aba resta allongé sur sa couche dans la chambre secrète, un sourire esquissé sur son visage blême et endormi.

À mesure que Perrot s'éloignait, la vie le quittait pour la seconde fois…

L'extrémité de ses doigts noircit fortement, comme s'ils venaient d'être trempés dans de la poix. Peu à peu, les taches sombres commencèrent de s'étendre, des doigts aux mains, des mains aux bras, des bras au reste du corps, comme un drap obscur, atrophiant chacun de ses membres.

Lorsque la figure du prêtre de Cantimpré fut intégralement mangée par cette noirceur, il n'était plus qu'une momie, la peau rétrécie sur les os.

Mais cette fois, la mort était douce.

Grâce aux jours de survie qu'il devait à l'expérience de Profuturus, Guillem Aba avait accompli la durée intégrale de vie qui lui était échue par Dieu. Son âme n'aurait pas à errer, comme après sa précédente mort, victime d'une fin précoce.

Son temps était accompli. Sa mission aussi. Perrot possédait tous ses dons.

Son âme fatiguée s'arracha du corps dans un beau rayon aux couleurs de l'aura, et disparut dans la nuit.

Autour de la masse de chair, les flammes pénétrèrent et ravagèrent toute la chambre.

Le monastère Albert-le-Grand n'était qu'un brasier gigantesque dans l'obscurité, ronflant et craquant, dressé sur son promontoire.

Ses flammes répandaient leurs reflets dorés à la surface de la mer, se mariant à ceux de la lune pâle.

Au large s'évanouissait le bateau d'Isarn avec les quatre enfants miraculeux.

Épilogue

1.

En ce mois de juin, l'été brûlait Rome.

Dès le jeûne des quatre-temps, le soleil s'était mis à écraser la ville.

Les marches de l'escalier du palais du Latran n'en continuaient pas moins de voir les prélats gravis et descendre incessamment.

L'un d'eux quittait cet après-midi la résidence du pape Nicolas IV.

Il prit le chemin des rues romaines.

C'était Rainerio.

Il avait depuis peu prononcé ses vœux et avait été directement ordonné évêque. Il portait avec arrogance sa robe épiscopale flambant neuve.

Des Romains le saluaient à son passage. D'autres s'esquivaient ; il était déjà craint et peu aimé.

Enhardi par sa stature d'évêque, le jeune homme ne laissait pas de faire connaître son mauvais fond. L'ambition le dévorait.

Rainerio résidait désormais dans une spacieuse maison non loin du Latran où il passait ses journées.

Lorsqu'il entra chez lui, un serviteur se précipita afin de lui apporter à boire et un linge frais pour humecter son front.

Rainerio pénétra ensuite dans son grand bureau.

Il fut surpris d'y trouver sa sœur Zapetta en compagnie de deux hommes dont il ignorait l'identité.

L'un était un jeune garçon de treize ans, l'autre, un homme barbu, aux cheveux mi-longs, assis sur une chaise et qui ne daigna pas se lever à son entrée. Il avait le visage figé, un œil louche, et les épaules rentrées, comme un impotent.

— Bonjour, mon frère, dit Zapetta. Je te présente un fidèle ami : Bénédict Gui. Il a beaucoup de choses à faire connaître…

Deux jours avant, le vieil Althoras reconnut, au bruit qu'il faisait, le pas puissant et furieux d'Isarn. Ce dernier pénétra dans la chambre de l'aveugle à Padoue, alors qu'ils faisaient chemin vers Toulouse avec le convoi de brigands.

Isarn ne prononça pas un mot.

Il se saisit du cou du vieil homme et l'étrangla.

Il venait d'apprendre les liens d'Althoras avec Rome et de comprendre à quel point il n'avait été, pendant de nombreuses années, qu'un pantin entre les mains de l'aveugle. Et combien il avait joué avec la vie de sa fille.

Althoras expira, sans opposer de résistance.

La porte du cabinet d'Artémidore de Broca céda sous les coups.

Six soldats pénétrèrent et se ruèrent sur le vieux chancelier pour l'arrêter.

Dans l'antichambre, Fauvel de Bazan était ligoté.

Le pape arriva peu après et déclara, voyant les deux hommes prisonniers :

— C'en est terminé, Broca…

2.

L'audience accordée à Bénédict Gui par le pape Nicolas IV eut lieu au Latran, en présence des représentants de l'empereur, du roi de France, du roi d'Angleterre et des Templiers.

Artémidore de Broca, Fauvel de Bazan, Rainerio et le cardinal Rasmussen – qui avait été arrêté à son arrivée en Flandres – comparaissaient ensemble. Quelques jours de prison leur avaient fait perdre beaucoup de leur superbe.

Dans la vaste salle, Bénédict Gui était prostré sur une chaise à roues de son invention. Il portait encore les séquelles des tortures endurées dans les geôles de Matteoli Flo : il ne pouvait articuler le moindre mot, un œil lui manquait, une large partie de son visage était paralysée ; il ne parvenait ni à marcher ni à coordonner ses bras et ses mains.

Après son évasion de la prison et sa chute vertigineuse dans les eaux du Tibre, Bénédict avait sombré sous le courant, mais avait été repêché, quelques centaines de mètres en aval, par les « Laveurs » qui, pensant récupérer un nouveau cadavre, furent bien surpris de retrouver leur ami Gui, aux portes de la mort.

L'ayant une fois trahi au profit de **Bazan**, ils eurent à cœur de le ranimer.

Bénédict demeura plusieurs jours auprès d'eux, jusqu'à ce qu'il leur fît péniblement comprendre qu'il voulait être conduit à Ostie.

Là, il fut recueilli par Oronte et Julia Salutati, les parents de sa femme Aurélia, qui ne l'avaient pas revu depuis deux ans. Bouleversés par son état, ils lui prodiguèrent les soins indispensables pour lui rendre la santé.

Bénédict ne recouvra jamais complètement sa motricité physique, mais il regagna, pied à pied, l'empire sur son cerveau. Avec ordre et discipline, il reclassa ses pensées et ses souvenirs, recomposa la mosaïque éclatée de sa conscience et retrouva le contrôle de lui-même.

Aidé par le riche père d'Aurélia, par le fidèle Matthieu, par la veuve de Maxime de Chênedollé, qui grillait elle aussi de découvrir la vérité sur son mari, par la sœur Constanza à l'abbaye de Pozzo qui, en dépit des sévices que lui avaient fait subir les hommes d'Artémidore de Broca avant de la tuer, n'avait jamais avoué où se cachaient les documents sur Rainerio consultés par Gui ; enfin grâce au moine impassible qui seconda le cardinal Moccha jusqu'à sa mort, Bénédict Gui avait remonté toute la trame qui liait Cantimpré à Rainerio, Rainerio au Convent de Megiddo, le Convent à Chênedollé, et Chênedollé à lui...

Le pape lui donna la parole.

Bénédict ne pouvant pas s'exprimer, il avait consigné, grâce à un procédé d'écriture innovant, un important plaidoyer qu'il avait remis à Matthieu.

Ce fut ce jeune garçon, auquel il avait autrefois appris à lire et à écrire, qui s'exprima devant l'insigne assemblée, debout à côté de son maître, face aux représentants de Dieu et de tous les souverains importants du monde.

Il lut :

— Un grain peut souvent suffire à faire buter une puissante machinerie. En l'espèce, le grain qui a causé la perte d'Artémidore de Broca et des siens se nommait Maxime de Chênedollé.

Bénédict expliqua, par le truchement de Matthieu, que cet homme était un richissime marchand banquier qui, depuis de nombreuses années, était le pourvoyeur de fonds du Convent de Megiddo ; rassemblant des sommes extravagantes pour couvrir ses activités diverses.

— Les dépenses du Convent ne pouvaient apparaître dans les comptes de l'Église ; Chênedollé était l'ordonnateur judicieux de cette trésorerie parallèle.

Seulement, l'homme était prévoyant : il ne lui avait pas échappé que les règles du Convent étaient très strictes et qu'au moindre faux pas, un membre, même éminent, pouvait être sacrifié sans scrupules.

— Aussi décida-t-il, il y a huit ans, après la mort de l'évêque Romée de Haquin à Draguan[1], d'assurer sa vie. Il entra en contact avec un certain évêque Moccha, un prélat alors peu en vue de la curie romaine, conspué pour son mode de vie exubérant et qui n'inquiétait personne de par son manque apparent d'ambition. Seulement, derrière ses dehors licencieux, Moccha était un homme foncièrement honnête, incorruptible et qui haïssait l'injustice. Maxime de Chênedollé décida de consigner par écrit tout ce qu'il voyait et entendait au sein du Convent ; puis de remettre ces informations en secret à Moccha. S'il se sentait en danger, il pourrait menacer ses maîtres de tout révéler. S'il lui arrivait malheur, Moccha avait instruction de tout rendre public. En dépit des risques encourus, leur association fut florissante et Moccha constitua un terrible

---

1. Voir, du même auteur, *Pardonnez nos offenses* ; Pocket n° 11976.

réquisitoire contre Artémidore de Broca et sa société secrète.

Chênedollé eut raison d'agir de la sorte car Artémidore décréta, en petit comité, une gigantesque *purge* dans les rangs du Convent de Megiddo.

Créé jadis par dix hommes, le Convent était aujourd'hui un monstre protéiforme, affaibli et vulnérabilisé par le nombre de ses activités et la prolifération de ses membres. Le silence de certains personnages trop instruits coûtait des fortunes, et la démence de quelques autres, tel l'abbé Domenico Profuturus, mettait l'édifice en péril. Artémidore de Broca, habitué à devancer ses ennemis, au lieu de se préparer à la chute du Convent de Megiddo, résolut de la précipiter !

— Il décida l'élimination des neuf dixièmes de ses troupes. Ce fut dans la résidence de Chênedollé, hors de Rome, que Broca et Rasmussen, aidés par le jeune Rainerio, établirent l'incroyable faux organigramme de Megiddo qui avait pour but de confondre les traîtres du Convent, en particulier ceux déjà réfugiés chez l'empereur. Rainerio avait pour mission de falsifier au Latran, mais aussi à l'abbaye de Pozzo, les documents officiels qui contrediraient l'organigramme. Rasmussen et lui jouèrent habilement leurs rôles à Rome, préparant leurs disparitions…

Maxime de Chênedollé ne tarda pas à apprendre qu'il faisait partie des membres touchés par la *purge*. Son dernier acte notable fut d'octroyer les fonds nécessaires à Rasmussen et à Rainerio pour feindre l'assassinat du premier et payer le voyage du second jusqu'en Moravie !

— Chênedollé s'est alors décidé à fuir Rome avec son épouse et à disparaître. Mais il se savait surveillé : son valet à la solde du Convent, tous ses faits et gestes étaient reportés à Fauvel de Bazan. Le temps était venu d'employer les documents remis à Moccha. Il se résolut alors à venir me voir moi, Bénédict Gui. Il savait mes succès dans les prétoires et comptait que, à l'aide des secrets chez Moccha, je saurais établir une attaque logique et irrévocable. Il réussit à me glisser, imperceptiblement, de menus indices qui devaient selon lui, et d'après ma réputation, suffire à me ramener vers le cardinal Moccha. Avant de mourir assassiné (son plan de fuite avait été éventé), Chênedollé eut le temps de prévenir son ami de mon implication et du rôle qu'il me voyait jouer dans la grande révélation. Lorsqu'il apprit la fin horrible de Chênedollé, Moccha s'est précipité pour me trouver dans ma boutique ; mais Fauvel de Bazan avait déjà orchestré mon arrestation et il trouva ma maison en cendres ! Cependant la foule lui apprit que j'avais réussi à m'enfuir. Aussi Moccha m'attendait-il avec impatience pour rendre publics les dossiers de Chênedollé. Hélas, il était loin de s'imaginer, lorsque je le rencontrai dans son palais sous une fausse identité, qu'il tenait en face de lui l'homme choisi par Chênedollé pour déjouer les projets d'Artémidore de Broca !

Le pape, et ceux qui l'entouraient, écoutaient avidement les explications de Gui, fascinés par les incroyables ramifications qu'il avait réussi à mettre au jour.

De leur côté, Artémidore, Rainerio et Rasmussen restaient de marbre. Seul Fauvel de Bazan était stupéfait ; lui savait ce qu'avait enduré Bénédict Gui, et il ne pouvait comprendre comment cet homme avait échappé à la mort et à l'anéantissement complet de ses facultés mentales !

— Toute l'aventure des enlèvements d'enfants a débuté le jour où Althoras, l'homme du Convent dans le Sud de la France, chef de la milice des hommes en noir, découvrit en la fille de son successeur

Isarn des dons de stigmatisée. Il fit venir l'abbé Profuturus pour l'ausculter. Ce dernier, ébahi par les vertus du sang versé par Agnès, trouvant enfin le sang universel évoqué dans les textes de Salomon, se lança dans son incroyable projet de résurrection. De son côté, Artémidore y voyait l'aboutissement de l'esprit du Convent et de décennies de travaux scientifiques interdits par l'Église. On se mit à chasser les enfants miraculeux du monde. Profuturus, exalté, ne recula devant aucune dépense, multipliant les ravissements, au risque de compromettre le Convent. Lorsque Artémidore le comprit, il était déjà trop tard.

D'un mal, il voulut faire un bien et ordonna la *purge*.

Matthieu continua :

— Si je n'avais pas survécu, moi, Bénédict Gui, le triomphe du chancelier et des siens serait aujourd'hui complet et durable ! Ils se seraient débarrassés de leurs ennemis et pourraient poursuivre leurs sombres desseins à l'abri de tous.

Bénédict expliqua que ni Artémidore, ni Profuturus n'avaient pensé tomber sur un enfant aussi exceptionnel que le petit Perrot. Il avait découvert, grâce aux documents de Moccha sur Cantimpré préservés par son fidèle moine, que des écrits des Pères de l'Église grecs stipulaient que la Rédemption était un processus perpétuel et que le Sauveur s'incarnait parmi les hommes *à chaque génération*, mais qu'il refusait de se révéler, renonçant à sa Mission, ou qu'il était trahi et massacré en silence avant que de se faire connaître.

À chaque incarnation, d'autres personnes douées se multipliaient autour de lui, afin de le guider et de le *protéger*. Moccha avait compris que c'était exactement ce qui s'était passé à Cantimpré et dans toute la région avec cette prolifération d'enfants miraculeux. Perrot était un Sauveur.

— Où se trouve-t-il ? demanda Nicolas IV.

— Nul ne sait s'il a survécu à l'incendie du monastère...

Après un long moment de silence, le pape fit une réponse dans laquelle, prenant les représentants royaux à témoins, il jura d'éradiquer les derniers membres du Convent en liberté et de pardonner à ceux qui avaient voulu y échapper.

Il félicita Bénédict Gui.

Toutefois ce dernier, pendant le discours du pape, observa de son seul œil valide le visage d'Artémidore de Broca et s'aperçut que le vieux chancelier ne quittait pas cet air de triomphe qui lui était propre ; comme s'il récusait le succès de son plaidoyer.

Bénédict prit son abaque composé de lettrines, à l'aide desquelles il écrivit quelques phrases.

En fin d'audience, Matthieu reprit la parole pour lire le nouveau message de Gui :

— Le chancelier s'imagine peut-être que le Convent de Megiddo lui survivra. Que son Œuvre est à terre, mais qu'elle n'est pas morte. Qu'il sache alors que Bénédict Gui a aussi retrouvé la trace d'Arthuis de Beaune et des éminents savants qui ont quitté le monastère avant sa destruction. À l'heure où nous parlons, ils ont déjà été arrêtés dans leur nouveau refuge de Corfou...

Bénédict Gui fit alors un effort immense pour laisser transparaître un sourire.

Artémidore de Broca pâlit.

Pour l'instant, Bénédict Gui avait emporté la partie.

3.

Six mois plus tard, la petite boutique de la via delli Giudei avait été rebâtie à l'identique grâce aux fonds du père d'Aurélia et à l'entraide des habitants du quartier.

On célébra une fête le jour où fut de nouveau suspendue l'enseigne de Bénédict Gui, refaite à neuf.

L'ensemble de ses amis étaient présents, dont Conti Salvestro qui avait garni de livres la nouvelle maison vide. Le cardinal déchu Cecchilelli participait aussi ; le scandale du Convent de Megiddo avait lavé son nom à l'égard de l'atelier de fausse monnaie.

Tout le monde se réjouissait du retour de Bénédict Gui. La cadette de Porticcio se sacrifia pour assister nuit et jour le pauvre infirme. Matthieu, Viola, pas un ne manquait.

Et puis un beau matin, alors que Bénédict s'installait avec sa chaise roulante devant sa table de travail, il aperçut confusément une petite silhouette qui attendait au-dehors, de l'autre côté de la rue.

Il y prêta peu d'attention, bien que la silhouette ne s'éloignât pas.

Enfin, la porte s'ouvrit et un jeune garçon apparut. Il était blond, aux yeux bleus.

Il regarda autour de lui, sans prononcer un mot. Puis s'arrêta sur Bénédict et sourit :

— Merci, dit-il.

Après quoi, il tourna les talons et ressortit sans attendre de réaction de la part de Gui.

Celui-ci ne comprit pas.

Mais soudain, il se vit saisir son abaque avec une facilité incroyable ! Il eut alors l'immédiate impression de mieux voir. La mobilité de son visage lui revenait, il n'était plus borgne... il se leva !

Il était guéri.

— Petit !

Ce fut le premier mot qu'il articulait avec clarté depuis des mois.

Guéri !

Bénédict se précipita dehors, mais il s'arrêta sous son enseigne, à l'instant même où il comprit à *qui* il avait eu affaire.

Dans la rue, des passants s'exclamèrent en le voyant remis prodigieusement de toutes ses infirmités.

À trente pas de là, le petit garçon blond s'éloignait en tenant la main d'une grande femme aux longs cheveux roux.

Bénédict n'osa plus les appeler.

Les deux mystérieux personnages tournèrent au premier angle et disparurent...

24 balles,
24 morts

Personne n'y échappera
Romain Sardou

La police du New Hampshire coulait des jours paisibles. Mais vingt-quatre corps ont été retrouvés dans le sable enneigé d'un chantier d'autoroute. Vingt-quatre victimes tuées d'une unique balle en plein cœur. Par qui ? Quel est le mobile ? Le FBI semble en savoir plus qu'il ne veut bien le dire.
Stu Sheridan, chef de la police, décide d'enquêter en secret. Tout comme Frank Franklin, jeune professeur du Durrisdeer College qui jouxte le chantier. Quelque chose l'inquiète sur le campus, le voilà pris au piège d'un terrifiant jeu de dupes…

(Pocket n° 13351)

Il y a toujours un Pocket à découvrir

À la recherche du fabuleux trésor du roi Salomon

L'Éclat de Dieu
Romain Sardou

1099 : Jérusalem, libérée par les Croisés, est à nouveau chrétienne. Des milliers de pélerins se précipitent sur les routes pour aller vénérer le tombeau du Christ. Des routes infestées de brigands qui pillent et tuent sans vergogne. La situation devient inacceptable pour la chrétienté. Neuf preux chevaliers unissent leurs forces et leurs biens pour créer un ordre chargé de la protection des pélerins et des Sanctuaires. De Troyes à Jérusalem, leurs exploits fascinent. Et le mystère s'installe, ces chevaliers sont apparemment à la recherche de quelque chose…

(Pocket n° 12677)

Il y a toujours un Pocket à découvrir

Et si cette année, le Père Noël ne passait pas ?

Sauver Noël
Romain Sardou

Qui est cet étrange baron Ahriman qui ne sort jamais, dont les volets sont toujours clos ? Et pourquoi ses invités semblent-ils ne jamais repartir de chez lui ? Arrive le 25 décembre et alors que la fête bat son plein chez le baron, tous les enfants de Londres sont en larmes : le Père Noël n'est pas passé ! L'énergique Gloria Pickwick, gouvernante zélée, associée à Harold, un petit garçon futé, et ses renforts... insolites, prend l'affaire en main pour sauver Noël !

(Pocket n° 13385)

Il y a toujours un Pocket à découvrir

Imprimé en France par

BRODARD & TAUPIN

à La Flèche (Sarthe)
en novembre 2010

POCKET – 12, avenue d'Italie - 75627 Paris cedex 13

N° d'impression : 61090
Dépôt légal : septembre 2009
S19197/03